MONICA JAMES

ADDICTED TO SIN

Du gehörst mir …

Aus dem Englischen
von Rebecca Lindholm

WILHELM HEYNE VERLAG
MÜNCHEN

Die Originalausgabe erschien 2016 unter dem Titel
Dirty Dix bei Bookouture.

Der Verlag weist ausdrücklich darauf hin, dass im Text enthaltene externe Links vom Verlag nur bis zum Zeitpunkt der Buchveröffentlichung eingesehen werden konnten. Auf spätere Veränderungen hat der Verlag keinerlei Einfluss. Eine Haftung des Verlags ist daher ausgeschlossen.

Dieses Buch ist auch als E-Book erhältlich.

MIX
Papier aus verantwortungsvollen Quellen
FSC® C014496
FSC
www.fsc.org

Verlagsgruppe Random House FSC® N001967

Taschenbucherstausgabe 05/2017

Printed in Germany
Redaktion: Anita Hirtreiter
Umschlaggestaltung: Nele Schütz Design, München
unter Verwendung von shutterstock/Tonhom1009
Satz: KompetenzCenter, Mönchengladbach
Druck und Bindung: GGP Media GmbH, Pößneck
ISBN 978-3-453-54589-2

www.heyne.de

Für meinen wundervollen Mann Daniel.
Ich sehe was, was du nicht siehst,
und das fängt an mit
ICH LIEBE DICH …

Danke, dass du mir das Gefühl gegeben hast,
es zu schaffen,
auch wenn ich mir da selbst nicht so sicher war.

ERSTER TEIL

1

Süchte

Dixon

»Ich kann einfach nicht aufhören zu essen«, sagt Sharon und schiebt sich ein mit Vanillecreme gefülltes Küchlein in den Mund. Es ist bereits ihr drittes.

Eigentlich sollte es mich schockieren, wie diese stark übergewichtige junge Frau, die an Shamu den Wal erinnert, mit der Nascherei vor meinen Augen rummacht, aber komischerweise tut es das nicht. Und das liegt daran, dass ich mich nur noch darauf konzentrieren kann, wie ihre vollen geschmeidigen Lippen den goldfarbenen Biskuit verschlingen, und ich mir dabei vorstelle, dass es mein Schwanz ist, den sie da gerade in den Mund nimmt, und nicht dieses verdammte Küchlein.

Ich rutsche einmal im Ledersessel hin und her, weil ich leicht erregt bin und meine Patientin das nicht bemerken soll. Schließlich bin ich ja hier, um Shamu – sorry, Sharon – dabei zu helfen, ihre Sucht zu bekämpfen.

Sucht oder Abhängigkeit bezeichnet laut Wikipedia – wo man fast alles nachlesen kann – »die fortwährende Wiederholung eines Verhaltens trotz nachteiliger Konsequenzen oder eine neurologische Beeinträchtigung, die zu einem solchen Verhalten führt«.

Also, was löst eine Sucht aus? Was bringt Menschen wie

Sharon dazu, süchtig nach etwas zu sein, ohne das sie nicht mehr sein können. Es klingt im Grunde total lächerlich, dass wir nicht in der Lage sind, bestimmte Verhaltensweisen zu unterlassen, obwohl wir selbst doch diejenigen sind, die diese Handlungen kontrollieren.

Ist es vielleicht Gewohnheit? Aber auch die basiert auf Freiwilligkeit – also könnten wir eigentlich damit aufhören, wenn wir es wollten. Wenn dem so ist, handelt es sich vielleicht um eine unterdrückte Erinnerung, die wir nicht loswerden und als Entschuldigung dafür nehmen, um uns mit Drogen vollzupumpen, zu betrinken, mit allen möglichen sexuell übertragbaren Krankheiten anzustecken oder – in Sharons Fall – um fett zu werden?

Wir haben alle unsere Süchte, die mehr oder weniger krankhaft sind, und da wir Menschen nun einmal vielschichtige Charaktere sind, kommen wir mit ihnen klar, kehren sie unter den Teppich oder reden einfach nicht darüber. Aber die Menschen, die darüber sprechen wollen, kommen mit den unterschiedlichsten Süchten zu mir.

Mein Name ist Dr. Dixon Mathews, und für fünfhundert Dollar die Stunde kann mir jeder seine tiefsten, dunkelsten Geheimnisse anvertrauen, um dann wie neu geboren und mit dem Gefühl, geheilt zu sein, meine Praxis zu verlassen. Die meisten Leute wollen allerdings einfach nur die Bestätigung, dass mit ihnen alles in Ordnung ist und ihre abnormen Neigungen gar nicht so abnorm sind, wie sie befürchten. Und genau das gebe ich meinen Patienten: Als einer von New Yorks Spitzenpsychiatern versichere ich ihnen, dass ihr Drang, Katzenhaare zu essen oder in der Öffentlichkeit zu masturbieren, völlig normal ist.

Ich verspreche ihnen, sie in nur wenigen Sitzungen von ihrem neurotischen Verhalten zu heilen. Nach meiner Behandlung könnten sie sich wieder unters Volk mischen, ohne dass jemand auf die Idee käme, mit ihnen würde etwas nicht stimmen.

Der Grund, weshalb ich imstande bin, dies zu garantieren, ist der, dass die Mehrzahl der Leute, die in meine Praxis kommen, sich einfach nur ausjammern wollen, und sobald sie all das losgeworden sind, was sie sich von der Seele reden wollten, geht den meisten ein Licht auf, und sie benehmen sich nicht mehr länger so bescheuert. Der kleinen Minderheit, die wirklich ernsthafte Probleme hat, verschreibe ich die stets verlässlichen Benzodiazepine, und die Welt dankt es mir, dass ich einen weiteren Pillen einwerfenden, asozialen Zombie erschaffen habe.

Der eine oder andere würde mich vielleicht als Scheißkerl bezeichnen, doch ich finde, dass ich mit meinen zweiunddreißig Jahren durchaus ein bisschen abgestumpft und gleichgültig gegenüber dem Abschaum der Gesellschaft sein darf. Das würde wohl jeder sein, wenn er sich tagaus, tagein die gleiche alte Leier von verwöhnten reichen Leuten anhören müsste, die in ihrem Leben noch keinen einzigen Tag richtig gearbeitet haben, aber dennoch mit ihren erbärmlichen Geschichten über Unrecht und Ungerechtigkeit zu mir kommen, ohne sich dabei bewusst zu sein, was für ein unglaubliches Glück sie in Wahrheit haben.

Also zurück zu meiner ursprünglichen Frage: Wodurch wird eine Sucht ausgelöst? Viele Fachleute haben dargelegt, dass die Ursachen einer Sucht ganz unterschiedlicher Natur seien, sie jedoch im Allgemeinen durch eine Kombination aus physischen, mentalen, emotionalen und vielerlei begleitenden Faktoren ausgelöst wird. Aber ich weiß, dass der Grund für eine Sucht ganz primitiv ist und immer dasselbe dahintersteckt.

Begierde.

Egal, ob es uns nach Erfolg, Schönheit, Essen, Alkohol, Drogen, Nikotin oder Sex verlangt, wir wollen dabei immer die Euphorie erfahren, die diese Faktoren begleiten, und *das* ist es, wonach wir süchtig werden. Der eigentliche Schlüsselreiz, der sogenannte »Trigger«, ist bei jedem Menschen ein anderer, doch am Ende wollen wir alle nur eins: glücklich sein. Und in den meisten Fällen führt Verlangen zu positiven Empfindungen wie Vergnügen, Lust und Wohlbehagen.

Suchttypen übertreiben es mit ihren Süchten, bis diese unheimliche Ausmaße annehmen, aber die meisten von uns stümpern nur ein bisschen herum, um dieses Glücksgefühl, diese Euphorie zu erlangen, weil wir eben nur Menschen sind und uns danach sehnen, vergnügt bis an unser seliges Ende zu leben.

Hatte ich bereits erwähnt, dass ich wirklich gut bin?

»Dr. Mathews«, sagt Sharon mit leiser Stimme, »sollten Sie sich das nicht notieren?«

Ich nicke gedankenverloren, richte meinen Blick dann wieder auf sie. »Wieso erzählen Sie mir nicht etwas mehr über Ihren Vater«, schlage ich mit sanfter Stimme vor und schenke ihr ein leichtes Lächeln.

Fünf, vier, drei, zwei … und eins.

Genau aufs Stichwort beginnt Sharons Unterlippe zu zittern, und ihre Augen füllen sich mit Tränen.

»Da gibt es nichts zu erzählen«, erklärt sie, verschränkt die Arme vor ihrem üppigen Busen und beißt sich auf die Lippe, um die Tränen zurückzuhalten.

»Wie würden Sie Ihre Beziehung zu ihm beschreiben?«, hake ich nach und schlage dabei beiläufig die Beine übereinander, um meine sich anbahnende Erektion zu verbergen, und versuche, nicht auf ihre Titten zu starren.

»Gut.« Sie schnieft, sinkt in sich zusammen, und ihr hellrotes Haar verbirgt ihre Tränen.

Wir haben alle unsere Trigger, und sehr viel öfter, als ich zugeben mag, ist der fehlende Vater bei übergewichtigen Frauen genau dieser Auslöser. Ich werde niemals begreifen, warum sie Essen als Trostspender benutzen, aber möglicherweise füllen sie bei ihren Fressattacken ein Loch – und das meine ich im buchstäblichen Sinne.

Also, wie schon gesagt, der eine oder andere wird mich einen Scheißkerl nennen, denn wenn's haufenweise Probleme mit Daddy gibt, bedeutet das für mich immer eins: zu versuchen, die perfekte Vaterfigur zu finden, um diese lieblose Leere zu füllen. Diese Frauen suchen unbewusst nach ihrem zukünftigen Partner und benutzen dabei ihre Arschlöcher von Vätern als Blaupause für das, was sie in einem Lebensgefährten zu finden hoffen. Oder in manchen Fällen … in einem Fick.

Mit einem Mal zeigt mein Schwanz großes Interesse an Sharon Witherstone. Zugegeben, sie mag gut zwanzig Kilo zu viel wiegen, aber in diesem Fall übernimmt mein Schwanz die Führung, denn wie schon gesagt, wir alle haben einen Trigger, und auch ich möchte wie jeder andere Mensch glücklich sein – vorzugsweise bis ans Ende meiner

Tage. Und in diesem Moment würde es mich sehr glücklich machen, wenn ich Sharon über meinen Schreibtisch gebeugt von hinten nehmen und sie bis zur Besinnungslosigkeit vögeln könnte.

Ich mag zwar einen Wisch von der Uni besitzen, der mich dazu berechtigt, die Probleme anderer Leute zu lösen, doch was meine eigenen angeht, so bin ich ein hoffnungsloser Fall. Ich bin ein Arschloch, und jeden Tag verliere ich mehr und mehr aus den Augen, wer ich einmal gewesen bin.

Aber ich bin kein totaler Scheißkerl, und ich gebe Frauen wie Sharon Witherstone ein gutes Gefühl, denn Sex ohne emotionale Bindungen ist so viel leichter als … etwas zu empfinden.

Ich lege meinen Notizblock auf die Armlehne, stehe langsam auf und blicke auf Sharon hinab, wobei ich ihr ein Lächeln schenke, von dem ich weiß, dass es ihr Höschen innerhalb von Sekunden feucht werden lässt. Sie sieht zu mir auf, und ich kann die Verwirrung in ihren smaragdgrünen Augen sehen. Doch ihr Blick wandert an meinem gestählten Körper herab, und ihre Verwirrung verwandelt sich in … Verlangen.

Ihr ganzes Verhalten ändert sich, und heraus kommt Daddys kleines Mädchen, als sie auf ihrem Platz hin und her rutscht und provozierend die Brust herausstreckt. Eigentlich ist es zu leicht, aber ich hab's lieber leichter, als mich ins Zeug zu legen und mein inneres Gleichgewicht aufs Spiel zu setzen, bloß um dann feststellen zu müssen, dass die eigene Verlobte mit dem besten Freund schläft.

Das hier ist sehr viel leichter.

»Lieben Sie Ihren Vater?«

»Nein, ich hasse ihn«, gesteht sie mit einem verführerischen Flüstern und beißt sich auf die Lippe.

»Ach ja? Können Sie mir sagen wieso?« Ich setze mich neben sie auf das Ledersofa und stelle dabei sicher, dass unsere Knie nur wenige Zentimeter voneinander entfernt sind.

»Weil er meine Stiefmutter mehr liebt als mich«, erwidert sie, und ihr lustvoller Blick ist auf meinen Schritt gerichtet, wo meine Erektion zweifellos an der Erhebung in meiner gebügelten Hose zu sehen ist.

»Tut mir leid, das zu hören«, murmele ich sanft. Auch wenn ich kein Wort davon ernst meine. »Das muss hart für Sie sein.«

»Ja, das ist es. Sehr *hart.*« Sie nickt, und ich spüre, wie ein einzelner Finger an meinem Oberschenkel in Richtung meines Schritts hinaufgleitet.

Ich öffne bereitwillig die Beine und frage: »Glauben Sie, dass das der Trigger für Ihre Sucht gewesen ist?«

»Was soll ich da sagen, Dr. Mathews? Wenn ich etwas Köstliches sehe, dann kann ich einfach nicht widerstehen«, säuselt sie mit heiserer Stimme, während ihre Finger um meinen sich wölbenden Hosenstall tanzen.

»Nun«, flüstere ich, auch wenn ich weiß, dass ich dafür in die Hölle kommen werde, »manchmal ist es in Ordnung, Ja zu sagen.«

Und mehr Trigger benötigt Ms. Witherstone gar nicht. Ihr Kopf taucht in meinen Schoß ab, während sich ihre Finger an meinem Reißverschluss zu schaffen machen.

Als sich ihr warmer hungriger Mund um meine rot glühende Erektion schließt, schließe ich angewidert die Augen.

Es widert mich an, dass ich diese Frau benutze, ohne die Absicht zu hegen, sie jemals wiederzusehen. Allerdings habe ich ja nie behauptet, der Held dieser Geschichte zu sein oder auch nur der gute Kerl darin.

Aber wer will schon gut sein, wenn es sich so toll anfühlt, böse zu sein?

2

Innere Schönheit

Dixon

Beim Griff nach dem Sakko, das über der hohen Rückenlehne meines Ledersessels hängt, muss ich mich zusammennehmen, um nicht zurückzuzucken, als dabei mein Blick auf den verrutschten Papierkram auf meinem Schreibtisch fällt. Erinnerungen an Ms. Witherstone werden wach, die ihr Gesicht auf die Arbeitsplatte meines Mahagoni-Schreibtischs drückt, während ich sie von hinten vögele, und ich gehe schnurstracks auf den Ausgang zu, ehe ich mich noch übergeben muss.

Als ich die Tür abschließe, sehe ich, dass meine Sprechstundenhilfe, Susanna, noch da ist.

»Ms. Vale, Sie hätten doch eigentlich schon vor Stunden nach Hause gehen sollen«, ermahne ich sie, da es inzwischen bereits halb acht ist.

»Ach, das ist schon in Ordnung. Leroy ist mit Freunden beim Angeln, und da macht es mir nichts aus, so lange zu arbeiten«, erwidert sie mit einem Nicken, und ihr graues Haar wippt bei der Bewegung.

Susanna Vale hätte eigentlich schon vor einigen Jahren in Rente gehen sollen, aber sie erklärt mir immer wieder, dass sie noch nicht bereit ist, ihren Beruf endgültig an den Nagel zu hängen. Und weil sich eine so gute Kraft wie sie nur schwer finden lässt, versuche ich es ihr gar nicht erst auszureden.

»Vergessen Sie nur nicht, die Überstunden zu notieren. Ich werde dafür sorgen, dass Nancy sie bezahlt.«

»Ach, Dr. Mathews«, protestiert sie und macht eine wegwerfende Bewegung mit ihrer runzeligen Hand, »seien Sie nicht albern. Wer soll denn sonst dafür sorgen, dass Sie zu einer annehmbaren Zeit Schluss machen?«

Ich schenke ihr ein leichtes Lächeln, denn sie hat ja recht. Susanna hat mich schon häufiger zu unchristlichen Zeiten nach Hause geschickt, aber was erwartet mich da schon? Ich kehre regelmäßig in eine leere Eigentumswohnung in Manhattan zurück, die mich viel zu sehr an *sie* erinnert. Selbst nach einem Jahr spüre ich ihre Anwesenheit dort noch, ganz so, als würde das, was ihr Wesen ausmacht, immer noch in den Wänden leben.

Ich schüttele die unliebsamen Erinnerungen ab und lasse mir nichts anmerken, schließlich soll niemand mitbekommen, dass ich meiner Verflossenen noch immer nachtrauere. »Wenn Sie nur zehn Jahre jünger wären«, scherze ich und zwinkere ihr zu.

»Ach, hören Sie doch auf«, entgegnet sie und bugsiert mich zur Tür hinaus. »Sehen Sie zu, dass Sie etwas essen, Sie haben heute Mittag durchgearbeitet.«

Bei der Bemerkung erbleiche ich, da meine Mittagspause irgendwie doch mit Essen zu tun gehabt hat, nur eben keine herkömmliche Mahlzeit gewesen ist. Und mit diesem verabscheuungswürdigen Gedanken verabschiede ich mich rasch von meiner Sprechstundenhilfe und nehme den Aufzug ins Erdgeschoss.

Ich treffe mich mit meinen beiden besten Freunden, Finch und Hunter, in einer Bar in der Nähe. Wir waren einst zu viert, aber das war in einem anderen Leben, als ich noch an Treue und Liebe geglaubt habe.

»Hier kommt Mr. Richie Rich«, ertönt Hunters laute, nervige Stimme von der anderen Seite des Raums.

Das sagt mir wenigstens, wo er sitzt, auch wenn ich das im Grunde bereits wusste, weil er hier eigentlich zum Inventar gehört.

»Meine Fresse«, flucht er laut und kneift die Augen zusammen. »Da hat heute mal wieder einer rumgevögelt.« Er hebt sein Budweiser zum Gruß in die Höhe, während Finch in sich hineinlacht.

»Wieso schreist du nicht noch lauter? Ich glaube, unsere Nachbarn in New Jersey haben dich noch nicht gehört.« Ich versetze ihm einen scherzhaften Klaps auf den Hinterkopf.

Im Setzen hebe ich die Hand, um die hübsche Blondine hinter der Bar auf mich aufmerksam zu machen, die gerade einen Cocktail mixt. Sie blinzelt mir zu.

»Wer war denn die Glückliche?«, erkundigt sich Finch, neben dem ich Platz genommen habe und der mir nun seinen spitzen Ellenbogen in die Rippen stößt.

»Kann mich nicht mehr erinnern.« Ich greife nach seinem Glas und nehme einen Schluck. »Igitt, wo ist denn der Rum?«, frage ich hustend und muss angesichts der verwässerten Cola ein Würgen unterdrücken.

Finch lacht und dreht lächelnd seinen goldenen Ehering am Finger. »Ich muss mich morgen früh um Gabriella kümmern. Heidi hat irgendeinen Termin mit ihrem Mütterklub, deshalb habe ich Babydienst.«

Ich nicke, denn das ist es, was ein verantwortungsvoller Vater tut, auch wenn er mit seinem ungebundenen, wild in der Gegend herumvögelnden Freund verabredet ist, der beabsichtigt, sich zu betrinken und seine Sorgen in einer Flasche Jack Daniel's zu ertränken, die zwischen die Titten einer blonden Kneipenhockerin gerammt ist. Genau so sieht ein typischer Freitagabend für mich aus, während Finch, der seit zwei Jahren mit Heidi, seiner großen Liebe, verheiratet ist, auf Alkohol verzichtet und nach nur einem Glas mit seinen besten Kumpels nach Hause zu seiner heißen, ihn liebenden Ehefrau verschwindet, um mit ihr umwerfenden, irren Sex zu haben.

Mit diesem Gedanken im Hinterkopf greife ich an ihm vorbei und schnappe mir Hunters Bier.

»Du siehst scheiße aus«, stellt der fest, und sosehr ich auch seine Ehrlichkeit zu schätzen weiß, bin ich doch im Augenblick nicht in der Stimmung dafür.

Obwohl ich kein Wort darauf erwidere und sofort dichtmache, lässt er nicht locker. »Es ist jetzt ein Jahr her, Alter.« Er hält einen Finger in die Höhe für den Fall, dass ich ihn nicht verstanden habe, aber das habe ich. Klar und deutlich.

»Ich will nicht darüber reden«, sage ich mit einem energischen Kopfschütteln und trinke den Inhalt des gestohlenen Bierglases in einem Zug aus.

»Wir machen uns bloß Sorgen um dich«, stimmt Finch mit ein, und seine Augen nehmen einen weichen Ausdruck an, als er meinen emotionalen Rückzug registriert.

»Mir geht's gut«, erkläre ich. Ich brauche nur unbedingt noch was zu trinken.

Ich versuche die Barfrau herbeizuwinken, aber der Laden

hat sich mit einem Mal gefüllt, und sie kümmert sich um andere durstige Gäste.

»Willst du, dass dir irgendwann der Schwanz abfällt?«, fragt mich Hunter, und sein unordentliches blondes Haar fällt ihm in die Stirn, als er nickt, um damit die Ernsthaftigkeit seiner Frage zu unterstreichen.

»Wie bitte?«, sage ich und kann mir angesichts seiner Melodramatik ein Lächeln nicht verkneifen.

»Du hast mich schon verstanden.« Er lehnt sich nach vorn, und sein hünenhafter Körper kommt Finchs schmaler Gestalt bedrohlich nah.

»Nein, Hunter, ich möchte nicht, dass mir der Schwanz abfällt. Komm endlich zur Sache«, erwidere ich und verdrehe dabei die Augen.

»Tja, genau das wird aber passieren, wenn du weiter so rumbumst.«

»Das wage ich zu bezweifeln«, entgegne ich spöttisch, aber Finch, der Hunter offenbar zustimmt, nickt.

»Die Mädels lassen gleich ihre Höschen fallen, wenn du ihnen mit deinen großen himmelblauen Augen einen Blick zuwirfst. Sie machen's dir einfach zu leicht, und deshalb entwickelst du dich zu New Yorks größtem Aufreißer«, verkündet Hunter, und es kotzt mich an, wie richtig er damit liegt.

»Seit wann bist du denn so ein Weichei?«, blaffe ich und kneife die Augen zusammen. »Von ihm hätte ich's ja erwartet …« Ich deute mit dem Kopf in Finchs Richtung. »Nichts für ungut«, füge ich hinzu, und er zuckt mit den Schultern, nicht im Mindesten beleidigt.

»Aber du? Soweit ich weiß, hast du doch selbst kein Problem damit, rumzubumsen. Also lass diesen selbstgefälligen Scheiß.«

Zugegeben, ich werde ziemlich schnell sauer, aber wenn mir ausgerechnet Hunter mit Ratschlägen kommt, der wirklich der Letzte ist, der mir in dieser Hinsicht Vorhaltungen machen sollte, dann kann ich schon mal die Beherrschung verlieren. Ich kenne die Jungs schon fast mein ganzes Leben. Wir haben alles zusammen gemacht. Und daher weiß ich auch, was wir bereits alles verbrochen haben – insbesondere Hunter.

Finch dagegen ist unsere Stimme der Vernunft. Er hat uns schon des Öfteren mit seiner Besonnenheit aus der einen oder anderen brenzligen Situation gerettet. Aber Hunter hat sich immer schon einen Dreck um gesellschaftliche Konventionen geschert.

Ich liebe diese beiden Schwachköpfe wie Brüder. Sie haben mich schon von meiner schlimmsten Seite erlebt und bis jetzt nicht ein einziges Mal deshalb verurteilt.

»Was soll denn das Kreuzverhör überhaupt?«, frage ich, nachdem ich mich einigermaßen abgeregt habe.

Finch senkt nervös den Blick. Ich habe immer noch keinen Schimmer, was hier eigentlich los ist.

Als Hunter meine Verwirrung bemerkt, versucht er Klarheit zu schaffen. »Wir machen uns Sorgen, Alter. Nächste Woche ist doch … du weißt schon.«

»Nein, weiß ich nicht. Bist du high?« Ich lockere meine marineblaue Krawatte, die mir plötzlich die Luft abzuschnüren droht.

Finchs Lippen verziehen sich zu einer schmalen Linie, was niemals ein gutes Zeichen ist.

»Spuck's schon aus, Finch.«

»Bald ist der 13.«, erwidert er und sieht mir endlich in die Augen.

»Richtig. Und?«, antworte ich mit einem ratlosen Schulterzucken.

»Oh, Mann«, sagt er seufzend, und ich vermag das Mitleid in seiner Stimme zu hören. »Das wäre dein erster –« Er verstummt mit einem Mal, will es nicht laut aussprechen.

Mein erster was?

Ach du Scheiße, darum geht es hier! Vor einem Jahr wollte ich eigentlich die Liebe meines Lebens, Lillian Davis, heiraten. Bei dem bloßen Gedanken an sie würde ich mir am liebsten das Hirn mit einem Eisportionierer herausschaufeln.

Wenn ich daran glauben würde, dass es für jeden Menschen einen Seelenverwandten gibt, dann wäre Lily wohl meiner. Wir haben uns vor drei Jahren in einer Warteschlange bei Starbucks kennenglernt, und es war Liebe auf den ersten Latte macchiato. Schon bald habe ich ihr einen Heiratsantrag gemacht, weil wir glücklich waren und bereit, den nächsten Schritt zu tun. Nun, zumindest war *ich* es. Aber ich dachte, es ginge ihr genauso, bis sie meinen Kumpel Leo kennenlernte.

Leo ist auch gemeinsam mit Hunter, Finch und mir in New Jersey aufgewachsen und genau wie wir in den Big Apple gezogen. Doch für Leo hatte unsere Freundschaft offenbar nicht die gleiche Bedeutung wie für mich, denn er hat Lily monatelang hinter meinem Rücken gevögelt.

Lily hat mich sechs Wochen vor dem Hochzeitstermin sitzen lassen, weil sie sich in Leo verliebt hatte. Ich vermochte die Worte nicht zu akzeptieren, als sie ihr über die Lippen kamen, aber als sie mir den Grund für ihre kürzliche Gewichtszunahme nannte, da war mit einem Mal alles glasklar. Sie hatte sich nicht nur in meinen besten Freund verliebt, sondern war auch von ihm schwanger. Ich wusste, dass das Kind nicht von mir war, weil wir über drei Monate nicht mehr zusammen geschlafen hatten. Ich weiß, ich weiß, ich hätte die Warnsignale erkennen sollen, aber Liebe macht nun mal blind und der ganze Scheiß.

Danach hätten die Dinge nicht klarer sein können.

Sie gab mir die Schuld an ihrer Untreue, weil ich nie Zeit für sie gehabt und meine Arbeit immer an erster Stelle gestanden hätte. Ja, meine Arbeit hat an erster Stelle gestanden, aber nur, damit ich ihr einen Diamantring mit drei Karat an den Finger stecken und die großzügige, exklusive Eigentumswohnung in Manhattan kaufen konnte, auf der sie bestanden hatte.

All das habe ich für sie getan. Und sie hat es mir damit gedankt, dass sie meinen besten Freund vögelte und sein Balg zur Welt brachte.

Also habe ich mich ein bisschen ausgetobt, als sie mich verlassen hat.

Aber dieser Lebensstil ist nicht mehr länger nur eine Phase – so bin ich, und ich stehe dazu. Ich bin süchtig nach diesen sinnlosen, schamlosen sexuellen Abenteuern mit weiblichen Zufallsbekanntschaften, weil ich hoffe, dadurch das Gesicht der einen Frau ersetzen zu können, die mir das Herz gebrochen und aus dem Mann, der ich einst gewesen bin, ein seelisches Wrack gemacht hat.

Diese One-Night-Stands, die ja manchmal nicht einmal

eine Nacht lang währten, verloren allerdings so langsam ihren Reiz, und ich fürchte, dass ich eines Tages aufwachen und beim Blick in den Spiegel die Person nicht mehr erkennen werde, die mich darin anstarrt.

Das also ist kurz zusammengefasst mein Leben. Ich esse, schlafe, arbeite und vögele, weil ich anders nicht überleben kann. Es ist ein trauriges, jämmerliches Leben, aber immer noch besser, als sich nach einer Frau zu verzehren, der man scheißegal ist.

Ich kehre mit einem Ruck in die Gegenwart zurück, wappne mich innerlich und tue so, als sei ich die Gleichgültigkeit in Person: »Was soll's. Ich bin drüber weg. Das mit Lily ist doch schon ewig her.«

Finch runzelt die Stirn, während Hunter meine Behauptung gleich mal in gewohnt provokanter Manier auf die Probe stellt. »Na, wenn das so ist, dann hast du ja auch kein Problem damit, wenn ich dir erzähle, dass Leo, der Arsch, und Lily, die Schlampe, nächsten Monat heiraten werden.«

»Verdammt, Hunter!«, schimpft Finch und schüttelt den Kopf.

»Was denn? Wenn er über sie hinweg ist, dann sollte es doch wohl kein Problem sein, ihm das zu sagen«, erklärt Hunter mit einem Schulterzucken.

Seine Art und Weise, mir diese Neuigkeit beizubringen, macht mir weniger zu schaffen als der Inhalt seiner Worte.

»Sie heiratet den Arsch?«, fauche ich entrüstet, doch viel schlimmer ist, wie verletzt ich mich dabei fühle.

Was hat dieser Kerl, was ich nicht habe? Ich schlucke meinen Schmerz und meine Abscheu hinunter. Ich muss so schnell wie möglich die Fliege machen, bevor ich austicke.

»Dixon«, sagt Finch leise, aber ich will sein Mitleid nicht.

Ich wische mir mit dem Handrücken den Mund ab, nachdem ich mein lauwarmes gestohlenes Bier ausgetrunken habe, und hoffe, dass meine Freunde verstehen werden, warum ich eine Minute für mich allein brauche, als ich vom Tisch aufstehe.

»Ich geh mal eine rauchen«, sage ich und klopfe mein Sakko auf der Suche nach meinen Zigaretten ab.

Glücklicherweise lassen es die Jungs dabei bewenden und machen keinen Aufstand, als ich mir einen Weg durch die Menge bahne. Draußen angekommen zünde ich mir mit zittrigen Fingern eine Marlboro an und nehme einen dringend benötigten tiefen Zug, als ich mich gegen die Backsteinwand lehne.

Es wäre eine Lüge zu behaupten, ich hätte nie an Lily gedacht, denn ich denke öfter an sie, als ich eigentlich zugeben möchte. Ich träume längst nicht mehr von einer Versöhnung, aber tief drinnen wünsche ich mir, dass ihre Beziehung zu Leo in die Brüche geht.

Mein Leben ist ein einziges Chaos, und der einzige Mensch, mit dem ich darüber reden könnte, ist tot.

Meine Mutter ist vor einem halben Jahr an Brustkrebs gestorben, und mein Vater hat sich von dem Verlust nicht mehr erholt. Er hatte einen Nervenzusammenbruch und lebt nun im Sunnyfields Hospital. Was für eine Ironie, nicht wahr? Dixon Mathews, New Yorks bester Psychiater, kann nicht mal seinem eigenen Vater helfen.

Ich nehme mechanisch einen weiteren Zug von meiner Zigarette, während ich mich in der Vergangenheit verliere – einem Ort, an dem ich lieber nicht sein möchte. Und daher ist es eine willkommene Ablenkung, als ich zu meiner Linken die aufgebrachten Stimmen eines Paares vernehme.

Ich drehe mich um, um zu sehen, was die ganze Aufregung soll, und erblicke eine kleine Brünette, die von einem gedrungenen, athletischen Kerl unsanft an den Oberarmen gepackt wird. Sie ist wirklich winzig, und er wird sie mit seinen Riesenpranken noch entzweibrechen.

»Lass mich los«, sagt sie finster und versucht sich aus seinem Griff zu befreien.

Ich gebe ihr die volle Punktzahl für ihre Bemühungen, denn es scheint so, als würde sie sich tapfer schlagen. Aber dieser Mistkerl ist an die fünfzig Kilo schwerer als sie.

Ich schnipse meine Kippe in den Rinnstein und entscheide mich einzuschreiten, denn es ist ziemlich offensichtlich, dass sie versucht, von ihm wegzukommen. Ihr Blick schnellt zu mir herüber, als ich noch ein paar Meter entfernt bin, und ihre ängstlichen grünen Augen flehen mich an, ihr zu helfen.

»Wie wär's, wenn du sie loslässt«, sage ich mit fester Stimme, und der Orang-Utan wendet sich mit einem großspurigen Lächeln in meine Richtung.

»Und wie wär's, wenn du dich um deinen eigenen Scheiß kümmerst, Opa«, erwidert er mit einem Südstaaten-Singsang.

Opa?

Dieser pubertierende Vollidiot kann mich mal!

»Wie wär's, wenn du dich ein bisschen benehmen würdest? Lass die Frau los.«

»Oder was?«, sagt er angriffslustig, lockert dabei aber glücklicherweise seinen Griff.

»Oder ich rufe die Polizei, denn so wie ich das sehe, sind diese Abdrücke auf ihren Armen« – ich deute auf ihren Bizeps, als er sie loslässt – »ein eindeutiges Indiz dafür, dass du ein verdammter Mistkerl bist, der gern Frauen schlägt, um sich wie ein Mann zu fühlen. Was ist los?«, setze ich spöttisch hinzu. »Mimst du etwa hier den Starken, weil du zu kompensieren versuchst, wo du schwächelst?« Ich halte meinen kleinen Finger in die Höhe.

Die Kleine kichert, legt aber rasch die Hand auf ihren Mund und verstummt, als sich der Mistkerl zu ihr umdreht und sie wütend anfunkelt.

»Ach, komm schon, es gibt doch Pillen, die du gegen deine Wut nehmen kannst, und auch welche für dein kleines Problem«, flüstere ich mit einem sarkastischen Tonfall und deute auf seinen Schritt.

Sein Gesicht wird puterrot, und ich muss unwillkürlich lachen. Wenn man die Männlichkeit solcher Typen infrage stellt, hat das immer die gewünschte Wirkung. Er mustert mich von Kopf bis Fuß, und ich sehe ihm an, wie ihm klar wird, dass er's mit mir nicht aufnehmen kann. Dieser Typ hat sich mit zu vielen Steroiden vollgedröhnt, und seine lächerlich aufgepumpten Muskeln sind nur Show.

»Also, wie wär's, wenn du der Welt einen Gefallen tust und dich verpisst? Reagier dich irgendwo mit einem Foto von deiner Mutter ab.«

Dieses Mal lacht die Kleine schallend, und dieser Klang hat etwas Magisches an sich.

»Fick dich«, knurrt mich der Mistkerl an und zieht beleidigt ab.

Wir schauen ihm beide hinterher, wie er mit zu Fäusten

geballten Händen, die rechts und links von seinem Körper herabhängen, um die Ecke verschwindet, und als ich sicher bin, dass er nicht wiederkommt, wende ich mich der Frau vor mir zu.

Während meiner Schimpfkanonade ist mir gar nicht aufgefallen, dass sie total heiß ist. Sie ist blutjung – ich schätze sie auf Anfang zwanzig –, aber so was von wunderschön! Sie hat große grüne Augen und langes braunes Haar, das ihr glatt über die Schultern hängt. Ihre vollen Lippen tragen das hübscheste Rosa, das ich je gesehen habe, und als sich ihr Mund zu einem scheuen Lächeln verzieht, da weiß ich, dass ich sie wie ein gruseliger alter Perversling anstarre.

Ich fange mich rasch wieder und frage: »Alles in Ordnung?«, wobei mein Blick auf ihre Arme gerichtet ist.

Sie schlingt ihre schmalen Finger um ihren linken Bizeps, als versuche sie die roten Fingerabdrücke zu verbergen. »M-mir geht's gut«, stottert sie wenig überzeugend, nimmt sich dann aber zusammen. »Mir geht's wirklich gut. Danke, dass du mir geholfen hast.«

»Oh, keine Ursache.« Ich bin ganz fasziniert davon, wie sie mit ihren wunderbar geraden Zähnen auf ihrer Unterlippe herumkaut, was sie keineswegs mit Absicht tut.

Sie flirtet nicht mit mir und legt es auch nicht darauf an, mich rumzukriegen, und zum ersten Mal seit langer Zeit bin ich sprachlos. Dieses heiße, unschuldige Mädel ist genau das: ein heißes, unschuldiges Mädel ohne irgendwelche Hintergedanken und Erwartungen, wohin uns diese seltsame und dennoch elektrisierende Begegnung führen könnte.

Ich hatte ganz vergessen, wie Unschuld aussieht – ist das nicht traurig?

»Mein Name ist Madison«, sagt sie, streckt mir die Hand hin, und meine große Hand lässt die ihre winzig erscheinen, als ich sie schüttele.

»Dixon«, erwidere ich mit einem Lächeln, das nicht aufgesetzt ist.

»Kommt es öfter vor, dass du den Helden spielst und einer Frau in Not zu Hilfe eilst?«

»Ist ein Hobby von mir«, entgegne ich mit einem lässigen Schulterzucken, und Madison lacht.

»Nun, Dixon, ich danke dir, dass du mir geholfen hast.« Ich nicke und lasse ihre Hand los, die ich zu meinem großen Erstaunen immer noch schüttele.

»Immer wieder gern! Geht es dir auch wirklich gut?«, frage ich, da ich bemerke, wie sie für einen Moment erschauert.

»Aber ja. Hunde, die bellen, beißen ja bekanntlich nicht.« Mir fällt auf, dass sie nicht näher ausführt, wer ihr Angreifer ist.

Ich würde gern noch mehr sagen, doch ausnahmsweise fehlen mir, dem erfolgreichen Seelenklempner und geborenen Charmeur, einmal die Worte. Und der Grund dafür ist, dass ich so ein Gefühl habe, Madison würde mich durchschauen und als den Hochstapler entlarven, der ich nun einmal bin.

»Maddy? Bist du da draußen?«, ertönt eine besorgte Stimme hinter uns.

Wir drehen uns beide um, und ich verspüre urplötzlich den Drang, mir an die Nüsse zu fassen, denn ein flammender Rotschopf kommt auf uns zugestürmt. Die Frau starrt mich zornig an, ehe sie sich Madison zuwendet.

»Alles in Ordnung bei dir?«

Madison nickt.

»Alles okay«, erwidert sie und wirft mir ein Lächeln zu, als sie in meine Richtung deutet. »Das hier ist Dixon.«

Ihre Freundin sieht mich an, mustert mich unverhohlen von Kopf bis Fuß, ignoriert mich aber ansonsten und fragt Madison: »Wo ist der Idiot hin?«

Sie hat Mumm, das gefällt mir.

Madison streicht sich eine Haarsträhne hinters Ohr und runzelt die Stirn. »Oh, er hat sich verzogen. Dixon hat die Lage gerettet«, gesteht sie und wirft mir ein schüchternes Lächeln zu.

Ihre Freundin schaut erneut zu mir herüber, und dieses Mal erweckt sie nicht den Eindruck, als wolle sie mir bei lebendigem Leibe die Haut abziehen. »Tja, in dem Fall freut es mich, dich kennenzulernen, Dixon«, sagt sie und winkt mir kurz zu.

»Geht mir auch so«, entgegne ich. »Es war wirklich nicht der Rede wert. Ich war lediglich zur richtigen Zeit am richtigen Ort.«

Oder zur falschen Zeit, denn je näher ich mir Madison betrachte, desto faszinierter bin ich von ihr. Was ist nur mit mir los?

»Trotzdem vielen Dank, dass du auf meine Freundin aufgepasst hast.«

Ich nicke ihr kurz höflich zu. Ihre Fürsorglichkeit gegenüber Madison erinnert mich an meine Freundschaft mit Hunter und Finch. Madison ist es zweifelsohne wert, beschützt zu werden. Man muss sie sich doch nur mal ansehen.

Mein Blick wandert immer wieder zu ihr hinüber, und zu

meiner Überraschung erwidert sie ihn. Ihre Freundin scheint diese Blicke, die zwischen uns gewechselt werden, auch mitzubekommen, denn sie räuspert sich eine Oktave höher als nötig.

»Tja, dann sollten wir mal wieder reingehen. Unsere Freundinnen fragen sich wahrscheinlich schon, wo wir abgeblieben sind«, erklärt sie und durchbricht damit meine tranceähnliche Benommenheit.

Dixon, sei kein Trottel, sprich mit ihr. Aber was soll ich sagen? Ich habe schon so lange nicht mehr mit einem Mädel geredet; vor allem nicht mit einem Mädel, mit dem ich wirklich reden will. Ich habe vergessen, wie man sich mit dem anderen Geschlecht unterhält – und »Schneller« oder »Fick mich härter« zählt dabei nicht. Also stehe ich wie ein Idiot stumm da und lächele.

»Hat mich gefreut, dich kennenzulernen«, sagt Madison, zögert und beißt sich auf die Lippe.

»Mich auch. Pass auf dich auf!«

Ich kann gerade noch ein Stöhnen unterdrücken. Wer außer den Eltern sagt denn »Pass auf dich auf!«? Ich öffne den Mund, um einen witzigen Spruch hinterherzuschicken, allerdings wird Madison von ihrer Freundin schon Richtung Eingang gezerrt.

Aber plötzlich dreht sie den Kopf und ruft mir über die Schulter hinweg zu: »Ich arbeite in der Pony Bar. Komm doch mal vorbei, wenn du in der Nähe bist.«

Ehe ich antworten kann, ist sie verschwunden.

Was zum Teufel war das denn? Madison hat mich einfach hier auf dem Gehweg stehen lassen und damit *meine* Männlichkeit infrage gestellt.

Da lasse ich das erste Mädel, das mich seit einer halben Ewigkeit nicht anwidert, wie ein Schisser einfach so ziehen. Ich muss da rein und mit ihr reden. Sie muss unbedingt sehen, was für ein toller Kerl ich eigentlich bin. Aber genau das ist das Problem: Ich bin kein toller Kerl. Diese Woche habe ich vier verschiedene Frauen gevögelt, und ich kann mich nicht einmal mehr an ihre Namen erinnern. Oder an ihre Gesichter. Da ist nichts weiter als dieses fast schon übermächtige Gefühl des Bedauerns, von dem ich wünschte, ich könnte es irgendwie auslöschen. Doch das will mir einfach nicht gelingen.

Mädels wie Madison sind zu gut für meinesgleichen, und ich tue ihr wirklich einen Gefallen, wenn ich mich von ihr fernhalte. Aber sag das mal meinem Schwanz, der sich für Madison zu interessieren begann, als sie den Mund aufmachte. Klar sieht sie verdammt gut aus, was mich jedoch wirklich zu ihr hinzieht, ist die Tatsache, dass ich sie nicht als Eroberung betrachtet habe. So habe ich schon lange nicht mehr empfunden. Eigentlich seit Lily nicht mehr.

Und mit einem Mal kehren die Gedanken an sie zurück, und ich erinnere mich, warum ich überhaupt hier draußen gewesen bin.

»Hallo, mein Süßer«, schnurrt eine Stimme und katapultiert mich wieder ins Hier und Jetzt.

Als ich den Blick hebe, sehe ich die blonde Barfrau vor mir stehen.

»Hallo«, erwidere ich rasch, als ich sehe, dass sie auf eine Antwort wartet.

»Hab dich drinnen gesehen.« Sie deutet mit einer Kopfbewegung zur Bar hinüber, während sie mich abcheckt.

Ich weiß, dass ich nicht gerade hässlich bin, und wenn ich eine Tussi wäre, würde ich wahrscheinlich auch mit mir vögeln wollen. Ich bin schon immer groß gewesen, habe aber aufgehört zu wachsen, als ich einen Meter neunzig erreicht hatte. Mein dunkelbraunes Haar ist von Natur aus strubbelig, sieht aus wie ein Fake-Iro, wie mir ein Mädel, das ich mal gevögelt habe, gesagt hat, meine Augen sind blau, und da ich meistens zu faul bin, um mich zu rasieren, sind meine Stoppeln inzwischen so was wie mein Markenzeichen.

»Ach wirklich?«, frage ich und verspüre einen Brechreiz, denn ich weiß, wohin dies führt.

»Ja, wirklich«, bestätigt sie mit einem langsamen Nicken und beißt sich auf ihre mit Gloss beschmierten Lippen. »Kann ich 'ne Kippe von dir schnorren?«

»Klar.« Ich durchsuche meine Taschen und biete ihr eine an.

Als sie sich die Marlboro zwischen die Lippen schiebt, wartet sie darauf, dass ich ihr Feuer gebe. Ich versuche, nicht zurückzuweichen, als sie mir dabei einen anzüglichen Blick zuwirft und die Lippen spitzt wie ein Fisch. Meine geile Libido sagt meinem bescheuerten Hirn, dass dieses Bunny genau das ist, was ich jetzt brauche, um meine Begegnung mit der braunhaarigen Schönheit zu vergessen. Die beiden sind das genaue Gegenteil voneinander, und genau das brauche ich jetzt. Denn das hier kann ich am besten.

»Wie lange dauert deine Pause denn, Schätzchen?«

Sie klimpert mit ihren falschen Wimpern und grinst. »Fünfzehn Minuten.«

Ich beuge mich zu ihr hinab und flüstere: »Dann werde

ich dafür sorgen, dass das die besten fünfzehn Minuten deines Lebens werden.«

Mehr muss ich gar nicht sagen. Sie schnippt die Zigarette mit einem verschmitzten Lächeln zu Boden, packt mich am Hemdkragen und führt mich um die Ecke, wo ich mein Versprechen einlöse.

Dies mögen die besten fünfzehn Minuten ihres Lebens sein, aber für mich sind sie alles andere als das.

3

Engel der Sünde

Dixon

Niemand mag Montage – ganz besonders nicht, wenn das Wochenende beschissen gewesen ist. Dabei sollte man doch meinen, dass sich meine Laune gebessert hätte, nachdem ich mir unter der Dusche zweimal einen runtergeholt hatte.

Es war ein komisches Wochenende. Am Freitagabend hatte ich die Blondine aus der Bar gebumst und war danach allein nach Hause gefahren, was merkwürdigerweise ein Gefühl der Enttäuschung bei mir hinterlassen hatte. Dabei lautet mein oberstes Gebot: Niemals eine Frau mit nach Hause nehmen. Meine Wohnung ist mein Allerheiligstes, mein Zufluchtsort, wo ich ganz ich selbst sein kann, und ich weigere mich, diese Reinheit durch mein Rumgevögel zu beschmutzen. Außerdem betrachte ich diese Wohnung immer noch als die unsere – Lily steckt dort nach wie vor in jedem Winkel, und ich bringe es einfach nicht fertig, die Erinnerung an unsere glücklichen Momente zu besudeln.

Aber Freitagabend habe ich mich gefragt, wie es wohl wäre, einmal eine Tussi mit nach Hause zu bringen und sie in meinem Bett zu vögeln anstatt im Stehen an einer Backsteinwand.

Als Psychiater weiß ich natürlich, wie der menschliche Verstand funktioniert – zumindest meistens. Der Trigger für mein Bedürfnis nach Geborgenheit war die reizende Madison. Ihre Unschuld war so betörend gewesen, und so hatte ich schon lange nicht mehr empfunden. Obwohl wir uns nur kurz begegnet sind, war da etwas zwischen uns gewesen. Schade, dass ich nicht den Mumm besessen hatte herauszufinden, was dieses etwas war.

Nach meiner kleinen Nummer mit der Barfrau war ich sauber geblieben und hatte mich aus allem rausgehalten – insbesondere aus irgendwelchen Tussis. Es war furchtbar langweilig gewesen, aber ich komme mir nach meiner zweitägigen sexuellen Abstinenz jetzt irgendwie weniger schmutzig vor. Für jemanden, der den Sex als Schutzschild benutzt, ist das eine verdammt lange Zeit.

»Dr. Mathews, Ihr 12:30-Uhr-Termin ist da«, sagt Ms. Vale über die Sprechanlage an meinem Telefon.

Ihre Stimme reißt mich aus meinen Gedanken, und ich räuspere mich, bevor ich antworte: »Schicken Sie die Patientin herein.«

Ich rufe das Formular für neue Patienten auf meinem Laptop auf und beginne Ms. Juliet Hartes Angaben einzutippen.

Alter: 26

Geschlecht: weiblich

Adresse: 18 Union Square West, New York

Problem: Sexsucht

Oh Mann.

»Dr. Mathews?«, fragt eine weiche, samtige Stimme, die meinen Schwanz sogleich stramm stehen lässt.

Als ich den Blick vom Bildschirm hebe, stelle ich fest, dass Ms. Juliet Harte die reine Sünde in Perfektion darstellt.

Sie hat sich ihr langes blondes Haar aufgesteckt, und einzelne Strähnen fallen ihr um das Gesicht, lenken die Aufmerksamkeit auf ihre blauen Augen, in denen »Los, fick mich!« geschrieben steht. Sie hat die geilsten Lippen, die ich jemals gesehen habe, und der klare Lipgloss lässt sie feucht erscheinen. Bei der Vorstellung, was diese Lippen mit mir anstellen könnten, nehme ich so unauffällig wie möglich eine andere Position in meinem Sessel ein.

Meine neu entdeckte Enthaltsamkeit fährt gerade in Gedanken mit Juliets perfekten Brüsten Motorboot. Aber ich setze dennoch eine professionelle Miene auf, schenke ihr ein leichtes Lächeln und deute auf den Ledersessel vor meinem Schreibtisch. »Bitte nehmen Sie doch Platz.«

Sie nickt, geht langsam darauf zu und streicht ihr cremefarbenes Tunikakleid glatt, bevor sie sich anmutig setzt.

»Guten Tag, Ms. Harte«, sage ich nickend, womit ich die Formalitäten hinter mich gebracht habe.

»Guten Tag, Dr. Mathews«, erwidert sie, die Augen aufmerksam auf mich gerichtet.

Ich vermag weder Furcht noch Besorgnis in ihrem selbstsicheren Blick zu lesen, und ihr Selbstbewusstsein törnt mich total an. Aber ich muss meine Arbeit machen.

»Heute werden wir hauptsächlich über Ihre Vorgeschichte sprechen. Diese Sitzung dient dem Kennenlernen. Um Sie richtig beurteilen zu können, ist es notwendig, dass Sie mir vertrauen. Ich werde Sie in keiner Weise für Ihre Gedanken verurteilen oder verachten. Egal, wie pervers diese auch sein mögen, es ist unverzichtbar für die Therapie, dass Sie mir gegenüber vollkommen ehrlich sind. Glauben Sie, dass Sie das schaffen?«, frage ich mit einem Lächeln.

Juliet nickt. »Ja. Ich möchte ja, dass es mir besser geht. Ich bin bereit, alles dafür zu tun.«

»Gut«, erwidere ich. »Dann schlage ich vor, dass wir zum Sofa hinübergehen, wo wir es beide bequemer haben.«

Juliets Mund verzieht sich zu einem geheimnisvollen Lächeln, aber ich ignoriere dies, greife nach meinem Notizblock und begebe mich zu dem Ledersessel, der dem Sofa gegenübersteht. Mein Blick schnellt zu der Uhr auf dem Kaminsims hinüber – ich habe ganz ehrlich nicht die geringste Ahnung, wie ich eine Stunde mit dieser unglaublich erotischen Frau über ihre Sexsucht reden soll, ohne ihr dabei die Kleider vom Leib zu reißen.

Ich räuspere mich und versuche, sie nicht anzustarren, als sie auf dem schwarzen Ledersofa Platz nimmt. Als sie langsam ihre langen Beine übereinanderschlägt, stelle ich mir vor, wie sich die schwindelerregend hohen Absätze ihrer schwarzen Stilettos in meinen Hintern graben, während ich sie, gegen die Wand meiner Praxis gepresst, vögele, und ich kann gerade noch ein Stöhnen unterdrücken.

»Also, weshalb sind Sie heute hier, Ms. Harte?«

Juliet verlagert ihr Gewicht, und das Leder ächzt unter ihrem sündigen Hintern, als sie erwidert: »Ich habe da ein Problem.«

Ich nicke, ermutige sie fortzufahren.

»Man könnte es wohl als eine Sucht bezeichnen.« Sie verstummt, schaut zu Boden.

Ich warte darauf, dass sie weiterspricht, gebe mein Bestes, mich professionell zu verhalten.

Als sie den Blick wieder hebt und mich ansieht, flüstert sie heiser: »Ich bin süchtig nach … Sex.«

Jeder heißblütige Mann würde jubeln, dürfte er diese wundervollen Worte aus ihrem Mund vernehmen, doch ich bleibe scheinbar unberührt, als ich sie frage: »Wie lange empfinden Sie schon so?«

»Bereits eine ganze Weile.«

»Wie lange ungefähr?«, beharre ich mit gezücktem Stift.

»Gut ein Jahr«, gesteht sie, ohne ihre Gelassenheit zu verlieren, während ich ihre Geheimnisse auf meinem Schreibblock notiere.

»Ich würde gern über Ihr Privatleben sprechen, Ms. Harte, ist das in Ordnung für Sie?«

Sie nickt.

»Ist zu der Zeit etwas geschehen? Etwas, das diese Verhaltensänderung hervorgerufen haben könnte?«

Ich sehe ihr an, dass sie über die Frage nachdenkt. »Na ja, da war schon etwas«, sagt sie. Ich hake nicht weiter nach, warte darauf, dass sie fortfährt. »Es war das erste Mal, dass ich mit einer Frau geschlafen habe. Bedeutet das jetzt, dass ich bisexuell bin? Oder lesbisch?«, fragt sie neugierig.

»Ich kategorisiere Sexualität nicht gern, Ms. Harte«, entgegne ich und presse dabei den Notizblock gegen meine sich anbahnende Erektion. »Wie haben Sie sich dabei gefühlt, als Sie mit dieser Frau geschlafen haben?«

»Es hat mir gut gefallen«, gesteht sie. »Es gibt einfach Dinge, die einem ein Mann im Bett nicht geben kann.«

»Und was wäre das zum Beispiel?«

»Mit einer Frau zusammen zu sein ist so vertraut. Alles ist so weich, und da sind diese Behutsamkeit und ein gewisses Gefühl von Geborgenheit, wie es einem ein Mann für gewöhnlich nicht geben kann. Die Art und Weise, wie eine

Frau den Körper einer anderen Frau berührt, ihre sanften Rundungen und glatten Flächen erkundet, ist wirklich wunderschön. Mit einem Mann dagegen ist es grob und roh. Ein Mann verschlingt einen, vertilgt einen genauso gierig wie sein Essen, während wir Frauen uns lieber Zeit nehmen und den Geschmack genießen«, erklärt sie und fährt sich dabei mit ihrer rosafarbenen Zunge über die Unterlippe.

Sollte meine Erektion noch härter werden, könnte ich damit Nägel in die Wand schlagen. Mir ist klar, dass ich dieses Gespräch in eine andere Richtung lenken muss, bevor ich ihr beweise, dass nicht alle Männer Barbaren sind und auch wir unsere Mahlzeiten durchaus zu genießen vermögen.

»Ist denn noch etwas anderes in dieser Zeit geschehen? Wie steht es um Ihr Familienleben? Die Arbeit? Freunde?«

Juliet bleibt weiterhin gelassen und antwortet bereitwillig. »Da läuft alles gut. Ich lebe allein in einer Wohnung, die Daddy mir gekauft hat. Er ist Investmentbanker und ziemlich wohlhabend. Meine Mutter ist gestorben, als ich sieben war, deshalb erinnere ich mich nicht mehr richtig an sie. Daddy hat noch mal geheiratet, und Rachel hat mich von Anfang an wie ihre Tochter behandelt. Sie hat zwei eigene Kinder, die beide sehr nett sind.«

»Sind die älter oder jünger? Was haben Sie für ein Verhältnis zu ihnen?«

»Das eine Kind ist älter, das andere jünger, und ich liebe … beide.« Mir entgeht keineswegs das kurze Zögern in ihrem etwas bemüht wirkenden Eingeständnis.

»Was machen Sie beruflich?«, frage ich und notiere mir ihre Stiefgeschwister als möglichen Grund für ihre Sucht.

»Ich arbeite für eine Rechtsanwaltskanzlei. Erledige Bürokram. Eigentlich muss ich gar nicht arbeiten. Daddy sorgt für mich.«

Ich nicke. Es irritiert mich ein wenig, dass eine sechsundzwanzigjährige Frau ihren Vater mit »Daddy« tituliert. Ich notiere mir einen sexuellen Missbrauch in der Kindheit als mögliche Ursache für ihre Probleme. Die meisten Sexsüchtigen beschreiben ihre Eltern als streng, unnahbar und gefühllos. Aber in Juliets Fall scheint ihr Vater das komplette Gegenteil zu sein. Ich vermerke, auf diesen Punkt später noch einmal eingehen zu wollen.

»Rauchen Sie? Trinken Sie? Nehmen Sie Drogen?«

Juliet grinst und richtet sich im Sessel auf. »Dreimal ja.«

Ms. Harte scheint doch eine etwas vielschichtigere Persönlichkeit zu besitzen, als ich erwartet hatte. »Welche Drogen nehmen Sie?«

»Nun, ich mag Acid, Ecstasy und Koks«, erwidert sie gelassen.

Ach du Scheiße, diese Frau bedeutet Ärger. Aber je mehr Sünden sie mir beichtet, desto größer wird mein Verlangen nach ihr.

»Das ist ja ein ziemlicher Cocktail. Wann haben Sie damit angefangen?«

Sie ignoriert meine Frage und nimmt stattdessen ihr Bein in Sharon-Stone-Manier betont langsam von ihrem Knie, sodass ich das weiße Nichts von einem winzigen Stoffdreieck erblicke, das ihre Muschi bedeckt. Aber ich verhalte mich ganz professionell, denn ich will das hier nicht vermasseln. Mir ist klar, dass ich Ms. Juliet Harte zum letzten Mal gesehen habe, wenn ich nun meiner zügellosen Libido nachgebe, und nach dieser Einführung will ich mehr.

»Haben Sie schon mal gevögelt, während Sie auf Acid waren, Mr. Mathews?« Sie ist offensichtlich gespannt, wie ich auf ihre vulgäre Frage reagieren werde.

»Hier geht es nicht um mich, Ms. Harte, sondern um Sie und Ihre Gefühle. Möchten Sie mir etwas darüber erzählen, wie Sie sich gefühlt haben, als Sie high waren und dabei Geschlechtsverkehr hatten?«, entgegne ich kühl und ziehe arrogant die Augenbrauen in die Höhe.

Ich mache diesen Job nicht erst seit gestern, und da braucht es schon ein bisschen mehr als eine geile Schnitte mit dreckigem Mundwerk, um mich in Fahrt zu bringen. Sie stellt mich ganz offensichtlich auf die Probe, und ich muss zugeben, dass sie klüger ist, als ich dachte. Bei dieser Femme fatale sollte ich mich – und meinen Schwanz – wohl besser in Acht nehmen!

»So was hatte ich noch nie erlebt. Es war einfach unglaublich. Meine ganze Haut hat gebrannt, und meine Sinne waren total im Einklang mit meinem Körper. Ich habe jede Bewegung meiner Partner vorausgeahnt. Jede Berührung, jeden Klaps, jedes Lecken, jeden Stoß, jedes Kitzeln, einfach alles – und es war ums Zehnfache verstärkt und fühlte sich so umwerfend an, wie ich es noch nie zuvor erlebt hatte«, schwärmt sie, und ihre Pupillen weiten sich dabei. Zweifellos durchlebt sie in ihrer Vorstellung gerade diese *ménage à trois* noch einmal – mir war durchaus nicht ihre betont beiläufige Erwähnung des Plurals entgangen.

»Sie mögen also Sex?« Mein überstimuliertes Gehirn fleht mich an, diese Folter zu beenden.

Sie nickt. Ihr Blick fixiert meinen Schritt. »Ich liebe Sex.«

»Was genau lieben Sie denn daran? Mal abgesehen von der körperlichen Befriedigung.«

Juliet verzieht ihr Gesicht zu einem Grinsen, ehe sie antwortet. »Ich liebe die Macht.«

Ich sehe mich in meiner Fantasie mit Handschellen ans Bett gefesselt, während ich Ms. Harte mit »Herrin« anrede. Diese Frau könnte eine ernsthafte Gefahr für meine Gesundheit darstellen, und ich kann es kaum erwarten herauszufinden, was in ihr vorgeht.

Eine Stunde später sitze ich übernervös in meinem Sessel und bin kurz davor, in meiner Hose zu kommen. Ms. Harte ist im Badezimmer und macht sich frisch, da die Sitzung ein wenig hitzig geworden ist und ich sie beinahe zum Weinen gebracht habe. Ich bin mir immer noch nicht sicher, ob es echte Tränen waren oder nicht, was mir ein wenig Kopfzerbrechen bereitet. Sie ist definitiv eine Ausnahme und eine ungewohnte, wenngleich erfrischende Abwechslung, da mich die meisten Frauen nicht im Unklaren lassen. Sie allerdings schon.

»Nächste Woche um die gleiche Zeit?«, fragt sie, während sie aus dem Badezimmer tritt, und reißt mich damit aus meinen Gedanken.

Als ich vom Schreibtisch aufblicke, sehe ich, dass sie einen knallroten Lippenstift aufgetragen hat, der durch ihr helles Haar noch auffallender wirkt. Ich nicke beiläufig, tue so, als würde ich etwas auf meinem Laptop tippen, versuche locker und cool zu wirken.

»Gern. Stimmen Sie den Termin doch mit Ms. Vale ab.« Mit meiner knappen Antwort gebe ich ihr zu verstehen, dass wir hier fertig sind, was bei ihr ankommt.

»Vielen Dank für heute, Dr. Mathews. Ich fühle mich …

besser« sagt sie, doch mich beschleicht der Verdacht, dass »besser« nicht unbedingt das Wort gewesen ist, das sie verwenden wollte.

»Bis nächste Woche dann, Ms. Harte«, erwidere ich und schenke ihr ein leichtes Lächeln.

»Bis nächste Woche.« Sie nickt entschlossen, und mein Blick folgt ihrem knackigen kleinen Arsch, als sie mein Sprechzimmer verlässt.

In dem Moment, als die Tür ins Schloss fällt, stoße ich einen langen gequälten Atemzug aus. Gott sei Dank muss ich nicht länger meine ohnehin nur gespielte Fassung bewahren. Das war wirklich heftig. Meine Megalatte zeugt davon, wie heftig.

Wenn ich schlau wäre, würde ich Susanna bitten, sämtliche zukünftige Termine, die Ms. Harte ausgemacht hat, abzusagen und sie an einen anderen Arzt zu verweisen. Aber wenn's um Sex geht, dann setzt bei mir das Gehirn einfach aus. Und mir ist noch nie eine Frau mit einer solch aggressiven Sexualität begegnet. Ich bin Manns genug zuzugeben, dass mich Juliet Harte antörnt und mir gleichzeitig auch Angst macht.

Ich habe keine Ahnung, wie ich die Sache angehen soll, weil es sich nicht leugnen lässt, dass da eine sexuelle Spannung zwischen uns ist. Ich weiß, das klingt albern, denn immerhin ist die Frau eine bekennende Sexsüchtige. Aber da steckt noch mehr dahinter, und ich muss unbedingt herausfinden, worum es sich handelt.

Ich blicke auf meinen Schoß hinab und stoße angesichts meiner anhaltenden Erektion einen Seufzer aus. Was für eine Verschwendung. Da muss ich wohl selbst Hand anlegen. Ich schließe meine Tür ab und begebe mich in mein privates Badezimmer. In dem Moment, in dem ich das Licht einschalte, dringt mir ihr Parfüm in die Nase, und ich nehme mir einen Moment Zeit, um ihren Duft zu genießen. Der blumige Wohlgeruch hilft mir allerdings auch nicht aus meiner misslichen Lage, und ich öffne rasch den Hosenknopf, bereit, mich an die Arbeit zu machen. Doch meine Hand erstarrt, als mein Blick auf den Spiegel über dem Waschbecken fällt.

Dort steht mit knallrotem Lippenstift eine Telefonnummer geschrieben (wem die gehört, dürfte klar sein), und darunter befindet sich der perfekte Abdruck eines Kussmundes – eine unverhohlene sexuelle Anspielung und nicht gerade ein dezenter Hinweis darauf, dass ich sie anrufen soll. Was ich ohnehin hätte tun können, weil ich ihre Kontaktdaten ja bereits aus den Patientenunterlagen kenne.

Verdammt, ich bin am Arsch.

Ich gebe auf, öffne den Reißverschluss, greife in meine Hose und verschaffe mir innerhalb weniger Minuten Erleichterung. Wer hätte gedacht, dass ein so unschuldiger Abdruck eines Kussmundes mir solch einen explosiven Orgasmus verschaffen könnte. Doch Juliet Harte hat absolut nichts Unschuldiges an sich.

4

Verdorben

Dixon

Diese Woche war die Hölle – eine einzige Katastrophe. Also bin ich Freitag Schlag sechs durch die Tür, um auf andere Gedanken zu kommen.

Ich habe mich mit Hunter und seinen Eltern, Ralph und Marie, verabredet, die übers Wochenende zu Besuch in der Stadt sind.

Wir treffen uns in einem beliebten Grillrestaurant, und als ich durch die Eingangstür trete, sehe ich sie bereits in einer Ecknische sitzen. Hunter winkt mir zu, und ich mache mich auf den Weg zu ihnen, wobei ich unterwegs einer Kellnerin ausweiche, die mir ein sexy Lächeln schenkt.

Nach dieser total verkorksten Woche, in der ich mir ständig einen runtergeholt habe – was ziemlich unbefriedigend gewesen ist –, habe ich mich entschieden, einen großen Bogen um Frauen zu machen, da mir momentan eine einfach nicht aus dem Kopf gehen will. Juliet Harte hat einen ziemlichen Eindruck bei mir hinterlassen, und es war verdammt schwer, nicht einzuknicken und sie anzurufen.

Das wäre auf jeden Fall falsch gewesen, und ich wäre in Teufels Küche gekommen. Zugegeben, ich habe schon mit einigen meiner Patientinnen gebumst, was in ethischer, moralischer und professioneller Hinsicht falsch war. Aber sie waren eigentlich gar keine echten Patientinnen, weil sie nie wirklich meine Hilfe benötigt haben.

Doch Juliet hat echte Probleme, und der Arzt in mir möchte ihr helfen. Allerdings steckt da auch noch der geile Kerl in mir, der ihr das Hirn rausvögeln will.

Ich schiebe diese unpassenden Gedanken beiseite, küsse Marie auf beide Wangen und umarme sie herzlich, als ich an der Nische ankomme.

»Hallo, Dixon. Oh, deine Frisur sieht toll aus«, sagt sie und streicht mir durch mein unordentliches Haar.

Eigentlich erinnert meine Frisur im Augenblick an ein Vogelnest, da ich mir in der letzten Woche vor lauter Frust dauernd die Haare gerauft habe.

»Schön, dich zu sehen, Ralph.« Ich strecke Hunters Vater die Hand hin.

»Dich auch, mein Junge«, erwidert er und ergreift sie.

Wir nehmen alle Platz, und ich schnappe mir die Speisekarte von Hunter, der mir einen kleinen spielerischen Rempler mit der Schulter verpasst.

»Wie war der Verkehr?«, frage ich, während ich meinen Blick nutzloserweise über die Karte wandern lassen, denn Essen wird meinen gegenwärtigen Hunger nicht stillen.

»Ach, schrecklich wie immer. Auf unserer Seite des Flusses ist es viel besser.«

Ich schenke Marie ein leichtes Lächeln, denn ich weiß, dass sie New Jersey immer die Treue halten wird.

»Du siehst müde aus, Dixon. Bist du krank?« Sie greift mit der Hand über den Tisch und fühlt meine Stirn.

Für gewöhnlich lasse ich mich nicht wie ein kleines Kind

behandeln, aber das hier ist nun Mal Marie, und ich bin daran gewöhnt, dass sie mich bemuttert.

»Stimmt, Dix, du siehst wirklich ein bisschen blass aus. Stimmt was nicht?«, neckt mich Hunter und blickt auf meinen Schoß herab. »Ist alles, wo es sein sollte?«

Ich verdrehe die Augen und ignoriere ihn.

»Es geht mir gut, Marie. Habe im Moment in der Praxis nur viel zu tun, das ist alles.«

»Weil da draußen einfach zu viele Bekloppte rumlaufen«, sagt Ralph arglos und nimmt einen Schluck von seinem Eistee.

»Ralph!«, ermahnt ihn Marie mit einem tadelnden Blick.

»Was denn?«, erwidert er schulterzuckend.

Ihr Blick huscht diskret zu mir hinüber, und mir ist klar, dass sie dadurch auf taktvolle Art und Weise auf die Tatsache aufmerksam machen will, dass einer dieser Bekloppten mein Vater ist.

»Ist schon gut, Marie«, beharre ich und tue das Ganze mit einer kleinen Handbewegung ab.

Ich habe meinen Dad seit dem Tag, an dem ich ihn eingewiesen habe, nicht mehr gesehen, und das ist inzwischen vier Monate her. Ich kann einfach nicht ertragen, dass mein einst so gesunder, dynamischer Vater nur noch ein Schatten seiner selbst ist, und diesen Anblick will ich mir ersparen. Ja, nennt mich ruhig einen Scheißkerl, aber ich möchte meinen Vater lieber glücklich und gesund in Erinnerung behalten und nicht als den mit Medikamenten vollgedröhnten Zombie, zu dem er inzwischen geworden sein dürfte.

Marie muss dies wohl in meinem Gesicht gelesen haben,

denn sie sagt mit sanfter Stimme: »Ich habe deinen Vater neulich besucht. Er sieht besser aus.«

Besser? Besser als was? Besser als der sabbernde, hoffnungslose Fall, der er war, als ich ihn eingewiesen habe? Tut mir leid, Marie, aber »besser« bedeutet in diesem Falle, tot zu sein.

Doch ich nicke ihr nur kurz zu und versuche ungerührt zu erscheinen, weil ich ihre Gefühle nicht verletzen will. »Das ist toll. Ich wollte auch mal bei ihm vorbeischauen, aber … ich hatte einfach zu viel zu tun«, beende ich den Satz nicht gerade überzeugend.

Sie lächelt. »Das verstehe ich.«

Ich räuspere mich. »Grüß ihn doch von mir, wenn du ihn das nächste Mal besuchst«, sage ich.

»Das werde ich machen. Aber vielleicht könntest du ihn mal anrufen? Ich glaube, darüber würde er sich freuen«, schlägt sie behutsam vor.

»Ja, vielleicht«, erwidere ich, ohne es wirklich ernst zu meinen.

Glücklicherweise unterbricht die Kellnerin in diesem Moment unsere unangenehme Unterhaltung und verhindert weitere Rechtfertigungsversuche meinerseits, warum ich eigentlich doch kein so beschissener Sohn bin, wie es den Anschein hat.

Es war noch früh am Abend, und so entschieden wir uns, zum Central Park zu spazieren.

Ralph und Marie kaufen gerade Brezeln an einem Wagen, als mich Hunter beiseitenimmt und fragt: »Was ist mit dir los?«

»Könntest du etwas genauer sein?«, gebe ich zurück und lese weiter E-Mails auf meinem Smartphone.

»Du hast den ganzen Abend über keinen einzigen Blick für die scharfe Kellnerin übriggehabt, die dir ihre Titten quasi als Beilage zu deinem Steak serviert hat! Was ist los, Alter? Ich fange langsam an, mir Sorgen zu machen. Hast du es jetzt etwa mit *Livin' La Vida Loca*?«, erkundigt er sich mit ernster Miene, was mich zum Schmunzeln bringt. Hunter ist einer, der redet, wie ihm der Schnabel gewachsen ist.

»Erst bezeichnest du mich als Aufreißer, und jetzt stellst du meine sexuelle Orientierung infrage?«, erwidere ich. »Hunter, deine wilde Fantasie überrascht mich immer wieder. Vielleicht arbeitest du in der falschen Branche. Soweit ich weiß, stellt Walt Disney gerade wieder Leute ein«, sage ich grinsend.

»Mach du ruhig deine Witze. Ich weiß, dass da was im Busch ist. Also spuck's aus.«

Ich fahre seufzend mit der Hand durch mein zerzaustes Haar. Ich werde ihm wohl die Wahrheit sagen müssen, denn sonst wird er nie aufhören nachzubohren. »Ich hab da diese Tussi kennengelernt.«

»Ha!«, sagt Hunter triumphierend, doch ich hebe die Hand, bedeute ihm, die Klappe zu halten. Glücklicherweise kommt die Botschaft bei ihm an.

»Sie ist eine Patientin, und bevor du mich jetzt wieder ins Kreuzverhör nimmst: Ich habe nichts getan.«

Hunter nickt mit aufeinandergepressten Lippen.

»Diese Frau bedeutet Ärger, Mann, das ist mir klar, aber sie geht mir einfach nicht mehr aus dem Kopf. Sie hat mir ihre Telefonnummer mit knallrotem Lippenstift auf meinen Badezimmerspiegel in der Praxis geschrieben«, gestehe ich.

»Sie hat was?«, erkundigt sich Hunter ungläubig. »Ist nicht wahr!«

»Doch«, entgegne ich. Und wie wahr das ist.

»Und weshalb ist sie bei dir?«, fragt er, obwohl er sehr wohl weiß, dass das der ärztlichen Schweigepflicht unterliegt.

»Das kann ich dir nicht sagen. Das geht nur die Patientin und mich etwas an«, erwidere ich mit gespielter Empörung.

»Lass den Quatsch! Wenn du darüber nachdenkst, sie zu vögeln, dann kannst du dir den Spruch auch schenken.«

Womit er recht hat. Also antworte ich kleinlaut: »Sie ist sexsüchtig.«

Hunter bleibt der Mund offen stehen. Er schüttelt lebhaft den Kopf und rammt mir seinen Finger in die Brust. »Du musst dich von dieser Nymphomanin fernhalten, Dix. Du steckst deinen Schwanz doch sowieso schon überall rein, und wenn du jetzt auch noch mit dieser Tussi bumst, deren Libido außer Kontrolle ist, dann werdet ihr euch noch zu Tode ficken. Ganz abgesehen davon, dass sie Ihre Patientin ist, Dr. Mathews.«

»Ich weiß, ich weiß. Und du hast ja recht. Aber ich bin von dieser Frau einfach total fasziniert, Hunt.«

»Dich fasziniert wohl vielmehr ihre Begeisterung dafür, alles zu vögeln, was ihr über den Weg läuft«, sagt er feixend.

»Nein, das ist es gar nicht. Es geht nicht um Sex.« Hunter zieht zweifelnd die Augenbrauen in die Höhe. »Okay, ein bisschen schon. Aber es steckt mehr dahinter. Ich habe mich nicht mehr richtig für irgendein Mädel interessiert, seit …«

Doch ich beende den Satz nicht, weil sich etwas in mir dagegen sträubt und weil es auch gar nicht nötig ist, dass ich es tue.

Hunter streicht sich mit der Hand über die Wange und atmet mit einem vernehmlichen Pusten aus. »Hör zu, Kumpel, das Ganze klingt wirklich nach Ärger. Ich an deiner Stelle würde sie an einen Kollegen verweisen und vergessen, dass du ihr jemals begegnet bist. Die Sache wäre mir zu heikel.«

Ich nicke ergeben und gleichzeitig auch enttäuscht. Ich möchte eigentlich gar nicht, dass da etwas Wahres dran ist, aber so ist es nun einmal. Ich muss damit aufhören, bevor alles außer Kontrolle gerät. »Du hast recht. Genau das werde ich tun«, erkläre ich mit einem entschlossenen Nicken. »Sie zu behandeln wäre für keinen von uns gut.«

»Guter Junge!«, sagt er und versetzt mir einen spielerischen Schlag auf den Arm. »Du wirst in null Komma nichts vergessen haben, dass dir diese kleine Durchgeknallte jemals begegnet ist.«

»Dr. Mathews«, sagt eine Stimme hinter uns.

Hunter und ich drehen uns um, und da steht Juliet Harte. Das Bild, das ich von ihr in meiner Erinnerung habe, wird ihr nicht gerecht, und sie nun hier in einem superengen Jogging-Outfit zu sehen verschafft mir neue Erinnerungen, in denen ich am späteren Abend schwelgen werde.

»Ms. Harte«, erwidere ich und hoffe, ruhig zu wirken, während ich ihren sagenhaften Vorbau in dem bauchfreien weißen Top bewundere, das sie trägt.

Hunter räuspert sich vernehmlich, was mir das Gaffen verdirbt, und ich seufze. »Hunter, das ist Ms. Harte. Ms.

Harte, Hunter«, sage ich und wedele dabei mit der Hand zwischen den beiden hin und her.

»Nennen Sie mich doch Juliet«, bittet sie mich mit einem leichten Lächeln.

»Wie Sie wünschen.« Ich nicke.

Und dann macht sich Stille breit.

»Freut mich, Sie kennenzulernen, Juliet«, sagt Hunter brav und rettet mir damit den Arsch, da ich keine Ahnung habe, was ich zu ihr sagen könnte. Im selben Moment beginnt der Chihuahua zu ihren Füßen zu kläffen, was dankenswerterweise verhindert, dass erneut Stille einkehrt, und Juliet seufzt. »Ich mach mich besser wieder auf den Weg. Marcia mag es gar nicht, wenn's beim Gassigehen eine Störung gibt.« Der Chihuahua kläfft zustimmend. »Dann sehen wir uns Montag«, sagt sie, aber es klingt mehr wie eine Frage.

»Ja, Montag«, entgegne ich steif.

Juliet wirkt hocherfreut über meine Antwort. »Okay, also es hat mich gefreut, Sie kennenzulernen, Hunter. Toller Name übrigens«, sagt sie mit einem Augenzwinkern, bevor sie sich wieder die Ohrhörer einsetzt und langsam davonjoggt.

Unsere gierigen Blicke folgen ihr, und wir beobachten fasziniert, wie umwerfend ihr Hintern in der engen Elastanhose aussieht.

Als sie außer Sichtweite ist, murmelt Hunter: »*Das* ist deine Nymphomanin?«

»In all ihrer Pracht«, entgegne ich seufzend.

»Okay, kleine Planänderung. Vergiss das mit dem anderen Arzt. Schick sie zu mir. Lass dir irgendeine Entschuldigung einfallen, warum sie unbedingt Aktien kaufen sollte.«

Ich verzichte auf eine Antwort und schüttele lediglich den Kopf, denn ich weiß, dass ich am Montag geliefert sein werde.

Während wir schweigend darauf warten, dass Ralph und Marie endlich mit ihren verdammten Brezeln auftauchen, knurrt Hunter: »Das hat jede Menge mit Sex zu tun, du verlogener Dreckskerl.«

5

Gut gegen Böse

Dixon

Ich hatte ein weiteres ruhiges Wochenende verbracht, war zu Hause geblieben und hatte mich von sämtlichen Frauen ferngehalten. Die Begegnung mit Juliet am Freitagabend hat mich völlig aus der Fassung gebracht, und ich kann immer noch nicht aufhören, an sie zu denken. Ich hatte Hunter die Wahrheit gesagt. Es stimmt zwar, dass ich mich unglaublich von ihr angezogen fühle, doch da ist noch mehr als nur bloße körperliche Anziehung. Diese Frau fasziniert mich einfach.

Aber obwohl mich Juliet in ihren Bann gezogen hat, habe ich die andere Frau nicht vergessen, die mich ebenso fasziniert wie sie: Madison. Es ist verblüffend, dass ich in einer Woche gleich zwei Frauen getroffen habe, die mich derart zu fesseln vermögen. Verblüffend deshalb, weil ich nach Lily nicht in der Lage gewesen bin, nur eine einzige Frau zu finden, die auch nur im Entferntesten mein Interesse geweckt hätte – und nun gibt es gleich zwei.

Diese beiden könnten nicht gegensätzlicher sein, und dennoch fühle ich mich gleichermaßen zu ihnen hingezogen. In den wenigen Minuten, die ich mit Madison verbracht habe, konnte ich erkennen, dass sie lieb, unschuldig und rein ist. Juliet dagegen hat nichts Liebes, Unschuldiges oder Reines an sich. Die beiden verkörpern die typischen Sinnbilder von Engel und Teufel.

»Dr. Mathews, Ms. Harte ist hier. Sie ist ein bisschen früh dran. Darf ich sie schon zu Ihnen reinschicken?«, erkundigt sich Susanna über die Sprechanlage und reißt mich damit aus meinen Gedanken.

Ich atme einmal tief durch und drücke den Knopf. »Vielen Dank, Ms. Vale. Ja, kein Problem, tun Sie das.«

Ein Blick auf die Uhr auf meinem Laptop sagt mir, dass Juliets Termin erst in einer Viertelstunde beginnt, aber da sie ein raffiniertes Luder ist, wird sie schon einen Grund für ihr frühes Erscheinen haben. Ich bleibe sitzen, als sich die Tür öffnet und der Teufel mein Sprechzimmer betritt.

Juliet sieht total heiß aus und trägt ein knallrotes Kleid, was zu ihrer höllischen Rolle wunderbar passt.

»Ms. Harte«, sage ich und räuspere mich.

Sie weiß haargenau, dass ich sie abchecke, aber das scheint ihr nicht unangenehm zu sein – sie greift einfach um ihren ranken, schlanken Körper herum und schließt die Tür ab. Als sie sich wieder umdreht und meinem erstaunten Blick begegnet, schmunzelt sie. Ihre glänzenden Lippen sind zum Anbeißen.

»Ms. Harte?«, wiederhole ich und gebe mir dabei alle Mühe, streng zu klingen, aber was sie da tut, törnt mich so was von an, dass mich meine Stimme verrät.

»Darf ich Sie Dixon nennen?«, fragt sie gelassen und macht einen kleinen Schritt auf mich zu.

»Ich glaube nicht, dass das klug wäre. Ich bin Ihr Arzt«, erwidere ich, und mein Blick wandert für einen kurzen Moment zu ihrem Ausschnitt hinunter.

»Ich habe letzte Nacht an dich gedacht«, gesteht sie grinsend, ohne meinen Worten Beachtung zu schenken.

Ich nicke langsam, ignoriere meine zügellose Libido. »Es ist nicht ungewöhnlich, wenn Patienten zu Beginn einer Therapie an ihren Arzt denken. Eine solche Behandlung weckt in jedem neue Gefühle.«

Sie schüttelt den Kopf und sagt in einem ruhigen Ton: »Nein. Ich habe an dich gedacht, während ich meine Muschi gestreichelt habe.«

Oh scheiße. Ich falle fast aus meinem Sessel. Ich bin so was von perplex, aber gleichzeitig törnt mich ihre sexuelle Aggression auch unglaublich an.

»Ich habe mir vorgestellt, es sei deine Hand, die mich fingert und zum Orgasmus bringt. Ich glaube, ich würde schon bei einer einzigen Berührung deiner Finger kommen«, verkündet sie, leckt sich über die ohnehin schon feuchte Unterlippe und tritt einen weiteren Schritt auf mich zu.

Ich sollte wirklich vor ihr zurückweichen und verlangen, dass sie das Sprechzimmer verlässt, da dies gegen mein Berufsethos als Arzt verstößt. Aber wenn ich jetzt aufstehe, wird mich meine Latte als unbarmherzigen Samariter entlarven.

»Ms. Harte.«

»Ich habe dir doch gesagt, du darfst mich Juliet nennen«, schnurrt sie verführerisch.

»Nun, wenn Sie sich in meiner Praxis befinden, sollten wir uns an die Formalitäten halten. Wären Sie jetzt bitte so freundlich und würden die Tür wieder aufschließen?«

»Ich mag es, in deiner Praxis zu sein«, erwidert sie, »aber eigentlich ist das hier nicht geschäftlich. Meine Sitzung beginnt erst in dreizehn Minuten. Können wir so lange nicht einfach Dixon und Juliet sein anstatt Arzt und Patientin?«

Nein, wir sollten hundertprozentig nicht Dixon und Juliet sein, denn Dixon würde am liebsten mit einer einzigen Handbewegung seinen Schreibtisch abräumen und Juliet daraufwerfen, um sie so heftig zu vögeln, dass ihr Hören und Sehen vergeht. Aber meine Entschlossenheit gerät langsam ins Wanken, und das bleibt Juliet nicht verborgen.

Mein Verlangen nach dieser Frau ist größer als nach der Luft zum Atmen, doch ich habe da so ein Gefühl, dass sie mich vernichten wird, wenn ich sie an mich heranlasse. Sie wird mein ganzes Dasein Stück für Stück zerstören, und ich möchte mich nie wieder auf diese Weise verlieren.

»Dixon«, stöhnt sie und lässt ihre Hand an ihrem Körper herabgleiten.

Ich schlucke vernehmlich, und meine Augen wollen kaum glauben, was sie da sehen, als ihre Finger beginnen, den Saum ihres Kleides in die Höhe zu ziehen, bis es sich um die Mitte ihrer Oberschenkel bauscht. Bei dieser Zurschaustellung cremefarbener weicher Haut versucht mein Schwanz, ein Loch durch meine Hose zu bohren, aber ich versuche mein Bestes, nicht nachzugeben.

»Soll ich dir zeigen, wie sehr ich dich will?«, fragt sie, und dabei weiten sich ihre großen blauen Augen vor Verlangen.

Ich weigere mich zu antworten, denn scheiße noch mal, ja, ich will alles sehen, was sie zu bieten hat. Daher bleibe ich stumm, denn das hier ist Juliets Show.

Sie schlendert zu mir herüber und kommt um den Schreibtisch herum, während ich mit meinem Sessel zurückrutsche, um ihrer zierlichen Gestalt genug Platz zwischen mir und dem Tisch zu verschaffen. Dabei offenbare ich die Wölbung in meinem Schritt, und Juliets Augen beginnen bei dem Anblick zu glühen.

»Ich wusste, dass er groß ist. Sieh mir zu.«

Kein Problem. Ich kann meine Augen eh nicht von ihr lassen.

Juliet lehnt sich zurück und presst ihren Hintern gegen den Schreibtischrand, während sie ihr Kleid weiter hinaufzieht, bis es sich um ihre Taille bauscht. Augenblicklich nehme ich den Geruch ihres Verlangens wahr, und dieser köstliche Duft führt dazu, dass ich beinahe in meiner Hose komme. Ihr winziger schwarzer Tanga bedeckt kaum ihre Muschi, und als sie ihre Finger hineingleiten lässt, bekommt die Wendung »weniger ist mehr« plötzlich eine völlig neue Bedeutung für mich.

Ein leichtes Stöhnen entweicht ihren geöffneten Lippen, als sie die Finger in sich hineinschiebt, und mein Blick verharrt fasziniert auf deren ruckartigen Bewegungen, als sie sich selbst zu befriedigen beginnt.

»Oh … so feucht«, keucht sie, und ich schlucke schwer. »Hier, ich zeig's dir.«

Und bevor ich zu widersprechen vermag, zieht Juliet ihre Finger hervor, streckt sie in meine Richtung und streicht mir mit dem Zeigefinger über die Unterlippe. Als sie sieht, wie ich um meine Selbstbeherrschung ringe, breitet sich ein vielsagendes Grinsen auf ihrem Gesicht aus. Meine Zunge schnellt sogleich hervor, um aufzulecken, was mir Juliet freundlicherweise angeboten hat, und der bloße Geschmack reicht aus, mich nach mehr geifern zu lassen. Es kostet mich all die mir noch verbliebene Willenskraft, um mein Gesicht nicht zwischen ihren Beinen zu vergraben und zu übernehmen. Aber sosehr ich das auch tun will, so ist es doch für den Moment reizvoller zuzusehen, wie sie sich anfasst, als ihr dabei zu helfen.

Ihr flacher Atem sagt mir, dass sie kurz davor steht zu kommen, und als sie sich auf wackeligen Beinen ein wenig weiter zurücklehnt, um ihre Finger tiefer einführen zu können, da tue ich das Einzige, was einem Gentleman in dieser Situation zu tun bleibt. Ich lege meine Hand mit festem Griff um ihre Taille und gebe ihr damit Halt, sodass sie ohne Einschränkungen zum Höhepunkt kommen kann. In dem Moment, als ich sie berühre, gibt sie ein kehliges Stöhnen von sich, wirft den Kopf in den Nacken, schließt die Augen und stützt sich mit einer Hand noch zusätzlich auf dem Schreibtisch hinter sich ab; dabei unterbricht sie zu keiner Zeit auch nur ein einziges Mal die fieberhafte Bewegung in ihrem Tanga. Sie stößt heftig die Hüften nach vorn, als sie ihr Ziel beinahe erreicht hat.

Es ist fast zu viel für mich, und beinahe wäre ich wie ein pubertierender Teenager in meiner Hose gekommen, doch ich weigere mich, wie ein unerfahrener Junge auszusehen und meine Munition schon beim bloßen Anblick von Juliets kleiner Einlage hier zu verschießen. Meine Finger graben sich tiefer in ihre Taille und verraten dadurch, wie sehr mich diese geile Nummer, die sie hier abzieht, in Wahrheit antörnt. Als Juliet den Druck verspürt, ist es um sie geschehen. Der hektische Rhythmus ihrer Bewegungen steigert sich noch einmal zu einem ungezügelten, wilden Tempo, bei dem ihr die Hand, mit der sie sich abstützt, urplötzlich wegrutscht und sie auf dem Rücken landet.

Wie sie so auf meinem Schreibtisch daliegt, die Beine über die Kante baumeln und ihre Finger sie weiter rücksichtslos auf den Höhepunkt zutreiben, bäumt sich ihr Körper mit einem Mal auf, sie stößt ein lautes Keuchen aus, und ich sehe zu, wie sie zuckend zum Orgasmus kommt. Es kostet mich all meine Selbstbeherrschung, um sie nicht umzudrehen und zu nehmen.

Ich habe keine Ahnung, wie lange sie so mit gespreizten Beinen atemlos und erschöpft daliegt. Doch ich unternehme keinen Versuch, mich zu bewegen, denn diese rätselhafte Kreatur zu betrachten ist so, als ob man einen verborgenen Schatz entdeckt. Ich lasse ihren Anblick auf mich wirken, genieße es, wie ihr schlanker, geschmeidiger Körper langsam wieder herunterkommt, und ich weiß, dass ich am Arsch bin. Ich bin total verzaubert von Juliet Harte, und dabei haben wir noch nicht mal miteinander gevögelt.

Juliet dreht den Kopf und schaut auf die Kaminuhr. Dann streift sie mit einem zufriedenen Seufzen langsam das Kleid herab. Mir kommen fast die Tränen, denn sie so notdürftig bekleidet zu sehen war mir lieber. Sie richtet sich ganz langsam auf, bleibt aber sitzen und lässt die Beine über den Schreibtischrand baumeln. Dann platziert sie einen Stiletto-bewehrten Fuß zwischen meine gespreizten Beine und zieht meinen Stuhl zu sich heran. Ich wehre mich nicht dagegen, lasse es zu, neugierig auf das, was kommt.

Meine Brust ist nun gegen ihre Beine gepresst, und ich bin auf Augenhöhe mit ihrem Schritt. Meine Beherrschung ist wirklich lobenswert.

»Vielen Dank, Dr. Mathews«, sagt sie, beugt sich vor und gibt mir einen Kuss auf den Mundwinkel.

Bevor ich darauf reagieren kann, springt sie von meinem Schreibtisch herab und streicht ihr Kleid glatt, um dann auf dem Sofa Platz zu nehmen. Ich starre sie verblüfft an, benötige einen Moment, um zu verarbeiten, was hier gerade passiert ist. Sie hat mich Dr. Mathews genannt – erwartet sie nun etwa, dass wir die Sitzung abhalten, als wäre nichts geschehen?

Als sie nach ihrer Handtasche greift und eine Puderdose daraus hervorholt, weiß ich, dass es genau das ist, was sie erwartet.

Ich habe gerade mit angesehen, wie die heißeste Frau, der ich je begegnet bin, auf meinem Schreibtisch gekommen ist, und nun soll ich wieder den Therapeuten spielen und dabei die Tatsache ignorieren, dass mein Ständer so riesig ist, dass er jeden blenden würde, der durch diese Tür käme? Das hier ist wirklich total abgefuckt, und mir wird mit einem Mal klar, dass ich wohl derjenige bin, der hier eine Therapie braucht.

Montags treffen wir uns eigentlich nie auf einen Drink, weil Finch seinen Vaterpflichten nachkommt und Hunter seinen festen Shiatsu-Termin hat. Aber als mich Letzterer anrief und die Ungläubigkeit in meiner Stimme vernahm, weil ich immer noch unter dem Eindruck von Ms. Hartes Vorstellung stand, hat er ein Notfall-Meeting einberufen, weshalb wir nun zusammen an einem Tisch sitzen.

Als wäre mein Tag nicht schon kompliziert genug gewesen, habe ich die Pony Bar vorgeschlagen, in der Madison arbeitet. Oh ja, ich bin ein Masochist.

»Also, wie ist es gelaufen?«, erkundigt sich Hunter und greift in Erwartung des Knalleffekts nach seinem Bier.

»Na ja …«, beginne ich, ein wenig um Worte verlegen. »Am besten hältst du dir mal kurz die Ohren zu, Finch.«

Aber der schüttelt tapfer den Kopf. »Nein, leg ruhig los. Bin ja ein großer Junge. So schlimm wird's schon nicht gewesen sein.«

Wenn er wüsste …

Ich lehne mich vor, bedeute meinen Freunden, das Gleiche zu tun, und sage dann mit gesenkter Stimme: »Sie hat es sich selbst gemacht … in der Praxis … auf meinem Schreibtisch. Und ich habe dabei zugesehen.«

Oh Mann, das klang richtig versaut. Dabei hatte es sich beim Zusehen gar nicht so angefühlt, aber jetzt, wo ich es laut aussprach, hatte es etwas von einer abartigen Peepshow.

Es herrscht absolute Stille. Ich sehe meine Freunde an, warte darauf, was sie dazu zu sagen haben. Diese Stille killt mich.

»Leute?«, sage ich fragend in der Hoffnung, dass mir endlich einer von ihnen sagt, dass ich nicht so pervers bin, wie ich mich fühle.

Hunter steht der Mund offen, aber ein leichtes Lächeln huscht über sein Gesicht hinweg – ganz offenbar stellt er sich gerade die Szene vor, die ich so anschaulich geschildert habe.

»Finch?«, sage ich und sehe meinen besten Freund an, der so blass geworden ist, dass er wie ein Geist aussieht.

»Sie hat m-masturbiert? Auf deinem … Schreibtisch?«, kreischt er und durchbricht damit die Stille ein wenig lauter, als ich es erwartet hatte.

»Schhh!«, zische ich und bedeute ihm, leiser zu sprechen.

»Tut mir leid«, entschuldigt er sich stirnrunzelnd. »Aber, Dix, mein Gott, welche Frau macht denn so was?«

»Offensichtlich Juliet Harte«, sagt Hunter kichernd.

»Dixon, Gabriella ist schon in deiner Praxis gewesen. Großer Gott, meine kleine Tochter wurde einem Bordell ausgesetzt!«, schreit Finch. Ich gebe ein Stöhnen von mir, da er seine Stimme heute Abend ganz offensichtlich nicht im Griff hat.

Hunter ignoriert Finchs melodramatisches Benehmen und fragt mich mit einem Zwinkern: »Und, hast du? Du weißt schon?«

»Nein, hab ich nicht«, entgegne ich, greife nach meinem Scotch und verzichte darauf zu erwähnen, dass sie mich erst gar nicht dazu aufgefordert hat.

»Also, was ist passiert?«

»Nichts. Die Sitzung ist ohne Zwischenfälle verlaufen und –«

»Warte!«, unterbricht mich Hunter und streicht sich ein paar blonde Strähnen aus dem Gesicht, die sich aus seinem Haarknoten gelöst haben. »Ihr habt die Sitzung trotzdem noch durchgezogen?«

Mir bleibt nur ein klägliches Nicken, denn die Situation ist nun einmal so lächerlich, wie sie klingt.

»Du bist entweder der klügste oder der dämlichste Wichser, den ich kenne!« Er lacht und schlägt dabei mit der flachen Hand auf den Tisch.

»Er ist definitiv der klügste. Gut gemacht, Dix«, sagt Finch und nickt mir aufmunternd zu.

»Danke, Kumpel. Freut mich, dass ich wenigstens einen guten Freund habe«, erwidere ich und werfe Hunter einen vielsagenden Blick zu.

»Hey, komm mir nicht so. Ich habe dir gleich gesagt, dass

du sie an einen anderen Arzt verweisen sollst. Diesen Mist hast du dir ganz allein eingebrockt.«

Ich seufze, denn er hat recht. Mein Versuch, mich professionell zu verhalten, war total lächerlich. Die Sitzung war eine einzige Katastrophe gewesen, und ich sollte mich eigentlich dafür schämen, es überhaupt zugelassen zu haben, dass es so weit gekommen ist.

»Sie hat doch wohl nicht nächste Woche wieder einen Termin bei dir, oder?«, erkundigt sich Hunter mit einem ungläubigen Blick.

»Na ja …«, entgegne ich schuldbewusst und kippe den Scotch runter.

»Spinnst du?«, ruft Finch und richtet sich kerzengerade auf seinem Stuhl auf. »Dixon, diese Frau ist eine dreckige Schlampe, die in Arztpraxen masturbiert, in denen sich Kinder aufhalten! Du darfst sie auf keinen Fall wiedersehen – und du musst dir unbedingt einen neuen Schreibtisch kaufen!«

Ich kann mir ein Lachen nicht verkneifen, da Finch unglaublich unterhaltsam ist, wenn er sich über etwas aufregt. Hunter stimmt mit ein, und Finch streicht sich mit der Hand über den Vollbart.

»Ihr zwei seid doch krank.«

Und schon fühle ich mich gleich besser.

»Ich geh mal eine rauchen«, sage ich und schiebe meinen Stuhl zurück.

»Pass nur auf, dass dir nicht unterwegs irgendwelche masturbierenden Nymphomaninnen über den Weg laufen«, sagt Hunter warnend, woraufhin ich ihm den Stinkefinger zeige.

Während ich das brechend volle Lokal durchquere, denke

ich über Juliet und die Zwickmühle nach, in der ich stecke. Das einzig Richtige wäre, Ms. Harte mitzuteilen, dass ich sie nicht mehr länger behandeln kann. Aber diese Vorstellung hinterlässt einen bitteren Nachgeschmack bei mir, und ich habe keine Ahnung, wieso das so ist.

Meine Mutter war eine gläubige Katholikin und hat mir in Krisenzeiten immer geraten, zu Gott zu beten, der mir anscheinend irgendeine Zauberantwort geben sollte. Ich könnte im Augenblick wirklich ein paar Antworten gebrauchen, also, lieber Gott, falls du gerade zuhören solltest, wie wäre es, wenn du Nachsicht üben und mir bitte ein Zeichen geben würdest?

»Oh, Scheiße!«, schreit eine Stimme zu meinen Füßen.

Ich zucke erschrocken zurück und stelle entsetzt fest, dass ich blindlings in eine Frau hineingelaufen bin, die nun bäuchlings vor mir auf dem Boden liegt.

»Alles in Ordnung bei Ihnen? Es tut mir wirklich leid, ich habe Sie nicht gesehen«, stoße ich hervor und gehe rasch in die Hocke, um ihr zu helfen.

»Ist schon okay«, erwidert sie und lacht leise.

Als sie sich zu mir umdreht, bleiben mir die Worte im Hals stecken. »M-Madison?«

Ich wusste zwar, dass sie hier arbeitet – was zum Teil auch der Grund ist, warum ich hier bin –, aber ich hatte nicht damit gerechnet, ihr buchstäblich in die Arme zu laufen. Und das auch noch auf so unsanfte Art und Weise.

»Dixon?«, sagt sie mit einem kleinen Keuchen. »Was machst du denn hier?«

»Ich bin mit Freunden auf einen Drink da. Und du hast doch gesagt, falls ich jemals in der Gegend sein sollte …«, antworte ich, ganz fasziniert von ihren atemberaubenden grünen Augen.

»Oh.« Sie klingt überrascht, dass ich tatsächlich gekommen bin.

Mir wird mit einem Mal klar, dass sie immer noch ausgestreckt auf dem Boden liegt und ich Idiot bisher keine Anstalten gemacht habe, ihr aufzuhelfen.

Doch in dem Moment setzt sie sich schon allein auf, und ich sehe, dass ihr weißes T-Shirt ruiniert ist, weil sie beim Fallen ein Tablett mit Getränken in der Hand gehalten hatte, deren Inhalt sich über den Boden ergossen hat. Ich fühle mich wie ein Esel – vor allem weil ich weiß, dass sie diese Drinks vermutlich aus eigener Tasche bezahlen muss.

»Ich übernehme die Getränke«, biete ich ihr rasch an und greife in meine Gesäßtasche nach dem Portemonnaie.

Aber Madison tut mein Angebot mit einer Handbewegung ab. »Das geht schon in Ordnung. Wirklich.«

»Nein, ich bestehe darauf«, beharre ich und überschlage rasch im Kopf, wie viel die Drinks wohl kosten.

»Das ist wirklich nicht nötig«, entgegnet sie ebenso beharrlich, wenn auch in einem freundlicheren Tonfall, und legt mir sanft die Hand auf das Handgelenk, um mich davon abzuhalten, mein Portemonnaie zu zücken.

In dem Augenblick, als sich unsere Finger berühren, durchfährt etwas Sengendes meinen Körper, und wir weichen beide zurück, verblüfft über diese unerwartete Reaktion. Mein Blick wandert unwillkürlich zu ihrer feuchten Brust hinunter, und ich sehe einen rosafarbenen BH durch den durchsichtigen Stoff schimmern. Sie mag ein zierliches Mädel sein, aber sie hat einen ziemlich üppigen Vorbau.

Ich räuspere mich rasch und hebe den Blick wieder, da ich mir sicher bin, dass sie bemerkt, wie ich sie anstarre.

»Ich sollte mich wieder an die Arbeit machen«, sagt sie zaghaft und macht Anstalten, sich aufzurichten.

Ich mache ihr Platz und bleibe verlegen stehen, da ich nicht so recht weiß, was ich sagen soll.

Ich hatte ganz vergessen, wie klein sie ist, und wie sie so dasteht in ihren schwarzen Chucks und den schwarzen Shorts, sieht sie einfach hinreißend aus. Ihr langes braunes Haar hat sich aus einem lockeren Pferdeschwanz gelöst, und mit ihrem fleckigen T-Shirt macht sie einen total schlampigen Eindruck, aber irgendwie ist das auch toll.

»Also, mach's gut«, sagt sie und winkt mir zum Abschied, als ich keinen Ton von mir gebe.

»Oh, ja, du auch.« Am liebsten hätte ich mich erkundigt, wann sie frei hat, tue es aber nicht.

Ich sehe ihr nach, wie sie Richtung Küche entschwindet, und frage mich einmal mehr, was zum Teufel da gerade passiert ist.

6

Wie ein Tier

Dixon

Es ist Freitag, und meine Woche ist seit Montag ohne weitere Dramen verlaufen. Und das soll auch so bleiben.

Juliets Selbstbefriedigung in meiner Praxis ist definitiv eine Inspiration für mich gewesen, wann immer ich mir einen runtergeholt habe, doch komischerweise auch Madisons unschuldiger rosafarbener BH. Ich fühle mich zu beiden Frauen hingezogen, allerdings aus ganz unterschiedlichen Gründen. Vereinfacht gesagt: Es ist Madisons Reinheit, die mich anmacht, und Juliets Verderbtheit, die ich verlockend finde.

Ich bin zwar bislang aus beiden noch nicht richtig schlau geworden, aber da ich weiß, dass Madison montags arbeitet, werde ich einmal in der Pony Bar vorbeischauen und versuchen, sie besser kennenzulernen. Und was Juliet angeht, habe ich, ehrlich gesagt, fast ein bisschen Angst, sie besser kennenzulernen, denn ich werde das Gefühl nicht los, dass die wahre Juliet Harte wohl Hackfleisch aus mir machen würde.

Zum Glück unterbricht das Telefon meine Gedanken, und ich gehe nach dem dritten Klingeln ran.

»Hallo, Dr. Mathews am Apparat.«

»Dixon, mein Freund, wie geht es Ihnen?«, sagt Chad Turner, der im Vorstand der Gesellschaft für Psychiatrie und Verhaltenswissenschaften sitzt.

»Hallo, Chad. Danke, prima. Was verschafft mir die Ehre?«, frage ich ohne großes Geplänkel. Das ist gewiss kein privater Anruf.

Chad lacht kurz, weiß meine Dreistigkeit zweifellos zu schätzen, da er genau wie ich kein Freund von Small Talk ist. »Dixon, ich rufe an, weil ich Sie zu unserer Verleihung des *Gerald Harriet Fellowship Award* einladen möchte, die später im Jahr stattfinden wird.«

Ich benötige einen Moment, um das Gesagte zu verarbeiten. Das ist eine wirklich große Sache. Ich versuche schon seit Jahren, eine Einladung zu dieser renommierten Veranstaltung zu ergattern, wurde jedoch immer übergangen.

Dennoch erwidere ich ohne Umschweife: »Ich fühle mich geehrt, Chad. Ich komme gern.« Und das ist mein voller Ernst.

Allerdings wundere ich mich schon, warum es in diesem Jahr nun anders ist.

Chad musste mir meine Verwirrung angemerkt haben, denn er stellt rasch klar: »Auch wenn Sie in diesem Jahr nicht für die Auszeichnung nominiert sind, haben Ihre Forschungen über Neurobiologie und Suchterkrankungen beim Vorstand durchaus Beachtung gefunden. Wenn Sie so weitermachen, dann sind Sie im nächsten Jahr ein aussichtsreicher Kandidat.«

Es ist der Traum eines jeden Arztes, zu dieser Veranstaltung eingeladen zu werden, aber die Andeutung, im nächsten Jahr möglicherweise zu den Nominierten zu gehören, ist phänomenal.

Doch ich bewahre die Ruhe und erwidere: »Tja, dann sollte ich wohl besser nicht nachlassen. Bitte schicken Sie mir doch sämtliche Informationen in die Praxis. Ich versichere Ihnen, bis zum genannten Datum auf das Einladungsschreiben zu antworten.«

»Ausgezeichnet. Ich freue mich darauf, Sie dort zu sehen«, entgegnet Chad vergnügt. »Machen Sie weiter so, Dixon. Wir behalten Sie sehr genau im Auge.« Er hat schon aufgelegt, bevor ich überhaupt antworten kann.

Du lieber Himmel, das ist ja unglaublich! Nicht mal in meinen kühnsten Träumen hätte ich jemals zu hoffen gewagt, dass ich, Dixon Mathews, der einzige Sohn italienischer Einwanderer, jemals eine solche Chance bekommen würde. Das muss gefeiert werden!

Als ich nach meinem Telefon greife, kommt mir plötzlich ein Gedanke. Chad sagte, dass sie mich sehr genau im Auge behalten würden. Und eigentlich habe ich auch eine saubere Weste. Aber das mit Ms. Harte könnte eine üble Wendung nehmen und mir die Karriere versauen, wenn es jemals herauskommen sollte.

Dann würde das, was Anfang der Woche passiert war, definitiv dazu führen, dass man mir wegen unethischen Verhaltens die Zulassung entzöge. Ich habe mir all das, was ich erreicht habe und worauf ich stolz sein kann, verdammt hart erarbeitet, und ich werde nicht zulassen, dass mir mein Schwanz alles kaputtmacht.

Mit einem Seufzer greife ich zum Hörer, um mit Susanna zu sprechen.

»Dr. Mathews?«, erklingt ihre Stimme.

»Hallo, Ms. Vale. Wären Sie bitte so freundlich, sich mit einer Patientin in Verbindung zu setzen?«

»Natürlich. Um wen handelt es sich?«

Ich hole kurz Luft und antworte: »Ms. Juliet Harte.«

»Was darf ich ihr ausrichten?«, erkundigt sich Susanna arglos.

Ich ignoriere die Anwandlung von Bedauern, die mich überkommt, und antworte: »Bitte teilen Sie ihr mit, dass ich sie nicht länger behandeln kann, und übermitteln Sie ihr Dr. Geos Adresse und seine Telefonnummer.«

»Kein Problem, Dr. Mathews. Gibt es sonst noch etwas hinzuzufügen?«

Es gibt tausend Dinge, von denen ich wünschte, dass ich sie sagen könnte. Aber so ist es das Beste.

»Nein, Ms. Vale. Wir wollen es dabei belassen.«

Ich freue mich immer schon die ganze Woche auf die freitagabendlichen Drinks, und nach den heutigen Neuigkeiten kann ich es kaum erwarten, ein paar Bierchen mit den Jungs zu kippen, um mein Glück zu feiern.

»Ich würde gern einen Toast auf unseren guten Freund, Dr. Dixon Mathews, ausbringen, der bisweilen ein echter Aufreißer sein mag« – ich verdrehe die Augen, lausche aber weiter Hunters gut gemeinter kleiner Rede –, »es aber geschafft hat, sich in großer Zurückhaltung zu üben und die kleine sexy Nymphomanin abzuservieren, um seine Karriere zu retten. Manch einer mag behaupten, er sei verrückt geworden oder hätte sich in einen Schlaffi verwandelt, aber ich bin stolz darauf, dass er seinen sexuellen Trieb ausnahmsweise mal unterdrückt und sich auf das konzentriert hat, was wirklich wichtig ist.«

»Das kannst du laut sagen!«, platzt Finch dazwischen und hebt sein Colaglas.

»Ich glaube, du hattest irgendwo da drin ein Lob versteckt, also sage ich einfach mal danke.« Wir stoßen an, und ich nehme einen wohlverdienten Schluck.

Ich habe ihnen von meiner Entscheidung erzählt, Juliet nicht länger zu behandeln, und sie waren sich beide darüber einig, dass es so besser ist.

»Und jetzt, wo das Flittchen aus deinem Leben verschwunden ist, kannst du dich ja an diese kleine Brünette von neulich Abend ranschmeißen!«, sagt Hunter und wackelt mit den Augenbrauen.

Nachdem wir Madison begegnet waren, hatten mir die Jungs damit in den Ohren gelegen, doch mal bei ihr vorbeizuschauen. Sowohl Hunter als auch Finch wollten bei mir »verliebte Blicke« bemerkt haben, die ich ihr zugeworfen hätte – ich habe absolut keinen Schimmer, wie sie immer auf solchen Mist kommen. Aber ich muss ehrlicherweise eingestehen, dass ich schon an sie gedacht habe und einmal bei ihr vorbeischauen werde – nur nicht sofort.

Ich will bloß nicht verzweifelt rüberkommen oder zu enthusiastisch agieren. Also halte ich mich erst mal ein bisschen bedeckt.

Da ich es leid bin, an diesem Abend die Laborratte zu spielen, frage ich mit einem Augenzwinkern: »Und wie sieht's bei dir aus, Hunter? Wenn man für Chris Hemsworths Bruder gehalten wird, ist das doch bestimmt hilfreich bei den Mädels, oder?«

Hunter nimmt einen Schluck von seinem Bier und schüttelt den Kopf. »Der hat ja schon einen Bruder, und wenn die Mädels, die der anzieht, ein Indiz dafür sein sollten, was da auf mich zukäme, dann bleibe ich ehrlich gesagt lieber solo.«

Ich weiß, dass er versucht, witzig zu sein, aber diese Anspannung um seine Augen herum verrät, dass bei ihm etwas nicht in Ordnung ist. Ich beschließe, die Sache für den Moment auf sich beruhen zu lassen, nehme mir aber vor, ihn später zu fragen, wenn er betrunken ist und mitteilsamer.

»Im Grunde ist also der mickrige kleine Scheißer hier der Einzige, der sich flachlegen lässt. Das ist echt traurig!«, witzelt Hunter, während ich Finch einen Klaps auf den Rücken versetze.

»Weiter so, Finch! Übst du mit Heidi schon für Baby Nummer zwei?«, frage ich und stupse ihm den Ellenbogen in die Rippen.

Finch wird rot, und ich kann nicht anders, ich muss lachen. Es ist wirklich so leicht, ihn aufzuziehen.

»Wie geht's Heidis …?« Hunter vollführt eine kurvige Handbewegung vor seinem Brustkorb und grinst dabei anzüglich.

Finch erbleicht.

»Ich wäre dir sehr dankbar, wenn du nicht auf diese Weise über meine Frau und ihre *Brüste* reden würdest«, flüstert er.

»Auf welche Weise?«, fragt Hunter, und seine Mundwinkel heben sich zu einem verschmitzten Lächeln. »Ich hätte ja sagen können, wie geht's Heidis Milchtüten, Tittis, Ohrenschützern, Hupen, Airbags, Möpsen, Oschis, Bremsklötzen oder Ballermännern, aber das habe ich nicht. Und im Übrigen hätte ich auch über den neuen Strickpullover reden können, den sie letzte Woche anhatte. Was bist du doch für ein Perversling! Hast die ganze Zeit nur Sex im Sinn!«

Finch schüttelt mit einem entrüsteten Stirnrunzeln den

Kopf, während ich vor Lachen brülle und den Tag preise, an dem ich diesen Clowns begegnet bin.

Wir haben schon einen Scotch zu viel intus, als Finch Hunter und mich anfleht, nicht zu Löwenbändigern zu werden, aber die Idee ist einfach genial, und ich habe keine Ahnung, warum ich nicht schon früher mal darauf gekommen bin.

»Du bist einfach zu verkrampft, Mann«, lallt Hunter, der rittlings auf der Löwenstatue sitzt, die aufrecht und stolz draußen vor der Bibliothek steht. »Mach dich locker!« Er streicht dem Löwen über die Betonmähne und seufzt zufrieden.

Alles ist so viel lustiger, wenn man ein bisschen betrunken ist, und Hunter und ich nähern uns dem Stadium, in dem beinahe alles lustig ist.

»Leute, kommt von dem verdammten Löwen runter!«, fleht Finch, während Hunter und ich stolz auf dem Rücken der Bestie thronen.

»Lass mich diese große Muschi in Ruhe reiten«, brüllt Hunter ausgelassen, während ich das Gleichgewicht verliere und mit einem grölenden Lachen auf den Hintern falle.

»Dixon?«, fragt eine vertraute Stimme erschrocken.

Mein Lachen erstirbt, sobald ich sie vernehme, und jegliche Ausgelassenheit bleibt mir im Halse stecken, als mich die Stimme, die zu vergessen ich mich so sehr bemüht habe, ein weiteres Mal anspricht.

»Alles okay bei dir, Dixon?«

Ich schließe die Augen und zähle bis drei, bevor ich sie langsam wieder öffne und dabei versuche, nicht umzufallen, als ich das wunderschöne Gesicht meiner Exverlobten erblicke. Mein Herz hämmert wie wahnsinnig gegen meine Rippen, denn es ist hocherfreut, sie wiederzusehen, doch mein Hirn bringt ihm rasch Vernunft bei, und ich stähle mich sogleich.

Ich richte mich zu meiner vollen Größe auf und ignoriere die Tatsache, dass ich total abgefüllt bin und mein Hemd und meine Krawatte völlig verrutscht sind, während ich sie lässig mit »Hallo, Lily« begrüße.

Als ich auf meine Lederschuhe hinabblicke, bemerke ich mit einem Seufzen, dass ich in rosafarbenen Kaugummi getreten bin. Ich sehe völlig vergammelt aus, wohingegen Lily natürlich makellos zurechtgemacht ist.

Sie trägt ein enges schwarzes Kleid, das bis zur Mitte ihrer Oberschenkel reicht, und ich erinnere mich sogleich wieder, wie sich diese langen gebräunten Beine um meinen Hals schlangen, während ich sie stundenlang leckte. Doch als mein Blick auf ihr Gesicht fällt, entdecke ich eine silberne Tiara in ihren langen blonden Locken. Was absolut nicht zu ihr passt, denn für Kitsch hatte sie noch nie etwas übrig. Aber dann registriert mein benebeltes Hirn, dass sie auch eine pinkfarbene Schärpe trägt, auf der in großen glitzernden Buchstaben »Braut in spe« zu lesen steht.

Es hätte genauso gut »Fick dich!« dort stehen und damit unterstreichen können, was für ein Versager ich bin.

Mir wird mit einem Mal bewusst, was für ein Tag heute ist: An diesem Wochenende hätten wir eigentlich unseren ersten Hochzeitstag gefeiert. Doch anstatt zu trauern oder auch nur ansatzweise nachdenklich dreinzuschauen, zieht Lily um die Häuser, feiert ihren Junggesellinnenabschied und sieht dabei umwerfend und glücklich aus.

Es scheint ihr gar nichts auszumachen, dass sie vor einem Jahr noch *meine* Braut in spe gewesen wäre. Und offenbar stört es sie auch nicht, dass wir uns jetzt seit damals zum ersten Mal wiedersehen. Es ist ihr schlichtweg egal, dass sie mir das Herz gebrochen hat und ich seitdem ein seelisches Wrack bin. Ich habe ihr alles gegeben, doch es war ihr nicht genug.

Ich war ihr nicht gut genug. Mein bester Freund aber schon.

Doch ich hebe stolz den Kopf, kichere und blicke betont auf ihre Schärpe. »Glückwunsch. Ich hoffe, er kann dir all das geben, was ich nicht konnte.«

»Dixon, warte!«

»Worauf denn?«, fauche ich, die Arme fragend ausgebreitet. »Dass du mir erzählen kannst, wie glücklich du bist?«

»Es tut mir –«

Bevor sie den Satz beenden kann, unterbreche ich sie, denn wenn ich hören sollte, wie ihr Worte des Bedauerns über die Lippen kommen, müsste ich vermutlich kotzen. »Spar dir deine Entschuldigungen für deinen Ehemann auf.«

»Dixon«, sagt sie flehentlich und greift nach mir.

Aber ich stürme die Stufen hinunter, ignoriere die Rufe meiner besten Freunde, ignoriere den verletzten Gesichtsausdruck meiner Ex. Zur Hölle mit ihr! Schließlich habe ich diesen Ausdruck seit dem Tag, an dem sie mich verlassen hat.

Ich ignoriere einfach alles und konzentriere mich auf das Einzige, was einen gewissen Sinn ergibt.

Ich sollte eigentlich nicht hier sein. Aber dies war das Erste, was mir einfiel, als ich nicht wusste, wohin.

Ich habe keine Ahnung, wie ich mit diesen aufgestauten Emotionen umgehen soll. Hatte ich noch nie. Wenn es um die Gefühle anderer geht, so weiß ich, wie man die Probleme löst, aber wenn es um meine eigenen geht, will ich nichts anderes als einfach alles vergessen.

Selbst für einen gestohlenen Augenblick nur möchte ich vergessen, wie unglaublich weh es tut, jemanden zu lieben, der diese Liebe nicht erwidert.

Das Hämmern meiner Faust an der Tür harmoniert mit dem Klopfen meines Herzen, und in dem Moment, in dem mir geöffnet wird, bricht das primitive Tier aus mir hervor, und ich setze zum Angriff an.

»Dr. Mathews? Alles in Ordnung?«, keucht Juliet und weicht mit vor Überraschung weit aufgerissenen Augen einen Schritt zurück.

»Dixon«, knurre ich, stürze leicht torkelnd in ihre Wohnung und stoße die Tür mit dem Fuß hinter mir zu.

Wir starren einander an. Die Luft um uns herum ist geladen, knistert förmlich, während wir dastehen. Juliet scheint verwirrt, doch sie bleibt stumm, wartet ab, was ich als Nächstes tun werde. Bevor sie überhaupt die Möglichkeit hat zu protestieren, falle ich über sie her und presse meinen hungrigen Mund auf den ihren. Sie zögert für den Bruchteil einer Sekunde, aber dann ist sie bereit.

Anfangs scheinen wir miteinander zu ringen, jeder versucht die Dominanz über den anderen zu erlangen, doch ich gebe willig nach, als sie sich mit kraftvollem, resolutem Griff daranmacht, meine Gürtelschnalle zu öffnen, und ihre Hand in meine Hose schiebt, um meinen interessierten Schwanz zu umfassen. Ich trage keine Unterwäsche, also macht sie sich sogleich hungrig daran, mich zu streicheln, wobei ihre kleine Hand meine wachsende Erektion bald kaum noch zu umfassen vermag.

Ich beginne zu pumpen, meine Hüften bewegen sich ruckartig in einem immer schnelleren Tempo. Ich will die Reibung fester, schneller spüren und dann vögeln. Juliet kommt dem nach, und ihre raffinierten Finger bewegen sich voller Eifer und Elan. Ich stehe kurz davor, in ihrer Hand zu kommen, daher weiche ich zurück, denn wenn ich komme, dann in ihr.

Ich schubse sie nach hinten, und sie starrt mich atemlos an, ahnt, was als Nächstes passieren wird.

Ich greife nach dem tiefen Ausschnitt ihres schwarzen Spitzennachthemds und reiße es in der Mitte durch, lasse es wie geschmolzene Butter von ihrem heißen Körper gleiten.

Ich nehme mir einen Moment Zeit, um den Anblick purer Perfektion zu genießen, der sich mir darbietet, und gerade, als ich dachte, mein Schwanz könne nicht mehr härter werden, beginnt er zu zucken und macht mir schmerzlich bewusst, dass es an der Zeit ist, ihn endlich zu befreien. Keck aufgerichtete, geschwollene rosafarbene Nippel betonen makellos runde cremefarbene Titten. Sie sind mehr als jeweils nur eine Handvoll, und ich kann es kaum erwarten, meinen Kopf zwischen diesen perfekten Kissen zu vergraben, um herauszufinden, ob sie so weich sind, wie sie aussehen.

»Sensationell«, sage ich mit angehaltenem Atem.

Als sie beide Titten umfasst und an ihren Nippeln zieht, kann ich keine Sekunde länger mehr warten. Ich mache einen Satz nach vorn, packe sie am Oberarm, wirbele sie herum und schleudere sie vorwärts gegen die Wand. Mir ist klar, dass ich mich überaggressiv gebäre, aber meine Lust ist dabei, mir den letzten Rest von Vernunft zu rauben, und ich muss diese Frau einfach besitzen, bevor ich explodiere.

Ich lasse meine Hand um ihre schmale Taille nach unten gleiten und schiebe einen Finger in ihre glitschige, warme Muschi, und wir beide stöhnen bei seinem raschen Eindringen auf. Sie stößt ihre Hüften nach hinten, greift nach unten, verschränkt ihre Hand mit der meinen und schiebt sich einen ihrer eigenen langen Finger hinein.

Nun fingern wir sie beide für eine kurze Weile ununterbrochen, doch da das hier meine Show ist, stoße ich ihre Hand weg und führe noch einen meiner Finger ein, dehne sie dabei weit. Sie stößt einen Schrei aus, nimmt mich tiefer in sich auf und beginnt zu stöhnen, als ich die Finger ganz hineintauche. Ihre inneren Muskeln schließen sich darum, und ich fingere sie immer heftiger, gnadenloser, bis sie mit einem kurzen explosionsartigen Schrei kommt. Der Klang ist Musik in meinen sexuell ausgehungerten Ohren, und ich zerre meinen Reißverschluss hinunter, ehe das letzte Beben ihren befriedigten Körper erzittern lässt.

In dem Moment, als mein Gürtel und die Hose zu Boden fallen, ziehe ich sie auch schon näher an mich, führe meinen pochenden Schwanz in die Nähe ihrer herrlichen nassen Muschi. Aber bevor wir das hier tun, sollte ich sie warnen, dass es schmutzig werden wird.

»Ich mache keine Liebe. Ich vögele. Ich vögele lang, und ich vögele heftig. Gefühlsduseleien und Zärtlichkeiten interessieren mich nicht«, sage ich warnend und reibe mit meiner Spitze an ihrer Öffnung entlang. »Ich mache keine leeren Versprechungen. Ich bin nur hier, um zu kommen. Kannst du damit umgehen?«

Juliet stöhnt aus tiefer Kehle – offenbar findet ihre abartige Seite Gefallen an meinen Verheißungen uneingeschränkter Lust. »Dann zeig mal, was du draufhast«, fordert sie mich heraus.

Aber da ist zumindest doch noch ein winziger Rest an Vernunft vorhanden, der mir in Erinnerung ruft, nicht ohne Schutz zu vögeln. Ganz besonders nicht eine Frau, die so häufig Sex mit wechselnden Partnern hat wie Juliet.

Sie spürt mein Zögern, flüstert rasch: »Bin negativ«, wackelt mit ihrem Hintern und fordert mich auf, ihr das zu geben, was wir beide wollen.

Jegliche Besonnenheit ist dahin, und ich erliege schließlich doch den Reizen der sexbesessenen Juliet Harte.

Mit einer einzigen heftigen flüssigen Bewegung stoße ich in sie hinein und presse sie gegen die Wand hinauf. Sie schreit auf, aber es klingt alles andere als schmerzerfüllt.

»Festhalten«, warne ich sie atemlos, denn ich bin wild entschlossen, dass das hier außer Kontrolle gerät.

Sie drückt ihre Handflächen mit gespreizten Fingern gegen die Wand und stellt sich auf die Zehenspitzen, bringt ihren Körper in eine Position, sodass sie mich tiefer, härter in sich aufnehmen kann. Ich lege eine Hand um ihre Taille, packe mit der anderen ihr langes blondes Haar, und dann beginne ich heftig mit den Hüften zu pumpen und vögele sie so hart, dass ihr Körper mit jedem einzelnen harten Stoß gegen die Wand knallt. Aber ich kann einfach nicht aufhören. Ich vögele meinen Schmerz fort, und je wilder ich in sie hineinstoße, desto schwächer scheint er zu werden. Aber ich möchte ihn vollkommen wegvögeln, bis nichts mehr übrig ist außer dieser atemberaubenden Lust.

Ich grabe meine Faust in ihr Haar und ziehe ihren Kopf zur Seite, bis ihr langer Hals entblößt ist, ihr Puls gegen das erhitzte Fleisch pocht. Ich senke den Kopf und beiße brutal zu, sauge ihr blumig duftendes Fleisch in meinen hungrigen Mund, während sie einen zustimmenden Schrei ausstößt.

Ihr lustvolles Wimmern treibt mich weiter an, und ich stöhne an ihrer Kehle, meine Bisse und mein Saugen im Einklang mit den Bewegungen meiner pumpenden Hüften. Ich bin kurz davor zu kommen, und daher greife ich nach unten und beginne ihre geschwollene Klitoris zu massieren. Meine geschickten Finger lassen nicht nach, bis sie endlich mit einem lauten, gewaltigen Schrei den Höhepunkt erreicht.

Eins … zwei … drei und ich bin fertig.

Als ich meinen Schwanz aus ihr herausziehe, meinen Samen dabei über ihren Hintern verspritze, sackt sie gegen die Wand, da sie ihre zitternden Beine nicht mehr aufrecht halten kann, weil ich sie wie ein Tier gevögelt habe. Ich spüre, wie mich Scham und Abscheu überkommen, und öffne den Mund, bereit, mich dafür zu entschuldigen, dass ich mich so brutal benommen habe. Ich habe sie zwar gewarnt, aber das hier ist ein bisschen zu sehr ausgeartet.

Doch zu meiner Überraschung dreht sie den Kopf und schnurrt mit halb gesenkten Lidern. »Lass uns das noch mal machen.«

7

Nur ein Mann

Dixon

Als ich am nächsten Morgen erwache, schreit mein ganzer Körper, weil ich in einer so unbequemen Position eingeschlafen bin: Ich liege halb auf dem Sofa und halb auf dem Boden. Und ich habe keine Hose an. Außerdem fehlen mir die drei obersten Knöpfe meines weißen Hemdes, die ein Opfer von Juliets neugierigen Fingern geworden sind.

Die Erinnerungen an die letzte Nacht überfallen mich, und ich blicke auf meinen Schoß herab, wo mir die klebrigen Spuren in meinem Schritt vor Augen führen, was für ein Idiot ich doch bin.

Ich weiß noch, dass ich gegen drei Uhr vor Erschöpfung auf dem Sofa zusammengesackt bin und dann gespürt habe, wie Juliet auf mich geklettert ist und mich geritten hat, bis mir Hören und Sehen verging. Ich bin mir ziemlich sicher, dass ich danach völlig entkräftet und mit meinem Saft auf den Schenkeln das Bewusstsein verloren habe und offenbar dort liegen geblieben bin.

Ich schaue blinzelnd mit einem noch geschlossenen Auge auf die Uhr und sehe, dass es erst sieben ist. Während ich langsam meine Umgebung wahrnehme, frage ich mich, wo Juliet wohl stecken mag. Das kleine Wohnzimmer ist elegant eingerichtet, und ich nehme mir einen Moment Zeit, um die stylishen Möbel zu würdigen, da ich gestern Abend nur Augen für ihren Arsch hatte.

Ich entdecke meine Hose auf der anderen Seite des Zimmers. Juliets kleiner Köter hat es sich darauf gemütlich gemacht. Stöhnend rappele ich mich auf, weil sich meine überstrapazierten Muskeln anfühlen, als seien sie vom Knochen abgerissen. Ich verscheuche Marcia oder Macy oder wie auch immer das Viech heißt, ziehe mir die Hose über, stopfe mein zerknittertes Hemd hinein und entschließe mich, Juliet zu suchen, da es mir zu blöd ist, hier zu warten.

Andererseits will ich aber auch nicht in einer fremden Wohnung umherschnüffeln und gehe den Flur hinunter in der Hoffnung, Juliet im ersten Zimmer aufzuspüren. Ich werfe lediglich einen kurzen Blick hinein, da ich nicht in ihre Intimsphäre eindringen will, was lächerlich ist, weil ich gestern Abend nicht das geringste Problem damit hatte.

Als ich sehe, dass sie nicht dort ist, versuche ich es im Badezimmer. Doch auch hier habe ich kein Glück. Ich nutze allerdings die Gelegenheit, um mich ein bisschen frisch zu machen, versuche mein unordentliches Haar zu bändigen, was ich aber rasch aufgebe und stattdessen lieber die Toilette benutze, mir etwas Wasser ins Gesicht spritze und mit Mundwasser gurgele in der Hoffnung, nun halbwegs menschlich auszusehen und zu riechen.

Da war noch eine weitere Tür am Ende des Flurs, doch ich entscheide mich, in der Küche zu warten, weil mich Juliet zweifellos gehört haben dürfte und somit mitbekommen hatte, dass ich wach war. Eine halbe Stunde später hocke ich allerdings immer noch genervt da, sehne mich nach einer Dusche, Kopfschmerztabletten und einer Tasse Kaffee. Aber ich fände es unhöflich zu verschwinden, ohne Juliet zumindest noch einmal gesehen zu haben. Nach der letzten Nacht ist es das Mindeste, was ich tun kann. Doch dann kommt mir ein Gedanke. Was ist, wenn sie gar nicht will, dass ich warte? Sie hätte mir gewiss einen Zettel mit einer Nachricht hinterlassen, wohin sie verschwunden ist, wenn sie es gewollt hätte. Mein suchender Blick wandert über die Theke und die Arbeitsplatte hinweg, aber da ist nirgendwo eine Spur von einem Zettel.

Ich komme mir plötzlich wie ein völliger Trottel vor, schnappe mir meine Krawatte von der Rückenlehne des Sofas, verabschiede mich vom Hündchen und knalle die Tür hinter mir zu. Was bin ich doch für ein Vollpfosten, dass ich da rumsitze und auf eine Frau warte, die offensichtlich nicht gefunden werden will!

Als ich den Aufzugsknopf drücke, drängt sich mir der unangenehme Gedanke auf, dass Juliet nichts anderes getan hat, als wie ein Mann zu vögeln.

Ob es mir nun gefällt oder nicht, unter diesen Umständen bin wohl ich die bedauernswerte Frau, die darauf wartet, dass der Mann nach dem One-Night-Stand auf wundersame Weise wieder auftaucht, und die nicht kapieren will, dass es einfach nicht mehr war. Das ist wirklich peinlich. Eigentlich sollte ich erleichtert sein, doch das bin ich nicht.

Sobald sich die Aufzugstüren öffnen, stürme ich mit gesenktem Kopf hinaus – was zum Teil damit zusammenhängt, dass ich mein derangiertes Aussehen verbergen will, aber hauptsächlich darauf zurückzuführen ist, dass ich mich schäme. So etwas ist mir zum ersten Mal passiert, und ich werde verdammt noch mal dafür sorgen, dass es auch das letzte Mal sein wird.

Ich achte nicht darauf, wohin ich laufe, und rempele eine schmale Gestalt an, strecke allerdings noch rechtzeitig die Arme aus, um sie aufzufangen, bevor sie zu Boden geht.

Als ich sehe, um wen es sich handelt, weiß ich nicht, ob ich die Ironie des Schicksals preisen oder verfluchen soll, denn Madisons funkelnde grüne Augen blicken amüsiert zu mir auf.

»Wir sollten aufhören, uns auf diese Weise über den Weg zu laufen.« Sie lächelt und streicht sich eine feuchte Haarlocke hinter das Ohr.

Sie sieht verschwitzt aus und ist außer Puste, aber ich finde sie einfach perfekt. Ihre engen Laufshorts und das bauchfreie Top lassen zu viel milchweiße Haut erkennen, und wieder einmal erwische ich mich dabei, dass ich sie wie ein gruseliger alter Perversling anstarre. Was hat dieses Mädel nur an sich, dass ich bei ihm die Zähne nicht auseinanderbekomme?

»Was machst du denn hier?«, fragt sie, als ich stumm bleibe.

Ihre arglose Frage verleiht mir allerdings das Gefühl, ein noch gruseligerer alter Perversling zu sein, doch ich antworte gelassen: »Habe einen Freund besucht.«

Sie betrachtet mein unordentliches Äußeres, nimmt mir meine erbärmliche Lüge offensichtlich nicht ab, doch sie nickt, stellt sie nicht infrage. »Ach so. Und ich komme gerade von einem Lauf zurück.« Sie scharrt schmunzelnd mit ihren Füßen, die in Laufschuhen stecken. »Eine Info, die angesichts meines Outfits aber wohl überflüssig war.«

Ich lache in mich hinein. Sie scheint in meiner Gegenwart sprachlich auch nicht gerade in Hochform zu sein.

»Was hast du jetzt vor?«, fragt sie und beißt sich auf die Unterlippe.

»Äh, nichts«, erwidere ich. »Wieso?«

»Na ja, ich wollte nur mal eben kurz rauf, um zu duschen, und dann frühstücken gehen. Hast du Lust mitzukommen?«

Ich ignoriere zunächst einmal ihre Einladung, zeige nach oben und frage: »Wohnst du etwa hier?«

Madison lächelt und nickt nervös. »Ja.«

Ich werde auf gar keinen Fall wieder nach oben gehen, hätte aber schon Lust, Madisons Einladung anzunehmen.

Sie musste wohl gemerkt haben, in welchem Dilemma ich steckte, denn sie fügt rasch hinzu: »Weißt du was, vergiss die Dusche. Ich kann auch nicht viel schlimmer riechen als du.« Dabei rempelt sie mich spielerisch an und lacht, weil mir für einen Moment die Gesichtszüge entgleisen.

Als mir klar wird, dass sie scherzt, werde ich gleich wieder locker und rempele zurück. »Also, für diese Bemerkung geht das Frühstück auf deine Rechnung, Sporty Spice.«

»›Sporty Spice?‹ Vorsicht, Dixon, das lässt Rückschlüsse auf dein Alter zu«, stichelt Madison, als sie ihre Waffeln in Sirup ertränkt.

Wir sitzen im vermutlich kleinsten Lokal der Welt, von dem nicht einmal ich wusste, dass es existiert. Aber Madison hatte versprochen, das Essen sei ausgezeichnet, und mich ermahnt, niemals nach dem Äußeren zu urteilen. Ich versuche nicht zu viel in diese Bemerkung hineinzulesen und konzentriere mich stattdessen auf die Tatsache, dass dieses

Leichtgewicht, das kaum mehr als vierundfünfzig Kilo auf die Waage bringen dürfte, genug Essen vor sich stehen hat, um damit eine fünfköpfige Familie satt zu bekommen. Ich habe keine Ahnung, wo sie das alles lässt, da ich bezweifele, dass sie zu den Frauen gehört, die sich den Finger in den Hals stecken.

Sie spürt, dass ich sie beobachte, hebt langsam den Blick und schaut mich fragend an. »Was ist?«

»Nichts«, erwidere ich schmunzelnd und wende meine Aufmerksamkeit dem Kaffee zu.

»Das ist der Grund, warum ich jeden Morgen laufe«, erklärt sie und würzt ihr Rührei mit noch mehr Salz nach.

»Jeden Morgen? Das nenne ich Disziplin!«

»Mein erster Kurs beginnt schon um neun, da bin ich sowieso immer ziemlich früh auf«, entgegnet sie schulterzuckend. »Wenigstens habe ich so einen gesunden Start in den Tag, denn je weiter er voranschreitet, ist er, weiß Gott, alles andere als das.« Sie grinst, greift nach Messer und Gabel, bereit, sich über ihre Waffeln herzumachen.

Die Erwähnung von Kursen lässt mich rätseln, was sie wohl beruflich macht. »Studierst du?«, frage ich und greife nach dem Hüttenkäse.

»Ja. Ich bin an der Columbia und studiere Krankenpflege. Das heißt, ich habe gerade mit einem dualen Studiengang begonnen. Letzten Endes möchte ich mich auf Geburtshilfe spezialisieren«, sagt sie und nimmt einen kleinen Bissen von ihrer süßen Leckerei.

Ich bin ein wenig verblüfft. Ehrlich gesagt hatte ich mir nicht groß Gedanken darüber gemacht, was sie neben ihrem Kellnerinnen-Job so anstellte. Jetzt, wo ich es weiß, fühle ich mich noch mehr zu ihr hingezogen, denn offenbar ist sie nicht nur ausgesprochen hübsch, sondern auch noch intelligent.

»Du willst also einen Doppelabschluss machen?«

»Ja«, sagt sie mit einem schüchternen Nicken.

»Hut ab. Das ist eine Menge Arbeit. Du bist entweder ein Genie oder einfach nur verrückt«, erwidere ich grinsend.

Madison lacht, und es klingt einfach wunderbar. »Vielleicht ein bisschen von beidem. Woher weißt du denn, dass es eine Menge Arbeit ist?«

Für gewöhnlich erzähle ich Leuten sehr ungern, was ich beruflich mache, da ich dann immer die gleichen Fragen beantworten muss, wie etwa: »Wer war der verrückteste Patient, den Sie je behandelt haben?«, oder: »Können Sie mir etwas Valium verschreiben?« Aber Madison wird das, was ich tue, vermutlich bis zu einem gewissen Grad interessant finden, weil wir beide in ähnlichen Bereichen tätig sind.

»Ich bin Psychiater«, gestehe ich und hoffe, nicht wie ein Langeweiler oder Spaßverderber zu klingen. »Ich habe mich auf Suchterkrankungen spezialisiert.«

Madisons Augen werden kugelrund, und sie hört auf zu kauen und schüttelt den Kopf. »Ehrlich?«, fragt sie ungläubig.

Ich bin mir nicht sicher, ob ich beleidigt sein sollte oder nicht, und sie muss es wohl an meiner Miene abgelesen haben, denn sie rudert rasch zurück. »Oh Gott, das tut mir jetzt aber leid, das muss sehr unhöflich geklungen haben. Dabei wollte ich damit gar nicht ausdrücken, dass ich dir nicht glaube, sondern vielmehr, dass das echt cool ist!«, erklärt sie immer noch mit großen Augen.

Innerlich seufze ich vor Erleichterung und lächele. »Vielen Dank. Es gibt nicht viele Leute, die Seelenklempner cool finden, also betrachte ich es mal als Kompliment.«

Madison nickt lebhaft. »Und ob es eins ist, *Dr.* Dixon.«

Ich lache. »Dixon reicht völlig.«

»Du siehst gar nicht wie ein Doktor aus«, behauptet sie.

»Nochmals ... danke?« Meine Stimme hebt sich zum Ende hin, da ich mir nicht ganz sicher bin, was sie damit meint.

Sie bemüht sich erneut, Klarheit zu schaffen. »Damit meinte ich nur ...« Ihre rosafarbene Zungenspitze zuckt kurz hervor, um einen möglichen Siruprest abzulecken, während sie ihre nächste Bemerkung abwägt. »Damit meinte ich nur, dass du so ... jung bist.«

Ihr leichtes Zögern veranlasst mich, darüber nachzudenken, was sie wirklich sagen wollte. Ich versuche mir einzureden, dass sie eigentlich »heiß« meinte, denn hey, man darf ja wohl noch träumen, oder?

Ich lasse mir aber nichts anmerken, streiche mit dem Finger über den Rand meines Glases und grinse. »Lass dich bloß nicht von meinem seriösen Äußeren täuschen«, sage ich und mache mich damit über mein schludriges Aussehen lustig.

Madison lacht, und mir entgeht nicht, dass sich ihre Pupillen weiten, während ihre Augen etwas länger als üblich auf meinem Gesicht verweilen. Könnte es sein, dass die kleine Miss Madison ebenso beeindruckt ist von mir wie ich von ihr?

Das hier könnte richtig interessant werden. Oder auch richtig schmutzig – je nachdem, wie ich die Sache angehe.

»Darf ich fragen, wie alt *du* bist?«, erkundige ich mich arglos und beiße in meinen Bagel.

Madison scheint in Gedanken versunken, schüttelt aber den Kopf, als wolle sie ihn frei bekommen. »Ich bin dreiundzwanzig.«

Also hatte ich recht gehabt. Doch ihre Jugend bestätigt nur, was für ein schmutziger alter Mann ich bin, da ich mir sogleich ihren festen, runden, *jungen* Arsch und ihre straffen, perfekten Titten in natura vorstelle. Mein Blick wandert zu ihrem Brustkasten hinunter, und ich ärgere mich über mich selbst, weil es mir anzumerken ist, dabei habe ich mich bislang wie ein vollendeter Gentleman benommen.

So traurig das auch sein mag, aber ich habe tatsächlich vergessen, wie es ist, die Gesellschaft des anderen Geschlechts einfach nur einmal zu genießen, ohne dabei über den nackten Körper der Frau oder die Farbe ihrer Unterwäsche nachzudenken. Doch mit Madison ist mir genau das passiert. Wir sitzen jetzt schon ewig hier – keine Ahnung, wie lange genau –, und ich habe nicht ein einziges Mal über Sex nachgedacht oder darüber, wie sie nackt aussieht, was für mich eine Art Rekord ist.

Ihre Gesellschaft allein war stimulierend genug, und ich habe mich seit Lily nicht mehr so gefühlt. Aber der Gedanke an sie ruiniert mir den schönen Morgen, und ich schiebe meinen halb gegessenen Bagel zur Seite.

»Alles in Ordnung?«, fragt sie, und als ich die Augen hebe, begegne ich ihrem besorgten Blick.

»Ja, alles gut«, lüge ich. Warum lasse ich Trottel nur immer wieder zu, dass mir meine Ex so an die Nieren geht?

Zeit, das Thema zu wechseln, also frage ich: »Bitte nimm

mir meine Neugierde nicht übel, aber wer war eigentlich dieser Idiot, mit dem du da neulich Abend zusammen warst?«

Ich hoffe, meine Frage wird sie nicht zum Ausflippen bringen, denn ich muss es unbedingt wissen.

»Oh, das war Tim.«

»Ist er dein Freund?«, erkundige ich mich beiläufig und beobachte dabei ihren Gesichtsausdruck.

Zu meiner Überraschung lacht sie. »Nein! Keine Chance! Wir waren bloß zweimal aus, aber er scheint zu glauben, dass ich die Liebe seines Lebens bin.«

»Na ja, so wie er dich begrapscht hat, lässt darauf schließen, dass er nicht weiß, wie er die Liebe seines Lebens behandeln sollte«, bemerke ich und vermag dabei meine Wut gerade noch so zu unterdrücken.

Madison nickt, und als sie den Blick senkt, weiß ich, dass ich einen Nerv getroffen habe. Aber ich lasse es dabei bewenden und trinke meinen Kaffee, während sie schweigend den Rest ihres Essens vertilgt. Nachdem sie fertig ist, legt sie die Hände auf ihren flachen Bauch und stöhnt.

»Du hättest mich schon nach dem dritten Bissen aufhalten sollen«, sagt sie lächelnd. Die Betretenheit von vorhin ist glücklicherweise verschwunden.

»Und verpassen, wie du deinem Armen Ritter ewige Liebe schwörst? Auf gar keinen Fall«, erwidere ich und ducke mich, als sie ein Päckchen Kaffeeweißer nach mir wirft.

Als ich nach der Rechnung greife, versetzt mir Madison einen spielerischen Klaps auf die Hand. Ich ignoriere die sogleich sprühenden Funken, ziehe die Augenbrauen in die Höhe und frage mich, was diese ungestüme Reaktion ausgelöst haben mag.

»Ich bezahle«, erklärt sie, und ich schwöre, ich wäre beinahe von meinem Sitz in die Höhe geschossen, als sie in ihr Top greift.

»Etwa mit deinem Busen?«, quetsche ich hervor und kann gerade noch verhindern, dass ich zu sabbern beginne.

Madison lacht herzlich, als sie einen Zwanziger hervorzieht. »Nein, hiermit.« Sie wirft den Schein auf den Tisch.

Klar, sie bewahrt ihr Geld in ihrem bauchfreien Top auf und benutzt ihren Busen als Portemonnaie. Großer Gott. Ich werfe einen von Neid zerfressenen Blick auf den Schein.

Als ich mich schließlich wieder so weit im Griff habe, dass ich imstande bin, einen vernünftigen Satz herauszubringen, protestiere ich. »Nein, ich werde dich auf gar keinen Fall bezahlen lassen. Hältst du mich etwa für einen Geizhals?« Ich greife in meine Hosentasche, um mein Portemonnaie hervorzuholen, doch es ist nicht da. Ich prüfe nochmals nach, stehe aber leider wieder mit leeren Händen da.

Da ich kein Sakko trage, bleibt nur noch ein Ort, wo es sein könnte … Juliets Wohnung. Sieht ganz so aus, als müsste ich zulassen, dass Madison bezahlt, auch wenn sich das nur schwer mit meinem Stolz vereinbaren lässt.

»Das nächste Mal geht auf mich«, erkläre ich dummerweise, denn wer weiß schon, ob es überhaupt ein nächstes Mal geben wird.

Ich halte lieber den Mund und versuche betont locker zu wirken, während wir beide schweigend aufstehen und unsere Nische verlassen.

»Das würde mir gefallen«, sagt Madison, als wir aus dem Lokal auf die Straße treten.

»Was würde dir gefallen?«, frage ich und schütze meine Augen mit der Hand vor dem grellen Sonnenlicht.

»Wenn es ein nächstes Mal geben würde.«

Mein Herz beginnt unwillkürlich schneller zu schlagen, und ich kann das leichte Lächeln nicht unterdrücken, das an meinen Mundwinkeln zieht. Hier draußen in diesem riesigen Betondschungel von New York wirkt sie so zierlich, so winzig, und ich muss mich buchstäblich zusammenreißen, um nicht die Arme auszustrecken und sie vor dem geschäftigen Treiben der Stadt, die niemals schläft, zu beschützen. Keine Ahnung, woher dieser Beschützerinstinkt mit einem Mal kommt, und ich verkneife mir weitere verrückte Gedanken, denn sie können für keinen von uns beiden gesund sein.

Ich bemerke, dass Madison mich anschaut, darauf wartet, dass ich mich zu ihrem Geständnis äußere, und ich spanne sie nicht länger auf die Folter. »Mir auch.«

»Ja?«, fragt sie ganz offensichtlich überrascht.

»Ja«, entgegne ich mit einem Nicken und sehe bewundernd zu, wie sich ihre Wangen mit einem rosa Schimmer überziehen.

Ich stehe da und starre sie an, und sie steht da und starrt mich an. Der Augenblick ist einfach perfekt, doch mit einem Mal wird mir klar, dass sie mich ansieht, weil sie will, dass ich endlich aufhöre, so ein unentschlossener Waschlappen zu sein, und sie nach ihrer Telefonnummer frage.

Doch als ich meine leeren Taschen abklopfe, wird mir klar, dass ich offenbar auch mein Handy unter Juliets Sofa liegen gelassen habe. »Ich habe kein Handy dabei.«

Ich lehne mich nach vorn, tue so, als würde ich ihr in den

Ausschnitt starren, und frage: »Du hast nicht zufällig noch was anderes da drin versteckt?«

Madison kontert frech: »Das wüsstest du wohl gern?«, und zwinkert mir dabei zu, worauf mir vor Überraschung keine gute Antwort einfällt.

Stattdessen frage ich: »Also, was schlägst du jetzt vor?«

Madison lächelt, und dieser Anblick ist einfach atemberaubend. »Na ja, du weißt ja, wo ich arbeite. Komm doch heute Abend mal vorbei. Meine Schicht beginnt um sieben«, sagt sie beiläufig.

»Okay, ich glaube, das lässt sich machen.«

Madison nickt erfreut, und dann entsteht dieser peinliche Moment, wenn sich zwei Menschen gegenüberstehen, die sich zueinander hingezogen fühlen, aber keine Ahnung haben, ob sie sich zum Abschied umarmen, küssen, die Hände schütteln oder einfach zuwinken sollen.

Madison scheint auch nicht so recht zu wissen, was das Protokoll in diesem Fall vorsieht, denn sie beißt sich auf die Unterlippe und scheint darauf zu warten, dass ich den ersten Schritt tue. Doch die Tatsache, dass ich immer noch Juliet an mir zu riechen vermag, hält mich davon ab, sie zu umarmen. Es liegt auf der Hand, warum ich sie unmöglich küssen kann, und ihr die Hand zu schütteln oder zuzuwinken wäre zu distanziert, schließlich sind wir keine Fremden. Also hebe ich Idiot die Faust zum Fistbump und warte, dass sie ihre Faustknöchel gegen die meinen schlägt, was sie natürlich nicht tut. Ich sehe nur, wie Madison die Faust irritiert betrachtet.

Ich betrachte sie ebenfalls, wie sie dort in der Luft schwebt, und verfluche mich für meine Dämlichkeit, aber jetzt, wo ich sie schon mal hochgereckt habe, bleibt mir nichts anderes übrig, als die Sache durchzuziehen, wenn ich nicht wie ein völliger Trottel dastehen will.

Doch Madison verblüfft mich, indem sie, statt ihre Faust gegen die meine zu schlagen, auf mich zutritt, sich auf die Zehenspitzen stellt und mir einen Kuss auf die unrasierte Wange gibt. Umhüllt von ihrem Vanilleduft, beginnt mein Körper zu jubeln.

»Bis später dann, Dixon«, sagt sie, weicht viel zu schnell wieder zurück, und ich nicke und lasse meine Faust sinken.

»Mach's gut, Madison«, erwidere ich und sehe zu, wie dieses umwerfende Mädel davongeht.

Hoffentlich habe ich es nicht zum letzten Mal gesehen.

Gott sei Dank hatte ich es irgendwie geschafft, nicht auch noch meine Schlüssel zu verlieren, und sobald ich zu Hause war, stellte ich mich für eine ganze Weile unter die Dusche und ließ mich dann ins Bett fallen, ohne mir die Mühe zu machen, etwas überzuziehen. Bis mich ein lautes, unerbittliches Klopfen an der Tür weckt. Mein Kopf ist wie vernebelt, und als ich ihn stöhnend nach rechts drehe, sehe ich auf meiner Nachttischuhr, dass es 18:27 Uhr ist.

Da der Störenfried offenbar nicht gewillt ist, wieder zu verschwinden, und das Klopfen immer lauter wird, gebe ich nach und schlüpfe in eine Jogginghose. Ich mache mir gar nicht erst die Mühe, auch noch ein T-Shirt überzuziehen, denn wer auch immer diese Person sein mag, sie wird definitiv nicht bleiben.

»Was ist?«, sage ich barsch, als ich die Tür öffne, und kippe fast hintenüber, als mir Juliet gegenübersteht.

Ich benötige einen Augenblick, bis ich wieder voll funktionsfähig bin, aber dann frage ich kühl: »Was machst *du* denn hier?«

Julie grinst nur und hält mein Portemonnaie und mein Handy in die Höhe, womit sich jede weitere Erklärung erledigt hat.

Die Tatsache, dass sie auf der Suche nach meiner Adresse in meinem Portemonnaie herumgekramt hat, kommt mir wie eine kleine Verletzung meiner Privatsphäre vor, doch ich sollte eigentlich etwas dankbarer sein, dass sie extra vorbeigekommen ist. Dennoch wird mir das hier zu persönlich. Seit Lily hat keine Frau mehr einen Fuß in meine Wohnung gesetzt, aber so, wie Juliet mich gerade ansieht, hat sie vor, das zu ändern.

»Na, willst du mich nicht reinbitten? Oder soll ich dir hier im Flur einen blasen?«

Wenn meine Ohren nicht so gut wären, hätte ich geglaubt, mich verhört zu haben, doch ihre Absichten sind unverkennbar, als ich sehe, wie ihr Blick über meinen Körper wandert, an meinen Rippen verharrt und sich auf das Tattoo dort konzentriert.

»*Niemals sind wir ungeschützter gegen das Leiden, als wenn wir lieben*«, liest sie laut die dort eintätowierten und von Freud und Lily inspirierten Worte vor. »Sieh mal einer an, Dr. Mathews, wer hätte das gedacht!«

Ich hatte ganz vergessen, dass Juliet mich nie nackt gesehen hat, da wir uns bei unserem animalischen Sex nur der notwendigsten Kleidungsstücke entledigt hatten. Bei dem Gedanken daran komme ich mir wie ein echter Scheißkerl vor, daher öffne ich die Tür weiter und lasse Juliet herein.

Aber in dem Moment, in dem sie mein Zuhause betritt, spüre ich, wie alles in mir danach verlangt, dass ich sie wieder rauswerfe, weil es sich so falsch anfühlt. Doch ich habe keine andere Wahl, daher schließe ich die Tür hinter mir und komme mir dabei vor, als hätte ich gerade das Tor zu meinem Verlies zufallen lassen.

Ich sehe tatenlos zu, wie Juliet meine Wohnung auf sich wirken lässt.

»So«, sagt sie, nachdem sie mein Heim eine geschlagene Minute gemustert hat.

»So«, plappere ich ihr wie ein Papagei nach und stecke die Hände in die Taschen meiner Jogginghose.

Ich habe ihr nichts zu sagen, denn nach dem heutigen Morgen bin ich ein bisschen geschockt, dass sie hier aufgetaucht ist. Ich hatte mich damit abgefunden, sie nie wiederzusehen. Doch hier ist sie, steht vor mir und sieht dabei zum Anbeißen aus.

»Tut mir leid wegen heute Morgen, Dixon«, sagt sie. »Ich musste etwas erledigen.«

Ich nicke, gebe mir alle Mühe, unbeeindruckt zu erscheinen. »Danke, dass du meine Sachen vorbeigebracht hast. Du kannst sie dort liegen lassen.« Ich deute mit dem Kinn zur Küchentheke hinüber.

»Bist du verrückt geworden?«, fragt Juliet, der ihre Empörung anzumerken ist, während sie versucht, ihre Überraschung im Zaum zu halten.

Bin ich das?

Ehrlich gesagt weiß ich nicht, was ich empfinde. So was ist mir einfach noch nie passiert, daher vermute ich, dass mein Ego ein bisschen angekratzt ist.

»Das würde ja bedeuten, dass ich mir etwas aus dir mache, was ich ehrlich gesagt nicht tue. Die letzte Nacht hat Spaß gemacht, aber mehr auch nicht. Also lautet die Antwort auf deine Frage: ›Ich bin nicht verrückt geworden‹«, erwidere ich scharf.

Meine schroffen Worte scheinen sie zu erstaunen, doch sie erholt sich rasch wieder. »Es war mehr als nur Spaß. Ich habe den ganzen Tag an nichts anderes denken können.« Sie streicht sich das Haar aus dem Gesicht und entblößt dabei ihren Hals, den ein großer roter Striemen verunstaltet, den ich mit meinen Zähnen verursacht habe.

Ich bleibe äußerlich ungerührt, komme mir aber wie ein Tier vor. »Nun, ich bin froh, dass ich dich mit Bildern versorgt habe, die du dir immer wieder ins Gedächtnis rufen kannst, denn es ist definitiv zum ersten und letzten Mal passiert. Die letzte Nacht war ein Fehler«, erkläre ich mit fester Stimme.

»Das kann unmöglich dein Ernst sein«, entgegnet Juliet mit einem selbstbewussten Lächeln.

»Doch, ist es. Das Ganze war ausschließlich meine Schuld. Es tut mir leid. Mein Verhalten war unverzeihlich. Ich trage dafür die Verantwortung«, sage ich mit meiner Psychiater-Stimme.

Doch Juliet will nichts davon hören. »Ach, jetzt hör auf mit dem Scheiß! Ich weiß, dass es dir gefallen hat. Ich weiß, dass du es genossen hast, mich so hemmungslos zu vögeln. Du musst dich für gar nichts entschuldigen. Ich wollte es ebenso sehr wie du. Als ich in dein Sprechzimmer kam, war ich vom ersten Moment an scharf auf dich«, gesteht sie, und zum ersten Mal erblicke ich einen Funken von Verletzlichkeit in der unbeugsamen Juliet.

»Ich bin immer noch scharf auf dich, und ich weiß, dass du auch scharf auf mich bist«, beteuert sie und blickt unter getuschten Wimpern hervor zu mir auf.

Es geht hier gar nicht darum, ob ich scharf auf sie bin. Die Tatsache, dass ich es eigentlich gar nicht sein sollte, ist das eigentliche Problem. Juliet ist eine gefährliche Frau, und bei ihr vermag ich nur zu sehen, dass die Gefahr in riskante Bereiche hinein eskaliert. Mein Verstand sagt mir, dass ich sie hinauswerfen sollte, aber mein Körper, dieser Verräter, gibt mir zu bedenken, dass sie nicht mehr länger meine Patientin ist, es also eigentlich kein Problem darstellt, wenn zwei Erwachsene einvernehmlichen Sex haben.

Juliet macht einen Schritt auf mich zu, spürt zweifellos, dass meine Entschlossenheit ins Wanken gerät. Und ich weiche nicht zurück, obwohl ich weiß, dass ich es eigentlich tun sollte. Sie öffnet den Stoffgürtel ihres Trenchcoats und lässt den Mantel von ihrem zierlichen Körper herab zu Boden gleiten, wo er ihre Stöckelschuhe in einem Halbkreis umgibt. Dann macht sie einen weiteren Schritt auf mich zu.

»Sei nicht böse auf mich. Lass mich dir in Erinnerung rufen, wie geil es mit uns beiden war.« Sie lässt einen roten Fingernagel an meiner Brust herabgleiten.

»Juliet«, protestiere ich halbherzig, doch in dem Moment, in dem sie meine anschwellende Erektion mit ihrer Hand umfasst, gehöre ich ihr.

»Du magst Nein sagen, Dixon, aber dein Körper sagt Ja«, und als sie mich fester reibt, gibt dieser verräterische Körper nach.

Es dauert nicht lange, und sie sinkt vor mir auf die Knie

und zieht mir die Jogginghose herunter, sodass mein Körper entblößt ist und ihr verrät, wie angetörnt ich bin.

»Hast du eine Ahnung, wie gut sich das hier letzte Nacht in mir angefühlt hat?«, fragt sie und lässt ihre Hand dabei an meinem Schwanz hinauf- und hinabgleiten.

»Sag es mir«, verlange ich und vermag meinen Blick nicht abzuwenden, während sie mir einen runterholt.

»Wie wäre es, wenn ich es dir einfach zeige«, schlägt sie vor, und in dem Moment, in dem sie ihre rubinroten Lippen um meinen Schwanz legt, werfe ich sämtliche Bedenken über Bord und erlaube ihr, die Kontrolle zu übernehmen.

Geschickt gleitet ihr Mund an meinem Schwanz hinab, und ich kann mein lustvolles Stöhnen nicht unterdrücken, da mir noch nie eine Frau so gut einen geblasen hat. Ich stoße meine Hüften nach vorn und werfe den Kopf in den Nacken, während ich mit meinem Schwanz tief in ihre Kehle eindringe und spüre, wie er hinten anstößt. Doch sie scheint mühelos damit klarzukommen.

»Oh, Mann, du bist so verdammt gut«, keuche ich und gebe mir alle Mühe, um nicht sofort zu kommen. »Tiefer, geh tiefer.«

Diese Frau ist eine absolute Königin des Blowjobs, und für einen kurzen Augenblick widert mich der Gedanke an, dass sie offensichtlich nur so gut ist, weil sie schon viel Übung darin hat. Aber er wird gleich wieder vertrieben, als sie mir ihre Hand fest um die Taille legt und ihre Finger im Einklang mit ihrem köstlichen Mund zudrücken.

Je fester sie saugt, desto schneller pumpen meine Hüften, und in Kürze vögele ich ihren Mund mit einer brutalen Schnelligkeit. In dem Moment, als ich meinen Schwanz wegzuziehen versuche, weil ich Angst habe, ihr wehzutun, schließt sie ihren Mund fester um ihn, greift hinunter und umfasst meinen Schaft. Die Berührung ihrer Hand in Verbindung mit der Geschwindigkeit ihres Mundes ist einfach zu viel für mich, und ich bin nur noch Sekunden vom Orgasmus entfernt.

Sie spürt mein verzweifeltes Bedürfnis, zum Erguss zu kommen, und ihre Lippen umschließen meinen Schwanz noch enger, und nach zweimaligem tiefem Saugen ist es so weit. Ich ziehe meine Hüften weg, doch sie leckt und streichelt weiter, saugt abermals, und ich habe keine andere Wahl, als fluchend in ihrem Mund zu kommen. Sie lutscht so lange an mir, bis nichts mehr übrig ist, und lässt erst von mir ab, als das letzte Nachbeben meinen Körper erschüttert.

Sobald mein Schwanz nicht mehr länger das Sagen hat und mir klar wird, was ich gerade getan habe, überkommt mich Abscheu angesichts dessen, wie tief ich gesunken bin. Ich habe gerade den besten Blowjob meines Lebens gekriegt, und das in der Wohnung, die ich einst mit der Liebe meines Lebens geteilt habe. In der Wohnung, von der ich versprochen hatte, dass sie niemals eine andere Frau betreten würde. Doch ich habe noch einen draufgesetzt und damit meinen Zufluchtsort, meine Erinnerungen beschmutzt, und das nur, weil ich meinen Schwanz nicht in der Hose behalten konnte.

Aber wie schon gesagt, ich bin nicht der Held in dieser Geschichte. Ich bin bloß ein Mann – ein Mann, der langsam aus den Augen verliert, was richtig und was falsch ist.

8

Wie ein Orkan

Madison

»Maddy, ich sag's ja wirklich nur ungern, aber ich glaube nicht, dass er noch kommt«, sagt meine beste Freundin, Mary Mitts, die gerade Tisch neun abwischt.

»Das weißt du doch gar nicht«, halte ich dagegen, nachdem mich ihre wahrheitsgemäße Bemerkung aus der Versunkenheit gerissen hat, mit der ich Richtung Eingangstür starre. »Wir haben ja keine feste Zeit ausgemacht. Vielleicht ist ihm etwas dazwischengekommen, und er ist auf dem Weg. Ich hatte ja nur irgendwann im Laufe des Abends gesagt«, erkläre ich, erfinde Entschuldigungen, warum Dixon noch nicht aufgetaucht ist.

»Na ja, eigentlich haben wir schon Morgen«, sagt Mary, nachdem sie einen Blick auf ihre Armbanduhr geworfen hat.

»Zieh mich doch nicht so runter, Lämmchen«, erwidere ich lächelnd und benutze ihren Spitznamen, den ich ihr gegeben habe, als wir noch Kinder waren.

»Entschuldige bitte, aber ich bin deine beste Freundin, und als solche fühle ich mich verpflichtet, auf dich aufzupassen. Ich möchte nun mal nicht, dass dir jemand wehtut«, entgegnet sie, und ich weiß, dass sie damit Tim meint, meinen Stalker, vor dem mich Dixon an dem Abend gerettet hat, als wir uns zum ersten Mal begegnet sind.

»Ich weiß, aber Dixon ist …«

»Wage es ja nicht zu behaupten, dass er anders ist«, warnt mich Mary und droht mir mit erhobenem Zeigefinger, während ich mir ein Lächeln verkneife.

»Aber das ist er«, beharre ich und ducke mich, um nicht von einem Bierdeckel im Gesicht getroffen zu werden.

»Nein, das ist er nicht. Er ist ein Kerl, also demzufolge ein Arschloch«, konstatiert Mary, doch das nehme ich mir nicht zu Herzen, denn sie ist verbittert, weil sie gerade mitten in einer schwierigen Trennung steckt.

»Nicht alle Männer sind Schweine, Lämmchen. Er musste sich ja nicht einmischen und mich vor Tim retten, aber er hat's getan. Hat nicht lange gefackelt. Wenn das nicht für ihn spricht, dann weiß ich's auch nicht.«

»Ach bitte, nimm ihn nicht auch noch in Schutz. Dieser Kerl bedeutet Ärger. Großen Ärger. Ganz zu schweigen davon, dass du gerade mal halb so alt bist wie er«, fügt sie hinzu und bindet dabei ihr feuerrotes Haar zu einem festeren Pferdeschwanz zusammen.

Ich kann mir ein Lachen nicht verkneifen, da ich alles andere als halb so alt bin wie er. Ich schätze ihn zwar auf Anfang dreißig, aber es ist nicht sein Alter, das mich mit offenen Augen träumen lässt. Es sind vielmehr seine strahlend blauen Augen und sein strubbeliges dunkelbraunes Haar.

»Ich gebe ihm noch zwanzig Minuten, wenn er dann nicht auftaucht, werde ich vergessen, dass ich Dr. Dixon jemals begegnet bin«, erkläre ich nicht gerade überzeugend.

»Aha«, erwidert Mary, die mir dieses Versprechen ganz offenbar nicht abnimmt. »Da bin ich aber mal gespannt.«

Ich zeige ihr zum Spaß den Stinkefinger, während sie mir die Zunge herausstreckt und sich abwendet, um an Tisch zwölf zu bedienen.

Ich dagegen fahre fort, den bereits makellos sauberen Tisch acht abzuwischen und dabei die Eingangstür nicht aus den Augen zu lassen, denn ich weiß, dass er jetzt jede Minute auftauchen wird.

Das muss er einfach.

Die zwanzig Minuten sind vergangen, doch Dixon hat sich nicht blicken lassen. Es ist nun zwei Uhr in der Früh, und ich schließe die Bar ab. Ich will nur noch nach Hause und diesen Tag vergessen.

Ich kann es immer noch nicht glauben, dass er mich versetzt hat. Mir ist schon klar, dass wir eigentlich nicht miteinander verabredet waren, aber es ging schon in die Richtung. Ich dachte wirklich, er sei anders und es wäre da etwas zwischen uns. Ich weiß, dass er es auch gespürt hat, und angesichts der nicht gerade verstohlenen Blicke, die er mir zugeworfen hat, weiß ich auch, dass er sich ein bisschen zu mir hingezogen fühlt.

Die Kehrseite der Medaille ist, dass er heute Morgen den Eindruck erweckte, als hätte er sich aus irgendeiner Wohnung herausgeschlichen, und dann die Sache mit dem Fistbump – hatte er wirklich erwartet, dass wir beide wie Jungs die Faustknöchel gegeneinanderschlagen? Vielleicht interpretiere ich ja zu viel in diese Dinge hinein, denn ich habe weiß Gott nur eine begrenzte Erfahrung, was das angeht.

Ich hatte noch nie einen richtigen Freund. Tim zählt dabei nicht. Nach zwei Dates wusste ich bereits, dass es nicht funktionieren würde, und nach einem Monat war die Sache für mich erledigt. Aber Tim war anderer Ansicht, und das war der Grund, warum er an dem Abend, an dem ich Dixon zum ersten Mal begegnet bin, so sauer reagiert hat. Er hat mehr oder weniger von mir verlangt, ihm noch eine Chance zu geben. Als ich ihm zu verstehen gab, dass das in diesem Leben nicht mehr passieren würde, wurde er ausfallend und bezeichnete mich als verklemmte, frigide Kuh, denn seiner Ansicht nach war es offenbar der Sex, der unserer nicht existierenden Beziehung fehlte. Als das Gespräch für mich damit zu Ende war und ich mich abwenden wollte, wurde er ein wenig handgreiflich, und das war der Moment, als Dixon mir zu Hilfe kam.

Abgesehen von der Tatsache, dass ich mich absolut nicht zu Tim hingezogen fühle, frage ich mich, ob ich jemals in der Lage sein werde, mit einem Mann zu schlafen.

Ich bin gut darin, meine Emotionen und Gefühle zu verbergen. Das war ich schon immer. Aber als mir Dixon sagte, dass er Psychiater ist, hatte ich sofort Angst, er würde mich durchschauen. Ich wäre beinahe aufgesprungen und gegangen, doch es erschien mir irgendwie verkehrt, vor dem ersten Mann wegzurennen, an dem ich auch nur ansatzweise Interesse hatte. Und außerdem hatte ich mir geschworen, mich nicht mehr von meiner Vergangenheit einholen zu lassen.

Ich bin so froh, dass ich geblieben bin, denn zum ersten Mal seit langer Zeit habe ich mich wirklich gut amüsiert und nicht ständig auf die Uhr oder über meine Schulter gesehen. Bei Dixon fühle ich mich sicher. Und lebendig.

Ich schalte das Licht aus und schließe ab. Wenn man in

New York lebt, gewöhnt man sich daran, mit einem Haufen Schlösser klarzukommen, und ich brauche gerade mal zwei Minuten, um herauszufinden, welcher Schlüssel zu welchem Schloss gehört. Ich bin fast fertig, als mir jemand von hinten auf die Schulter klopft, woraufhin ich in panischer Angst einen Schrei ausstoße.

»Ich bin's, Madison! Scheiße, tut mir leid. Ich wollte dich nicht erschrecken«, sagt eine vertraute Stimme. Ich drehe mich so rasch um, dass ich mich beinahe auf den Hosenboden gesetzt hätte.

»Dixon?«, keuche ich, eine Hand über meinem laut pochenden Herzen balancierend. »Was machst du hier?«

Ich sehe, wie er seine schönen blauen Augen abwendet und beschämt erwidert: »Ich hatte doch versprochen vorbeizukommen. Tut mir leid, dass es so spät geworden ist«, fügt er hinzu.

»Bist du hierher gerannt?«, frage ich dummerweise.

»Na ja, ich würde es eher als einen strammen Spaziergang bezeichnen«, gesteht er mit einem schiefen Grinsen und rollt dabei mit der Sohle seines Sportschuhs über einen kleinen Stein hinweg.

Das feuchte Haar an seinen Schläfen verrät, dass es mehr als nur ein Spaziergang gewesen ist, und ich versuche, mir nichts darauf einzubilden, dass er den ganzen Weg hierher gerannt ist, bloß, um mich zu sehen. Während ich Mary in Gedanken »Ich hab's dir ja gesagt« zuraune, drehe ich mich um und schließe zu Ende ab, dankbar für die Minute, um meine Nerven zu beruhigen.

Ich komme nicht umhin, mich zu fragen, wo Dixon gewesen ist, da er sich nicht ausgehfein gemacht hat und ganz offenbar von zu Hause hierhergelaufen ist. Also, was hat er bis zwei Uhr gemacht? Und viel wichtiger, mit wem? Bei dem Gedanken stelle ich mir alle möglichen widerlichen Szenarien und *Stellungen* vor, signalisiere meinem argwöhnischen Verstand jedoch, dass er es mit seinen Verschwörungstheorien für eine Nacht mal gut sein lassen sollte.

»Na, ich hoffe, du hast kein Seitenstechen bekommen«, necke ich ihn, um die Stimmung aufzulockern.

»Nur zu deiner Info, ich war in der Highschool ein sehr guter Leichtathlet«, sagt Dixon lachend.

»Die Betonung liegt auf ›war‹«, antworte ich, als ich mich wieder zu ihm umdrehe. »Und die Highschool-Zeit dürfte bei dir schon seeeeehr lange zurückliegen.«

»Was hältst du von einer Wette?«, fragt er schmunzelnd, und oh mein Gott, sieht er gut aus!

»Warum nicht«, erwidere ich und verschränke die Arme in der Hoffnung, dass mir mein pochendes Herz nicht aus dem Brustkorb hüpft.

»Du behauptest ja, dass du jeden Morgen laufen würdest, also fordere ich dich zu einem Rennen heraus«, sagt er süffisant und zieht dabei die Augenbrauen in die Höhe.

»Nennen Sie mir Zeit und Ort, Dr. Dixon«, entgegne ich kühn.

»Morgen früh um sechs. Central Park. Derjenige von uns, der nach einer Meile als Erster ins Ziel kommt, hat gewonnen.«

»Lass uns zwei Meilen daraus machen«, sage ich großspurig, verfluche mich dafür aber sogleich innerlich.

Dixon wirkt beeindruckt. »Gut, dann also zwei. Treffen wir uns an der North Meadow?«

»Geht klar. Was bekommt der Gewinner?«, frage ich, denn nun ist mein sportlicher Ehrgeiz geweckt.

Dixon tippt sich gedankenversunken gegen das Kinn. »Der Gewinner lädt den Verlierer zu einem üppigen Frühstück ein.«

»Tja, aber du schuldest mir ja schon ein Frühstück, Doc. Und selbst ich kann nicht zwei an einem Tag verdrücken.«

Dixon schmunzelt angesichts meines Selbstbewusstseins in sich hinein. »Also schön, dann eben ein Abendessen.«

»Okay. Ich hoffe nur, dass du ein bisschen was gespart hast, denn ich werde den Hummer bestellen«, stichele ich und reibe mir dabei die Hände.

»Abwarten«, erwidert er grinsend, und ich bin dankbar, dass er meinen schlechten Humor zu schätzen weiß.

»Na, dann sehe ich jetzt wohl besser zu, dass ich nach Hause komme und mir etwas Schönheitsschlaf gönne. Gute Nacht, Dixon.« Ich krame in der Handtasche nach meinen Schlüsseln.

»Wo hast du geparkt? Ich begleite dich noch zu deinem Wagen«, bietet er mir rasch an.

»Das ist wirklich nicht nötig. Ich stehe direkt um die Ecke.«

»Bitte. Ich bestehe darauf«, sagt er, und ehe ich michs versehe, geht er voran.

Ich folge ihm mit einem leichten Lächeln, freue mich komischerweise, von diesem unglaublich attraktiven Mann zu meinem Wagen gebracht zu werden.

Wir legen den Weg zunächst schweigend zurück, scheinen beide unseren Gedanken nachzuhängen. Ich hätte ihn wirklich gern gefragt, wo er heute Abend gewesen ist, aber das geht mich ja eigentlich nichts an. Schließlich haben wir uns gerade erst kennengelernt. Von dem Augenblick an, als wir uns begegnet sind, war da zwar etwas zwischen uns, doch ich bin mir sicher, dass sich ein Mann wie Dixon nicht über mangelndes Interesse von Seiten des weiblichen Geschlechts beklagen kann und mit *Frauen* zusammen ist, um seine sexuellen Bedürfnisse zu befriedigen, und nicht etwa mit unerfahrenen, schwer gebeutelten Jungfrauen.

»Alles klar bei dir?«, erkundigt sich Dixon und reißt mich damit aus meinen Gedanken.

»Ja, wieso?«, gebe ich zurück. Sofort mache ich mir Sorgen, dass man mir ansieht, was ich denke.

»Du bist so still. Das kann kein gutes Zeichen sein.«

»Ich habe nur gerade darüber nachgedacht, wohin ich gern zum Abendessen gehen würde«, necke ich ihn, in der Hoffnung, damit meine Unsicherheit überspielen zu können, und öffne per Knopfdruck mit meinem Autoschlüssel die Zentralverriegelung, woraufhin mein Fiesta kurz piept und die Blinker aufleuchten.

»Das da ist meiner. Dann sehen wir uns also in ein paar Stunden wieder.« Ich fummele am Schulterriemen meiner Handtasche herum, weil ich nicht so recht weiß, was ich als Nächstes tun soll.

Das hier ist das zweite Mal, dass diese eigenartige Spannung zwischen uns herrscht, und ich weiß, dass er es auch spürt, denn er hat mir gerade auf den Busen gestarrt. Aber das ist eigentlich nichts für mich. Ich fühle mich nicht so wohl in Gegenwart des anderen Geschlechts und mache mir auch nicht viel daraus, ob mich ein Mann mag oder nicht. Doch bei Dixon ist das anders. Und ich habe keine Ahnung warum.

»Gut«, sagt er und räuspert sich. »Dann sehen wir uns um sechs«, und ich rechne halb damit, dass er wieder die Faust zu einem Fistbump ausfährt.

Doch er streckt für mich völlig unerwartet die Hand aus und streicht mir eine Haarsträhne aus dem Gesicht. Normalerweise würde ich zurückweichen, doch in diesem Fall verspüre ich zu meiner Überraschung das Verlangen, meine Wange in seine Hand zu schmiegen. Was ich aber nicht tue.

»Gute Nacht, Dixon«, flüstere ich und blicke in seine blauen Augen.

»Gute Nacht, Madison.«

Und dann dreht er sich um, und ich wage wieder zu atmen.

9

Dessert

Madison

Es ist halb sechs, und ich sehe natürlich total beschissen aus. Wieso habe ich mich bloß auf so einen blöden Lauf in aller Herrgottsfrühe eingelassen? Und dazu noch an einem Sonntag? Aber ich fürchte, Dixon könnte mich so ziemlich um alles bitten, und ich würde es ihm nicht abschlagen.

Mein Outfit ist eher bequem als stylish, da ich beabsichtige, wie der Wind über die Ziellinie zu rennen. Ich bin mit einem ziemlich üppigen Vorbau gesegnet, obwohl ich so zierlich bin, was ich aber, im Gegensatz zu den meisten Mädels, die vermutlich überglücklich wären, eher als Fluch betrachte.

Ich greife nach meiner Wasserflasche und den Schlüsseln, schließe die Tür hinter mir und mache mich auf den Weg nach unten. Draußen angekommen, marschiere ich mit schnellen Schritten über das Pflaster, da ich es überhaupt nicht mag, so früh unterwegs zu sein, wenn noch kaum jemand auf den Beinen ist. Aber ich bin dreiundzwanzig und habe mich in diesem Jahr entschieden, dass ich mich nicht mehr länger von den Geistern der Vergangenheit quälen lassen werde.

Mehr als die Hälfte meines Lebens lebe ich nun schon mit einem Geheimnis, das ich noch keiner Menschenseele anvertraut habe – nicht einmal meiner Mutter, die ich über alles liebe. Auch wenn dieses Geheimnis niemals gelüftet werden darf, habe ich das Gefühl, als würde es mich auf eine seltsam verdrehte Art und Weise zu der Frau formen, die ich einmal zu sein beabsichtige.

Als ich die Straße überquere, schüttele ich meine sentimentale Stimmung ab und konzentriere mich darauf, Dixon zu finden. Ich halte am Haupteingang nach ihm Ausschau, kann ihn jedoch nirgends entdecken. Vielleicht ist er spät dran.

Also beginne ich mich schon einmal aufzuwärmen, drehe den Kopf nach links, um meine Nackenmuskulatur zu strecken. Aus den Augenwinkeln heraus erblicke ich Dixon. Jemand, der vorhat, zwei Meilen zu laufen, sollte eigentlich nicht so gut aussehen, aber er tut es. Er trägt weite Laufshorts und ein eng anliegendes weißes T-Shirt, und auch wenn es nach nichts Besonderem klingt, so wirkt es an Dixon doch todschick.

Jetzt, wo er keine Anzugjacke und keine lange Hose trägt, sieht man erst, wie muskulös sein Körper ist, und – oh mein Gott! – als er die Arme über den Kopf streckt und sein T-Shirt nach oben rutscht, da erspähe ich seine wie aus Stein gemeißelten Bauchmuskeln. Und wenn mich meine Augen nicht getäuscht haben – er ist immer noch ein paar Meter entfernt –, blitzte da auch ein Tattoo an seiner Seite auf.

Bei dem Gedanken daran spüre ich ein Kribbeln bis in die Zehenspitzen, denn diese Vorstellung macht Dr. Dixon gleich noch mal so viel begehrenswerter.

Genug geschmachtet. Ich gehe auf ihn zu und zwinge meinen rasenden Puls, sich wieder zu beruhigen, da ich ja noch nicht mal mit dem Laufen begonnen habe.

»Es ist noch nicht zu spät auszusteigen, weißt du?«, zwitschere ich und bleibe stehen.

»Träum weiter«, sagt er mit einem schiefen Grinsen. Ich sehe, wie seine Augen plötzlich zu glühen beginnen, als sein Blick über mich hinwegwandert.

Ich sehe aus wie immer, wenn ich joggen gehe. Kein Make-up, mein langes Haar zu einem hohen Pferdeschwanz zusammengebunden und in Klamotten, die wenig schmeichelhaft sind, aber es lässt sich nicht leugnen, dass er mich unverhohlen abcheckt. Vielleicht mag er mich ja doch.

Ein Gefühl der Wärme breitet sich bei dem Gedanken in mir aus, aber ich schiebe diese unreifen Fantasien sogleich beiseite und sage rasch: »Du weißt schon, dass ich dich schlagen werde?«

Dixon grinst, und glücklicherweise nehmen seine Augen wieder ihr normales wunderschönes Blau an. »Gib dein Bestes, Kleines«, sagt er großspurig.

Ganz schön eingebildet, der Kerl, doch ich lasse ihm die Bemerkung durchgehen und frage: »Wie sehen die Regeln aus?«, ehe ich einen Ausfallschritt nach vorn mache, um meine Oberschenkelmuskulatur zu dehnen.

Dixon programmiert seine schicke Uhr. »Ich würde sagen, dass der Zoo ungefähr zwei Meilen von hier entfernt ist.«

Ich nicke zustimmend.

»Also, dann gewinnt der, der als Erster den Zoo erreicht. Und natürlich müssen wir beide dieselbe Strecke laufen«, fügt er schmunzelnd hinzu. Als käme ich auf die Idee, eine Abkürzung zu nehmen!

»Das ist alles?«, frage ich und ziehe misstrauisch die Augenbrauen in die Höhe.

»Das ist alles«, bestätigt Dixon lächelnd.

Er stellt sich neben mich, sieht zu mir herüber und grinst. »Ich muss dich warnen. Ich verliere nicht gern«, gesteht er und mustert mich von oben bis unten.

»Na, wenn das kein Zufall ist, ich nämlich auch nicht. Wir sehen uns dann auf der anderen Seite … Verlierer.« Ich sprinte davon und lasse Dixon an unserer behelfsmäßigen Startlinie stehen.

Ich höre, dass er mir rasch folgt, und seine Aufholjagd lässt mich noch schneller laufen, bis ich ein gleichmäßiges Tempo erreicht habe. Die ersten Meter sind immer die schwersten für mich, aber sobald ich erst einmal meinen Rhythmus gefunden habe, kann ich meilenweit rennen. Man könnte wohl sagen, dass ich mit dem Laufen begonnen habe, um meinen Dämonen zu entkommen, aber egal wie schnell ich auch lief, sie bissen mir immer in die Hacken.

»Nur damit du's weißt«, schnaubt Dixon, als er mich eingeholt hat. »Ich hab dir einen Vorsprung gelassen.«

Wir laufen nun beide in einem gleichmäßigen Tempo, und unsere Atemzüge sind das Einzige, was zu hören ist, und das ist auch gut so, denn wenn wir sprechen würden, würde ich mich in seiner tiefen, kratzigen Stimme verlieren. Ich konzentriere mich darauf, wie lebendig sich mein Körper anfühlt, wie das Blut durch meine Adern pumpt und jede meiner Bewegungen antreibt.

Wir joggen ein paar Minuten lang schweigend nebeneinanderher, bis Dixon das Tempo anzieht und die Führung übernimmt. Ich bleibe zurück, spare meine Kräfte, um auf der letzten halben Meile schweres Geschütz aufzufahren. Und außerdem kann ich von hier hinten Dixons muskulöse Beine und seinen knackigen Hintern bewundern. Er ist ein wahres Kunstwerk, und ich bin ein wenig neugierig, wie sich dieses Prachtexemplar wohl in echt anfühlen würde.

»Schon müde?«, stichelt Dixon, der sich umwendet, rückwärtsläuft und amüsiert zusieht, wie ich ihm den Stinkefinger zeige.

»Ich bin bloß großzügig. Wollte dich nicht zu früh vorführen. Das wäre irgendwie peinlich gewesen«, sage ich schnaufend.

Dixon lacht und macht wieder kehrt, wobei er glücklicherweise darauf achtet, wohin er läuft. Ich entscheide mich, zu ihm aufzuschließen, da er seine Führung weiter ausbaut, während ich – abgelenkt von seinem Knackarsch – hinterherhinke.

»Wie lange joggst du denn schon?«, keucht er, den Blick nach vorn gerichtet.

»Etwa neun Jahre«, gebe ich zu, verzichte aber darauf, den Grund dafür zu nennen.

»Du bist ziemlich gut«, räumt er ein, und ich wende mich ihm mit einem Grinsen zu.

»Überrascht dich das?«

Dixon schüttelt den Kopf. »Ganz und gar nicht. Meine Mutter hat mir beigebracht, niemals Mutmaßungen anzustellen, wenn's um Frauen geht.«

Ich vermag mir ein Lachen nicht zu verkneifen, auch wenn ich ein wenig außer Atem bin. »Deine Mutter scheint eine kluge Frau zu sein.«

»Das war sie«, sagt Dixon, und mir entgeht nicht, dass er von ihr in der Vergangenheitsform spricht. »Sie ist verstorben«, fügt er erklärend hinzu. »Vor sechs Monaten. Brustkrebs.«

»Oh, Dixon, das tut mir wirklich leid.« Ich runzele die Stirn, da mir der Gedanke daran, meine eigene Mutter zu verlieren, ein großes Loch in die Brust reißt.

»Danke«, sagt er mit einem traurigen Lächeln.

»Also gibt es nur noch dich und deinen Vater?«

»Äh ... ja«, erwidert er mit einer kleinen Verzögerung, was mich verwirrt, doch ich gehe darüber hinweg, denn ich merke sehr wohl, wenn sich jemand unbehaglich fühlt.

»Was ist mit dir?«, erkundigt er sich arglos, ohne sich bewusst zu sein, dass eine so einfache Frage wie diese mein schlimmster Albtraum ist.

Aber ich antworte beiläufig: »Was soll mit mir sein?«

»Hast du noch Geschwister?«

»Ja, einen älteren Bruder. Sonst gibt es nur noch meine Mom und mich.«

»Wo ist dein Vater?«

»Oh, der hat uns verlassen, als ich fünf war. Ich kann mich nicht mehr richtig an ihn erinnern«, bekenne ich, den Blick fest nach vorn gerichtet.

»Das muss schwer gewesen sein.«

»Es ging – meine Mom ist einfach die Beste. Sie ist immer für mich da gewesen. Ich habe wirklich Glück, so eine Mutter zu haben. Wir stehen uns sehr nah«, erwidere ich, gern bereit, diese Information über meine Vergangenheit preiszugeben.

»Scheint ja eine tolle Frau zu sein«, sagt Dixon, und ich nicke.

»Das ist sie«, antworte ich in aller Aufrichtigkeit, denn

vor der erneuten Heirat meiner Mutter hatten wir schlimme Zeiten durchlebt.

»Aber ich bin mir sicher, dass sich dein großer Bruder um seine kleine Schwester gekümmert hat, stimmt's?«, bemerkt Dixon, ohne sich etwas bei einer solch harmlosen Frage zu denken. Die bloße Erwähnung meines Bruders lässt mich allerdings plötzlich ins Stolpern geraten, und ich falle der Länge nach hin, vermag mich zwar noch halbwegs mit den Handgelenken abzufangen, schlage jedoch mit dem Kopf auf dem Boden auf.

»Oh, verdammt! Geht's dir gut?«, fragt er. Seine Stimme vermischt sich mit dem lauten Sausen in meinen Ohren.

Ich bin mir ziemlich sicher, dass es mir nicht gut geht, aber ich nicke, wodurch mein Gehirn Murmeln gleich in meinem Kopf herumkullert.

Ich habe eine echte Bauchlandung hingelegt, und es ist mir schrecklich peinlich, so ausgestreckt auf dem Boden zu liegen, daher versuche ich mich aufzurappeln, doch Dixon warnt mich rasch: »Vorsicht, steh nicht zu schnell auf! Du bist ganz schön heftig mit dem Kopf aufgeschlagen!«

»Mir geht's gut«, behaupte ich und tue seine Warnung mit einer Handbewegung ab, denn ich mache mir mehr Sorgen darum, wie ich ihm nun in die Augen schauen soll, und weniger um meinen verletzten Kopf.

Ich richte mich in eine halb sitzende Position auf, und Dixon hockt sich neben mich. Ich sehe, wie sich seine Pupillen weiten, und er stößt hervor: »Scheiße, du blutest ja.« Bevor ich dagegen zu protestieren vermag, zieht er sich mit einer ruckartigen Bewegung das T-Shirt aus und presst das umwerfend gut riechende Kleidungsstück gegen meine Stirn.

Ich stoße ein Wimmern aus, als es die verletzte Stelle berührt, und Dixon zuckt zusammen und verringert den Druck.

»Tut mir leid.« Er runzelt die Stirn, richtet seinen ernsten Blick auf meine Schläfe.

»Ist schon gut«, flüstere ich wie gebannt, weil ich ihm so nahe bin, aber nicht nur das, sondern weil er zudem auch noch halb nackt ist.

Ich gebe mir wirklich alle Mühe, ihn nicht anzustarren, aber das ist unglaublich schwer, denn er ist einfach atemberaubend.

Ein total haarloser athletischer Brustkorb ist nur wenige Zentimeter von meinem Gesicht entfernt. Als ich meinen Blick senke, erkenne ich, dass das einzig sichtbare Haar sich auf die feinen dunklen Löckchen beschränkt, die seinen Nabel umgeben und in seine tief sitzenden Shorts verschwinden. Sein Waschbrettbrauch ist einfach unfassbar, von seinem V-Muskel ganz zu schweigen, und ich kann nicht anders, als ihn anzustarren.

»Geht's dir auch wirklich gut?«, fragt Dixon mit sanfter Stimme und reißt mich damit aus meiner Trance.

»J-ja«, stottere ich, hebe den Blick, und unsere Augen begegnen sich.

Ich sehe in seinen markanten Gesichtszügen nichts weiter als Besorgnis, und gerade als ich dachte, dass ich diesem Mann nicht noch mehr verfallen könnte, geschieht es doch.

Er entfernt sein nun verschmutztes T-Shirt von meiner Stirn und nimmt meine Wunde in Augenschein. »Ich glaube nicht, dass das genäht werden muss, aber ich nehme an, dass du ein, zwei Tage üble Kopfschmerzen haben wirst.«

»Na, dagegen gibt's ja Tabletten«, erwidere ich lächelnd und versuche, mein Gewicht zu verlagern, damit ich gerader sitze.

Dixon legt seine Hände auf meine Oberarme, damit ich nicht zur Seite kippe, wofür ich ihm sehr dankbar bin, denn in meinem Kopf dreht sich immer noch alles.

»Sieht so aus, als wäre ich dir ein Essen schuldig«, stelle ich fest und versuche zu ignorieren, wie mein Körper auf seine Berührung reagiert.

»Also, aus meiner Sicht hast eindeutig du gewonnen.«

»Wie kommst du denn darauf?«, frage ich fassungslos.

»Bevor du zu diesem eleganten Schwalbensprung in den Asphalt angesetzt hast« – ich versuche ihm einen spielerischen Klaps auf den Arm zu geben, doch er weicht meinem Angriff aus –, »wollte ich gerade aufgeben«, erklärt er.

»Wolltest du nicht, du Lügner«, entgegne ich kopfschüttelnd mit einem ungläubigen Schmunzeln.

Dixon grinst, legt sich eine Hand aufs Herz und gibt sich alle Mühe, überzeugend zu sein. »Doch, das wollte ich. Dieser alte Körper ist deinem jugendlichen Elan ganz offensichtlich nicht gewachsen. Du hast verdientermaßen gewonnen, Madison.«

Ich kaufe ihm das keine Sekunde lang ab, doch er sieht so hinreißend dabei aus, dass ich nichts dagegen einwende.

»Na ja, aber es würde sich trotzdem falsch anfühlen, so als würde ich betrügen. Also, wie wäre es, wenn du das Essen zahlst und ich den Nachtisch?«, schlage ich vor in der Hoffnung, dass er zustimmt, denn ich will die Zeit, die ich mit ihm verbringe, unbedingt in die Länge ziehen.

Dixon lässt sich meinen Vorschlag offenbar durch den

Kopf gehen und sagt dann mit einem schiefen Grinsen erfreulicherweise: »Du bist eine harte Verhandlungspartnerin, aber das scheint mir fair zu sein.«

Ich kann mich gerade noch beherrschen, vor Begeisterung die Siegerfaust in die Luft zu strecken, da ich mir ziemlich sicher bin, dass jede plötzliche Bewegung meinen ohnehin schon brummenden Schädel noch verschlimmern würde.

»Das wäre dann also abgemacht. Du darfst aussuchen, wo wir hingehen«, sage ich, denn ich möchte ihm nicht den Eindruck vermitteln, dass ich darauf brennen würde, ihn wiederzusehen – was natürlich der Wahrheit entspricht, und wenn es nach mir ginge, könnten wir unsere Vereinbarung noch heute in die Tat umsetzen.

Doch mein Herz klopft mir bis zum Hals, als Dixon vorschlägt: »Wie wäre es mit morgen Abend?«

Ich versuche ihn nicht mit meinem strahlenden Lächeln zu blenden und nicke nur. »Ja, das ginge bei mir.«

Dixon grinst und richtet sich mit nackter Brust langsam zu seiner vollen, beeindruckenden Größe auf. Dann streckt er mir die Hand hin, und ich ergreife sie dankbar und lasse mich von ihm langsam in die Höhe ziehen. Mir ist immer noch schwindelig, aber als wir uns nun so nah gegenüberstehen und ich mir in meiner wilden Fantasie vorstelle, wie ich mich gegen all diese gebräunte, geschmeidige Haut presse und mich in ihrer weichen Glätte verliere, schwirrt mir der Kopf nur noch mehr. Ich schüttele die Gedanken ab, da ich mich ohnehin ein wenig schuldig fühle, weil Dixon meinetwegen halb nackt herumläuft.

Eine Joggerin läuft an uns vorbei, und es ist mehr als

offensichtlich, dass sie den halb nackten Gott anstarrt, der dort vor ihr steht. Ich spüre, wie mich ein unerwartetes Gefühl der Eifersucht überkommt, und gebe mir alle Mühe, sie nicht anzufunkeln, da ich kein Recht dazu habe.

Dixon scheint es gar nicht zu bemerken, greift in seine Tasche und zieht eine völlig unversehrte Visitenkarte daraus hervor. »Dieses Mal gibt es keine Entschuldigung, sich zu verspäten«, sagt er in Anspielung auf die letzte Nacht.

Ich nehme die Karte dankbar an, aber da ich keine sichere Stelle habe, um sie unterzubringen, schiebe ich sie in meinen Sport-BH – eine Angewohnheit von mir, weil ich ohne Taschen laufe. Es ist eigentlich keine große Sache, doch Dixon scheint anderer Meinung zu sein, denn als ich aufschaue, bemerke ich seinen glühenden Blick, der auf meinen Busen gerichtet ist. Schuldbewusst wendet er die Augen ab und sieht mir zögernd ins Gesicht.

»Erinnere mich unbedingt daran, dich niemals zu bitten, auf meine Sachen aufzupassen«, sagt er nicht ganz ernst gemeint.

»Und wieso?«, erkundige ich mich grinsend.

»Weil ich dann zweifellos meine Hände nicht bei mir lassen könnte«, erwidert er frech, und ich verschlucke mich beinahe an meiner eigenen Zunge.

Er ahnt ja nicht, dass mir seine Hände immer willkommen sind.

10

Fremde

Dixon

Entweder bin ich das klügste oder das dämlichste Arschloch, das die Menschheit je gesehen hat.

Vermutlich letzteres.

Ich stecke in der Zwickmühle, weil ich an zwei Frauen interessiert bin. Keine Ahnung, wie das geschehen konnte. Vor zwei Wochen war schon der Gedanke, Interesse an einer einzigen Frau zu haben, amüsant, und nun sitze ich hier an meinem Schreibtisch und raufe mir die Haare, weil ich keine Ahnung habe, was ich tun soll.

Nachdem Juliet mal wieder einen Höllenritt auf meinem besten Stück abgeliefert hatte, war ich so ausgepowert gewesen, dass ich wie ein Toter geschlafen hatte. Erst als kurz nach ein Uhr in der Früh ein Feuerwehrwagen mit eingeschalteter Sirene draußen auf der Straße vorbeifuhr, war ich wach geworden. Und als sich mein von Schlaf und Sex vernebeltes Hirn endlich entschied, wieder halbwegs zu funktionieren, fiel mir ein, dass ich mich eigentlich mit Madison treffen wollte, um Telefonnummern oder wer weiß was auszutauschen, und ich sie versetzt hatte.

Das tat mir entsetzlich leid, und ehe ich michs versah, rannte ich wie ein geölter Blitz zu dem Laden, in dem sie arbeitet.

Die Frage hier lautet: Warum? Warum hatte ich ein schlechtes Gewissen? Immerhin hatte ich sechs Stunden zuvor noch mit einer anderen Frau geschlafen. Wenn ich mich wegen irgendetwas schuldig fühlen sollte, dann doch wegen der Tatsache, dass ich immer noch Juliets Geruch an mir hatte, als ich mich mit Madison traf. Aber bei dieser Sache mit Juliet, da ging es nur um Sex, während das mit Madison irgendwie mehr war.

Also lag es doch eigentlich auf der Hand, Ms. Harte in die Wüste zu schicken und abzuwarten, wie sich die Dinge mit Madison entwickeln. Doch das kann ich nicht – Sex ohne Verpflichtungen ist so viel einfacher als eine Beziehung. Und ich habe da so eine Vermutung, dass eine Beziehung mit Madison nicht unbedingt in ruhigem Fahrwasser verlaufen würde, da mir mein Bauchgefühl – nennen wir es ärztliche Intuition – sagt, dass sie trotz ihres süßen Lächelns eine Menge Ballast mit sich herumschleppt.

Also, was will ich? Sex? Eine potenzielle Beziehung? Denn im Moment bieten sich mir beide Möglichkeiten, aber ich habe keine Ahnung, was ich mehr will.

Mir ist klar, dass dies auf meine schlimme Trennung von Lily zurückzuführen ist. Doch ich bin auch mit schuld am Scheitern dieser Beziehung. Natürlich habe ich sie nicht gezwungen, mit meinem besten Freund zu vögeln, aber damals habe ich mich nicht mit meinen seelischen Narben befasst, und was dabei herausgekommen ist, sieht man ja jetzt: Ich bin ein Bindungsphobiker.

Ich massiere mir die Schläfen. Eigentlich bin ich heute nicht in der Verfassung, Patienten zu behandeln. Es wäre ratsam, den Nachmittag freizunehmen. Gerade als ich Ms.

Vale bitten möchte, meine restlichen Termine abzusagen, meldet sie sich über die Gegensprechanlage.

»Dr. Mathews«, sagt sie hektisch, was sehr untypisch für sie ist.

»Ja, Ms. Vale?«, erwidere ich rasch. »Ist alles in Ordnung?«

»Dr. Mathews, hier ist eine Patientin ohne Termin, die darauf besteht, zu Ihnen vorgelassen zu werden.«

Ich höre, wie Susanna die Hand auf die Muschel legt und zu der Patientin dort draußen spricht, um ihr klarzumachen, dass sie einen Termin benötigt, wenn sie mich konsultieren möchte.

»Bleiben Sie sofort stehen! Sie können da nicht rein!«, sagt sie nachdrücklich, und bevor ich weiß, wie mir geschieht, fliegt die Tür auf und Juliet stürmt ganz hysterisch herein.

Susanna kommt hinterhergelaufen. Ihr Gesichtsausdruck ist eine Mischung aus Verärgerung und Besorgnis, aber ich bedeute ihr, dass ich mich darum kümmern werde, da Juliet furchtbar aussieht.

»Es tut mir ja so leid, Dr. Mathews! Sie hat sich nicht aufhalten lassen«, entschuldigt sich Susanna und wirft der schluchzenden Juliet einen wütenden Blick zu.

»Ist schon in Ordnung, Ms. Vale. Ich kümmere mich darum. Bitte machen Sie die Tür hinter sich zu.«

Sie sieht mich ein wenig verwirrt an, tut aber, was ich sage. Sobald sich die Tür hinter ihr schließt, erhebe ich mich von meinem Schreibtischsessel und sehe zu, wie Juliet hemmungslos weint. Ich stehe regungslos da, weiß nicht, was ich tun soll.

Als Psychiater sollte ich sie nicht umarmen oder tröstend an mich drücken, denn ich bin nicht dazu da, ihr zu sagen, dass alles wieder gut werden wird. Aber als ihr Liebhaber sollte ich genau das tun. Und genau das ist der Grund, warum man sich nicht mit Patientinnen einlassen sollte.

»Ist alles in Ordnung, Juliet?«, frage ich hinter meinem Schreibtisch hervor, den ich als Barriere zwischen uns benutze.

»Wonach sieht's denn aus? Nein, es ist verdammt noch mal nicht alles in Ordnung!«, schreit sie und sieht mich mit ihren verheulten Augen an.

Ich räuspere mich, rücke meine Krawatte zurecht, umrunde den Tisch und deute auf das Sofa.

»Bitte nimm Platz.«

»Ich bin nicht hier, um mich behandeln zu lassen, Dixon.« Glücklicherweise lässt sie sich auf das Sofa sinken, und ihr Schniefen lässt nach.

Ich setze mich in ihre Nähe, lege eine Handfläche auf ihr nacktes Knie. »Was ist geschehen? Warum bist du so aufgelöst?«

»Egal, wie viel Mühe ich mir auch gebe, ich werde nie gut genug sein«, flüstert sie, und ihre Lippe zittert, als sie das Gesicht senkt.

»Gut genug für wen?«, frage ich behutsam.

»Für ... alle und jeden«, erwidert sie. Angesichts ihres kurzen Zögerns frage ich mich, was sie ursprünglich sagen wollte.

»Das stimmt nicht«, weise ich sie zurecht. »Du musst an dich selbst glauben, Juliet. Ich weiß, wie verkorkst das angesichts der gegenwärtigen Umstände klingen muss, aber jeder Mann, der es schafft, deine Zuneigung zu gewinnen, kann sich wirklich glücklich schätzen.«

»Findest du?«, erkundigt sie sich schniefend.

»Absolut«, versichere ich ihr. »Und all diese Auszeichnungen, die an meinen Wänden hängen, bestätigen, dass ich weiß, wovon ich rede«, füge ich mit einem leichten Lächeln hinzu in der Hoffnung, damit die Stimmung ein wenig aufzuhellen.

Glücklicherweise lacht sie und öffnet ihre Clutch, um ein Taschentuch daraus hervorzuholen. Während sie sich damit die Augen betupft, frage ich mich, was wohl zu diesem Ausbruch geführt haben mochte. Der Arzt in mir hat sich längst zurückgezogen, und aus mir spricht bloß noch der Liebhaber.

»Gibt es irgendetwas, was ich für dich tun kann?«, frage ich sie, strecke die Hand aus und streiche ihr eine blonde Haarsträhne aus dem Gesicht.

»Na ja, vielleicht könnten wir ja mal miteinander ausgehen?«

Es ist das erste Mal, dass sie irgendwie verletzlich wirkt, und ich muss sagen, es steht ihr gut.

»Klar, sehr gern«, erwidere ich, und mir wird bewusst, dass ich eigentlich gar nichts über sie weiß – mal abgesehen davon, wie ich es anstellen muss, sie innerhalb von fünf Sekunden mit meinem Mund zum Orgasmus zu bringen, und wie sie gern gevögelt wird. Aber ich habe keine Ahnung, wer sie wirklich ist und was sie mag, wenn's nicht um Sex geht. Ich dachte, sie wäre damit zufrieden, dass wir Fickfreunde sind, doch da habe ich wohl Mist gebaut – ich hätte das nicht einfach so als gegeben annehmen sollen. Sieht ganz so aus, als hätte meine Mutter mal wieder recht gehabt.

»Wie wäre es, wenn wir heute Abend ins Kino gehen?«, schlägt sie schüchtern vor.

Damit wirft sie meine Vorstellung von der Juliet Harte, die ich zu kennen glaubte, total über den Haufen, und mit einem Mal ist die Person, die da vor mir sitzt, eine völlig Fremde. Und diese Fremde ist eine Frau, die ich eigentlich gern kennenlernen würde. Und mit ihr an einem Montagabend ins Kino zu gehen hört sich gut an.

»Gern«, antworte ich nickend.

Juliet atmet tief durch, tupft sich die Wangen ab und greift sich mit den Händen kurz ins Haar. »Tut mir leid, dass ich wie eine Verrückte einfach so hier hereingestürmt bin. Ich hätte vorher anrufen sollen.«

»Ist schon in Ordnung. Das passiert ständig«, entgegne ich grinsend. Sie lacht, und ihr wunderschönes Gesicht ist nicht mehr tränenverschmiert.

»Also, dann werde ich dich mal nicht mehr länger von der Arbeit abhalten.« Sie steht auf und glättet die Knitterfalten ihres Kleides. »Was hältst du davon, wenn ich gegen sieben bei dir vorbeikomme?«

»Klingt gut«, erwidere ich. Ich bin ebenfalls aufgestanden und stehe mit den Händen in den Hosentaschen da.

»Klasse. Bis heute Abend dann.« Ich bin ganz und gar nicht darauf gefasst, als sie plötzlich vortritt und mich umarmt.

Es ist das erste Mal, dass dies geschieht. Bislang haben wir uns nicht auf diese Weise verabschiedet, was angesichts dessen, was wir bereits miteinander getrieben haben, eigentlich lächerlich und fast schon blamabel ist. Ich ziehe langsam die Hände aus meiner Tasche, und als ich sie in meine Arme schließe, stelle ich erschrocken fest, wie zerbrechlich und verwundbar sie sich anfühlt. Ich bin nicht an diese Juliet gewöhnt und muss mich erst einmal auf die neue Situation einstellen.

Sie löst sich nach einem Moment aus der Umarmung und verabschiedet sich mit einem züchtigen Wangenkuss von mir. Ich sehe verdutzt zu, wie sie mein Sprechzimmer verlässt, denn auch wenn diese Frau aussieht wie Juliet, ist sie ganz und gar nicht die Juliet, die ich zu kennen glaubte.

Ich nehme wieder an meinem Schreibtisch Platz, bin immer noch verblüfft über das, was hier gerade geschehen ist. Als ich Juliet zum ersten Mal begegnete, war mir klar, dass sie Ärger bedeuten würde. Aber was hieß das nun für Madison und mich?

Mein Handy gibt einen Piepton von sich und macht mich damit auf den Eingang einer SMS aufmerksam. Eine willkommene Ablenkung. Ich streiche mit dem Finger über den Bildschirm und werfe einen Blick auf die Nachricht. Dann gebe ich ein Stöhnen von mir und schlage mir mit der Handfläche gegen die Stirn.

Ich komme mir wie das größte Arschloch der Welt vor, denn die netten Worte klingen wie der reine Hohn angesichts dessen, was ich nun tun muss.

Habe den ganzen Tag nichts gegessen :p
Bis heute Abend. Kann's kaum erwarten.
Maddy x

11

Berühmte letzte Worte

Madison

»Was meinst du mit: *Er schafft's nicht?*«, erkundigt sich Mary vom Fußende meines Bettes.

Ich zucke mit den Schultern und werfe ihr mein Handy zu, damit sie sich den Beweis selbst ansehen kann.

Sie liest die SMS und stößt einen Fluch aus. »Was soll das heißen: *Es ist mir was dazwischengekommen?* Was denn, zum Beispiel? Die einzige nachvollziehbare Entschuldigung wäre, dass seine Mutter gestorben ist«, blafft sie und verzieht ihr Gesicht vor Entrüstung, weil Dixon darum gebeten hat, unsere Verabredung zu verschieben.

»Seine Mutter ist bereits tot«, erwidere ich und hänge das schöne blaue Kleid, das ich heute Abend eigentlich hatte anziehen wollen, betrübt wieder in den Schrank zurück.

»Oh. Wie auch immer. Das ist doch Schwachsinn!«, ruft Mary und richtet erbost einen Zeigefinger auf den Bildschirm.

»Ich weiß, Lämmchen«, entgegne ich seufzend, denn ich bin ganz ihrer Meinung.

Vor über drei Stunden hat Dixon mir die SMS geschickt, in der er mir mitteilte, dass ihm etwas dazwischengekommen war und er unsere Verabredung leider verschieben musste. Er hat sich zwar mehrfach entschuldigt, aber weder einen genauen Grund für seine Absage genannt noch ein neues Datum vorgeschlagen.

Ich komme mir so blöd vor. Wie konnte ich nur glauben, dass sich ein Mann wie Dixon für ein Mädchen wie mich interessiert?

»Was bin ich doch für eine Idiotin! Wahrscheinlich war es nie ein Date für ihn. Man muss sich uns beide doch nur mal zusammen vorstellen – wie sähe ich schon neben ihm aus?«, sage ich und blicke zweifelnd an mir hinab.

»Nein, *er* ist der Idiot. Wir beide gehen jetzt aus«, erklärt Mary wütend.

Sie springt vom Bett auf, stürmt zu meinem Schrank hinüber und beginnt meine Klamotten zu durchstöbern.

»Ich habe keine Lust auszugehen.« Der Gedanke, unter Leute zu gehen, klingt wie eine schreckliche Idee.

»Pech. Du hast aber keine andere Wahl«, schnauzt Mary zurück, den Kopf in meinem Schrank vergraben.

»Lämmchen«, sage ich warnend, aber Mary dreht sich zu mir um und durchbohrt mich mit einem Blick, der keinen Widerspruch duldet.

»Also schön«, schnaube ich und hebe die Hände in einer Geste der Resignation, da es keinen Zweck hat, mit ihr zu streiten.

»Du wirst es nicht bereuen«, sagt sie mit einem schiefen Lächeln.

Hoffentlich hat sie recht.

Als Mary vom Ausgehen sprach, da hatte ich gedacht, wir würden irgendwo eine Pizza essen oder ins Kino gehen. Mir war nicht klar, dass sie damit *so richtig ausgehen* meinte.

Doch jetzt sitze ich an einem Tisch, von dem aus ich eine riesige Tanzfläche überblicken kann, und fühle mich dabei alles andere als wohl, denn ich befinde mich definitiv sehr weit außerhalb meiner Wohlfühlzone. Ich schaue zu, wie Mary beim Tanzen einen gepiercten Rockgott anmacht und sich ohne Hemmungen an ihn ranschmeißt. Sie hat vor Kurzem mit ihrer Highschool-Liebe, Corey, Schluss gemacht, aber trotz ihres toughen Auftretens weiß ich, dass sie noch sehr an der Sache zu knabbern hat. Der Mann, dem sie vertraut hat, dem sie ihre Jungfräulichkeit geschenkt hat, entpuppte sich als ein verlogener Mistkerl, für den Fremdgehen eine Art Sport war. Daher kann ich es ihr nicht verdenken, dass sie so verbittert ist. Allerdings möchte ich gern glauben, dass nicht alle Männer mit ihren Schwänzen denken.

Auch wenn ich nicht gerade begeistert bin, dass mich Dixon heute versetzt hat, muss ich zugeben, dass ich mir in seiner Gegenwart noch kein einziges Mal nur wie ein Sexobjekt vorgekommen bin und auch nie das Gefühl hatte, er würde sich nur mit mir unterhalten, um mich ins Bett zu kriegen. Es kam mir vielmehr so vor, als wäre da etwas zwischen uns, und ich hatte gehofft, dass er sich von den Typen unterscheiden würde, die mir bislang über den Weg gelaufen waren.

Aber offenbar hatte ich mich geirrt.

Ich greife nach meinem Tequila, entschlossen, meinen Kummer in Alkohol zu ertränken, da ich am nächsten Tag erst am späten Nachmittag einen Kurs habe.

Gerade als ich die ersten Anzeichen eines kleinen Schwips spüre, wird der Barhocker neben mir mit einem schrammenden Geräusch über den Boden gezogen, und ich wende mich zur Seite, um zu sehen, wer da Marys Platz geklaut hat.

»Hi, sitzt hier schon jemand?«, fragt der gut aussehende, grünäugige Fremde neben mir.

Ich nicke lächelnd. »Ehrlich gesagt, ja. Siehst du die verrückte Rothaarige da hinten auf der Tanzfläche?« Ich zeige auf meine beste Freundin, die von einer ganzen Gruppe von Kerlen umringt ist, die offenbar alle auf sie scharf sind.

Der heiße Typ neben mir nickt mit zu Schlitzen zusammengekniffenen Augen, während er in Marys Richtung schaut.

»Tja, die hat hier gesessen«, erkläre ich grinsend.

Als der Fremde mich anlächelt, sehe ich seine Grübchen. Er lehnt sich weiter zu mir herüber, um mir über die Musik hinweg, die aus den Lautsprechern dröhnt, ins Ohr zu sagen: »Ich glaube nicht, dass sie in absehbarer Zeit wiederkommt«, und ich lache, da er vermutlich recht hat.

Ich habe keine Ahnung, ob es am Alkohol liegt oder an der Tatsache, dass ich mich von Dixon verschmäht fühle, aber was es auch ist, ich strecke jedenfalls lächelnd meine Hand aus.

»Hallo, ich bin Madison.«

»Und ich bin David«, erwidert der Fremde, und ich gebe mir alle Mühe, nicht das Gesicht zu verziehen, weil mich sein Name an einen anderen erinnert, der mit D beginnt.

»Freut mich, dich kennenzulernen, David«, sage ich rasch.

»Gleichfalls. Kann ich dir einen Drink ausgeben?«, fragt David, dem seine langen Stirnfransen in die Augen fallen.

Ich leere den Rest meines Tequila-Glases und lächele. »Gern.«

Er lacht, und ich fühle mich gleich wohl in seiner Nähe.

»Bin gleich wieder da«, sagt er, und ich schaue zu, wie er sich einen Weg durch die Menge bahnt.

Ich muss zugeben, dass mir gefällt, was ich sehe. Vielleicht besteht doch noch Hoffnung für mich. Nichts geschieht ohne Grund, stimmt's? Vielleicht habe ich einfach noch nicht verstanden, warum ich Dixon begegnet bin.

ZWEITER TEIL

Zweieinhalb Monate später

12

Apfelkuchen

Dixon

»Knoblauch fein oder grob hacken?«, murmele ich in mich hinein, während ich auf der Suche nach dem Lachs-Confit mit Krabbenpüree und Dillsoße das verdammte Kochbuch durchblättere.

Wie sich ein Leben doch von einem Augenblick auf den anderen verändern kann!

Gerade noch war Juliet meine Fickfreundin, und jetzt ist sie … ja was, eigentlich – meine Kuschelfreundin?

Ich habe keine Ahnung, wie ich Juliet bezeichnen soll, da sie einerseits nicht wirklich meine Freundin ist, uns aber inzwischen mehr verbindet als Gelegenheitssex. Ich habe seit über zwei Monaten mit keiner anderen Frau mehr geschlafen, und der Grund dafür ist simpel: Es ist so unkompliziert, mit ihr zusammen zu sein. Ich muss mich nicht groß anstrengen, und sie befriedigt all meine Bedürfnisse.

Nach eigener Aussage hat sie in dieser Zeit auch mit keinem anderen Mann geschlafen, was eine große Sache für eine Ex-Sexsüchtige ist. Allerdings sind wir übereingekommen, dass es das Beste für sie wäre, die Therapie fortzusetzen. Denn wie heißt es noch? Einmal süchtig, immer süchtig! Und wir waren uns einig, dass ich aus Gründen, die auf der Hand liegen, als Therapeut für sie nicht mehr infrage komme. Außerdem hatte ich wirklich keinen Bock zu hören, dass sie ihrem Yogalehrer gern einen blasen würde …

Also, was waren Juliet und ich nun eigentlich? Ich wusste es wirklich nicht.

»Freundin« klingt immer so highschoolmäßig und »Partnerin« so schwul, also bezeichne ich sie meist nur als Juliet – die Frau, mit der ich im Augenblick irgendwie zusammen bin, ohne dass es etwas Festes ist.

Der Abend, an dem wir zusammen im Kino waren, hat die Lage dramatisch verändert. Juliet und ich haben das Undenkbare getan und tatsächlich miteinander gesprochen. Natürlich hat sie mir auch einen geblasen, doch nach dem Film sind wir noch auf einen Kaffee irgendwo reingegangen, und ich habe die echte Juliet Harte kennengelernt.

Ich muss zugeben, dass ich mich ein wenig davor gefürchtet habe herauszufinden, wer diese mysteriöse Frau hinter der goldenen Muschi ist, aber nachdem ich durch all die Schichten hindurchgedrungen war, muss ich zugeben, dass mir gefiel, was ich sah. Außerdem schadet es auch nicht, dass wir es wie die Karnickel miteinander treiben und ich voll und ganz auf meine Kosten komme.

Dieser eine Moment der Schwäche wiederholte sich allerdings nicht. Juliet war wieder zurückhaltend und selbstbewusst, und ich weiß ehrlich gesagt nicht, was mir lieber ist.

Unsere Unterhaltungen sind bisweilen ein wenig steif, und in zunehmendem Maße macht sich auch Schweigen breit, aber wer braucht schon Worte, wenn unsere Körper für sich sprechen?

Ich bedauere nur, das Gefühl nicht loszuwerden, Juliet Madison vorgezogen zu haben, denn seit unserem geplatzten

Date habe ich nicht mehr mit ihr gesprochen. Wenn ich Madison unter anderen Umständen begegnet wäre, hätte sich womöglich etwas zwischen uns entwickelt. Wir sind uns einfach zur falschen Zeit am falschen Ort über den Weg gelaufen, schließlich bin ich kein totales Arschloch und würde niemals mit beiden Frauen rummachen. Und ehrlich gesagt könnte ich mit Madison niemals das machen, was ich mit Juliet mache. Mein Verlangen nach Verderbtheit würde ihre Unschuld beschmutzen, und am Ende siegt mein Schwanz nun einmal immer über meinen gesunden Menschenverstand.

Daher glaube ich, dass es so wahrscheinlich besser ist, und ich wünsche Madison viel Glück dabei, jemanden zu finden, der besser zu ihr passt. Wo auch immer sie jetzt sein mag, ich hoffe, dass sie glücklich ist und Gebrauch von ihrer Tittentasche macht. Bei dem Gedanken daran beginnt mein Schwanz immer noch interessiert zu zucken, denn auch wenn Juliets Vorbau schon verdammt eindrucksvoll ist, so ist Madisons wirklich atemberaubend.

Der Geruch nach angebranntem Fisch unterbricht meine Gedanken. »Scheiße!«, fluche ich, da mein Lachs einem Türstopper zu ähneln beginnt.

Die Tatsache, dass ich an einem Freitagabend für die Frau koche, die – in Ermangelung einer besseren Bezeichnung – nicht meine Freundin ist, finde ich schon ziemlich beängstigend, und wenn Hunter hier wäre, würde er vorgeben, die Peitsche zu schwingen, und das mit Recht, denn ich habe mich in ein echtes Weichei verwandelt.

Aber Hunter ist nicht hier, weil sich der Freitagabend irgendwie in Juliets und meinen Abend verwandelt hat. Ursprünglich war er einmal den Jungs vorbehalten, doch nun hat Juliet Vorrang vor meinen Freunden, denen ich inzwischen öfter abgesagt habe, als mir eigentlich lieb ist.

Meine Regel, keine Frau in meiner Wohnung übernachten zu lassen, hat sich auch in Wohlgefallen aufgelöst, seit Juliet einige Male die Nacht hier verbracht hat. Das Beste daran, Juliet hier um mich zu haben, ist, dass meine Erinnerungen an Lily, von denen ich geglaubt hatte, unbedingt an ihnen festhalten zu müssen, inzwischen so verblasst sind, dass ich mich ihrer kaum noch entsinnen kann. Ich habe wirklich das Gefühl, dieses Kapitel meines Lebens geschlossen zu haben – was ich schon vor geraumer Zeit hätte tun sollen.

Also, auch wenn das mit Juliet nicht gerade den gesellschaftlichen Konventionen entspricht, so funktioniert es dennoch. Keiner von uns hat irgendwelche Erwartungen, dass sich die Dinge in eine gewisse Richtung entwickeln, was mir nur allzu gelegen kommt. Aber bin ich wirklich glücklich mit diesem Arrangement? Bin ich glücklich damit, den anständigen, monogamen, häuslichen Typen zu spielen?

Mein Handy gibt einen Ton von sich, der mir sagt, dass ich eine SMS erhalten habe, also greife ich von der marmorierten Arbeitsplatte hinüber, während ich meinen Lachs beäuge und mich frage, ob er wohl noch zu retten ist.

Von meinem angebrannten Essen abgelenkt, verstehe ich Juliets Worte erst wirklich, nachdem ich sie zweimal gelesen habe.

Die Nachricht ist knapp und auf den Punkt, was okay ist, da wir beide nicht unbedingt aufs Simsen stehen.

Muss länger arbeiten.

Melde mich irgendwann am Wochenende.

Nicht zu glauben! Das ist jetzt schon der dritte Freitagabend, an dem sie zu tun hat, und auch wenn es mir eigentlich egal sein sollte, tut es das doch irgendwie nicht. Ich hatte mich auf das Abendessen, ein Glas Rotwein und Juliet zum Dessert gefreut.

Aber jetzt, wo sie nicht auftauchen wird, komme ich mir wie ein Trottel vor, der zu Hause hockt mit dem Essen, das er für seine ehemalige Fickfreundin gekocht hat. Wäre Hunter hier, würde er meine Männlichkeit infrage stellen und lauthals verkünden, dass ich keinen Schwanz verdient habe.

Das bringt mich auf eine Idee, und ich schicke selbst eine SMS. Dann greife ich nach der Pfanne und befördere den bedauernswerten verschrumpelten Lachs in den Abfalleimer. Den Rest der Zutaten, die ich zuvor zubereitet hatte, schmeiße ich gleich hinterher.

Als ich mich pfeifend ins Badezimmer begebe, um mich zum Ausgehen fertig zu machen, wird mir bewusst, wie sehr ich mich auf den Abend freue. *Das* ist es, was mich glücklich macht.

»Du hast Glück, dass ich überhaupt noch ein Wort mit dir wechsele, mein muschihöriger Freund!«, erklärt mir Hunter zum x-ten Mal, packt mich am Kragen und zieht mich zu sich herüber, bis unsere Gesichter nur noch wenige Zentimeter voneinander entfernt sind.

»Schon gut, du Neandertaler, hab's verstanden. War ja laut und deutlich. Und jetzt küss mich oder lass los, damit ich mein Bier austrinken kann«, entgegne ich und befreie mich aus Hunters Griff.

Finch lacht laut. Er ist ganz aus dem Häuschen, dass wir endlich wieder mal zusammen sind.

»Ich hab dich wirklich vermisst, Dix«, sagt er und nimmt einen Schluck von seinem Bier.

Er trinkt heute die harten Sachen, da Heidi übers Wochenende verreist ist. Das kann nicht gut ausgehen.

»Ich hab dich auch vermisst, Kumpel«, erwidere ich und versetze ihm einen Klaps auf den Rücken.

»Also, jetzt reicht's aber mit dieser Schmusenummer«, blafft Hunter und knallt einen Zwanziger auf die Theke, um für unsere Getränke zu bezahlen. »Ich will ein paar Titten sehen!«

Finch erbleicht und schüttelt vehement den Kopf. »Ohne mich, ich passe. Und ich bin mir sicher, dass Juliet auch nicht begeistert wäre, wenn Dixon in einen Stripklub gehen würde.«

»Ach, zum Teufel mit der kleinen Nymphomanin!«, schreit Hunter und reicht uns eine frische Runde Bier. »Soweit ich unterrichtet bin, hat Dixon im Gegensatz zu dir immer noch Eier in der Hose, Finch.« Ich lache, obwohl ich mir nicht sicher bin, ob diese Behauptung bei mir wirklich zutrifft.

Jetzt, wo ich mit den Jungs zusammen bin, ist mir klar geworden, dass ich tatsächlich in einer Art Beziehung bin, ohne dass es mir wirklich bewusst gewesen ist. Keine Ahnung, wie das geschehen konnte oder wann, aber es ist nun einmal passiert. Auch wenn dies in keiner Weise normal ist, so kommt Juliet seit meiner Trennung von Lily einer festen Freundin doch am nächsten. Und ich habe keine Ahnung, was ich davon halten soll.

»Wenn du erst mal die Richtige triffst, wirst du eine andere Tonart anschlagen, Hunter.« Finch pufft mich mit dem

Ellenbogen in die Rippen, um mich anzustacheln, seine Behauptung zu stützen.

»Ach, komm schon, ich würde ja wohl besser zu Dixon passen als Juliet!«, sagt Hunter verächtlich. »Wenn erst mal der Reiz von Juliets Honigtöpfchen abgeflaut ist, wird Dixon klar werden, dass noch ganz andere Köstlichkeiten da draußen auf ihn warten!«

»Was erzählst du da eigentlich für einen Mist?«, frage ich, wobei ich mir nicht sicher bin, ob ich Hunters Erklärungen wirklich hören will.

»Stell dir doch mal vor, du würdest jeden Tag Apfelkuchen essen, was würde dann passieren?«, fragt er mit hochgezogenen Augenbrauen.

»Du bekommst Diabetes?«, erwidert Finch allen Ernstes mit fragendem Tonfall.

»Nein, du Pappnase«, sagt Hunter lachend und schaut entnervt zur Decke. »Nach einer Weile verliert der Apfelkuchen an Geschmack, und ehe du dichs versiehst, beginnst du Apfelkuchen zu hassen, denn alles, was Apfelkuchen will, ist, auf dem Sofa zu kuscheln und Wiederholungen von *Friends* zu sehen, während du dir die Frage stellst, wann genau du Apfelkuchen deine Eier auf dem Silbertablett gereicht hast.«

Das ist bei Weitem der albernste Vergleich, der mir jemals untergekommen ist, aber so schräg es auch klingt, ich kapiere trotzdem, was er damit meint.

»Also, nachdem du die Bedürfnisse des Apfelkuchens befriedigt hast – übrigens in Missionarsstellung –«, sagt Hunter und verzieht dabei das Gesicht, »beginnst du an Pflaumenkuchen zu denken und wie sehr du ihn vermisst.

Und plötzlich kannst du an nichts anderes mehr denken als an saftige süße Pflaumen und wie gut sie im Vergleich zu dem faden, matschigen Apfelkuchen schmecken, den du in den letzten zwei Monaten essen musstest. Du wirst den Apfelkuchen hassen und auf Pflaumenkuchen umsteigen und dabei total vergessen, dass es so was wie Apfelkuchen überhaupt gibt.« Er nimmt einen Schluck von seinem Bier, und damit ist dieser durchs Essen inspirierte Vergleich glücklicherweise beendet.

Finch scheint sich das Gesagte durch den Kopf gehen zu lassen, um herauszufinden, was zum Teufel Hunter damit meint, während ich mich vor Lachen beinahe an meinem Bier verschlucke.

»Du bist wirklich ein Idiot.«

»Nein, ich bin ein Genie. Und heute Abend werden wir einen Pflaumenkuchen für dich finden«, fügt Hunter mit einem spitzbübischen Lächeln hinzu.

Ich bin mir nicht sicher, was ich davon halten soll. Einerseits käme ich mir ziemlich mies vor, irgendein Mädel zu vögeln, nur weil Juliet heute Abend keine Zeit für mich hat, aber andererseits gefällt mir diese Sache mit der Muschihörigkeit ganz und gar nicht.

Auch wenn ich kein besonderes Interesse daran hatte, von irgendeinem Pflaumenkuchen zu kosten, konnte es ja nicht schaden, wenn ich mal einen Blick auf die »Kuchenauswahl« dort draußen warf. Hunter kippt sein Bier hinunter und stößt einen Schrei aus, als er sieht, dass ich meine Entscheidung getroffen habe, während Finch den Eindruck macht, als hätte er die Bedeutung von Hunters Worten endlich begriffen.

»Meine Güte, Hunter, du bist wirklich ein total verkorkster Dreckskerl«, sagt er entrüstet.

Hunters Kichern kommt wie ein tiefes Rumpeln aus seiner Kehle, und er runzelt mit einem verräterischen Funkeln in den Augen die Stirn. »Das ist für dich verkorkst? Dann willst du aber lieber nicht wissen, was passiert, wenn du jeden Tag Haselnusskuchen isst.«

Finch schluckt den Köder, und ich muss mir ein Lächeln verkneifen.

»Wieso, was passiert denn dann?«, fragt er. Ich hätte mir denken können, dass er darauf hereinfällt.

»Du wirst süchtig nach Nüssen«, erklärt Hunter grinsend. »Und ehe du dichs versiehst, kannst du an nichts anderes mehr denken als an Nüsse. Du hast Nüsse im Mund. Nüsse auf dem Gesicht. Nüsse auf der Zunge. Nüsse hinten im Hals«, und ich beginne schallend zu lachen, bis mir die Tränen kommen.

Finch wird ganz bleich, als er endlich begreift, wofür die Nüsse in Hunters kleinem Vortrag stehen. Er wirft ihm einen entsetzten Blick zu, während Hunter und ich die Fäuste zum Fistbump heben.

Wenn wir so weitermachen, kriegen wir heute wirklich noch einen auf die Nüsse.

13

Pflaumenkuchen

Dixon

Mir war gar nicht bewusst gewesen, wie sehr ich diese Idioten vermisst habe, aber jetzt, da wir drei unterwegs sind, um die Stadt unsicher zu machen, weiß ich, dass meine Freitage von nun an wieder den Jungs gehören werden.

Ich habe mein Handy ausgeschaltet, da ich Manns genug bin, zuzugeben, dass ich ein- oder zweimal versucht war nachzuschauen, ob sich Juliet noch einmal gemeldet hat. Aber Hunters dämlicher Apfelkuchenvergleich hat mich davon abgehalten, schwach zu werden, und deshalb bin ich nur mit Finch und ihm – und ungefähr tausend anderen Leuten – hier in diesem vollgestopften, neu eröffneten Klub in Manhattan. Angesichts des trendigen Schunds, der aus den Lautsprechern kommt, wünschte ich, sie würden mal ein paar gute alte Rockballaden aus den 1980ern spielen.

Der Anblick all der spärlich bekleideten Frauen und der metrosexuellen Männer weckt in mir das Bedürfnis nach einem weiteren Drink.

»Warum sind wir eigentlich hier?«, frage ich mit nörgelnder Stimme und blicke zu Hunter hinüber, der seine Augen an all dem Frischfleisch um ihn herum weidet.

»Bist du etwa blind?«, höhnt er, wedelt mit der Hand durch die Luft und deutet auf all die Mädels, die zu dieser grässlichen Musik tanzen und mit Sicherheit noch nicht alle volljährig sind.

»Nicht blind genug, um diese kleinen Mädchen anzufassen.« Ich kippe meinen Drink hinunter und verziehe das Gesicht. »Du meine Güte, selbst der Scotch ist grässlich.«

»Ach, jetzt werd mal locker, du Grufti. Vor nicht allzu langer Zeit hattest du keine Bedenken, ein gewisses kleines Mädchen anzufassen«, sagt Hunter, der sich damit natürlich auf Madison bezieht.

»Das war was ganz anderes. Erstens war sie nicht minderjährig, und zweitens hat sie mehr Klasse als diese Flittchen hier.«

»Äh, Dixon«, sagt Finch, und ich wende mich ihm zu. Er sitzt auf seinem Barhocker und starrt Richtung Tanzfläche.

»Ja, was ist?«, frage ich und wundere mich, was ihn wohl so fasziniert.

»Ist *das da* nicht dein kleines Mädchen?« Er zeigt auf die Tanzfläche.

»Was?«, keuche ich, während mein Blick seinem Finger folgt. »Unmöglich!«

Hunters Lachen zu meiner Rechten sagt mir, dass es sehr wohl möglich ist. »Du lieber Himmel! Da ist wohl jemand erwachsen geworden!«

Ich versetze ihm einen Schlag gegen die Brust, doch dabei weichen meine Augen nicht einen Moment von dem Anblick, der sich mir in nicht allzu weiter Entfernung bietet. Madisons Körper sieht noch besser aus, als er mir in Erinnerung ist. Die zierliche, schlanke Frau, die ich vor ein paar Monaten kennengelernt habe, wirkt, als hätte sie einen Crashkurs in Figurmodellierung hinter sich, denn ihr Körper weist nun weiche, feminine Rundungen an all den richtigen Stellen auf und ist dabei doch straff und fest.

»Wie blöd, dass du dich für den Apfelkuchen entschieden hast, Alter«, flüstert mir Hunter ins Ohr.

Eigentlich fällt mir auf solche Bemerkungen immer die passende Antwort ein, aber im Augenblick bin ich derartig perplex, dass ich mich kaum an meinen eigenen Namen erinnern kann.

Ein schnellerer Song erklingt, und Madison hängt sich begeistert an ihre rothaarige Freundin. Sie beginnen gemeinsam zu tanzen und versuchen lachend bei dem abgehackten Rhythmus mitzukommen.

Ihr rotes Schlauchkleid ist kurz und tief ausgeschnitten, und jedes Mal wenn sie sich bewegt, rutscht es oben tiefer und unten höher, und ich recke mich auf dem Barhocker in die Höhe in der Hoffnung, einen Blick auf das zu erhaschen, was sie darunter versteckt. Meine außer Rand und Band geratenen Hormone bekommen eine kalte Dusche verpasst, als plötzlich so ein Lackaffe die Arme um ihre Taille legt und sie mit dem Rücken gegen seinen gestählten Körper presst.

Das Alphatier in mir heult auf, meine Hand umklammert das leere Glas, und ich stelle mir vor, es wäre sein Kopf, den ich da zusammenquetsche. Doch Madison lächelt und schmiegt sich an ihn, was wohl bedeutet, dass dieses notgeile Arschloch ihr neuer Freund ist.

Aber wer kann es dem Typen verdenken? Jeder, der Augen im Kopf hat, vermag zu sehen, wie wunderschön sie ist.

Ihr langes braunes Haar ist gewachsen und sieht durch das Tanzen wild und ungezähmt aus, so als wäre sie gerade gevögelt worden. Bei dem Gedanken daran knirsche ich mit den Zähnen, denn ich will mir nicht vorstellen, wie sie es mit diesem Idioten da treibt – oder mit irgendeinem anderen Idioten.

Scheiße. Ich brauche was zu trinken.

»Oh Mann, das ist ja der Wahnsinn, ich …«

»Halt die Klappe, Hunter«, blaffe ich ihn an, stehe vom Barhocker auf und mache mich auf den Weg zur Bar, wobei ich die abfällige Bemerkung ignoriere, die er mir nachruft.

Die Schlange am Tresen ist lang, und ich habe in meiner miesen Laune keine große Lust zu warten. Wenn ich noch eine Minute länger hierbleiben soll, dann nur, wenn ich mich volllaufen lassen und vergessen kann, dass ich Madison je gesehen habe.

Es entgeht mir keineswegs, wie paradox diese Situation ist. Ein klassischer Fall: Man will immer das haben, was man nicht haben kann. Dabei hätte ich die süße, unschuldige Madison durchaus haben können, doch ich habe mich stattdessen für die leicht zu habende, zügellose, sexbesessene Juliet entschieden, mit der ich schon schlief, bevor ich überhaupt wusste, dass ich auf Madison stehe.

Doch nach dem heutigen Abend bin ich mir nicht mehr so sicher, ob ich die richtige Entscheidung getroffen habe, und das hat nichts damit zu tun, dass ich gesehen habe, was für eine anbetungswürdige Frau Madison ist. Das wusste ich schon immer. Unter diesem raffinierten Make-up und dem hautengen Kleid ist sie immer noch das unbeholfene kleine Mädchen, das mir ein Frühstück ausgegeben und mich zum Lachen gebracht hat.

Vermutlich bezweifle ich meine Entscheidung, weil ich nicht umhin komme, mich zu fragen, ob Juliet und ich uns nicht zu ähnlich sind. Der Sex ist phänomenal, aber wenn dieses Feuer einmal verglüht – und das wird es irgendwann –, werde ich sie dann immer noch wollen?

So was passiert, wenn man eine »Beziehung« mit einer ehemaligen sexsüchtigen Patientin beginnt, die einmal in deiner Anwesenheit auf deinem Schreibtisch masturbiert hat, bevor du sie wie ein wildes Tier gevögelt hast, um über deine verlogene Schlampe von einer Exverlobten hinwegzukommen.

Das Ganze war von vornherein zum Scheitern verdammt. Wieso zum Teufel hatte ich nur etwas anderes geglaubt?

»Dixon?«

Ich stöhne innerlich und verfluche die Götter, die gerade auf mich herabsehen und sich über mein Pech lustig machen.

»Madison?«, erwidere ich in einem ebenso erstaunten Tonfall wie sie, wobei meine Überraschung natürlich nur gespielt ist.

Als ich mich zu ihr umdrehe, schlägt mir das Herz bis zum Hals. Aber ich reiße mich zusammen und setze mein Pokerface auf.

»Was machst du denn hier?«, fragt sie atemlos, ist offenbar gerade erst von der Tanzfläche gekommen, und dabei spannt sich ihr Kleid über ihren Brüsten.

»Oh, meine Freunde wollten sich den Laden mal ansehen«, entgegne ich und fahre mir mit der Hand durchs Haar.

Sie nickt, und mir entgeht nicht, wie genau sie während unserer Unterhaltung mein Gesicht betrachtet, jede Furche zu erfassen scheint.

»Verstehe. Bei mir war es genauso. Meine Freunde waren ganz heiß drauf«, erklärt sie, und ihre glänzenden Lippen scheinen meinen Namen zu rufen.

»Verrückt.« Ich räuspere mich, denn das hier fühlt sich exakt so an wie unsere erste Begegnung.

Die Anziehung ist zweifellos noch vorhanden, aber Madison hat sich verändert. Sie kommt mir selbstsicherer vor, scheint sich ihrer Schönheit bewusster zu sein, aber nicht auf eine eingebildete, selbstgefällige Art und Weise. Ich frage mich, was diese Veränderung bewirkt haben mochte.

Die Antwort springt mir förmlich ins Gesicht, als ihr Freund seine fleischigen Hände um ihre Taille legt, ganz offensichtlich seine Ansprüche geltend macht. Der Kerl ist ein Riese im Vergleich zu ihr, und sie schaut auf in seine zusammengekniffenen Augen. Für einen Moment wirkt sie, als hätte sie ganz vergessen, wo sie sich befindet, dann schüttelt sie den Kopf und lächelt.

»Dixon, das hier ist David.« Der Riese streckt mir die Hand hin, die ich lustlos schüttele.

»Ist mir ein Vergnügen«, sage ich mit vor Sarkasmus triefender Stimme.

Sein Händedruck deutet auf ähnlich wenig Begeisterung seinerseits. Als ich meine Hand zurückziehe, kostet es mich große Überwindung, sie nicht an meiner Jeans abzuwischen. David mustert mich von Kopf bis Fuß, und offenbar läuten bei ihm die Alarmglocken, denn er schlingt seinen Arm um Madisons Schultern.

»Woher kennst du Maddy?«, blafft er mich an. Ganz offenbar ein Versuch, mich einzuschüchtern.

Aber der Junge muss noch eine Menge lernen, wenn er

glaubt, mit solchen Schulhof-Mätzchen eine Reaktion bei mir zu provozieren.

»Sie ist mir mal vor die Füße gefallen«, erwidere ich und lasse David dabei nicht aus den Augen. »Offenbar habe ich eine umwerfende Wirkung auf sie.«

Ich sehe, wie ein Muskel in seiner Wange zuckt, als er die Zähne zusammenpresst, und ich beglückwünsche mich insgeheim zu der witzigen Bemerkung.

»Wie geht's deinem Kopf?«, frage ich Madison, strecke die Hand aus und streiche ihr das weiche Haar von der Schläfe, um zu sehen, ob ihr Sturz eine Narbe hinterlassen hat.

Ich werd nicht mehr! Sie weicht nicht vor meiner Berührung zurück, sondern lehnt sich sogar willig vor, und der Barbar in mir schlägt sich an die Brust, um seinen Sieg zu feiern. David, du blöder Arsch, du kannst mich mal!

Gott sei Dank bin ich als Nächster an der Reihe, bedient zu werden, daher beende ich diese nette Begegnung sogleich. »War schön, dich kennenzulernen, Damon«, sage ich und verpasse ihm bewusst einen falschen Namen.

»Ich heiße David«, korrigiert er mich, und seine Finger umklammern Madisons weiche Haut.

»Ach ja, richtig«, entgegne ich wegwerfend. »Madison«, sage ich, richte meinen übermütigen Blick auf sie und nicke, doch sie kommt mir mit einem Mal stocksauer vor.

Ich habe keine Ahnung, was diese Feindseligkeit hervorgerufen hat, und jetzt ist es zu spät, um es herauszufinden, denn der Typ vor mir bezahlt gerade seine Drinks.

»Es war schön, dich wiederzusehen.« Ich beuge mich vor und gebe ihr einen züchtigen Kuss auf die Wange.

In dem Moment, in dem ich ihren Vanilleduft wahrnehme,

vermag ich mich gerade noch davon abzuhalten, meine Nase in ihrer Halsbeuge zu vergraben.

Ich weiche langsam zurück, gebe mir alle Mühe, gelassen zu wirken, doch es haut mich beinahe um, als sie sich vorlehnt und mir ins Ohr schnurrt: »Du schuldest mir noch ein Abendessen.«

Damit hat sich das mit der scheinbaren Gelassenheit erledigt. Madison grinst und macht auf dem Absatz kehrt. Ihr kleines Äffchen – pardon, ihr Gorilla – jagt ihr nach.

Ich stehe regungslos da, starre fasziniert ihrem knackigen, kurvigen Arsch hinterher und verliere dabei meinen Platz in der Schlange. Aber das ist mir egal. Ich wurde gerade in meinem eigenen Spiel vom Platz gefegt.

Touché, mein kleiner Pflaumenkuchen, touché.

14

Oh Mann, ich komme mir wie 'ne Frau vor

Dixon

Ich erwache aus einem unglaublich lebhaften Traum, in dem mir Madison den Schwanz lutscht. Aus irgendeinem Grund weiß sie genau, wie ich es mag, doch dann mit einem Mal wird mir klar, dass ich aufgewacht bin, weil mir wirklich jemand den Schwanz lutscht. Aber leider ist es nicht Madison, sondern Juliet.

Als ich hinunterschiele, sehe ich einen blonden Kopf, der sich zwischen meinen Schenkeln auf und ab bewegt, und ich ignoriere die Tatsache, dass ich wünschte, er wäre brünett.

Juliet lässt von mir ab und blickt auf. Ihre lusterfüllten Augen richten sich auf mich. »Guten Morgen, Babe«, schnurrt sie. Sie weiß, dass ich diesen Kosenamen hasse, aber das scheint ihr egal zu sein.

»Hallo«, erwidere ich. Ich habe eine Reibeisenstimme von zu viel Scotch. »Wie bist du reingekommen?«, frage ich, da sie keinen Schlüssel hat.

»Ich habe da so meine Tricks«, entgegnet sie heiser. Ich mache mir gar nicht die Mühe, genauer nachzuhaken, denn sie senkt ihren Kopf wieder und macht dort weiter, wo sie aufgehört hat.

Von Juliet einen geblasen zu kriegen ist wirklich so ziemlich die beste Art, geweckt zu werden. Sie ist eine Meisterin darin. Mund, Zunge, Hände, Kehle sind perfekt aufeinander abgestimmt, und ich komme für gewöhnlich innerhalb von zwei Minuten. Aber heute funktioniert es einfach nicht. Ihr Mund ist zu feucht, ihre Zunge zu quirlig, ihre Hände zu gierig und ihre Kehle zu tief.

Sie spürt, dass ich nicht in Stimmung bin, und weicht zurück, die Lippen feucht und prall, weil sie wie ein verdammter Staubsauger zugange gewesen ist.

»Was ist los?«, haucht sie und streicht sich das Haar aus dem Gesicht.

Beim Blick in ihre verwirrt dreinschauenden Augen komme ich mir wie ein totales Arschloch vor, weil ich nicht reagiere. Schließlich gibt sie sich wirklich Mühe.

Vielleicht will ich einfach lieber vögeln.

»Zieh dich aus«, sage ich mit gebieterischem Tonfall und greife in meinen Nachttisch, um ein Kondom hervorzuholen.

Nun wirkt sie noch verwirrter, denn für gewöhnlich mach ich's ohne, aber das liegt bloß daran, dass ich meist in einem Fickrausch bin und meinen Verstand ausgeschaltet habe. Doch sie steht trotzdem rasch auf, um sich zu entkleiden, zieht sich hastig den Kaschmirpullover über den Kopf und schlüpft aus ihrem kurzen schwarzen Rock. Dann steht sie aufreizend da in ihrem trägerlosen schwarzen BH, ihrem passenden schwarzen Tanga und den schwindelerregend hohen roten Stilettos, und ich muss zugeben, dass sie wirklich wunderschön ist.

»Weiter«, herrsche ich sie an, lehne mich gegen das Kopfteil des Bettes und sehe ihr zu.

Sie grinst – mein Befehlston törnt sie mit Sicherheit an –, greift mit den Händen um ihren Körper herum und öffnet den BH. Er fällt zu Boden, und mein Blick konzentriert sich auf ihre schweren, vollen Brüste. Ihre Nippel sind rosa und aufgerichtet, und mein Mund sehnt sich sogleich danach, an diesen beiden Knospen zu saugen.

»Den da auch.« Ich zeige auf ihren Tanga.

Sie leckt sich die glänzenden Lippen, bevor sie sich aufreizend umdreht, den Oberkörper vorbeugt und mir eine Vollansicht ihres straffen Hinterteils gewährt. Sie hakt die Finger in das dünne Taillenband des Tangas und zieht ihn geschickt an ihren Beinen hinunter, bis auch er am Boden liegt. Dann richtet sie sich langsam auf und blickt mich über ihre Schulter hinweg an. Dabei fällt ihr das lange blonde Haar ins Gesicht.

»Und was jetzt, Dr. Mathews?«, fragt sie und beißt sich auf die Unterlippe.

»Jetzt werde ich dich vögeln, dass dir Hören und Sehen vergeht«, erwidere ich, während ich die Kondomverpackung aufreiße und mir den Präser überstreife.

Julie macht Anstalten, sich umzudrehen, doch ich halte sie davon ab.

»Bleib so!«, fahre ich sie an, und sie gehorcht sogleich. Ein Schauer überläuft ihren erwachenden Körper.

Ich steige aus dem Bett, lege ihr eine Hand fest um die Taille, während sich die andere nach vorn schlängelt und meine Finger über ihre feuchte Muschi streichen. Ein tiefes Stöhnen ertönt aus ihrer Kehle, aber der Klang, den ich sonst über alles liebe, berührt mich heute seltsamerweise nicht. Doch ich fahre fort, tauche einen Finger in ihre hungrige Möse und füge rasch einen weiteren hinzu, da einer nie genug ist für die unersättliche Juliet.

Sie reitet meine Hand, und ihr Körper zuckt wie wild, als ich mit meinem Daumen über ihre Klitoris streiche.

»Fick mich, Dixon«, schreit sie und reibt ihren prallen Arsch an meinem Schritt.

»Du bist ein böses, böses Mädchen.«

Ich ziehe rasch meine Finger aus ihr heraus, und sie stützt sich mit den Händen oben auf der Kommode ab, die vor ihr steht, beugt den Oberkörper vor und stellt sich breitbeinig hin. Dann macht sie einen Buckel und schiebt die Hüften nach hinten, hält mir ihren Po einladend hin. Ich beuge die Knie, umfasse ihre Taille mit beiden Händen und dringe von hinten in sie ein.

In dem Moment, in dem mein Schwanz von ihrer Wärme umhüllt ist, verselbstständigt sich mein Körper, und meine Hüften beginnen in sie hineinzupumpen. Ich weiß, dass das hier nicht lange dauern wird, denn je fester ich in sie hineinstoße, desto lauter stöhnt sie, was mir nur recht ist, denn wir sind schließlich beide wegen der gleichen Sache hier. So wie sie mit dem Hintern wackelt, ist mir klar, was sie will, doch ich bin heute nicht in der Stimmung für solche Spielchen.

Ich platziere eine Hand tief unten auf ihrer Hüfte, während ich die andere in ihren Nacken lege und ihn hinunterdrücke, sodass sich ihre Hüften heben und ich tiefer in sie eindringen kann, denn ich vermag einfach meinen Rhythmus nicht zu finden. Ich weiß, dass sie kurz davor ist zu kommen, doch ich bin es nicht, und ich habe keine Ahnung warum. Dies ist eigentlich eine meiner Lieblingsstellungen, aber ich bin einfach nicht richtig bei der Sache. Ich ramme meinen Schwanz in sie hinein, kneife ihren geschwollenen Nippel und ziehe daran, was mich für gewöhnlich in Fahrt bringt. Aber heute hilft auch das nicht.

»Ich komme gleich«, wimmert sie, die Wange ins Hartholz der Kommode gepresst, die bei jedem brutalen Stoß, den ich ihrem weicher werdenden Körper zufüge, ein rumpelndes Geräusch von sich gibt.

Als ihre inneren Muskeln meinen Schwanz zusammendrücken, weiß ich, dass sie so weit ist, und sie kommt mit einem lauten Schrei, während ihr Körper um mich herum erzittert. Doch ich pumpe weiter ohne Erfolg in sie hinein, gebe alles, mein eigener Orgasmus ist allerdings immer noch nicht in Sicht.

Juliet ist schon bereit für die zweite Runde, während ich mich weiter abmühe, zum Höhepunkt zu kommen.

»Babe«, stöhnt sie, und ihr Körper sackt nach vorn. Meine heftigen Bewegungen lassen sie fast eins werden mit der Kommode.

Wieso bloß will es mir nicht gelingen? Ich spüre, dass es fast so weit ist, und doch komme ich einfach nicht zum Schuss.

Plötzlich verwandeln sich Juliets Locken in einen üppigen braunen Haarschopf, und ihr kleiner Hintern ist kurviger und wohlgeformter. Ich stelle mir vor, wie ich meinen Schwanz in eine namenlose Brünette mit großen grünen Augen, prallen Lippen und rosig angehauchten Wangen stoße. Ihre prächtigen Titten hüpfen, als mich ihr warmer unschuldiger Körper umhüllt. Also dieses Bild lässt meinen Körper erwachen, und ich ziehe meinen Schwanz heraus, bevor ich ihn wieder hineinstoße, woraufhin mich ein ekstatischer Blitz bis zu den Zehenspitzen durchfährt.

Zu meiner großen Überraschung ist diese namenlose Brünette nicht länger mehr gesichtslos, denn als sie sich umdreht und mich über ihre Schulter hinweg ansieht, da blicke ich in Madisons funkelnde grüne Augen.

Die Erinnerungen daran, wie sich ihr Körper beim Tanzen zur Musik bewegt hat, überkommen mich, und als ich mir vorstelle, wie ihre weiche, verführerische Stimme in meinem Ohr widerhallt, da komme ich mit einer solchen Macht, dass ich beinahe zusammenbreche. Mein Körper schlachtet diesen Orgasmus aus, zieht ihn in die Länge, bis ich, keuchend, nach Luft hechelnd, beinahe einen Herzanfall kriege, weil ich vorher noch nie so heftig gekommen bin.

Ich benötige eine volle Minute, um wieder runterzukommen, und als es so weit ist, da schaue ich nicht etwa in die funkelnden grünen Augen meiner Vorstellung, sondern in ein überaus zufrieden dreinblickendes blaues Augenpaar.

»Das war … Wahnsinn«, keucht Juliet, auf deren Wange sich das Muster der Holzmaserung abzeichnet.

Ich quittiere es mit einem halbherzigen Lächeln und ziehe meinen Schwanz aus ihrem Körper heraus, der sich mit einem Mal so kalt und verkehrt anfühlt. Nachdem ich das Kondom entsorgt habe, falle ich bäuchlings ins Bett und hoffe, dass mich der Schlaf sogleich überkommt und mich meine Scham vergessen lässt.

Glücklicherweise ist es so.

Als ich erwache, bin ich allein.

Juliet ist vermutlich schon lange fort, da ich es mehr als

deutlich gemacht habe, dass ich nicht in der Stimmung für Gesellschaft bin.

Was zum Teufel war nur mit mir los? Ich musste mir bisher noch nie eine andere Frau vorstellen, um abzuspritzen. Selbst als ich es mit Sharon Witherstone alias Shamu, dem Wal, getrieben habe, bin ich zum Orgasmus gekommen, weil ihr hungriger Körper meinen Schwanz so gierig in sich aufnahm.

Ich werfe die Bettdecke zurück, greife nach meinem Handy und rufe die einzigen beiden Personen an, die mir erklären können, was zum Henker hier gerade abgeht.

»Du vögelst wie eine Frau.«

»Wie bitte?«, erwidere ich ein wenig beleidigt und starre Hunter über meinen Kaffee hinweg an.

»Du. Vögelst. Wie –«

»Ja, ja, ich hab dich schon beim ersten Mal verstanden«, unterbreche ich ihn. »Und was soll das jetzt bedeuten?«

»Es bedeutet«, erklärt er und wedelt dabei mit seiner Gabel in meine Richtung, »dass du mit dem Kopf vögelst und nicht mit deinem Schwanz.« Als er den Satz beendet, deutet er dabei mit dem Besteckteil auf mein bestes Stück.

»Red kein Blech!«, rufe ich, doch im selben Moment wird mir klar, dass der verdammte Mistkerl recht hat.

Ich habe Hunter und Finch gegenüber mehr als einmal erwähnt, dass Juliet wie ein Mann vögelt. Sie kann es jederzeit egal wo auch immer treiben – genau wie ein Mann. Und ich bin für gewöhnlich hundertprozentig damit einverstanden, aber heute Morgen, da konnte ich nur durchs Ziel gehen, als ich mir vorstellte, es sei Madison, in die ich meinen Schwanz hineinrammte.

»Na, da haben wir es doch!«, sagt Hunter und wirft triumphierend die Hände in die Höhe.

»Ausgeschlossen«, sage ich verächtlich. Aber da könnte sehr wohl was dran sein.

Es ist eine hinlänglich bekannte Tatsache, dass die weibliche Sexualität meist kopfgesteuert ist, während Männer überwiegend mit dem Schwanz denken. Es ist eine größere Herausforderung, den Verstand einer Frau zu stimulieren, als ihren G-Punkt. Aber wenn du es schaffst, beides zu tun, also ihren Körper *und* ihren Verstand vögelst, dann bist du Superman.

Großer Gott, ich verwandele mich wirklich langsam in eine Frau!

»Das kann doch unmöglich sein. Dieses Problem hatte ich schließlich noch nie, und ich habe schon mit einigen Frauen geschlafen, die wirklich keine Schönheiten waren.« Ich verziehe gequält das Gesicht. »Aber du hast Juliet doch gesehen. Sie sieht umwerfend aus.«

»Aber ganz offensichtlich ist sie nicht diejenige, die du gerne vögeln würdest«, erklärt Hunter mit vollem Mund.

Ich kippe mein Wasser hinunter. Mir ist mit einem Mal übel.

»Fühlst du dich wohl in Juliets Nähe?«, erkundigt sich Finch, der auf seinem Fruchtsalat herumkaut.

»Na ja, da sie es meistens schafft, dass ich innerhalb von fünf Sekunden komme, würde ich mal behaupten, dass ich mich nicht gerade unwohl bei ihr fühle.«

»Das meinte ich eigentlich nicht«, erwidert er erbleichend. »Aber wie ist denn hinterher? Redet ihr miteinander? Kuschelt ihr?«

»Alter!«, ertönt ein entrüsteter Aufschrei von Hunter. »Und gleich wirst du uns noch erzählen, dass du gerade deine Tage hast, stimmt's?«

Finch ignoriert ihn und fährt fort. »Nachdem ihr miteinander geschlafen habt, was empfindest du dann?«

Ich denke für eine Weile nach und gebe ihm eine ehrliche Antwort. »Gar nichts.«

»Genau«, sagt Finch. »Es ist nur Sex für dich, Dixon. Also, ich bin ja hier nicht der Fachmann …« Er sieht mich mit einem Grinsen an. »Aber könnte es nicht vielleicht sein, dass Juliet nur … eine Leere ausgefüllt hat?«

Hunter gibt ein Prusten von sich, und ich werfe ihm einen strafenden Blick zu. Ich kann mir gut vorstellen, was für Klugscheißer-Kommentare ihm gerade im Hinblick darauf durch den Kopf schießen, auf welche Weise ich für gewöhnlich eine Leere ausfülle.

»Vielleicht hatte es einfach den Reiz für dich verloren, immer weiter all diese Frauen abzuschleppen«, fährt Finch fort. »Und Juliet war seit langer Zeit die Erste, mit der dich vielleicht doch etwas mehr verband als zwangloser Sex.«

Ich nicke, denn er hat recht. Von dem Augenblick an, als ich ihr begegnet bin, war mir klar, dass Juliet Ärger bedeutete. Könnte es sein, dass mir mein Unterbewusstsein einen Streich gespielt und ich versucht hatte, diese Leere zu füllen? Versucht hatte, mir etwas vorzumachen? Aber das erklärte immer noch nicht die Sache mit Madison.

»Ich hätte diese sogenannte ›Leere‹«, sage ich und setze dabei das Wort mit den Händen in Anführungszeichen, »auch mit Madison füllen können. Warum habe ich mich stattdessen für Juliet entschieden?«, frage ich, denn es interessiert mich, Finchs Ideen dazu zu hören.

»Sex ist leicht, Dix. Was schwer ist, ist die Beziehungskomponente. Und soweit es Madison betrifft, steckt für dich offensichtlich etwas mehr dahinter.«

»Ich kenne sie doch kaum«, wiegele ich sogleich ab.

»Aber das, was du von ihr weißt, reicht offensichtlich aus, um dich zu ihr hingezogen zu fühlen. Du musst schon ein gewisses Interesse an ihr haben«, schlussfolgert er nickend.

Er hat recht. In der wenigen Zeit, die wir miteinander verbracht haben, habe ich ihre Gesellschaft wirklich genossen und mich nicht andauernd gefragt, ob sie wohl die umgekehrte Reiterstellung mag.

»Da siehst du, was passiert, wenn man aus seiner Fickfreundin eine feste Freundin macht, Dix«, erklärt Hunter ohne jedes Mitleid und salzt dabei seine Fritten.

»Sie ist nicht meine feste Freundin«, erkläre ich zum gefühlten hundertsten Mal.

»Du schläfst mit keiner anderen mehr und servierst deine Freunde für sie ab. Also ist sie deine Freundin.«

»Ist sie nicht«, widerspreche ich ihm und muss mich sehr bremsen, um ihm nicht den Stinkefinger zu zeigen.

»Ist sie wohl«, gibt er pampig zurück, als seien wir noch Kinder.

Ich ziehe es vor, ihn zu ignorieren, und entscheide mich stattdessen, mit dem Erwachsenen in unserer Gruppe zu reden. »Wie ist es denn bei dir und Heidi? Stehst du immer noch auf sie?«, frage ich Finch, der bei der Erwähnung seiner Ehefrau – einer wirklich geilen Schnitte – lächelt.

»Ich finde sie immer noch so sexy wie damals, als wir uns

zum ersten Mal begegnet sind, und wenn wir uns lieben, habe ich nie irgendwelche Probleme«, erwidert er stolz, woraufhin Hunter zu würgen beginnt.

»Igitt. Würdest du es bitte unterlassen, den sexuellen Akt auf diese Weise zu umschreiben?«

»Wieso das denn?«, fragt Finch und runzelt verdutzt die Stirn.

»Das klingt irgendwie … schwul«, entgegnet Hunter voller Abscheu.

Ich kann nicht anders, ich muss lachen.

»Wenn meine wunderschöne Frau und ich uns lieben, dann ist daran gar nichts schwul, das kannst du mir glauben«, erklärt Finch und wackelt dabei mit den Augenbrauen. »Jeder versucht die Bedürfnisse des anderen zu befriedigen. Darum geht es doch in Beziehungen. Einander glücklich zu machen und damit auch sich selbst.«

»Und genau deshalb ist Hunter immer noch Single«, ätze ich. Er zeigt mir im Scherz den Stinkefinger, doch auch wenn er wie immer spitzbübisch grinst, ist da doch ein verletzter Ausdruck in seinen Augen.

»Ich bringe das nur ungern zur Sprache«, fährt Finch fort. »Aber du warst ja mal verlobt, Dix. Und als du mit Lily zusammen warst, da hast du dich ihr doch bestimmt auch irgendwie verbunden gefühlt, oder?«

Für gewöhnlich bringt mich schon die bloße Erwähnung ihres Namens völlig aus dem Konzept, aber heute erstaunlicherweise nicht, und ich denke tatsächlich über Finchs Frage nach.

Was auch immer da gerade zwischen Juliet und mir läuft, lässt sich nicht mal ansatzweise damit vergleichen, was ich für Lily empfunden habe. Ich habe sie mehr geliebt als mein Leben. Und ich habe mir nicht ein einziges Mal eine andere Frau vorgestellt, während wir uns … während wir miteinander … ach, scheiß drauf. Jedenfalls fühle ich mich bei Juliet wie ein »Schwanz auf Abruf«, was aber völlig in Ordnung ist, denn sie ist wohl meine »Muschi bei Bedarf«.

Finch und Hunter haben recht. Es war dumm von mir zu glauben, dass es etwas anderes wäre als Sex.

»Du hast recht«, sage ich seufzend. Hunter räuspert sich. »Ihr habt beide recht«, verbessere ich mich und werfe meinem Freund einen sarkastischen Blick zu.

Ich entschließe mich, ehrlich zu sein, und gestehe: »Bei Juliet fühle ich mich wie ein Schwanz auf Abruf.«

Hunter weiß meine Ehrlichkeit allerdings nicht zu schätzen und lacht sich kaputt. »Dr. Dixon, Spezialist für Gelegenheitssex, ständig in Bereitschaft«, sagt er und tut dabei so, als schreibe er die Worte auf eine Tafel.

»Dann beende die Sache doch«, schlägt Finch vor und lässt dabei durchblicken, dass das Ganze eigentlich gar nicht so kompliziert ist. »Du bist schließlich der Psychiater von uns dreien. Solltest *du* nicht eigentlich derjenige sein, der Ratschläge gibt?«

»So einfach ist das nicht, Finch«, erwidere ich und greife mir ins Haar. »Alles, was du gelernt und bei anderen angewandt hast, gilt nicht, wenn du derjenige bist, der selbst Rat benötigt. Und im Übrigen sind Suchterkrankungen mein Fachgebiet und nicht etwa Beziehungen. Ich bin Psychiater, kein verdammter Beziehungsguru.«

Finch nickt. »Das ist nachvollziehbar.«

»Nein, ist es nicht. Du bist einfach ein Vollpfosten«,

mischt sich Hunter ein und schiebt seinen leeren Teller weg. »Ich habe dir doch gesagt, dass du dich von dieser Tussi fernhalten sollst.«

»Jetzt reicht es aber langsam. Soweit ich weiß, bist du noch nicht glücklich verheiratet und hast bereits deine Seelenverwandte gefunden.«

»Das liegt daran, dass ich kein Idiot bin«, entgegnet er, fügt aber rasch hinzu: »Nichts für ungut, Finch.«

Der nickt, fühlt sich ganz und gar nicht beleidigt, weil er das alles schon mal gehört hat.

»Frauen machen nur Ärger, und ich habe vor, so wie Hugh Hefner zu sein.«

»Alt, einsam und viagrasüchtig?«, erkundige ich mich grinsend.

Hunter wirft ein Brötchen in meine Richtung, und ich ducke mich gerade noch rechtzeitig. »Nein. Reich, Single und glücklich.«

Finch und ich sehen Hunter an und schmunzeln in uns hinein. Soll er doch weiterträumen.

»Ihr dürft mich Hunter Hefner nennen«, witzelt er, richtet seinen Blick auf eine blonde Kellnerin und macht Hasenohren in ihre Richtung.

»Wie wäre es, wenn ich dich stattdessen Hunter Hirni nenne?«, schlage ich immer noch schmunzelnd vor.

Hunter verschränkt die Arme vor seiner breiten Brust, als er sich auf seinem Stuhl zurücklehnt. »Okay. Und wie wäre es, wenn ich dich demnächst als Dr. Phallus, Couchologe und Saminator vorstelle?«

Ich pruste vor Lachen, und Finch und Hunter stimmen mit ein. Unglaublich, dass wir beim Brunch über so was reden!

15

Verfallsdatum

Dixon

Nachdem ich vom Brunch zurückgekehrt bin, mache ich mich daran, Papierkram zu erledigen, doch meine Gedanken schweifen immer wieder ab, weil mir das, was Finch gesagt hat, einfach nicht aus dem Kopf gehen will. Empfinde ich wirklich etwas für Madison? Das kann doch nicht sein! Denn wenn es so wäre, wieso habe ich dann Juliet den Vorzug gegeben? Ich weiß, dass es nicht so simpel ist, aber ich hätte Juliet an dem Tag, an dem ich mich mit Madison verabredet hatte, doch einen Korb geben können.

Bis zum heutigen Morgen hat es mir verdammt viel Spaß gemacht, mit Juliet zu schlafen, jetzt hat das Ganze allerdings irgendwie seinen Reiz verloren.

Ich entschließe mich, den Kopf in den Sand zu stecken und mich stattdessen lieber auf meine neue Forschungsarbeit zu konzentrieren.

Ich ertrinke gerade in angeborenen Verhaltensmustern, als mein Handy einen Piepser von sich gibt. Ich greife danach und sehe, dass mir Juliet eine SMS geschickt hat.

Ich bin so herrlich wund von heute Morgen.

Danke. X

Für gewöhnlich würde ich ihr mit einem schmutzigen Kommentar und einer nicht wirklich versteckten Andeutung, wie ich sie noch wunder machen werde, antworten, doch das tue ich nicht. Ich reagiere nicht einmal.

Es ist neun Uhr an einem Samstagabend, und ich bin zu Hause. Noch dazu allein.

Ich kann mich gar nicht mehr daran erinnern, wann dies das letzte Mal der Fall gewesen ist, denn vor Juliet bin ich samstags immer auf die Piste gegangen, um Frauen aufzureißen, und um diese Zeit war ich meist schon auf dem besten Wege, eine ins Bett zu kriegen. Aber sie hat einen Großteil meiner Samstagabende für sich beansprucht, was mir vorher gar nicht so bewusst gewesen war.

Ich werfe einen Blick auf mein Handy, doch sie hat keine weitere SMS mehr geschickt. Aber da ich auf ihre letzte nicht reagiert habe, ergibt die Funkstille einen Sinn.

Verdammt, wann ist diese Sache nur dermaßen in Richtung Beziehung geschlittert?

Ich wende mich seufzend der Glotze zu in der Hoffnung, mich mit irgendeinem hirnlosen Mist ablenken zu können.

Zwei *Der weiße Hai*-Filme und zwölf Biere später lechze ich nach Scotch und Pornos.

Ich könnte mir einen runterholen, doch bei dem Gedanken daran frage ich mich, wessen Körper und Gesicht mir wohl als Inspiration dienen würde.

Das ist definitiv ein Stimmungskiller, und daher greife ich nach meinem Smartphone, um meine E-Mails zu checken. Doch aus irgendeinem unerklärlichen Grund lande ich bei meinen Kontakten und bleibe beim Buchstaben »M« hängen. Ich sollte das, worüber ich gerade nachdenke, besser nicht mal in Erwägung ziehen, denn es ist schon so spät, dass es fast schon wieder früh ist – nämlich Sonntagmorgen –, und außerdem habe ich einen im Tee und bin total geil. Ich sollte also auf gar keinen Fall auf die Idee kommen, Madison eine SMS zu schicken.

Aber ehe ich mich's versehe, tippe ich eine kurze Nachricht ein und habe sie auch schon verschickt, bevor ich wieder zur Vernunft komme, um mir diese Unbesonnenheit auszureden. Es waren nur ein paar harmlose Worte, nichts Anstößiges, schließlich ist es nach eins, und ich will Madison nicht den Eindruck vermitteln, dass ich betrunken bin und mich wegen Sex bei ihr melde.

Ich starre ein paar endlose Minuten auf den Bildschirm meines Smartphones, doch nichts passiert. Gerade als ich mich wegen meiner gewagten Aktion verfluchen will, leuchtet der Bildschirm mit einer Antwort von Madison auf.

Was?, fragt sie als Antwort auf meinen Witz, der lautete: Sagt der Patient zum Psychiater: ›Mit mir will keiner reden!‹ Was antwortet der Psychiater?

Ich weiß, dass das lahm ist, aber was Besseres ist mir gerade nicht eingefallen.

Der Nächste bitte, simse ich.

Ich finde es zwar höchst peinlich, wie blöd das klingt, doch es bricht das Eis. Zugegeben, es ist ziemlich kindisch, aber zumindest ist es mir mit dem Schwachsinn gelungen, ihre Aufmerksamkeit zu erregen. Vom Warten bekomme ich Sodbrennen, und ich werfe mein Handy aufs Sofa. Als eine Sekunde später allerdings wieder der SMS-Ton erklingt, hechte ich hinüber, denn ich kann ihre Antwort kaum erwarten.

LOL. Jetzt bin ich an der Reihe. Was passiert, wenn man einen DJ anruft?

Ich simse sogleich zurück: Was?

Die Wartezeit zwischen den Antworten killt mich, aber glücklicherweise muss ich nicht allzu lange warten.

Er legt auf.

Warum hast du dich eigentlich nie mehr bei mir gemeldet?

Also die Pointe ist ja noch schlimmer als meine!

Aber ich bin wirklich ein unsensibles Arschloch zu glauben, ich könne nach all diesen Wochen einfach wieder Kontakt zu ihr aufnehmen und erwarten, dass sie lacht und angesichts meiner lahmarschigen Witze in Verzückung gerät. Ich schulde ihr die Wahrheit und auch eine Entschuldigung.

Tut mir leid. Ich bin ein Idiot.

Sie erwidert innerhalb von Sekunden: Stimmt.

Diese schlichte Antwort ist ein eindeutiger Hinweis darauf, dass ich jetzt am Zug bin. Ich denke einen Moment nach, denn ich bin mir bewusst, dass ich diese Chance nutzen muss.

Ich hatte da was Heißes laufen, doch ich lösche die Worte rasch wieder und entscheide mich für: Ich war eine Weile mit einer Frau zusammen.

Mein Finger verharrt für einen Moment über der Sende-Taste, doch dann drücke ich sie und halte den Atem an.

Minuten vergehen, und ich will ihr gerade wieder simsen, als sie antwortet.

Ist das jetzt vorbei?

Ich atme erleichtert auf, froh, dass ihre Nachricht nicht die Worte »Fick dich, Arschloch!« enthielten.

Ja.

Es ist zu kompliziert, es auf diesem Weg zu erklären, ohne dabei wie ein kranker, sexgeiler Irrer zu klingen. In diesem Fall muss ein Ja genügen.

Ich habe auch jemanden kennengelernt.

Ach ja?, erwidere ich rasch, als sei mir das neu.

Wir waren heute Abend verabredet.

Nicht schwer zu erraten, um wen es sich dabei handelt.

Ach, du und Damon?, antworte ich, bringe es einfach nicht über mich, seinen Namen zu tippen. Lieber würde ich mir die Augen ausstechen.

Du weißt ganz genau, dass sein Name David ist, schreibt sie zurück und stellt mich damit gleich zur Rede.

Und die Antwort lautet ja, fügt sie eine Sekunde später hinzu.

Ich fletsche die Zähne bei dem Gedanken daran, wie dieser Giganotosaurus sie anfasst, bewahre aber die Fassung, als ich ihr zurückschreibe.

Glückwunsch, entgegne ich, obwohl ich es lieber sehen würde, wenn der Kerl verreckt.

Danke. Er ist eigentlich mein Personal Trainer.

Meine Finger krampfen sich um das Smartphone, als ich mir vorstelle, wie David einen Ständer bekommt, wenn er ihr in ihren knappen, engen Fitnessklamotten beim Training zusieht. Doch ich lasse mir nichts anmerken.

Das erklärt so einiges.

War das ein Kompliment oder eine Beleidigung?, fragt sie, und ich schmunzele in mich hinein.

Definitiv ein Kompliment.

Ja, ja, ich weiß, dass sie gerade eine Beziehung hat, aber harmloses Flirten wird ja wohl erlaubt sein!

Geht's etwas genauer?

Ich kann mir gut vorstellen, wie es jetzt in ihrem Kopf rattert und sie sich fragt, was ich wohl mit dieser Bemerkung gemeint habe. Doch sie müsste eigentlich wissen, dass sie bei solchen Psychospielchen gegen mich nur verlieren kann.

Sie wollen Antworten? Die Wahrheit? Sie können die Wahrheit doch gar nicht vertragen, texte ich zurück und bediene mich dabei einer Textzeile von Jack Nicholson aus *Eine Frage der Ehre*, die Filmgeschichte geschrieben hat.

Aber plötzlich wird mir klar, dass sie vermutlich zu jung ist, um sich an diesen Film zu erinnern, und ich beginne rasch eine Erklärung zu tippen, damit sie mich nicht für völlig durchgeknallt hält.

Doch bevor ich sie losschicken kann, ertönt auch schon wieder der SMS-Ton meines Handys.

Ich liebe diesen Film! Jack Nicholson ist total heiß!

Ich lese die Nachricht dreimal, und mein Schwanz beginnt sich zu regen, was der Tatsache geschuldet ist, dass sie jemanden, der doppelt so alt ist wie ich, »heiß« findet. Vielleicht steht sie ja auf ältere Männer? Meine Libido erwacht und veranstaltet einen Freudentanz, doch ich bremse sie rasch wieder, bevor ich noch auf dumme – oder besser gesagt *dümmere* – Gedanken komme.

Ich versuche die Unterhaltung in eine ganz andere Richtung zu lenken und antworte ihr:

Wie heißt dein Lieblingsfilm?

Mir ist schon klar, dass das total schwach ist, aber es interessiert mich tatsächlich. Eigentlich wüsste ich gern über alles Bescheid, was Madison gern mag.

E.T., und deiner?

Wow, sie weiß nicht nur, wer Jack Nicholson ist, sondern kennt auch *E.T.*! Und plötzlich bin ich froh über den lahmen Witz, den ich ihr gesimst habe.

Drei Stunden und eine Flasche Scotch später wusste ich dann wirklich über alles Bescheid, was Madison so mochte.

Wir texteten bis in die frühen Morgenstunden, und ich langweilte mich nicht eine einzige Sekunde und wünschte mir auch nicht, es möge endlich vorbei sein. Ich wollte einfach alles über sie wissen, und in Anbetracht ihrer bohrenden Fragen wage ich zu behaupten, dass es ihr mit mir ebenso erging.

Sie mied allerdings Fragen zu meinem Vater, als ich ihr mehr als deutlich machte, dass ich mich bei diesem Thema unwohl fühlte. Aber es gab auch Themen in Madisons Vergangenheit und in der Gegenwart (beispielsweise dieser Volltrottel David), bei denen ich spürte, dass sie tabu waren, und ich respektierte das, genauso wie sie es bei mir tat.

Doch über alles andere wurde diskutiert, und ich glaube nicht, dass ich jemals so viel über einen anderen Menschen erfahren habe.

Nicht einmal über Lily.

Sollte ich noch irgendwelche Zweifel in Hinblick auf Juliet und unsere »Situation« gehabt haben, so waren sie nach dieser Nacht ausgeräumt, denn ich glaube, wir beide haben noch nie eine Unterhaltung miteinander geführt, die länger dauerte als fünf Minuten. Ich weiß wohl das Wesentliche, das uns von zwei völlig Fremden unterscheidet, die es miteinander treiben, doch ich kenne sie nicht wirklich, nicht so, wie ich nun Madison kenne.

Aber ich habe keine Ahnung, wie ich es ihr sagen oder *was* ich ihr sagen soll. Wenn ich die Sache beende, kann ich mich ja nicht gleich an Madison ranmachen, weil die noch mit Giganotosaurus zusammen ist. Daher werde ich mich mit der Gesellschaft einer anderen Frau begnügen müssen. Aber dieses hirnlose Herumvögeln hat mit einem Mal seinen Reiz verloren. Sicher, ich habe Juliet, die in der Lage ist, all meine Bedürfnisse zu befriedigen – oder vielleicht doch nicht? Ist unsere Leidenschaft nach dem gestrigen Tag womöglich erloschen? War diese »Sache« von vornherein mit einem Verfallsdatum versehen? Es gibt vermutlich nur eine einzige Möglichkeit, es herauszufinden.

Aber nun werde ich erst einmal schlafen, und ich habe vor, von Madison und ihren Doppel-Ds zu träumen.

Ja, ich konnte einfach nicht anders, ich musste sie fragen!

16

Liebe ist eine bloße Tollheit

Dixon

Ich war schon im Fitnessstudio, und ich war schon Joggen, dabei haben wir erst neun Uhr an einem Sonntagmorgen. Also was soll ich jetzt tun?

Nun, es gibt da etwas, das ich schon eine ganze Weile vor mir herschiebe, und heute ist der erste Tag seit dem Begräbnis meiner Mutter, dass ich den Mut finde, ihr einen Besuch abzustatten.

Ich parke meinen blauen BMW, hole tief Luft und werfe einen Blick auf die Tore des Hillcrest Cemetery. Ich bin nicht mehr zu Hause gewesen, seit ich meinen Vater habe einweisen lassen. Ich atme noch einmal tief ein, werfe einen Blick auf mein bleiches Gesicht im Rückspiegel und ermahne mich, endlich meinen Mann zu stehen.

Ich spaziere durch die gepflegte Friedhofsanlage. Das schöne Wetter Anfang Juni lässt einige hübsche Blumen und Pflanzen sprießen. Doch egal, wie ansprechend dies alles auch sein mag, es vermag nicht die Tatsache zu verbergen, dass hier Grabsteine stehen, so weit das Auge reicht. Ein Anflug von Traurigkeit überkommt mich angesichts all dieser Seelen, die einmal gelebt haben. Jeder Grabstein symbolisiert ein Menschenleben, dessen Geschichte auf die wenigen Worte reduziert ist, die, in Stein gemeißelt, für alle Augen sichtbar sind.

Ich frage mich, was einmal auf meinem Grabstein stehen wird. Und viel wichtiger noch: wer der Verfasser sein wird.

Ich schüttele diese Gedanken ab und werfe einer schwarz gekleideten Frau, die zweifellos einen geliebten Menschen verloren hat, ein höfliches Lächeln zu. Dieser Ort ist von Traurigkeit erfüllt, aber es ist auch eine Stätte der Besinnung. Die Lebenden müssen um die Toten weinen, und hier ist der Ort, an dem sie dies tun können.

Als ich mich dem Grab meiner Mutter nähere, verharre ich kurz davor. Die Tränen, die mir in die Augen treten, bleiben hinter meiner Pilotenbrille verborgen. Ich vermag nicht näher zu gehen. Das hier ist für den Moment nah genug. Ich hocke mich hin, starre den marmornen Grabstein an, erinnere mich, mit welcher Sorgfalt ich ihn ausgesucht habe. Er musste einfach perfekt für sie sein, vollkommen, denn das war sie zu Lebzeiten auch gewesen, und ich wollte sicherstellen, dass es sie in den Tod begleitete.

»*Ciao, Mamma*«, begrüße ich sie, wie ich es auch immer getan hatte, als sie noch lebte.

Meine Eltern stammen beide aus einem kleinen sizilianischen Fischerdorf und sind in ganz jungen Jahren in die Vereinigten Staaten ausgewandert. Sie waren gerade volljährig, als sie sich in der Fabrik über den Weg liefen, in der sie arbeiteten, und sie haben ein Jahr später geheiratet. Und nach zwei Jahren kam ich zur Welt.

Meine Eltern hatten nicht viel, als sie in die USA kamen, doch sie haben es geschafft, etwas aus ihrem Leben zu machen. Sie haben hart gearbeitet und sich, so gut es ging, integriert, was nicht leicht war, weil sie nicht ein einziges Wort Englisch sprachen, als sie hier ankamen. Wenn die gegenwärtige Generation von Teenagern so primitiv hausen müsste, wie es meine Eltern getan haben, würden sie nicht mal einen halben Tag ohne ihre iPods und Smartphones überleben.

In gewisser Weise waren die Dinge damals einfacher. Man hat früh geheiratet, Kinder bekommen und, so gut es eben ging, für die Familie gesorgt. Es war harte Arbeit, doch die Familie stand an erster Stelle, also hat man alles für seine Liebsten getan.

Hätten sich mein Vater und meine Mutter nicht so abgerackert, wäre ich nicht dort, wo ich heute bin. Ich danke ihnen jeden Tag für die Opfer, die sie für mich gebracht haben.

»Ich vermisse dich«, flüstere ich und starre auf ihr Grab. »Tut mir leid, dass ich so lange gebraucht habe, um dich zu besuchen. Aber du bist immer in meinen Gedanken und es vergeht kein Augenblick, in dem ich mir nicht wünschte, dass du noch hier wärest.«

Ich zögere, bevor ich betrübt eingestehe: »Tut mir leid, was ich Dad angetan habe.« Und ich lasse beschämt den Kopf hängen.

Wenn meine Mutter noch leben würde, wäre sie empört über das, was ich mit meinem Vater angestellt habe und wie ich mein Leben lebe. Sie würde mir raten, ein nettes Mädchen zu heiraten und ihr viele Enkelkinder zu schenken.

Ich versuche mir vorzustellen, dass Juliet und ich Kinder haben, es gelingt mir jedoch nicht, da es einfach zu weit hergeholt ist.

»Ich fühle mich so verloren«, gestehe ich und fahre mir mit der Hand durchs Haar. »Ich wünschte nur, wir hätten mehr Zeit gehabt.«

Ich wische mir die Tränen aus den Augen, ziehe den Rotz hoch und mit ihm meine Trauer und meinen Schmerz, denn das Leben ist nun mal kein Zuckerschlecken. Wenn man jünger ist, weiß man seine Eltern und all das, was sie für einen tun, leider nicht zu schätzen. Die eigenen Eltern zu lieben ist so was von uncool, und das Einzige, was zählt, sind deine Freunde, der Alkohol und die Mädels.

Doch je älter du wirst, desto bewusster wird dir, dass deine Eltern immer noch für dich da sein werden, wenn deine Freunde und all die Freundinnen längst fort sind. Freundschaften kommen und gehen, aber die Familie ist für die Ewigkeit.

Für heute reicht's. Ich habe schon mehr geschafft, als ich erwartet hatte.

»*Sogni d'oro*«, sage ich und wünsche meiner Mutter süße Träume. »Ich werde bald wiederkommen. Versprochen.« Als ich mich aufrichte, habe ich das Gefühl, als wäre ein winziger Teil des alten Dixon wieder zum Vorschein gekommen.

In Gedanken versunken, kehre ich zu meinem Wagen zurück und versuche mich an all die Male zu erinnern, die Juliet und ich zusammen verbracht haben, ohne dass Sex dabei eine Rolle spielte. Traurigerweise kann ich sie an einer Hand abzählen.

Um es mit den Worten Shakespeares zu sagen, »Liebe ist eine bloße Tollheit«, und das liegt daran, dass ich auf der einen Seite Juliet habe, die irre gut ist im Bett, aber ansonsten stinklangweilig, und auf der anderen Seite Madison, von der ich glaube, dass sie genauso interessant *im* Bett wäre, wie sie es außerhalb davon ist.

Ich hatte mit der einen Frau Sex und habe mich mit der anderen nur unterhalten, und da ich ein typischer Mann bin, hat natürlich die Muschi gewonnen. Und das habe ich jetzt davon.

Ich schließe meinen Wagen auf und zeige dem Himmel den Stinkefinger, denn das Schicksal kann mich mal.

Die Fahrt zurück nach Manhattan ist lang und bietet wenig Abwechslung, und zu allem Übel stecke ich auch noch im Stau. Dank all der verschwendeten Minuten in der Hauptverkehrszeit kehren meine Gedanken zu meinem Vater zurück.

Marie hatte behauptet, dass es ihm besser gehe. Das bezweifele ich zwar, beschließe jedoch, mich selbst davon zu überzeugen. Ich gehe meine Kontakte durch, um die Nummer zu finden, die mich jedes Mal zu verhöhnen scheint, wenn ich sie sehe. Ich nehme mir vor, mal etwas Rückgrat zu zeigen, drücke die Wähltaste und warte darauf, über die Bluetooth-Einrichtung verbunden zu werden.

Als es läutet, trommele ich mit den Fingern auf dem Lenkrad, spüre, wie mir vor dem, was mir da bevorsteht, graut. Das ist der Grund, warum ich nicht anrufe. Mit meinem Vater zu sprechen wird nur wieder einmal verdeutlichen, was für ein Versager ich bin, und bestätigen, dass ich meine beiden Elternteile enttäuscht habe.

Ich will gerade wieder auflegen, als sich eine freundliche Stimme meldet und mich fragt, wohin sie meinen Anruf weiterleiten darf.

»Verbinden Sie mich bitte mit dem Zimmer von Pino Di Matteo«, erwidere ich nach ein paar Sekunden.

»Gern. Ich stelle Sie durch.«

Ich bin froh, dass ich gerade stehe, denn ich kann mich

auf nichts weiter konzentrieren als das schreckliche Gedudel, das mich von meinem Vater trennt. Ob er wohl mit mir sprechen wird, nach allem, was ich ihm angetan habe?

»Hallo?«, meldet sich eine Frauenstimme.

»Oh, hallo«, antworte ich verwirrt. »Da bin ich wohl im falschen Zimmer gelandet. Ich versuche Pino Di Matteo zu erreichen.«

»Doch, hier sind Sie richtig. Das ist sein Zimmer. Ich bin Julia, Pinos Pflegerin.«

»Oh, verstehe. Hier ist Dixon … Pinos Sohn«, erkläre ich, denn sie weiß bestimmt nicht einmal, dass er einen Sohn hat.

Es dauert einen Moment, ehe sie antwortet. »Oh, was für eine nette Überraschung. Warten Sie eine Sekunde.« Ich höre, wie der Hörer hingelegt wird und die Sohlen ihrer Schuhe ein quietschendes Geräusch auf dem Linoleum verursachen, als sie das Zimmer durchquert.

»Pino«, sagt sie, und das Herz schlägt mir bis zum Hals, als sie ihn anspricht. »Pino, Ihr Sohn ist am Telefon. Möchten Sie mit ihm reden?«

Stille.

»Pino?«, fragt sie mit drängender Stimme.

Ich muss unwillkürlich lächeln, denn mein Vater ist schon immer sehr stur gewesen. Manche Dinge ändern sich wohl nie.

»Hallo?«, sagt sie in den Hörer hinein. »Sind Sie noch dran?«

»Ja, bin ich«, entgegne ich, obwohl mir eigentlich längst klar ist, dass es ein Fehler war, anzurufen.

»Ich stelle Sie auf Lautsprecher, ja? Das macht die Sache

etwas einfacher«, erklärt sie freundlich, doch ich weiß, dass es vergebens ist, weil mein Vater nicht mit mir reden will.

Trotzdem stimme ich zu. »In Ordnung.«

»Gut. Dann können Sie jetzt loslegen. Ich werde für einen Moment verschwinden, damit Sie ungestört sind«, sagt sie, und ich höre, wie eine Tür geschlossen wird.

Abgesehen von dem rasselnden Atem meines Vaters, herrscht völlige Stille. Er wartet darauf, dass ich etwas sage.

»*Ciao, Papà. Come stai?*«, frage ich, was eine bescheuerte Frage ist, denn schließlich ist er in einer Klinik eingesperrt.

Doch ich mache beharrlich weiter. »*Mi dispiace per non visitare. Lavoro è stato occupato*«, sage ich und benutze damit die gleiche Entschuldigung, weshalb ich ihn dort noch nicht besucht habe, wie zuvor schon bei Marie.

Ich weiß, dass er mir zuhört, denn er atmet nun schneller. Ich wechsele die Sprache, hoffe, doch noch eine Antwort aus ihm herauszubekommen.

»Hast du im Garten gearbeitet? Es gibt doch dort einen sehr schönen Garten, nicht wahr?«

Schweigen.

Ich kenne meinen Vater und weiß, dass er sich nicht für meine Arbeit oder das Gärtnern interessiert, sondern Antworten will. Er will von mir hören, dass es mir leidtut, ihn im Stich gelassen zu haben, als er mich am dringendsten brauchte. Er will eine Erklärung von mir hören, wieso ich ihn dort zurückgelassen habe.

Meine Hände umklammern das Lenkrad. Ich hole tief Luft und erzähle ihm, was mir seit dem Tag, an dem ich ihn dort einliefern ließ, auf der Seele liegt. »Es tut mir leid, *Papà*. Wirklich. Ich … ich wusste nicht, was ich tun sollte.

Ich glaube, als wir *Mamma* verloren haben, da hat sie ein Stück von uns mitgenommen. Insbesondere von dir. Ich weiß, dass ich dir unrecht getan habe, und ich bitte dich, mir zu vergeben.«

Wieso nur will er nicht mit mir reden? Ich kann ihn hören, und ich weiß, dass er mich auch hört. Plötzlich vernehme ich kleine, schlurfende Schritte von Pantoffeln – die Schritte eines gebrochenen Mannes.

»*Papà*?«, sage ich mit flehentlicher Stimme.

Wenn er doch nur mit mir reden würde!

Der Atem rasselt in seiner Brust, und er atmet jetzt lauter und abgehackter aus. Als ich dies höre, schnürt es mir die Kehle zu, und ich presse die einzigen Worte hervor, die auszudrücken vermögen, was ich empfinde.

»*Ti amo.*«

Meinen Worten der Zuneigung folgt wieder nur Stille; doch dieses Mal liegt es daran, dass mein Vater einfach den Telefonhörer aufgelegt hat.

Ich gebe mich geschlagen, schließe die Augen, beende benommen den Anruf und lege den Kopf aufs Lenkrad. Keine Ahnung, was ich erwartet hatte. An seiner Stelle hätte ich genau das Gleiche getan.

Erst als hinter mir eine Autohupe ertönt, hebe ich wieder den Kopf und stelle fest, dass sich die Fahrzeugschlange vor mir endlich in Bewegung gesetzt hat. Ich lege den Gang ein und sehe zu, dass ich wegkomme, weg von den Dämonen, denen ich mich eines Tages stellen muss.

Doch nicht heute.

Und ich kann mir auch nicht vorstellen, dass es in naher Zukunft geschehen wird.

Ich habe Finch und Hunter auf eine Pizza und ein paar Bierchen zu mir eingeladen, um mir mit ihnen ein Basketballspiel im Fernsehen anzuschauen. Mir fiel einfach nichts Besseres ein, um mich von den Problemen meiner nicht vorhandenen Beziehung abzulenken. Als ich gerade das Bier in den Kühlschrank lege, unterbricht mich ein Klopfen an der Tür. Ein Blick auf die Uhr sagt mir, dass die beiden zu früh dran sind, was bisher noch nie vorgekommen ist.

»Na, wer kann's denn da nicht erwarten, von meinen Jungs fertiggemacht zu werden?«, sage ich, als ich die Tür öffne.

Doch statt meiner Freunde steht Juliet vor mir.

»Oh ja, bitte gib's mir«, schnurrt sie und sieht mich mit einem verführerischen Augenaufschlag an.

»Was machst du denn hier?«, fahre ich sie an.

Sie ist sichtlich verblüfft über meine Reaktion, aber nach diesem Wochenende ist sie die letzte Person, die ich sehen will.

Doch sie erholt sich rasch von meinem ungehobelten Verhalten. »Ich bin hier, um dir das Hirn rauszuvögeln«, entgegnet sie unerschrocken.

Normalerweise würde diese Vorstellung bei mir ausreichen, um ihr die Kleider vom Leib zu reißen, doch heute lässt mich ihre Bemerkung innerlich zusammenzucken.

Juliet sieht, dass ich zögere, kommt einen Schritt auf mich zu und schlingt mir die Arme um den Hals. »Was ist denn los? Freust du dich denn gar nicht, mich zu sehen?«, fragt sie schmollend.

»Ich hatte nur nicht mit dir gerechnet«, erwidere ich und löse sanft, aber nachdrücklich ihre Hände in meinem Nacken.

»Na, was für eine Überraschung!«, sagt sie frech, und in ihren blauen Augen blitzt der Schalk.

Ja, in der Tat.

Wir stehen für einen Moment schweigend da. Juliets Körpersprache sagt mir unmissverständlich, dass sie erwartet, hereingebeten zu werden, aber die Sache ist die: Ich will sie jetzt nicht hierhaben. Sie sieht viel zu betörend aus in ihrer knallengen Jeans und dem pfirsichfarbenen Bustier, und ich weiß, dass sie am Ende das bisschen Entschlossenheit, das mir noch verblieben ist, zerstören wird.

»Ich erwarte Gäste, um ehrlich zu sein«, sage ich und habe dabei ein bisschen ein schlechtes Gewissen, da ich es mehr als deutlich gemacht habe, keinen Wert darauf zu legen, dass sie sich uns anschließt.

»Ach ja?« Sie zieht die Augenbrauen in die Höhe.

»Ja. Zwei Kumpel von mir. Wir wollen uns zusammen ein Basketballspiel ansehen«, erkläre ich mit einem entschlossenen Nicken.

»Verstehe«, erwidert sie und streicht sich das Haar zurück. »Dann lasse ich dich mal weitermachen.«

Ich möchte nicht, dass sie meine Freunde kennenlernt. Das kapiert sie. Und es ist ihr offenbar auch egal.

Die meisten Männer würden wahrscheinlich glauben, sie seien auf Gold gestoßen, doch ich bin nun einmal nicht wie die meisten Männer, und ich weiß, dass es Juliet egal ist, weil sie sich einen Scheißdreck um mich schert. Für eine Weile hat mir Sex ohne Verpflichtungen Spaß gemacht, aber jetzt finde ich es einfach nur noch traurig.

Hat Madison, zu der ich mich körperlich *und* emotional hingezogen fühle, diesen Sinneswandel bewirkt? Oder liegt es daran, dass ich diesen Mann leid bin, den ich jeden Tag im Spiegel sehe? Was auch immer der Grund sein mag, mir ist klar, dass ich eigentlich nie etwas mit Juliet hätte anfangen dürfen.

»Sehen wir uns dann irgendwann nächste Woche?«, unterbricht sie meine Gedanken.

»Klar«, entgegne ich, da ich jetzt, wo meine Freunde jeden Moment auftauchen könnten, keinesfalls mit dieser Erkenntnis herausrücken möchte.

Sie streicht mit dem Fingernagel über meine stoppelige Wange. »Ich gehe übrigens diese Woche shoppen, um das perfekte Outfit zu finden.«

Ich ziehe verwirrt die Augenbrauen in die Höhe, und sie lächelt.

»Für die Preisverleihung in Boston, Dummerchen. Ich werde deine perfekte Begleitung sein.« Sie zwinkert mir zu. »Wo wir gerade davon reden. Wir sollten es ausnutzen, wenn wir schon mal in einer Stadt sind, wo uns keiner kennt.« Sie leckt sich die vollen Lippen. »Was hältst du von einem Dreier? Ich hätte Bock drauf.«

Ich blicke sie mit versteinertem Gesicht an, nicke und antworte: »Ich werd mal drüber nachdenken.«

»Okay. Aber denk nicht zu lange darüber nach, wie ich auf deinem Gesicht sitze, während du eine andere vögelst«, erklärt sie gelassen, während ich mich beinahe verschlucke.

»Mach's gut, Dixon«, sagt sie, lehnt sich zu mir herüber und gibt mir einen leidenschaftlichen Kuss.

Mein Mund, dieser verräterische Bastard, erwidert ihn, und ihre kundige Zunge lässt meinen Schwanz stramm stehen. Trotzdem weiche ich zurück, bevor ich die Kontrolle verliere.

»Bis nächste Woche, Juliet«, sage ich mit bebender Stimme.

»Mach's gut, Babe.« Sie macht auf ihrem hohen Stiefelabsatz kehrt und erlaubt mir einen Blick auf ihren knackigen Arsch, als sie davonstolziert.

Ich knalle die Tür zu und lehne mich dagegen. Mir war total entfallen, dass ich Juliet gebeten hatte, mich zu der Preisverleihung im nächsten Monat zu begleiten. Sie hatte mich in einem schwachen Moment erwischt, denn sie war gerade über meinen Schreibtisch gebeugt und ich vögelte sie von hinten, als sie die goldenfarbene Einladung erblickte. Und da mein Schwanz gerade in ihr steckte, als sie mich fragte, wen ich mitnehmen würde, da bot ich ihr an, mich zu begleiten. Eigentlich hatte ich geplant, allein hinzugehen. Schließlich ist es irgendwie seltsam, eine Fickfreundin zu einem so prestigeträchtigen Anlass mitzunehmen, der zudem noch beruflicher Natur ist. Aber das konnte ich ihr ja schlecht sagen.

Und nun habe ich keine andere Wahl, als die Suppe auszulöffeln, die ich mir da eingebrockt habe, und das Wochenende mit Juliet und möglicherweise einem flotten Dreier zu verbringen.

Ich stoße mich genervt von der Tür ab und marschiere in die Küche. Ich brauche jetzt dringend ein Bier. Ich verstehe Juliet nicht. Mir war klar, dass sie Ärger bedeuten würde, aber das hier ist doch der blanke Wahnsinn. Auch wenn es mich angesichts der Umstände, unter denen wir uns kennengelernt hatten, eigentlich nicht überraschen sollte.

Ich kippe den Rest meines Budweisers hinunter und nehme mir direkt ein neues, da ich gleich mit Hunter fertigwerden muss, der eine Nase dafür hat, wenn etwas nicht in Ordnung ist. Mein Handy läutet, und ich greife es mir von der marmorierten Küchentheke. Ich hoffe, dass es nicht die Jungs sind, um abzusagen, denn ich benötige wieder einmal ihren Rat.

Doch es ist eine SMS von Madison.

Wusstest du, dass der New Yorker Käsekuchen der bekannteste Käsekuchen der Welt ist?

Ich antworte lächelnd: Nein, wusste ich nicht. Freut mich aber, dass ich wieder was dazugelernt habe. Apropos: Was macht das Studium?

Es läuft gerade gar nicht gut.

Wieso?, frage ich, denn ich kann mir nicht vorstellen, dass bei Madison irgendwas nicht gut läuft.

Weil ich total schlecht bin in Pharmakologie. Ich werde eine grauenhafte Pflegerin abgeben :(

Wirst du nicht, antworte ich ihr. Zufällig kenne ich mich mit Medikamenten und Drogen sehr gut aus. (Weil ich sie verschreibe, nicht, weil ich sie nehme! :P)

Sag bloß! Wärest du bereit, mir ein wenig Nachhilfe zu geben? Falls ja, spendiere ich dir ein Stück des berühmten Käsekuchens!

Bevor ich Zeit habe zu antworten, fügt sie hinzu: Natürlich mit Sahne und einer Kirsche obendrauf!

Madisons Bitte, ihr zu helfen, hätte schon ausgereicht, aber nun, da sie auch noch Sahne und eine Kirsche mit ins Spiel gebracht hatte, war die Sache klar.

Du bist eine echt harte Verhandlungspartnerin … aber abgemacht!

Danke! Danke! Ginge es schon morgen?

Passt, erwidere ich begierig.

Toll!! Weißt du noch, wo ich wohne?

Wie könnte ich das vergessen?

Vielleicht sollte ich vorschlagen, dass sie hierherkommt. Aber das macht keinen Sinn, weil all ihre Bücher in ihrer Wohnung sind. Ich muss da wohl einfach durch. Schließlich ist es kein Date. Ich helfe ihr nur beim Lernen. Ich biete ihr mein Know-how, das ist alles.

Mit dem Gedanken im Hinterkopf erwidere ich:

Klar. Aber schreib mir noch mal die Apartmentnummer. Wann soll ich da sein?

Plötzlich wird gegen meine Wohnungstür gehämmert, was meine Wache am Handy unterbricht. Das ungehobelte Benehmen sagt mir, dass es sich um Hunter handelt. Ich öffne die Tür und reiche ihm rasch ein Bier, da ich einen Blick auf mein Handy werfen will. Doch kaum hat er die Wohnung betreten, zieht er die Augenbrauen in die Höhe. Er schaut von links nach rechts, schnuppert in der Luft und vollführt eine Kreisbewegung mit dem Finger, mit der er den ganzen Raum erfasst.

»Hier riecht's nach Nymphomanin.« Mir entschlüpft ein leichtes Lachen.

Er schaut mich genau an und fügt hinzu: »Aber es riecht auch nach …« Er schnuppert erneut. »Pflaumenkuchen.«

Seine Treffsicherheit überrascht mich nicht. Das sind vermutlich die Vorteile, wenn man jemanden schon sein ganzes Leben lang kennt.

Ich schließe die Tür hinter ihm und sage: »Trink das. Du wirst es brauchen, denn ich habe dir was zu erzählen.«

17

Etwas Süßes

Madison

»Maddy, warum zum Teufel machst du schon wieder mit diesem Wichser rum?«, fragt Mary und sieht mir widerwillig dabei zu, wie ich das fünfte Outfit anprobiere.

»Also, zum einen mache ich nicht mit ihm rum – er hilft mir beim Lernen, das ist alles. Und zum anderen ist er kein Wichser«, versuche ich Dixons Ehre zu verteidigen.

»Und ob er das ist«, gibt sie zurück und hebt den Blick von der Zeitschrift, in der sie gerade blättert. »Hast du schon vergessen, dass er dich versetzt hat und dann fast drei Monate wie vom Erdboden verschluckt war?«

»Um dann mit all seiner Verführungskraft wieder aufzutauchen«, füge ich leise hinzu, denn ich erinnere mich noch sehr gut daran, wie umwerfend Dixon in seiner ausgewaschenen Jeans und dem eng anliegenden weißen T-Shirt mit V-Ausschnitt ausgesehen hatte.

»Hör auf damit!« Mary wirft ein Kissen in meine Richtung. »Der Typ hat dir wirklich den Kopf verdreht. Normalerweise würdest du so einen niemals in deine Wohnung und in dein Herz lassen.«

Mit dieser Bemerkung hat sie genau ins Schwarze getroffen, weshalb ich mich gleich zur Wehr setze. »Jetzt sei mal nicht so melodramatisch. Er hilft mir beim Lernen, weil er

Arzt ist. Und damit das klar ist: Er kommt nicht mal in die Nähe meines Herzens.« Allerdings versäume ich zu erwähnen, dass er bereits dabei ist, sich hineinzuzwängen.

»Und außerdem ist da noch David«, füge ich hinzu und ziehe den Glitzerpullover wieder aus. »Ich würde ihm so was nie antun. Ich mag ihn wirklich.«

Wir haben uns an diesem ersten Abend, als wir uns kennenlernten, auf Anhieb gut verstanden, und ehe ich mich's versah, waren ein paar Wochen vergangen, und wir waren irgendwie zusammen.

Zu Beginn habe ich David benutzt, um die Lücke zu füllen, die Dixon hinterlassen hatte, doch schon bald stellte ich fest, dass ich mich in seiner Gesellschaft wohlfühlte. Er ist ein perfekter Gentleman und hat das Zeug zum festen Freund. Aber genau das ist das Problem: Er ist einfach zu perfekt – auch wenn das verrückt klingt.

Wenn ich mir gegenüber einmal ehrlich wäre, dann müsste ich mir eingestehen, dass ich mich nicht hundertprozentig zu David bekenne, weil er nun einmal nicht Dixon ist.

Ich habe David, so kurz nachdem mich Dixon versetzt hatte, kennengelernt, und ich schätze, dass ich schon ein wenig gekränkt war, weil sich Dixon danach nie wieder gemeldet hatte, um ein neues Date auszumachen. Allerdings weiß ich ja nun, warum er sich einfach so in Luft aufgelöst hat, denn er war mit einer anderen zusammen. Obwohl es irgendwie komisch ist, da er sie nie erwähnt oder auch nur angedeutet hat, dass er in einer Beziehung ist.

Aber jetzt ist er wieder zurück in meinem Leben, und ich weiß nicht, was ich davon halten soll. Vielleicht hat Mary ja recht, und er hat mir wirklich den Kopf verdreht.

»Maddy, du weißt, wie gern ich dich habe. Du bist meine beste Freundin! Aber du verschließt die Augen vor der Wahrheit. Wenn es um diesen Mann geht, dann setzt bei dir wirklich der Verstand aus. Dabei hast du, wenn's hochkommt, gerade fünf Mal mit ihm geredet.«

»Ich weiß«, erwidere ich und drehe mich zu ihr um. »Aber diese Male waren einfach ... wie soll ich sagen ...?« Ich zucke mit den Schultern »Irgendwie umwerfend.«

»Und mit David ist es das nicht?«, erkundigt sie sich und lässt ihr Kaugummi knallen.

»Doch, natürlich. Aber mit Dixon ist es anders.«

»Wieso?«

»Ach ... na ja, du weißt doch, dass ich ein paar Leichen im Keller habe«, sage ich und beiße mir auf die Lippe.

»Ja, und ich wünschte, du würdest mir endlich einmal sagen, was es damit auf sich hat. Wir kennen uns schon eine Ewigkeit, und ich würde niemals über dich urteilen«, sagt sie, und ihre Stimme verrät, wie gekränkt sie ist.

Mary und ich sind seit fast zwanzig Jahren unzertrennlich. Wir waren Nachbarskinder, aber selbst als meine Mutter erneut geheiratet hat und wir weggezogen sind, blieben Mary und ich beste Freundinnen, und wir schworen uns, dass uns niemals etwas trennen wird. Bislang haben wir beide Wort gehalten.

Aber mein Geheimnis ist nicht irgendeine Lappalie. Marys Leben würde sich verändern, sollte sie es jemals erfahren, und ich möchte ihr diesen Schmerz unbedingt ersparen.

»Ich weiß, Lämmchen«, sage ich seufzend und senke den Blick. »Aber es ist etwas, das ich einfach vergessen will.«

»Ich wünschte, du würdest wenigstens mit irgendjemandem darüber reden. Vielleicht kann dir Dr. Dixon helfen«, witzelt sie, während ich beinahe meine Zunge verschlucke.

»Nein!«, rufe ich und schüttele den Kopf, als ich ihrem warmherzigen Blick begegne. »Das ist etwas, das ich ihm nie sagen kann«, beteuere ich und hasse mich selbst dafür, wie verletzlich ich dabei klinge.

»Was auch immer es sein mag, ich weiß, dass du nichts dafür kannst«, sagt sie mitfühlend. »Ich bin sicher, dass deine böse Stiefschwester schuld daran ist.«

Ich schlucke die aufsteigende Übelkeit hinunter und greife nach meinem Slinky Tank Top. »Würdest du sie bitte nicht erwähnen? Du versaust mir damit nur den Tag! Ich habe sie jetzt zwei wunderbare Monate lang nicht gesehen und hoffe, dass ich es auf sechs ausdehnen kann!«

»Ich kann einfach nicht begreifen, dass Sebastian eine solche Tochter gezeugt hat! Er ist so ein netter Mann, und sie …«

»Ist ein Miststück«, ergänze ich leise. »Und das ist noch ein Kompliment«, füge ich hinzu und greife nach einem Gummiband, weil mich mein langes Haar mit einem Mal nervt.

Mary nickt und verzieht angewidert das Gesicht. »Ich kann es immer noch nicht glauben, dass sie deinen Bruder heiratet.«

Das Haargummi fliegt durchs Zimmer, und ich schlucke. »Tja, geht mir genauso«, sage ich, obwohl ich es nur zu gut glauben kann.

»Ist das nicht wie Inzest?«, fragt Mary, und ich schüttele den Kopf.

»Nein, die beiden sind ja nicht blutsverwandt. Durch die Hochzeit meiner Mutter mit Sebastian sind wir nur Stiefgeschwister«, erkläre ich ihr in der Hoffnung, dass das Thema damit endlich abgehakt ist.

»Also in etwa so, als wenn Greg und Marcia aus *Drei Mädchen und drei Jungen* heiraten würden? Schließlich geht's doch immer nur um sie, also passt der Vergleich mit Marcia doch perfekt, oder?«

»Ja, in etwa so«, erwidere ich und gebe mir alle Mühe, ruhig zu bleiben, während ich meine Klamotten auf dem Boden durchsuche.

»Es ist aber trotzdem eklig. Also, Dylan ist zwar heiß, aber er ist nun mal dein Bruder«, sagt Mary und rümpft die Nase.

Ich fühle mich furchtbar unbehaglich bei dieser Unterhaltung, nicke aber trotzdem. »Ich weiß. Da hast du recht.«

»Wann werden sie denn heiraten?«, fragt sie und greift nach ihrer Wasserflasche.

»Ich bin mir nicht sicher. In ein paar Monaten ist erst mal die Verlobungsfeier. Ich glaube nicht, dass sie direkt anschließend vor den Traualtar treten werden. Aber wer weiß – schließlich reden wir hier von Beth. Du weißt ja, wie gern sie im Rampenlicht steht«, fauche ich und starre zornig an die Wand. Ich bin zu wütend, um Mary ins Gesicht zu sehen, habe Angst, dass mich meine Emotionen verraten könnten.

»Und der arme Sebastian muss die Rechnung bezahlen«, sagt Mary, und ich nicke.

»Glaubst du …«

Aber ich halte den Finger in die Höhe, um Mary davon abzuhalten nachzubohren, da ich nicht länger darüber reden möchte.

»Wie wäre es damit?«, frage ich und halte ein knielanges

blaues Babydoll-Kleid in die Höhe, um durchblicken zu lassen, dass die Unterhaltung vorbei ist.

Mary stützt ihre Wange in die Handfläche, während sie mich betrachtet. »Hm, das schreit ja förmlich nach einem Date, wenn du mich fragst. Klar, sieht hübsch aus, aber was stimmt denn nicht mit den Klamotten, die du anhast?«

Ich blicke an meinem schwarzen T-Shirt und der Jeans im Destroyed-Look herab und rümpfe die Nase. »Das hier? Echt jetzt? Ist das nicht ein bisschen zu lässig?«

»Wieso spielt das denn eine Rolle? Ist doch kein Date, stimmt's?«, erwidert sie und zieht dabei die Augenbrauen fragend in die Höhe.

»Stimmt«, bestätige ich ihr mit einem halbherzigen Grinsen. »Du hast absolut recht.«

Doch als ich mich umdrehe, um einen Blick in den Spiegel zu werfen, schrecke ich zurück, denn mein Gesicht und meine Haare sehen furchtbar aus.

»Ja, du solltest dich definitiv noch was aufhübschen«, stimmt Mary zu, die meine Reaktion auf die Vogelscheuche, die mich da im Spiegel anschaut, mitbekommen hat.

Ich wende mich ihr schmunzelnd zu. »Du hast doch gesagt, es ist egal, was ich anziehe.«

»Ja, schon, aber du willst ihn doch nicht in die Flucht schlagen, oder? Vielleicht ist er ja doch noch ganz nützlich«, erklärt sie. Ich ziehe verwirrt die Augenbrauen in die Höhe.

»Könnte ja sein, dass er schnuckelige Freunde hat«, sagt sie und zwinkert mir zu.

Nachdem ich mir die Haare gewaschen und geglättet habe, um sie dann anschließend doch zu locken, mir aber auch das nicht gefiel, trage ich sie nun zu einem lockeren Knoten aufgesteckt – das Einzige, was ich ganz okay fand. Ich habe mich sehr dezent geschminkt und dazu meinen Lieblings-Lipgloss mit Vanillegeschmack aufgelegt, der meine Lippen voller wirken lässt. Mary hatte recht. Das hier ist ganz sicher kein Date. Schließlich bin ich mit David zusammen, verdammt noch mal. Aber es beunruhigt mich, dass ich es mir in Erinnerung rufen muss.

Als es um Punkt sieben Uhr an der Tür klingelt, habe ich mit einem Mal Schmetterlinge im Bauch, doch ich ermahne mich rasch, mich wieder einzukriegen, denn das hier ist *kein* Date. Ich wische mir die verschwitzten Handflächen an der Jeans ab und atme tief durch, ehe ich die Tür öffne und der schärfste Typ des ganzen Planeten vor mir steht.

Der Atemzug war völlig umsonst, da er mir nicht im Mindesten dabei geholfen hat, meine Nerven zu beruhigen, also hole ich noch einmal tief Luft, bevor ich noch wegen Sauerstoffmangel im Gehirn aus den Latschen kippe.

»Madison«, sagt Dixon mit seiner tiefen, heiseren Stimme. Ich liebe meinen Namen, wenn er ihn sagt!

»H-hallo«, stottere ich und streiche mir eine Haarsträhne hinters Ohr zurück, die sich gelöst hat. »Komm doch rein«, füge ich hinzu, öffne die Tür weiter und trete beiseite.

Dixon nickt. Als er seinen Fuß zum ersten Mal in meine Wohnung setzt, verziehen sich seine Lippen zu einem schiefen, verschmitzten Lächeln, das seine Grübchen zum Vorschein bringt. In Freizeitklamotten wirkt er viel jünger. Er trägt ausgewaschene Jeans und ein enges schwarzes Yankees-T-Shirt, und obwohl es ein total legerer Look ist, sieht er dennoch umwerfend aus.

Als ich rasch die Tür hinter mir schließe, sieht er mich über die Schulter hinweg an und grinst, während er auf mein gerahmtes *From Dusk till Dawn*-Filmposter zeigt. »Ich liebe Quentin Tarantino.«

»Echt?«, frage ich, da er dies während unseres SMS-Marathons nicht erwähnt hatte.

»Oh ja. Ich mag alles, was sich ins Gehirn einschleicht. Den Verstand durcheinanderbringt.« Er tippt sich an die Schläfe.

Natürlich mag er das.

»Das ist gut, dann komme ich mir wenigstens nicht wie ein totaler Nerd vor«, sage ich mit einem gespielten Seufzer.

»Dein Geheimnis ist bei mir sicher«, erwidert er in einem verschwörerischen Tonfall, und ich lache über seine flapsige Art.

»Hättest du den Kuchen gern schon jetzt oder erst später?«, frage ich mit dem Rücken zur Tür. Ich bin zu nervös, um mich von der Stelle zu rühren, bin zu nichts mehr zu gebrauchen, weil er einfach so fantastisch aussieht.

Er dreht sich zu mir um und verschränkt die Arme vor der Brust. Ein leichtes Lächeln spielt um seine geschmeidigen Lippen.

»Was hältst du davon, wenn wir erst mal dafür sorgen, dass du etwas lernst, ehe ich ins Zuckerkoma falle?«

»Gute Idee«, entgegne ich grinsend und schaffe es endlich, mich von der Tür abzustoßen. »Ich habe leider keinen Schreibtisch«, gestehe ich mit einem scheuen Lächeln und schaue zu meinem Couchtisch hinüber, der unter Büchern, Artikeln, Zetteln, Textmarkern und dem einen oder anderen Schokoriegelpapier verschwunden ist.

»Schon okay. Das hier ist ja auch ein Wohn- und Arbeitszimmer in einem. Gefällt mir. Du hättest mal mein Zimmer sehen sollen, als ich auf dem College war! Mir sind zwei Katzen da drin verloren gegangen«, albert er.

»Puh, da fühle ich mich gleich besser. Ich weiß wenigstens noch, wo meine Katze ist.«

Dixon lacht, und mir wird bewusst, dass ich ihn noch nie so entspannt gesehen habe. Seine Lockerheit trägt dazu bei, dass ich mich ein wenig beruhige.

»Also, sollen wir?«, fragt er und deutet zum Sofa hinüber.

»Äh, ja – ja, natürlich«, erwidere ich und versetze mir im Geiste einen dringend notwendigen Klaps.

Ich gehe um das Sofa herum und nehme an einem Ende Platz, während er sich ans andere Ende setzt. Da wir unsere Körper beide gegen die jeweilige Armlehne pressen, ist zwischen uns eine große Lücke, denn es finden eigentlich fünf Leute bequem darauf Platz.

Du meine Güte, das ist irgendwie peinlich. Doch es macht mir auch eins begreiflich: Vermutlich fühlt sich Dixon unbehaglich, weil ich ihn andauernd anstarre. Mit diesem Gedanken im Hinterkopf schleudere ich meine Sneakers von den Füßen und greife nach einem Lehrbuch.

Ich schiebe meinen rechten Fuß unter den linken Oberschenkel, ehe ich mich Dixon zuwende und mir vor Überraschung der Mund offen stehen bleibt, als ich sehe, dass er eine breitrandige Designerbrille trägt. Das unglaubliche Blau seiner Augen wird dadurch noch verstärkt, und das schicke Gestell verleiht ihm einen sexy Professoren-Look.

»Okay, dann zeig mir mal, was du draufhast«, sagt er, und ich schließe den Mund wieder.

»Also, ich habe Probleme mit der Pharmakologie des autonomen Nervensystems«, antworte ich, und meine Finger zittern, als ich mein Buch zu Beginn des vierten Kapitels aufschlage.

Dixon rückt etwas näher und wirft einen Blick auf die geöffneten Seiten, die ich ihm hinhalte. »Das ist auch nicht ganz ohne. Was genau verstehst du denn daran nicht?«

»Einfach alles«, gestehe ich lächelnd.

Dixon lacht in sich hinein, und ich ignoriere, wie der Klang durch meinen ganzen Körper hallt.

»Also gut, dann lass uns mal mit ein paar grundsätzlichen Dingen beginnen. Es gibt vier Klassen von Medikamenten. Medikamente, die das sympathische Nervensystem, den Sympathikus, verstärken, und Medikamente, die das sympathische Nervensystem hemmen«, erklärt er und vollführt dabei eine Bewegung mit der linken Hand.

Dann vollführt er eine Bewegung mit der rechten Hand und fährt fort: »Und es gibt Medikamente, die das parasympathische Nervensystem, den Parasympathikus, verstärken, und solche, die das parasympathische Nervensystem hemmen.«

»Ja, aber wie soll man sich merken, welche nun was bewirken?«, frage ich und greife nach meinem Stift.

»Du weißt doch, dass das autonome Nervensystem verantwortlich ist für *Kampf* oder *Flucht* und *Ruhe* und *Verdauung*, nicht wahr?«

Ich nicke, denn mein autonomes Nervensystem spielt gerade verrückt.

»Also, das ist ganz leicht. Das sympathische Nervensystem ist eigentlich gar nicht so sympathisch. Stell dir nur einmal vor, es ist ein wunderschöner sonniger Tag und du machst einen Spaziergang im Wald, als plötzlich ein Bär auftaucht ...«

Eine Dreiviertelstunde reicht Dixon, um mir das zu erklären, was meinem Dozenten in einem ganzen Semester bislang nicht gelungen ist.

»Oh Mann, das leuchtet mir ein! Jetzt hab ich's endlich kapiert!«, rufe ich und kritzele dabei wie eine Verrückte die entscheidenden Punkte auf meinen Notizblock.

»Natürlich hast du das«, sagt er großspurig. »Oder hast du etwa an meinen didaktischen Fähigkeiten gezweifelt?«, setzt er spöttisch hinzu und greift sich dabei an sein Herz.

»Na ja«, antworte ich gedehnt und werfe ihm einen schiefen Blick zu.

»Also für den fehlenden Glauben an mich bist du mir jetzt aber zwei Stücke Käsekuchen schuldig«, verkündet er selbstgefällig, nimmt seine Brille ab und reibt sich die müden Augen.

»Ich glaube, das kriege ich hin«, entgegne ich, stehe auf und mache mich auf den Weg in die Küche. Doch dann halte ich mitten im Schritt an und frage über meine Schulter hinweg: »Und was weißt du über Adrenergika?«

Drei Stunden später weiß ich Dinge, von deren Existenz ich vorher keine Ahnung hatte.

Nachdem ich erst einmal die Tatsache verdaut hatte, dass Dixon bei mir zu Hause war, nicht weit von mir entfernt saß, gelang es mir tatsächlich, etwas zu lernen. Wie sich herausstellte, ist er ein sehr guter Lehrer, und es schadet auch nicht, dass er toll aussieht.

Die Begeisterung, mit der er über Themen sprach, die ihn wirklich zu interessieren schienen, war für mich ein Beweis, dass mich sämtliche Seiten an ihm faszinieren, was mich beunruhigt. Vor allem, da ich dabei scheinbar vergesse, dass ich doch eigentlich mit David zusammen bin.

»Isst du das noch?«, fragt Dixon.

Mir entfährt ein »Hä?«, und ich schaue in seine amüsiert dreinblickenden Augen. Er hat mich mit seiner Frage aus meinen Gedanken gerissen.

»Isst du den Rest von deinem Kuchen noch?«, fragt er und deutet mit der Gabel auf meinen Teller.

»Oh, nein, kannst du gern haben«, erwidere ich und reiche ihm den Teller hinüber.

Er nimmt ihn dankbar in Empfang, und ich ermahne mich, nicht auf seine Lippen zu starren, als er einen großen Bissen vertilgt. Offenbar gelingt es mir jedoch nicht, denn Dixon grinst.

»Ich liebe Desserts in jeder Form.«

»Ich auch«, antworte ich, dankbar, dass er über meine Gafferei hinwegsieht.

»Ich gebe meiner Mutter die Schuld, die mich mit ihrer italienischen Küche verwöhnt hat«, sagt er mit einem Grinsen und leckt seine Gabel ab.

»Ach, richtig, du hast ja mal erwähnt, dass deine Eltern aus Italien eingewandert sind«, sage ich in Erinnerung an unseren SMS-Marathon, bei dem ich das Thema Familie selbst wie die Pest gemieden habe. »Aber Mathews klingt so gar nicht italienisch.«

Dixon stellt den leeren Teller auf ein geschlossenes Lehrbuch. »Ist es auch nicht. Aber eigentlich heiße ich Di Matteo. Ich habe ihn amerikanisieren lassen, als ich mit dem Studium begann.«

Wie leicht ihm sein ursprünglicher Nachname von der Zunge geht. Vermutlich spricht er Italienisch. Oh Mann, da sitzt der schärfste Typ der Welt hier auf meinem Sofa, und er beherrscht auch noch die Sprache der Liebe.

»Und woher kommst Dixon?«

Er räuspert sich, bevor er mir gesteht: »Ich wurde nach dem Fischerboot meines Vaters benannt.«

Ich muss mir ein Lächeln verkneifen. »Oh.«

Als er meine Reaktion bemerkt, stellt er klar: »Also, sein Boot hieß eigentlich Dixieland. Amerika bedeutete für ihn Freiheit. Ein besseres Leben. Also haben meine Eltern, als ich geboren wurde, ein bisschen von ihren alten Wurzeln mit ihren neuen Wurzeln vermischt.«

»Gefällt mir, weil es eine tiefere Bedeutung hat.«

Er nickt grinsend. »Stimmt. Aber ich bin schon froh, dass sie mich nicht Dixie genannt haben.«

Ich halte mir die Hand vor den Mund, um mein Lachen zu unterdrücken.

Während ich all das verdaue, was er gerade über sich erzählt hat, kommt mir plötzlich ein Gedanke.

Madison, frag ihn jetzt bloß nicht, ob er einmal etwas auf Italienisch sagen kann, mahne ich mich im Stillen.

»Kannst du eigentlich auf Italienisch fluchen?«, frage ich, meine innere Stimme ignorierend.

Dixon lacht. »Wieso bloß ist das immer die erste Frage, die die meisten Leute stellen?«

Ich zucke mit den Schultern und frage ihn neckend: »Keine Ahnung, sag du's mir. Du bist der Arzt.«

Dixon nickt und bewegt seinen Mund von einer Seite zur anderen, scheinbar damit beschäftigt, darüber nachzudenken, was er sagen soll. »Soll es was Zahmes sein? Oder ist alles erlaubt?«

»Leg schon los«, erwidere ich lächelnd.

»*Vaffanculo.*«

Ich habe nicht den leisesten Schimmer, was das bedeutet, und vermutlich hat er mich gerade beleidigt, aber das ist mir egal, denn ich bin wirklich fasziniert.

»Mehr«, fordere ich ungeniert.

Dixons Lippen zucken. »Du hast ja nicht einmal gefragt, was ich gesagt habe.«

Ich lächele verlegen, da er offensichtlich genau weiß, dass ich beeindruckt bin. »Spielt keine Rolle. Ich vertraue dir.«

Und das tue ich wirklich. Dixon blickt nachdenklich drein, äußert sich aber glücklicherweise nicht zu dieser Preisgabe zu vieler persönlicher Informationen meinerseits.

Er nimmt seine Brille ab. Ich sehe ihm an, dass er abwägt, was er als Nächstes sagen soll. »*Sei una bella ragazza con gli occhi belli.*«

Oh … wow.

Ich halte es vor Spannung kaum aus, stehe kurz davor, ohnmächtig zu werden – hatte mir Dixon da etwa gerade in seiner Muttersprache ein Ständchen gebracht? Ich bin mir sicher, dass er nicht geflucht hat, denn selbst ich weiß, dass *bella* »schön« heißt. Hat mir Dixon also etwa gerade gesagt, dass ich schön bin?

Mein Herz beginnt zu rasen, und ich flüstere: »Was bedeutet das?«

Die Luft scheint mit einem Mal wie aufgeladen, und ich

weiß, dass ich eigentlich nicht weiterreden sollte, doch ich kann einfach nicht anders.

»Ich dachte, das wäre dir egal«, sagt auch er flüsternd und rutscht dabei ein bisschen näher zu mir herüber, während ich das Gleiche in seine Richtung mache.

»Ich habe es mir anders überlegt«, erwidere ich, und mein Blick wandert unwillkürlich zu seinem Mund hinab.

»Ich habe gesagt, dass du ein schönes Mädchen bist«, gesteht er mit seiner rauen Stimme.

»Und was sonst noch?«, hake ich nach, denn ich weiß, dass da noch mehr war.

»Dass du schöne Augen hast.« Er rückt noch ein Stückchen näher.

»Du findest mich schön?«, stoße ich hervor und bemerke dabei gar nicht, dass sich unsere Knie berühren, bis mein Bein in Flammen steht.

»Ja«, antwortet er, ohne zu zögern. »Wunderschön. Umwerfend.«

»D-danke«, stottere ich und lehne mich zu ihm hinüber. Mein Körper sehnt sich danach, ihm näher zu sein.

Was tue ich nur? Ich muss damit aufhören, denn es ist falsch. Aber warum fühlt es sich nur so richtig an?

Mit Dixon kommt mir alles so leicht vor. Bei ihm empfinde ich keine Furcht und schrecke auch nicht vor seiner Berührung zurück, wie ich es bei anderen tue.

»Ich finde dich auch umwerfend.« Die Worte sind heraus, bevor ich sie mir verkneifen kann.

Dixons Pupillen weiten sich, und ich hätte mich dafür ohrfeigen können, dass ich sie ausgesprochen hatte. Doch mein Bekenntnis scheint ihn nicht zu beunruhigen, im Gegenteil: Meine Ehrlichkeit scheint ihn zu erregen. Ich senke den Blick, schäme mich für meine Offenheit, aber er legt behutsam zwei Finger unter mein Kinn und hebt mein Gesicht. Ich lasse es bereitwillig zu, und als ich seinem hitzigen Blick begegne, da entfährt mir ein Keuchen, denn er macht den Eindruck, als sei er im Begriff, über mich herzufallen.

Doch er rührt sich nicht, und ich warte atemlos darauf, was er als Nächstes tun wird.

Sein Daumen, der immer noch mein Kinn hält, beginnt eine langsame, gewundene Reise an meinem Kiefer entlang, und während er die Spitze über meine Haut hin und her gleiten lässt, öffnet sich mein Mund, und ich fahre mir mit der Zunge über die Unterlippe. Dixon folgt der Bewegung hungrig, und ich winde mich vor Verlegenheit, als ich mit einem schiefen Grinsen belohnt werde. Ich würde alles drum geben, wenn ich wüsste, was er gerade denkt.

»Sei un angelo«, flüstert er, und seine glutvollen Augen sagen mir, dass es zärtliche Worte sind.

Als er sachte die Hand wegnimmt, frage ich atemlos: »Was heißt das?«, doch er schüttelt nur den Kopf und antwortet nicht.

Ich bin in dieser Dixon-Blase gefangen, und plötzlich scheint nichts anderes mehr zu existieren. Ich weiß, dass es ihm genauso geht, als er sich ganz langsam vorbeugt, dabei seine sündhaften Lippen befeuchtet und nur wenige Zentimeter vor meinem Gesicht verharrt. Mein leises atemloses Keuchen entlockt Dixon ein freches Grinsen. Er ist sich bewusst, was er mir mit seiner Nähe antut. Die Luft scheint zu knistern, und sämtliche Nervenenden in meinem Körper kribbeln. Meine Haut summt vor Behagen, als Dixon einen

Finger hebt und mit der Rückseite seines Knöchels ganz sanft über meine Wange bis zu meinen halb geöffneten Lippen streicht. Er bittet stumm um Einlass, und den gewähre ich ihm nur zu gern.

Ich öffne meinen Mund weiter, und Dixon, der die Bewegung erregt verfolgt, lässt seinen Finger über den Lippenrand gleiten, bevor er endlich die Spitze hineinsteckt. Ich umkreise zaghaft das oberste Glied seines Zeigefingers, und Dixon gibt ein Zischen von sich, was mein Inneres zerfließen lässt.

Er sieht mir dabei zu, wie sich meine Zunge langsam an seinem Finger entlangbewegt, und ein Feuer lodert in seinen Augen, aber er schiebt den Finger nicht weiter hinein. Ich will ihm ja nicht die Show stehlen, doch ich verspüre dieses unglaubliche Verlangen, ihn zu küssen. Auch wenn ich weiß, dass es falsch ist und ich eigentlich zurückweichen sollte. Aber das kann ich einfach nicht. So habe ich schon bei unserer ersten Begegnung empfunden.

Dixon zieht seinen Finger behutsam wieder aus meinem Mund und lässt ihn über die Mitte meiner Unterlippe hinuntergleiten. Zweifellos spürt er mein Verlangen. Und da er nun einmal ein echter Kerl ist, beugt er sich unerschrocken vor, um meinen Mund in Besitz zu nehmen. Doch genau in diesem Augenblick ertönt das laute todbringende Pfeifen aus *Kill Bill* und unterbricht diesen besonderen Moment. Ich weiche so hastig zurück, dass ich mir dabei fast ein Schleudertrauma hole. Meine Wangen glühen vor Verlegenheit, aber auch vor Begierde, und ich greife unbeholfen nach meinem Smartphone, das auf dem Couchtisch liegt.

»Scheiße«, entfährt es mir, als ich sehe, wer der Anrufer ist.

Dixon stößt einen langen, tiefen Atemzug aus, lässt sich gegen die Rückenlehne des Sofas fallen und greift sich mit den Händen ins Haar.

Ich bin mir nicht sicher, ob David das beste oder das schlimmste Timing der Welt hat, doch ich nehme den Anruf nach dem fünften Klingelton entgegen.

»Hey«, begrüße ich ihn. Meine schrille Stimme klingt fremd in meinen Ohren.

»Hey, Babe, hab dich vermisst. Tut mir leid, wenn ich dich beim Lernen störe«, erwidert er, und seine herzliche Stimme weckt bei mir sogleich Schuldgefühle.

»Ist schon okay«, sage ich, doch dieses Hitzegefühl wird immer schlimmer, da ich weiß, dass Dixon jedes Wort mit anhört.

Ich kann das nicht, wenn er neben mir sitzt. Das fühlt sich einfach falsch und schmutzig an. David plappert fröhlich drauflos, während ich langsam aufstehe und mich zu Dixon umwende, der halb angepisst und halb erregt aussieht, was ihm gut steht. Ich hebe meinen Zeigefinger, um ihm zu bedeuten, dass es nur eine Minute dauern wird, und er nickt. Ich verdrücke mich in mein Schlafzimmer und hole zum ersten Mal Luft, seit ich ans Telefon gegangen bin.

»Also, was hältst du davon?«, fragt David, als ich die Tür hinter mir schließe.

»Wovon?«, entgegne ich, da ich ihm überhaupt nicht zugehört habe.

»Na, wenn wir uns an diesem Wochenende mit meinen Eltern treffen! Sie würden dich wirklich gern kennenlernen. Und ich möchte auch unbedingt, dass du sie kennenlernst.«

Scheiße.

Das ist verdammt schlechtes Timing. Dixon sitzt drüben im Wohnzimmer. Der Dixon, den ich eben beinahe geküsst hätte. Und jetzt bittet mich mein Beinahe-Freund, seine Eltern kennenzulernen. Oh Gott, das ist einfach zu viel. Ich spüre, wie mich ein vages Gefühl der Angst beschleicht, und setze mich auf die Bettkante.

»Äh, David … ich weiß nicht so recht.«

»Aber wieso denn, Maddy? Du weißt doch, dass ich verrückt bin nach dir und keine andere mehr ansehe«, sagt er leise.

»Ja, schon und ich steh ja auch auf dich.«

»Aber«, ermuntert er mich.

»Aber das ist ein großer Schritt.«

»Stimmt. Aber ich bin bereit, ihn mit dir zu tun«, sagt er, und da ist nichts als Fürsorge in seiner Stimme.

Ich beginne keuchend zu atmen, denn ich ertrage diesen Druck nicht. Sag einfach Nein, Madison, schreit meine innere Stimme. Lern endlich, Nein zu sagen.

David ist ein netter, lieber Kerl, und wir sind »zusammen«. Nur weil der Mann, von dem ich besessen bin, gerade in meinem Wohnzimmer sitzt, rechtfertigt das nicht, so distanziert zu sein.

»Also schön. Meinetwegen. Aber bitte ein frühes Abendessen«, sage ich, gebe schließlich doch nach. »Ich muss am Wochenende noch eine Menge Stoff durchackern.«

»Alles klar, Babe, was immer du willst«, sagt David aufgeregt, und ich muss angesichts seiner Begeisterung unwillkürlich lächeln. »Ich werde mich um alles kümmern. Meine Mutter wird ausflippen. Sie freut sich wirklich darauf, dich kennenzulernen.«

»Ich freue mich auch darauf, deine Mutter kennenzulernen«, versichere ich ihm und massiere dabei meine Schläfe.

Ich sollte jetzt wirklich Schluss machen, da Dixon im Nebenzimmer wartet und ich mich sehr unhöflich benehme.

»Maddy?«, sagt David fragend.

»Ja?«, erwidere ich. Sein Ton gefällt mir ganz und gar nicht.

»Wenn wir das hinter uns haben, könnte ich dann vielleicht bei dir übernachten? Ich würde dir auch beim Lernen helfen«, schlägt David vor, und ich vermag die Besorgnis aus seiner Stimme herauszuhören.

Ich antworte nicht sofort, benötige einen Moment, um seine Frage zu verarbeiten. David und ich haben uns geküsst und ein bisschen rumgemacht, aber bisher war alles ziemlich zahm. Er hat mich nicht gedrängt, mit ihm zu schlafen. Obwohl ich ihm nichts von meiner Vergangenheit erzählt habe, weiß er, dass da etwas Scheußliches in meinen Erinnerungen schlummert. Dennoch respektiert er, dass ich meinen Freiraum brauche, und drängt mich nicht.

Aber seine Eltern kennenzulernen und die Nacht mit ihm zu verbringen ist zu viel für mich.

Das … das kann ich einfach nicht.

Mein Schweigen ist David Antwort genug, und er sagt: »Ist schon okay. Ich verstehe das. Tut mir leid, dass ich gefragt habe.«

Die Enttäuschung in seiner Stimme ist wie ein Stich in meine Brust, daher erwidere ich blöderweise: »Lass mich darüber nachdenken. Aber ich verspreche nichts!«

»Oh, Maddy«, sprudelt es aus ihm hervor. »Du bist wirklich die Beste. Ich bin so ein Glückspilz.«

Es erstaunt mich immer wieder, was für ein netter Kerl er ist, und ich komme mir wie ein richtiges Miststück vor, weil ich so unsensibel auf sein Anliegen reagiert habe.

»Das gilt für mich genauso. Aber jetzt muss ich Schluss machen. Da wartet noch ein Berg Arbeit auf mich.«

»Oh, okay. Kein Problem. Ich ruf dich morgen wieder an.«

»Ja, mach das«, erwidere ich und zupfe an einem losen Faden meiner Steppdecke.

»Also dann bis morgen, Babe. Und das war eben wirklich mein Ernst, ich bin so ein Glückspilz, dass ich dir begegnet bin.«

Ich komme mir wahnsinnig schlecht vor, aber langsam wird es mir etwas zu viel.

»Danke, äh, mach's gut.«

Ich reibe mir seufzend die Schläfe und nehme mir einen Moment Zeit, um mich zu sammeln, ehe ich ins Wohnzimmer zurückgehe. Worauf habe ich mich da gerade eigentlich eingelassen? Ich bin so verwirrt, und ich hasse es, zugeben zu müssen, dass der Grund dafür in dieser Sekunde auf meinem Sofa sitzt.

Bevor Dixon wieder auftauchte, hatte ich begonnen, mich zu öffnen, und es kam mir so vor, als ob sich die Sache mit David entwickelte. Aber jetzt, wo Dixon zurück ist und mich beinahe geküsst hätte, da weiß ich nicht mehr, was ich tun soll. Vielleicht war das hier eine blöde Idee, und ich mache mir etwas vor, wenn ich glaube, dass wir einfach nur Freunde sein können. Ich weiß wirklich nicht, woran es liegt, aber er ist der erste Mann, für den ich jemals so empfunden habe. Der erste Mann, an den ich in körperlicher Hinsicht zu denken vermag, ohne auszuflippen.

Ich will einfach nur normal sein, und Dixon gibt mir dieses Gefühl.

Ich wische mir verstohlen eine Träne fort, werfe mein Smartphone auf die Kommode und betrachte mich im Spiegel. Ich sehe zum Fürchten aus. Der Knoten hat sich fast völlig aufgelöst, und übrig geblieben ist nur ein schief sitzender Pferdeschwanz, und auf meinem T-Shirt prangt ein Käsekuchenfleck, weil ich einmal meinen Mund verfehlt hatte. Und dennoch wollte mich dieser kultivierte, gebildete Mann hinter dieser Tür küssen. Wieso?

Ich hole tief Luft, öffne die Tür und hoffe, dass mich meine geröteten Wangen nicht verraten. Als ich das Wohnzimmer betrete, erblicke ich ein leeres Sofa, und von Dixon ist nichts zu sehen. Ich hatte gar nicht gehört, dass er ins Badezimmer gegangen war, aber ich sehe vorsichtshalber mal überall nach für den Fall, dass er sich die Beine vertreten wollte. Nachdem ich zweimal gründlich nachgesehen habe, gebe ich auf. Wenn er sich nicht gerade in irgendeinem Schrank versteckt hat, dann ist er verschwunden.

Ein Blick auf die hölzerne Standuhr in der Ecke sagt mir, dass ich zwanzig Minuten telefoniert habe.

Eigentlich hätte ich stinksauer sein sollen, weil er einfach gegangen ist, aber tatsächlich bin ich auf mich selbst sauer, weil ich das Gespräch mit David nicht früher beendet habe.

Da ich nicht mehr länger in der Stimmung bin, um zu lernen, beschließe ich zusammenzupacken, schön warm zu duschen und ins Bett zu kriechen, um diesen Tag wegzuträumen. Als ich zum Tisch hinübergehe, fällt mein Blick auf ein loses Blatt Papier, das vorher noch nicht da gewesen ist. Ich beuge mich hinunter und greife danach.

In eleganter Schrift stehen dort die Worte: Es bedeutet: Du bist ein Engel.

Ich beiße mir auf die Unterlippe und drücke das Blatt an meine Brust, denn ich bin nicht mehr länger in der Lage, mir seine lieben Worte anzusehen.

18

Friedensangebot

Dixon

»Guten Morgen, Dr. Mathews«, sagt Susanna, als ich zur Tür hereingeplatzt komme und meine vom Regen durchnässte Jacke eine Schweinerei auf dem cremefarbenen Teppichboden anrichtet.

»Ms. Vale.« Ich fahre mir mit der Hand durch das nasse Haar.

»Oh, Sie hätten anrufen sollen. Ich hätte Sie unten mit einem Schirm abholen können«, sagt sie, steht rasch auf und hält mir eine Schachtel mit Papiertaschentüchern hin.

»Es ist Juni, Himmel noch mal! Warum regnet es?«, meckere ich, nehme mir ein paar Tücher und wische mir damit das Gesicht ab.

Auch mein Aktenkoffer, der als Schirm versagt hat, ist klatschnass. »Wann werden die endlich mit diesen verdammten Bauarbeiten fertig?«, frage ich und streiche mir über die feuchten Aufschläge meiner grauen Anzugsjacke.

»Das hier ist New York, da wird doch immer gebaut«, sagt sie.

»Da haben Sie wohl recht. Ich wünschte nur, sie würden sich etwas beeilen, damit ich meinen Wagen auf dem Parkplatz abstellen kann, für den ich Tausende von Dollar bezahle«, blaffe ich.

Susanna nickt lächelnd. »Schlechter Start in die Woche?«

Wenn es irgendjemand anderes wäre als sie, dann würde ich demjenigen erklären, er solle sich um seinen eigenen Kram kümmern, aber Susanna gehört ja praktisch zur Familie.

»Glauben Sie mir, das wollen Sie gar nicht wissen.«

»Gehen Sie nur. Ich werde Ihnen einen Kaffee holen«, sagt sie und deutet in Richtung meines Behandlungszimmers.

Mein Morgen wird nicht besser, und gegen Mittag befürchte ich, dass ich meinen nächsten Patienten meucheln werde. Ich stehe kurz davor, mit der Stirn auf meine Schreibtischplatte zu schlagen, als ein leises Klopfen an meiner Tür ertönt.

»Herein«, brülle ich und gebe es auf zu versuchen, meine Notizen für meinen nächsten Termin durchzulesen.

»Entschuldigen Sie die Störung, Dr. Mathews«, sagt Susanna, die den Kopf durch die Tür steckt.

»Schon gut. Kommen Sie herein«, sage ich und bedeute ihr einzutreten.

»Das hier ist gerade gekommen«, erklärt sie. Sie hält eine kleine weiße Schachtel in der Hand.

»Ach ja?«, sage ich und ziehe die Augenbrauen in die Höhe. »Von wem ist es denn?«

»Ich bin mir nicht sicher. Der Bote sagte, es seien keine Absenderangaben vermerkt.«

»Eigenartig«, erwidere ich. Meine Neugierde ist geweckt.

»Das fand ich auch.« Sie kommt auf meinen Schreibtisch zu und reicht mir die Schachtel.

Ich betrachte sie von allen Seiten, habe aber immer noch keine Ahnung, was sich darin befinden könnte.

»Also, wenn das jetzt ein abgeschnittenes Ohr ist, dann bin ich aber sauer«, sage ich, und Susanna lacht.

Ich öffne den Deckel und spähe hinein, während sich Susanna nach vorn beugt, damit auch sie sehen kann, was sich darin befindet. Sobald ich das Stück Käsekuchen erblicke, weiß ich, wer der Absender ist.

Das Warum gibt mir allerdings Rätsel auf.

»Da ist auch ein Umschlag«, sagt sie erwartungsvoll. Zweifellos fragt sie sich, was zum Teufel hier vor sich geht.

Ich greife danach und öffne auch ihn. Darin befindet sich dasselbe Blatt Papier, das ich Madison auf dem Couchtisch hinterlassen hatte. Doch unter meinen eigenen Worten steht geschrieben: Ich habe dir ein Stück aufgehoben – Engel grüßt Engel.

»Alles in Ordnung, Dr. Mathews?«, fragt Susanna, doch ich bleibe ihr eine Antwort schuldig, denn Madisons Nachricht hat meine volle Aufmerksamkeit.

Wieso nur hat sie das geschrieben?

Da die Wände in ihrer Wohnung leider so hauchdünn sind, dass ich notgedrungen einen Großteil ihrer Unterhaltung mit David mitbekommen hatte, besteht kein Zweifel daran, dass sie auf ihn steht – das hat sie schließlich selbst gesagt. Ich sollte besser vergessen, dass sie mich beinahe geküsst hätte, denn das, was sie sagt, steht in krassem Widerspruch zu dem, was sie tut.

Ich hatte es keine Sekunde länger mehr aushalten können mitanzuhören, wie sie mit diesem liebeskranken Trottel herumturtelt, also hatte ich mich vom Acker gemacht. Den Zettel hatte ich ihr nur dagelassen, weil ich mich nicht schon wieder einfach so abseilen wollte. Ich hatte keinerlei Erwartungen gehabt, und ja, ich hätte auch etwas anderes schreiben können. Aber ich dachte, dies sei besser als »Dein schmarotzender Freund ist eine totale Pfeife«.

Während ich auf den Kuchen hinabstarre, muss ich mir eingestehen, dass ich keine Ahnung habe, was ich tun soll. Ich bin gerade ein wenig überfordert mit zwei Frauen, die aus völlig unterschiedlichen Gründen Gift für mich sind.

Ich schließe rasch den Deckel, schubse die Schachtel von mir weg und stecke den gefalteten Zettel in meine Tasche. Dann kicke ich den Abfalleimer unter meinem Schreibtisch hervor, schiebe die Schachtel über meinen Schreibtisch und will sie gerade in den Müll befördern, als mich Susanna davon abhält.

»Wollen Sie das denn nicht essen?«, fragt sie, offensichtlich verwirrt über meine Abneigung gegen ein harmloses Stück Kuchen.

Ich schüttele den Kopf. »Nein. Möchten Sie es haben?« Ich halte ihr die Schachtel hin.

»Also, wenn Sie es wirklich nicht wollen.«

»Nur zu, lassen Sie es sich schmecken«, erwidere ich, und Susannah nimmt sich den Kuchen erfreut von meiner ausgestreckten Handfläche.

»Sind Sie sich auch wirklich ganz sicher, dass Sie es nicht wollen?«, fragt sie, und mir entschlüpft unwillkürlich ein glucksendes Lachen.

»Genau das ist das Problem, Ms. Vale«, entgegne ich vage und beziehe mich dabei nicht mehr länger auf den Kuchen.

Susanna scheint verwundert über die Mehrdeutigkeit meiner Antwort, belässt es aber dabei. Sie nimmt die Schachtel und macht sich auf den Weg zur Tür. Dort bleibt sie mit der

Hand auf der Klinke plötzlich noch einmal stehen, hebt die Schachtel über ihren Kopf und sagt mit einem Lachen: »Da hat wohl jemand darauf spekuliert, dass Sie daran zu kauen haben, Dr. Mathews.«

Dann schließt sie leise die Tür hinter sich, und ich stoße einen Seufzer aus. Sie weiß ja gar nicht, wie recht sie damit hat.

Nach diesem Start verläuft der Rest der Woche auch nicht besser, und am Samstagnachmittag brauche ich unbedingt ein bisschen S&S – Scotch und Sex.

Juliet hat die ganze Woche nichts von sich hören lassen, was mich nach meiner Vorstellung am letzten Wochenende eigentlich auch nicht überraschen sollte. Aber es verdirbt einen Mann schon ein wenig, wenn er drei Monate lang Spitzensex frei Haus geliefert bekommen hat, und meine Hormone laufen auf Hochtouren.

Ich schätze, ich könnte Juliet schon anrufen, denn ich vermute, dass sie genauso wie ich kapiert hat, dass wir nichts weiter als Fickfreunde sind, die sich ein bisschen haben hinreißen lassen.

Aber ich stecke in der Zwickmühle. Gehe ich aus und suche mir irgendein Mädel, um etwas von diesem ganzen aufgestauten Sexfrust loszuwerden? Oder rufe ich einfach Juliet an? In sexueller Hinsicht erfüllt sie sämtliche Kriterien, außerdem kenne ich sie, und sie ist unkompliziert, aber aus irgendeinem unerfindlichen Grund hält mich etwas davon ab.

Als ich an einem Jogger vorbeikomme, wird mir bewusst, dass Madison der Grund ist. Ich kriege dieses Bild einfach nicht mehr aus meinem Kopf, wie wir uns beinahe geküsst haben, und je mehr ich mich bemühe, es zu vergessen, desto deutlicher wird es. Seit sie den Käsekuchen geschickt hat, habe ich nichts mehr von ihr gehört, und ich habe mich bewusst von ihr ferngehalten. Ich muss beide Frauen aus dem Kopf bekommen. Und da hilft nur Sex.

Ich greife in meine Jackentasche, ziehe mein Handy hervor und rufe Hunter an, der nach dem zweiten Läuten drangeht.

»S&S?«, fragt er, und ich murmele zustimmend.

»Lasst die Spiele beginnen.«

Leider kann Finch nicht, und daher bleiben nur Hunter und ich übrig, was nie eine gute Kombination ist, wenn wir beide geil und blau sind. Aber da ich fahre, bin ich nur eins von beiden, was aber trotzdem ausreicht, dass ich doppelt sehe.

Hunter hat mich wieder ins Cherry Pop geschleppt, den Klub, in dem ich Madison auf der Tanzfläche gesehen habe.

Ich hätte mir zwar etwas Ruhigeres gewünscht, aber ich verstehe, warum er ausgerechnet diesen Laden ausgesucht hat. Die Mädels haben kaum etwas an und sind gerade mal volljährig, und angesichts der Mengen von billigem Alkohol, der durch ihre Adern fließt, weiß ich, dass dieser Abend früh enden wird.

Hunter ist ganz offenbar auch auf der Jagd, und als zwei Single-Männer scheinen wir eine ziemliche Anziehungskraft auf die weibliche Klientel auszuüben, denn ich habe bereits fünf Telefonnummern in meiner Hosentasche, und bei zweien weiß ich wirklich nicht, wie sie dort hineingekommen sind.

»Also, worauf hast du Lust? Brünette? Blondine? Rotschopf?«, fragt Hunter, der sich über das Geländer beugt und auf die Tanzfläche unten hinabblickt.

»Bin mir noch nicht sicher.« Ich werfe ebenfalls einen Blick auf die wogende Menge hinab.

»Ich glaube, mir ist heute nach Rotschopf zumute«, sagt Hunter und reibt sich dabei die Hände.

Ich schmunzele und überlege, ob wohl jetzt ein guter Zeitpunkt ist, ihn zu fragen, was ihm gerade Sorgen bereitet, denn wenn er einen im Tee hat, ist er für gewöhnlich sehr mitteilsam.

»Alles klar bei dir, Mann?«, erkundige ich mich. »Du benimmst dich etwas seltsam. Das heißt, seltsamer als sonst«, korrigiere ich mich grinsend. »Ich spüre da eine gewisse Feindseligkeit in Bezug auf das andere Geschlecht.«

Hunter nimmt einen raschen Schluck von seinem Bier, und ich weiß, dass ich etwas auf der Spur bin. Aber er tut es achselzuckend ab, hat offenbar keine Lust, über seine Gefühle zu reden.

Doch ich lasse nicht locker. »Willst du darüber reden?«

»Ich bin hier, um zu vögeln, nicht um zu quatschen, Alter. Also versau mir nicht die Stimmung und lass das Psychogequatsche. Und außerdem«, fügt er hinzu, »kannst du dich ja gerade vor Schnallen kaum retten und würdest das eh nicht verstehen.«

»Was verstehen?«

»Was für ein verdammter Glückspilz du bist«, erwidert er rundheraus.

»Ich ein Glückspilz? Das musst du mir erklären«, entgegne ich und kratze mich am Kopf, denn aus meiner Sicht bin ich alles andere als das. Ich beschäftige mich zwanghaft mit einer Frau, die völlig unerreichbar ist, während ich gleichzeitig versuche, mich von einer anderen abzubringen.

Hunter scheint meine Gedanken zu lesen. »Wenigstens kommen sie bei dir zurück, weil sie offenbar nicht genug von dir kriegen können. Während ich, wenn ich Glück habe, gerade mal ihre Namen erfahre. Bin ich etwa hässlich? Das würdest du mir doch sagen, oder?«, fragt er und nimmt einen weiteren Schluck von seinem Bier.

Das ist es also, was an ihm nagt. Könnte es sein, dass mein Freund, der ein noch größerer Aufreißer ist als ich, auf der Suche nach einer festen Freundin ist? Das muss es sein. Das Problem ist nur, dass er sich die falschen Frauen aussucht. Ich sollte das am besten wissen.

»Alter, du bist nicht hässlich. Wenn ich vom anderen Ufer wäre, hätte ich glatt Lust, dich zu bumsen«, sage ich und versetze ihm einen scherzhaften Klaps auf die Schulter. »Also, was ist los, suchst du etwa was Festes?«, frage ich dann aber mit ernster Stimme, denn ich will sichergehen, dass meine Theorie richtig ist.

Er zuckt mit den Schultern, was in Hunter-Sprache »Ja« bedeutet.

»Hunt?«, frage ich wieder, entschlossen, ihn zum Reden zu bringen.

»Keine Ahnung, vielleicht!«, knurrt er. Vermutlich nervt ihn meine Fragerei. »Es ist nur … na ja, die sind alle so überkandidelt. Sind alle Weiber so? Wenn ja, dann habe ich keinen Bock auf so 'nen Scheiß und bleibe bei One-Night-Stands«, sagt er und fährt sich mit der Hand übers Gesicht.

»Vielleicht liegt es daran, dass die Frauen, die du dir aussuchst, nicht unbedingt dazu geeignet sind, sie den eigenen Eltern vorzustellen«, wage ich zu bemerken, ohne ihn dabei verurteilen zu wollen.

»Du hast es gerade nötig«, weist er mich zurecht, und damit hat er natürlich völlig recht. Ich öffne den Mund, um es ihm zu erklären, aber er lässt mich gar nicht zu Wort kommen.

»Und jetzt lass uns Spaß haben«, sagt er mit einer Stimme, die keinen Widerspruch duldet, und er stößt sich dabei vom Geländer ab und sieht mich an. »Ich habe Lust zu vögeln.«

Damit hatte er mir eine Abfuhr erteilt, und ich lasse es dabei bewenden. Er hat es satt zu reden, aber nun weiß ich wenigstens, was ihn bedrückt.

Die Unterhaltung muss ohnehin erst mal auf Eis gelegt werden, da zwei geile Teile in unsere Richtung unterwegs sind – und damit meine ich nicht etwa Möpse, sondern Zwillinge. Und eineiige noch dazu!

»Zwick mich«, flüstert mir Hunter aus dem Mundwinkel zu.

»Bist du etwa high?«, flüstere ich zurück und nehme mir vor, ein Auge auf ihn zu haben, da er offenbar wild entschlossen ist, alles zu vögeln, was nicht bei drei auf den Bäumen ist.

»Das werde ich sein, wenn ich Zwilling Nummer eins oder Nummer zwei gevögelt habe. Ist mir ganz egal, welche von beiden, denn ich kann sie eh nicht unterscheiden, weil sie *Zwillinge* sind«, erklärt er, und seine Begeisterung ist ihm anzusehen, denn er grinst von einem Ohr zum anderen. »Ist doch ein Traum, oder? Blondes Gift im Doppelpack! Und die beiden steuern direkt auf uns zu.«

Ich verdrehe die Augen und nehme einen Schluck Bier,

ehe ich mich umwende, um zuzusehen, wie sie mit ihren Silikontitten, die sich keinen Millimeter von der Stelle rühren, auf uns zustolziert kommen und neben mir stehen bleiben.

»Hi, ich bin Mandy und das ist Marisa«, sagt Mandy lächelnd, und ihre perfekten Zähne schimmern im Neonlicht.

Bevor ich überhaupt die Chance habe zu antworten, tritt Hunter vor und übernimmt das Kommando. »Hi Mandy, hi Marisa. Ich bin Hunter, und dieser hässliche Kerl hier ist Dixon«, sagt er und deutet mit dem Daumen auf mich.

Ich schenke ihm ein sarkastisches Lächeln und strecke meine Hand aus. »Freut mich, euch kennenzulernen, Mädels.«

So, wie mich Marisa mit den Augen verschlingt, würde sie es offenbar vorziehen, wenn ich etwas anderes mit ihr anstellen würde, als ihr die Hand zu schütteln. Sie ist ohne Zweifel attraktiv – das heißt blond, vollbusig und leicht zu haben –, aber mit einem Mal lechze ich nach einer Brünetten.

Ich teile meinem Unterbewusstsein mit, doch bitte schön das Maul zu halten und zu vergessen, dass eine gewisse Brünette existiert, damit ich mich stattdessen darauf konzentrieren kann, auf meine Kosten zu kommen.

»Dürfen wir euch einen Drink ausgeben?«, frage ich, und die beiden nicken eifrig.

»Gern«, sagen sie wie aus einem Munde und kichern.

Hunter macht den Eindruck, als sei er im siebten Himmel, während es mir so vorkommt, als sei ich in der Hölle gelandet.

Eine Dreiviertelstunde später bedauere ich, dass ich angeboten habe zu fahren. Doch ich könnte ohnehin gar nicht genug Scotch in mich reinkippen, um dem Vorschlag der vollbusigen Zwillinge zuzustimmen.

Hunter versetzt mir jetzt schon zum dritten Mal einen Tritt unter dem Tisch, und wenn er das noch einmal tut, dann werde ich ihm eine scheuern.

Mandy – zwei Minuten früher geboren und daher Zwilling Nummer eins –, hat uns auf nicht unbedingt diskrete Art und Weise zu einem guten alten Vierer eingeladen. Hunter war – welch eine Überraschung! – gleich Feuer und Flamme, aber meine Begeisterung hielt sich in Grenzen – daher die Tritte unter dem Tisch.

Also, ich bin wirklich nicht prüde und habe schon bei dem einen oder anderen Dreier mitgemacht, allerdings noch nie bei einem Vierer, an dem mein bester Freund und zwei notgeile Schwestern beteiligt waren. Das ist zum einen echt widerlich, und zum anderen habe ich kein Interesse daran, live und in Farbe mitzubekommen, wie Hunter seine Hugh-Hefner-mäßigen Träume mit diesen inzestuösen Möchtegern-Bunnys auslebt.

»Wenn uns die Herren bitte einen Moment entschuldigen würden«, sagt Mandy und hält ihrer Schwester die Hand hin. »Wir müssen nur mal kurz für kleine Mädchen.« Sie kichern beide und werfen uns Kusshände zu, bevor sie sich auf den Weg machen.

In dem Augenblick, wo sie verschwunden sind, greift Hunter über den schmalen Tisch und versetzt mir einen Schlag ins Gehänge.

»Aua! Was zum Teufel soll das?«, jaule ich und halte meine Murmeln fest. »Warum hast du das gemacht?«

»Keine Ahnung. Vielleicht wollte ich bloß mal sehen, ob

deine Eier noch da sind oder ob dir über Nacht 'ne Vagina gewachsen ist!«, erwidert er eingeschnappt.

»Herrgott, jetzt komm mal wieder runter«, sage ich und lache in mich hinein, wobei ich immer noch eine schützende Hand vor meine Kronjuwelen halte. »Sie haben sich gerade selbst als kleine Mädchen bezeichnet. Sollte dir das nicht zu denken geben?«, frage ich und schüttele mich.

Hunter weiß meinen Humor allerdings nicht zu schätzen und entgegnet: »Du benimmst dich wie ein echtes Weichei. Ich werde nicht zulassen, dass du mir diese Nummer versaust«, sagt er und sticht mir den Zeigefinger in die Brust. Ich schlage seine Hand weg. »Das ist mein Traum, seit ich herausgefunden habe, was sich mit Titten und Muschis anfangen lässt«, eröffnet er mir allen Ernstes.

Ich muss unwillkürlich lachen. »Du träumst also davon, dir eine Geschlechtskrankheit zu holen?«, kontere ich im Spaß, und Hunter zielt ein weiteres Mal auf mein Gehänge.

»Hör damit auf«, keuche ich, »sonst habe ich bald wirklich eine Muschi.«

»Was ist nur los mit dir, Dix? Normalerweise würdest du doch auf so ein Angebot fliegen, aber im Augenblick wirkst du eher so, als hätten dich diese Bunnies gebeten, eine Niere zu spenden. Stehst du etwa nicht auf sie?«, fragt er. Ich sehe die Verwirrung in seinen grünen Augen.

Und er hat auch jedes Recht dazu, verwirrt zu sein. Verdammt, ich selbst bin es ja auch. Aber das hier fühlt sich einfach falsch an. Juliets Angebot für einen Gelegenheitsdreier hatte mir schon nicht gefallen, genauso wenig wie dieser Vorschlag der vollbusigen Zwillinge für einen Vierer. Das ist einfach nur erbärmlich. Zwei zweiunddreißigjährige Männer, die darüber nachdenken, einen Vierer mit zwei notgeilen Zwillingen durchzuziehen, das ist doch wirklich so schäbig, wie es klingt.

»Deshalb sind wir doch hier, stimmt's?«, versichert sich Hunter, und ich nicke.

Das ist in der Tat der Grund, warum wir uns in dunklen Ecken umsehen und nach einem willigen Opfer suchen, das uns hilft, für eine Nacht dieses Gefühl der Einsamkeit zu lindern. Aber das Schicksal hat es so gewollt, dass unsere »Opfer« uns gefunden haben und uns aus freien Stücken mehr anbieten, als wir erwartet hatten. Aber mir ist einfach nicht mehr danach. Die beiden Mädels werden in meinen Augen von Minute zu Minute unattraktiver, und ich bin mir sicher, dass ich es unter diesen Umständen im Bett nicht so richtig bringen würde.

»Hör zu, ich will dich ja gar nicht von deiner kleinen Hugh-Hefner-Fantasie abhalten, aber ich passe«, erkläre ich, während Hunter ein verächtliches Schnaufen von sich gibt.

»Oh Mann, du lässt wirklich nach. Du hast keinen Schwanz verdient«, sagt er, doch sein Grinsen verrät mir, dass er meine Entscheidung respektiert. »Aber was soll's. Dein Pech! Dann bleibt eben mehr für mich«, folgert er mit einem gleichgültigen Schulterzucken. Damit hat sich seine Andeutung, sich nach etwas Festem umsehen zu wollen, in Wohlgefallen aufgelöst.

Bevor ich etwas darauf antworten kann, kehren die Mädels zurück, und Marisa landet dabei praktisch auf meinem Schoß.

»Also«, sagt Mandy, und ihre frisch nachgezogenen Lippen blenden mich mit ihrem Glanz, »wir haben mitbekommen, dass du nicht gerade begeistert davon zu sein scheinst, dass wir alle miteinander spielen.« Ich gebe mir Mühe, mich nicht darüber lustig zu machen, wie frei sie diesen Begriff auslegt.

Hunter sieht mich über den Tisch hinweg an, und seine Lippen formen unhörbar »Weichei«, doch ich ignoriere ihn und höre mir an, was Mandy zu sagen hat.

»Aber wir können euch gut leiden, und wir würden trotzdem gern … spielen«, beendet sie den Satz grinsend.

Ich habe keine Ahnung, was genau sie mit »spielen« meint, doch meine Frage wird beantwortet, als Marisa ihre Hand in meinen Schoß gleiten lässt und sanft über meinen Schritt streicht. Mein Oberkörper richtet sich vor Überraschung mit einem Ruck auf, und ich packe die Tischkante, um mich daran festzuhalten, während mich Marisa schüchtern ansieht und ihre Hand meinen Schwanz umfasst.

Hunter zieht verwirrt die Augenbrauen in die Höhe, also reiße ich die Augen auf und blicke auf meinen Schoß hinab. Glücklicherweise kapiert er, was ich mit meinen Grimassen meine, und grinst.

»Also hättest du vielleicht Lust, mit mir allein zu spielen?«, erkundigt sich Mandy mit heiserer Stimme bei Hunter, während mir Marisa unter dem Tisch diskret einen runterholt.

»Aber so was von, Süße.« Er vergeudet keine Zeit, springt sogleich auf und zerrt Mandy aus der Nische. »Viel Spaß, Dix«, sagt er augenzwinkernd. »Ich melde mich morgen mal.« Bevor ich die Chance habe, zu Wort zu kommen, ist er auch schon mit Mandy im Schlepptau auf dem Weg nach unten.

Und damit bin ich allein mit Marisa und auf dem besten Weg, einen Steifen zu bekommen. Momentan befindet sich mein Schwanz zwar noch auf Halbmast, aber ein paar sanfte Streicheleinheiten mehr, und er steht wie eine Eins. Ihre Bewegungen sind langsam, fast schon andächtig, und das ist genau das, was ich brauche.

Als Duo fand ich Mandy und Marisa total gruselig, wie sie ständig die Sätze der anderen beendeten und darauf aus waren, dieselben Männer zu vögeln, doch als Solistin törnt mich Marisa an.

Ich schließe die Augen und lehne meinen Kopf gegen den Sitz zurück, erlaube ihr, die totale Kontrolle zu übernehmen, und sie ergreift sie, indem sie den Reißverschluss meiner Jeans öffnet und ihre Hand hineinschiebt. Ich trage selten Unterwäsche, auch heute nicht, und daher berührt sie meine erhitzte Haut sogleich. Aus der Art und Weise, wie mich ihre Finger hungrig streicheln und ihr für einen kleinen Moment der Atem stockt, schließe ich, dass sie ebenso angetörnt ist wie ich. Ihr Griff wird fester, und als sie das Tempo erhöht, beginnt mein Körper vor Erleichterung zu jubeln, denn nun ist meine Erlösung nicht mehr weit.

Doch mit einem Mal wird mir wieder bewusst, wo ich mich befinde, und meine Lider fliegen auf. Ich bin schon an schlimmeren Orten gekommen, aber egal wie toll sich das auch anfühlt, ich möchte eigentlich nicht dabei erwischt werden, wie ich an einem so öffentlichen Ort abspritze, wo ein Haufen Zeugen nur allzu bereit wäre, sich in der *New York Times* über meine Sittenlosigkeit auszulassen.

Ich ziehe vorsichtig die Hüften weg und sehe, wie mich Marisas erregte blaue Augen verwirrt anschauen.

»Was ist los?«, fragt sie, und ihr Schmollmund verzieht sich, als sie die Stirn runzelt.

Ich lehne mich zu ihr hinüber und flüstere in ihr Ohr: »Lass uns von hier verschwinden. Wenn ich komme, dann in dir und nicht in irgendeiner beschissenen Bar.«

Ich weiche zurück, um ihre Reaktion zu beurteilen, und ihre erweiterten Pupillen und ihre beschleunigte Atmung sagen mir, dass sie von der Idee angetan ist. Ich rücke mein bestes Stück unauffällig zurecht, schließe den Reißverschluss meiner Jeans, rutsche aus der Nische heraus und halte Marisa die Hand hin, um ihr beim Aufstehen zu helfen.

Ich gehe voraus, doch ich komme nicht sehr weit, da sich die Schlange nach unten kaum bewegt. Ich werfe einen Blick über die Köpfe hinweg, um herauszufinden, was den Stillstand verursacht, und bemerke dabei, dass eine Reihe von Leuten über das Geländer schaut und nach unten auf den Tanzboden zeigt. Interessehalber spähe ich ebenfalls hinüber und mache einen Satz nach vorn, um mich zu versichern, dass das, was ich sehe, auch wirklich geschieht. Marisa hat sich bei mir eingehängt, also zerre ich sie mit mir, doch ich schenke ihrem Protest keine Beachtung, denn das, was ich da sehe, haut mich um.

»Was ist denn los, Dixon?« fragt sie, aber ich nehme ihre Stimme gar nicht richtig wahr, bin auch gar nicht imstande, ihr eine Antwort zu geben, denn all meine Aufmerksamkeit ist auf Madison gerichtet, die da unten auf der Tanzfläche von Tim sehr grob behandelt wird.

Meine Füße setzen sich von allein in Bewegung, ehe mein Gehirn reagieren kann, und ich stürme vorwärts, schubse alles und jeden, der mir im Weg ist, zur Seite. Glücklicherweise teilt sich die Menschenmenge, als die Leute sehen, dass ich auf sie zukomme, doch als Marisa versucht, mich am Arm festzuhalten, drehe ich mich wutentbrannt auf dem Absatz um.

Ich greife in meine Hosentasche, ziehe ein paar lose Scheine daraus hervor und drücke sie ihr in die Hand. »Hier, nimm dir ein Taxi.«

»Dixon!«, ruft sie, ich bleibe allerdings nicht da, um herauszufinden, was sie zu sagen hat.

Ich eile die Wendeltreppe hinunter und komme dabei fast zu Fall, da ich zwei Stufen auf einmal nehme, aber das ist mir egal, denn ich muss unbedingt zu Madison. Ich drängele mich unter Zuhilfenahme meiner Ellenbogen durch die Menge, schiebe und schubse ohne Rücksicht darauf, wer mir da gerade im Weg steht, doch dieses Vorgehen macht sich bezahlt, denn ich gelange in Rekordzeit durch die Menschenhorden. An der Stelle, wo ich Madison zuletzt gesehen habe, steht nun allerdings ein anderes Paar, und ich stoße einen Fluch aus.

Ich lasse meinen Blick durch den Raum schweifen – was dank meiner Körpergröße kein Problem darstellt – und entdecke Madison, die mit diesem Affen auf den Fersen auf den Ausgang zugeht. Ich funktioniere wie von einem Autopiloten gesteuert und arbeite mich weiter in die Richtung vor. Draußen angekommen blicke ich rasch nach links und rechts und sehe, wie Madison vor Tim davonstürmt und ihn anschreit, sie in Ruhe zu lassen.

Ich setze mich sofort in Bewegung und marschiere auf sie zu. Bevor ich die beiden erreicht habe, höre ich Madison schreien: »Hör endlich auf, mir nachzulaufen! Ich habe dir doch gesagt, dass ich kein Interesse habe!«

»Woher willst du das denn wissen, wenn du mir gar keine Chance gibst!«, erwidert er wütend und macht einen Satz auf sie zu, um sie zu packen.

Ich sehe, wie sich ihre Züge vor Angst verzerren, und dieser Anblick bringt mich zur Raserei. Madisons Pupillen weiten sich, als sie mich sieht, was diesen Pavian wohl gewarnt haben muss, denn er fährt rasch herum, um zu sehen, was los ist, doch ich bin schneller und versetze ihm einen Faustschlag gegen den Kiefer.

Madison stößt einen Schrei aus, und Tim stolpert rückwärts, aber ich lasse mich von beidem nicht abschrecken und setze hinterher, bereit für Schlag Nummer zwei. Ich erwische ihn an der Wange und schicke noch einen Kinnhaken hinterher, der seinen Kopf mit einem scheußlichen, dumpfen Geräusch nach hinten kippen lässt.

Tim schüttelt den Kopf und beginnt zu schwanken – offensichtlich rütteln meine harten Schläge sein Gehirn ganz schön durch. Dann versetze ich ihm noch einen mächtigen Schwinger, der ihn ins Taumeln bringt, und er fährt sich mit dem Handrücken über seine blutige Lippe.

»Dixon, nicht!«, schreit Madison, doch ich ignoriere sie.

»Du schon wieder«, lallt er, als er mich sieht, und er kneift die Augen vor Wut zu einem Schlitz zusammen.

»Oh ja, und ich werde dir Manieren beibringen«, knurre ich und vollführe einen Satz auf ihn zu, um ihn k.o. zu schlagen.

Doch er weicht aus und landet einen Glückstreffer an meiner Lippe. Der metallische Geschmack sagt mir, dass sie aufgeplatzt ist, was meine Wut nur noch steigert. Wir tänzeln umeinander herum, beobachten den anderen wie ein Löwe seine Beute, aber Tim ist dabei nicht ganz sicher auf den Beinen, und ich sehe, dass sein Auge zuzuschwellen beginnt.

»Ich habe keine Ahnung, warum du dich für die prügelst. Die lässt doch eh keinen ran«, faucht er, und seine blutige Spucke hinterlässt rote Flecken auf dem Gehweg. »Aber vielleicht hast du ja mehr Glück, und sie macht dich nicht heiß, nur um dich dann wegzustoßen!«

Seine Rohheit nährt meine Wut, und ich bin gerade im Begriff, ihn erneut anzugreifen, als mir Madison zuvorkommt und dem Arsch einen Schlag auf die Nase verpasst. Er torkelt nach hinten, hat offenbar nicht im Traum damit gerechnet, dass sie zuschlagen würde, und landet auf seinem Hinterteil, während Madison aufschreit, sich die Hand gegen die Brust presst und vor Schmerz zischend die Luft durch die Zähne saugt.

Die Angst um ihr Wohlergehen wiegt schwerer als mein Bedürfnis, diesem Kerl weiter eine Abreibung zu verpassen. »Alles in Ordnung, Madison?«, frage ich mit gehetzter Stimme, strecke die Hand aus und berühre sie an der Schulter.

Doch zu meiner Überraschung schüttelt sie meine Hand ab. Offenbar ist sie sauer auf mich.

Ich schaue sie verwirrt an und sehe, dass ihre Augen mit Tränen gefüllt sind, aber wie mir scheint, ist der körperliche Schmerz, den sie gerade empfindet, nicht der Grund dafür.

»Lass mal sehen«, sage ich mit sanfter Stimme.

»Alles okay«, entgegnet sie tapfer, hält ihre Hand aber immer noch vor der Brust umfangen.

»Bitte?«, sage ich, lege behutsam meine Finger um ihr Handgelenk, um sie dazu zu bringen, mich einen Blick darauf werfen zu lassen.

Glücklicherweise gibt sie nach und senkt die Hand mit einem gequälten Gesichtsausdruck.

»Kannst du eine Faust machen?«, frage ich, lege meine Hand sanft um die ihre, um einen möglichen Bruch zu ertasten.

Das gelingt ihr, sie wimmert allerdings vor Schmerz und versucht die Hand wegzuziehen. Doch das lasse ich nicht zu. Ich beende meine Untersuchung und erkläre ihr: »Es ist nichts gebrochen, aber die Hand ist definitiv verstaucht. Ich werde dich nach Hause bringen, damit du sie kühlen kannst.«

»Du blutest ja«, sagt sie, zieht hörbar die Luft ein und berührt meine Lippe mit ihrem Finger.

Es ist eine herzerwärmende Geste, doch ich weiche zurück, denn es ist jetzt wichtig, ihre Hand zu kühlen, bevor sie anschwillt.

»Mir geht's gut. Ist nur ein Kratzer. Lass uns zusehen, dass wir dich nach Hause bekommen, ja?«

Madison nickt. Ich blicke über meine Schulter zu Tim hinüber, der benommen auf dem Boden zusammengesackt ist, zu erschöpft, um sich zu rühren.

»Netter rechter Haken«, sage ich, während ich ihr meinen Arm um die Schulter lege und sie in Richtung meines Wagens führe.

»Danke«, erwidert sie, versucht ruhig zu wirken, aber das leichte Zittern, das ihren Körper immer wieder durchfährt, offenbart, wie aufgewühlt sie ist.

Ich drücke sie enger an mich, und als ich spüre, wie bereitwillig sie der Bewegung folgt, da durchströmt mich ein Hochgefühl, weil sie mich braucht.

Als ich die ersten Regentropfen auf meinen Wangen spüre, verfluche ich das scheußliche Wetter. Doch mit einem Mal, ohne jede Vorwarnung, öffnet der Himmel plötzlich seine Schleusen und lässt einen sintflutartigen Platzregen auf uns niederprasseln. Madison stößt ein Kreischen aus, und ich drücke sie noch fester an mich und beschleunige den Schritt, da wir drauf und dran sind zu ertrinken.

»Wie weit ist es noch?«, schreit sie über den Regen hinweg, das Gesicht Schutz suchend meiner Seite zugekehrt.

»Die dritte Querstraße«, antworte ich. Meine Stiefel quietschen bei jedem Schritt.

Madison legt mit einem Mal eine Hand auf meinen Oberarm und drückt ihn fest, woraufhin ich abrupt stehen bleibe und mich frage, was sie vorhat. Sie greift rasch nach unten und zieht sich ein wenig ungelenk ihre Stöckelschuhe aus, was sie sogleich um gut zehn Zentimeter schrumpfen lässt. Sie sieht aus wie ein begossener Pudel, als sie zu mir aufblickt, doch sie lächelt und nickt, und wir sprinten zu meinem Wagen.

Als wir am BMW ankommen, sind wir klatschnass, aber das Einzige, was mir jetzt wichtig ist, ist, Madison aus dem Regen heraus und ins Auto zu kriegen. Ich schubse sie förmlich auf den Beifahrersitz, sobald ich die Tür geöffnet habe, stürme dann um den Wagen herum zur Fahrerseite und knalle die Tür hinter mir zu, nachdem ich hineingesprungen bin.

In dem Moment, als der Motor schnurrend zum Leben

erwacht, greife ich nach unten und schalte die Heizung ein, da ich Madisons Zähne klappern höre. Ich werfe einen Blick zu ihr hinüber und sehe, wir ihr die feuchten Klamotten am Körper kleben.

»Was ist das nur für ein Scheißwetter«, blaffe ich und streiche mir das nasse Haar aus dem Gesicht, damit ich die verstopfte Straße sehen kann.

Als ich gerade losfahren will, stößt Madison einen Fluch aus. »Oh, verdammt.«

Ich sehe sie an und frage: »Was ist denn los?«

Sie flucht wieder, beginnt sich hektisch umzusehen, hebt ihren Hintern vom Sitz, um darunter nachzuschauen.

»So ein Mist, ich habe meine Handtasche verloren«, sagt sie mit einem kleinen Hickser, und erst jetzt, da ich nicht mehr wütend bin und alles relativ klar erkennen kann, fällt mir ihr etwas glasiger Blick auf.

»Weißt du noch, wo du sie zum letzten Mal hattest?«, frage ich, und sie schüttelt den Kopf. Ihr nasses Haar klebt an ihrem langen Hals.

Ein Blick durch die Windschutzscheibe zeigt mir, dass der Regen biblische Ausmaße angenommen hat, aber ich löse meinen Sicherheitsgurt, bereit, es wieder mit den Elementen aufzunehmen, doch Madison umklammert meinen Unterarm und hält mich davon ab.

»Geh da nicht wieder raus. Es schüttet, und das hier ist nun mal New York. Sie hat bestimmt längst einen neuen Besitzer gefunden«, sagt sie und blickt dabei aus dem Fenster.

»Aber was ist mit deinen Sachen?«

»Ist schon okay. Ich hatte nicht viel bei mir. Nur meine

Schlüssel, ein bisschen Bargeld, Lippenbalsam und Kaugummi«, erklärt sie und gibt erneut einen unerwarteten Hickser von sich.

Das scheint ihr unheimlich peinlich zu sein, und sie hält sich rasch die Hand vor den Mund.

»Bist du betrunken?«, erkundige ich mich grinsend, und Madison senkt verlegen den Kopf.

»Ich glaube nicht. Nicht wirklich«, erwidert sie. Die Heizung bläst ihr das verfilzte Haar aus dem Gesicht.

»Nicht wirklich?«, frage ich verwirrt und lege meinen Sicherheitsgurt wieder an.

Madison schüttelt den Kopf und antwortet verlegen: »Ich vertrage keinen Alkohol – und wenn ich dann hin und wieder doch mal etwas trinke, reichen meist ein oder zwei Gläser aus, und schon habe ich einen Schwips.«

Ich setzte den Blinker und reihe mich in den Verkehr ein. Die Fahrt nach Hause wird ein Albtraum werden.

»Das Traum-Date eines jeden Mannes«, ziehe ich sie auf.

Madison gibt ein kleines verächtliches Schnaufen von sich. »Genau das ist das Problem?«

»Jetzt komme ich nicht mehr mit.«

»Das Traum-Date ist schuld, dass ich heute getrunken habe.«

»Ich kann dir wirklich nicht mehr folgen«, entgegne ich, den Blick auf die Straße gerichtet.

Das Leder knarzt, als sich Madison bewegt, und ich frage mich, ob sie es vielleicht bedauert, was sie da gerade von sich preisgegeben hat. Doch zu meiner Überraschung sagt sie: »Ich habe heute Abend Davids Eltern kennengelernt.«

»Ach ja?«, antworte ich, obwohl ich verdammt genau

weiß, dass es so ist, weil ich ihr Telefongespräch mitbekommen habe.

»Ja«, sagt sie, der bedrückte Tonfall in ihrer Stimme unüberhörbar.

»Wie ist es gelaufen?« Ich gebe mir Mühe, beiläufig zu klingen.

»Toll«, erwidert sie seufzend.

»Das ist doch gut, oder?«, frage ich, während sich meine Finger um das Lenkrad klammern.

»Ja, ich schätze schon. Also, es sind wirklich nette Leute, sehr offen.«

»Aber …?«

»Ach, ich weiß auch nicht. Sie waren irgendwie zu nett und zu offen. Oh Gott, was ist nur los mit mir?«, ruft sie und schlägt die Hände vors Gesicht.

Ich strecke den Arm aus und ziehe ihr die Hände weg. »Hey, es ist alles in Ordnung mit dir. Und ich sollte es wissen, schließlich bin ich der Experte«, sage ich in dem Versuch, dem Ganzen eine leichte Note zu geben.

»Ich fürchte, da irrst du dich«, entgegnet sie traurig mit einem Schniefen.

Ein Blick aus den Augenwinkeln sagt mir, dass sich ihre schönen grünen Augen mit Tränen füllen. Ihre Traurigkeit bricht mir das Herz, also beschließe ich, sie einmal aufzuklären, denn es ist ja nicht mit anzusehen, wie sie sich mit diesen Selbstzweifeln quält.

»Wenn du mich fragst, bist du perfekt.« Die Worte sind heraus, bevor ich es mir anders überlegen kann, und ich hoffe nur, dass sie jetzt nicht durchdreht. Ich konzentriere mich auf die Straße und warte auf ihre Reaktion.

»Danke, Dixon«, flüstert sie, nachdem eine Minute lang Schweigen geherrscht hatte. »Ich wünschte, es wäre wahr.«

Was versteckt sie nur? Wir haben alle eine Vergangenheit, aber Madisons beherrscht offenbar ihre Zukunft. Den Arzt in mir reizt es, herauszufinden, was mit ihr los ist, und sie zu analysieren. Doch der Mann in mir will nichts weiter tun, als sie in den Arm zu nehmen und ihr zu versichern, dass alles wieder gut werden wird. Ich habe keine Ahnung, warum ich so empfinde, aber sie hat etwas an sich, das in mir den Wunsch weckt, ein besserer Mann zu sein.

»Wohin fahren wir?«, fragt sie. Ich schüttele den Kopf, versuche meine Gedanken zu vertreiben.

Scheiße! Anstatt zu Madisons Wohnung zu fahren, habe ich aus Versehen die entgegengesetzte Richtung eingeschlagen und befinde mich nun auf dem Weg zu dem Stadtteil, in dem *ich* wohne. Es regnet immer noch heftig, und meine Scheibenwischer müssen sich anstrengen, um mit dem Guss fertigzuwerden.

»Zu mir«, sage ich und beeile mich, eine Erklärung nachzuschieben, um ihr keine Angst zu machen. »Ich werde dich bei diesem Wetter auf keinen Fall ohne Schlüssel einfach draußen vor deinem Gebäude absetzen. Ich habe leider mein Handy zu Hause gelassen, aber du kannst ja dann von dort jemanden anrufen, der vielleicht einen Reserveschlüssel hat. Oder ich setze dich woanders ab, wenn du willst?«, schlage ich vor, in der Hoffnung, dass sie nicht zu David gebracht werden will.

Sie zögert einen Moment, nickt dann allerdings zu meiner Erleichterung, und ich merke erst jetzt, dass ich unwillkürlich den Atem angehalten hatte.

»Ich werde Mary anrufen. Obwohl …« Sie wirft einen Blick auf ihre Armbanduhr. »Sie wird vermutlich nicht zu Hause sein. Ich wollte mich eigentlich mit ihr treffen, aber –« Sie verstummt, kaut auf ihrer Unterlippe herum und zerrt nervös an ihrem Sicherheitsgurt.

Ich frage mich, was sie eigentlich sagen wollte, bedränge sie jedoch nicht. Und so, wie sie die Augen zu einem Schlitz zusammenkneift, möchte ich es vermutlich auch gar nicht wissen.

»Danke, dass du mir zu Hilfe gekommen bist – wieder einmal«, sagt sie. »Du musst ja eine furchtbare Meinung von mir haben.«

»Wieso das denn?«, frage ich überrascht und biege in meine Tiefgarage ab. »Wie kommst du nur darauf?«

»Weil ich, wenn du in der Nähe bist, entweder falle, mir wehtue oder in Auseinandersetzungen mit meinem Exfreund gerate, der zum Stalker geworden ist. Und weil ich dir als Friedensangebot Käsekuchen geschickt habe, du dich aber die ganze Woche nicht gemeldet hast«, fügt sie flüsternd hinzu.

Ich parke den Wagen auf meinem Platz, stelle den Motor ab und wende mich ihr zu, während ich meinen Gurt löse. Sie massiert nervös ihre Hände im Schoß, hat den Blick gesenkt.

»Ich habe keine furchtbare Meinung von dir«, sage ich mit fester Stimme.

»Warum habe ich dann nichts von dir gehört?«, fragt sie, hebt den Blick und sieht mich an. »Ich wollte mich bei dir entschuldigen, weil ich eine so schlechte Gastgeberin gewesen bin. Deshalb der Käsekuchen. Aber als dann keine Reaktion von dir kam, dachte ich, dass du den Kuchen doch nicht magst. Oder es vielleicht an mir liegt und ich es bin, die du nicht magst.« Sie senkt den Blick wieder.

Mit ihrer Ehrlichkeit bringt sie meine Entschlossenheit ins Wanken, auch wenn offensichtlich der Alkohol aus ihr spricht, denn diese Seite an Madison kannte ich bisher noch nicht. Sie ist für gewöhnlich etwas zurückhaltender, wenn es um ihre Gefühle geht, daher kann ich nicht anders, ich muss sie einfach fragen.

»Also, nur damit das klar ist, ich mag Käsekuchen … und ich mag dich. Aber was wäre, wenn ich – rein hypothetisch gesprochen – weder das eine noch das andere mögen würde? Wäre das von Bedeutung?«

Madison sieht mich an und beißt sich auf die Lippe. »Ich würde sagen, dass du spinnst, denn Käsekuchen ist doch das Beste, was es gibt. Aber das ist jetzt wirklich ein verrücktes Gespräch«, sagt sie mit einem Zittern in der Stimme.

»Und was wäre, wenn ich – natürlich wieder rein hypothetisch gesprochen – sagen würde, dass ich dich nicht mag?«, frage ich heiser und lehne mich dabei ein bisschen weiter zu ihr hinüber.

Sie schluckt, und mein Blick wandert zu ihrer bebenden Brust hinunter, wo sich durch das seidene weiße Camisole-Top, das immer noch feucht ist vom Regen, ihr cremefarbener Spitzen-BH abzeichnet, und mir läuft bei diesem Anblick das Wasser im Mund zusammen.

»I-Ich wäre schrecklich traurig, wenn du mich nicht mögen würdest, Dixon«, flüstert sie mit zittriger Stimme und lehnt sich dabei ebenfalls weiter zu mir herüber, sodass sich unser beider Atem vermischt.

»Wieso?«, erwidere ich im gleichen Flüsterton wie sie

und lehne mich noch weiter hinüber, während sich unsere Blicke ineinander senken.

Ich unterdrücke ein Stöhnen, als sie sich mit ihrer rosafarbenen Zungenspitze über die volle Unterlippe fährt. Wenn sie nur wüsste, was das mit meiner Libido anstellt!

»Weil ... weil mir deine Freundschaft viel wert wäre«, sagt sie und schüttet damit einen Eimer eiskaltes Wasser über meine verrücktspielenden Hormone.

Doch ich schaffe es, mir nichts anmerken zu lassen, und lächele. »Geht mir auch so.«

Madison schenkt mir ein halbherziges Lächeln, und meine Hand hebt sich wie von selbst und streicht ihr sanft mit dem Knöchel über die Wange und hinterlässt dabei unsichtbare Funken. »Lass uns reingehen, du fröstelst.«

»Mir ist nicht kalt«, erwidert sie.

»Aber du zitterst doch«, sage ich und betrachte die Gänsehaut, die ihren Oberkörper bedeckt.

»Tue ich das?«, fragt sie, den Blick auf meinen Mund gerichtet.

Die Hitze im Wagen lässt die Fenster beschlagen, vernebelt mir das Hirn und verbirgt uns vor der Welt da draußen. Es kommt mir so vor, als gäbe es nur Madison und mich, und ich vermag mich nicht zu bremsen, lehne mich weiter zu ihr hinüber und verringere den Abstand zwischen uns erneut. Sie übt eine magnetische Anziehungskraft auf mich aus, der gegenüber ich machtlos bin.

Madison stockt der Atem, als unsere Lippen nur noch Zentimeter weit voneinander entfernt sind, aber mit einem Mal schüttelt sie den Kopf und weicht mit aufgerissenen Augen zurück.

»O-okay, dann geh doch mal vor«, stammelt sie und holt mich damit unsanft auf den Boden der Tatsachen zurück.

Ich hole tief Luft und nicke, zögere allerdings, da mir plötzlich Zweifel kommen, ob es wirklich eine so gute Idee ist, in meine Wohnung hinaufzufahren. Und das hat absolut nichts mit meiner dämlichen Regel zu tun, was Frauen angeht.

Sondern es liegt daran, dass ich nicht weiß, wie ich darauf reagieren werde, Madison dort zu haben, denn im Augenblick kann ich an nichts anderes mehr denken als daran, wie wohl ihre weichen Lippen schmecken, während ich ihren Körper gegen meine Schlafzimmerwand presse. Ich hätte mir das Ganze besser vorher überlegen sollen, bevor wir in der Tiefgarage meines Apartment-Komplexes gelandet waren.

Doch ich reiße mich zusammen und lächele. »Mir nach«, sage ich und steige aus dem Wagen, auch wenn mich dabei die bange Frage nicht loslässt, in was ich uns da hineinführe.

19

Nur Freunde

Madison

»Hättest du gern ein Handtuch?«, fragt Dixon, als er seine Schlüssel auf die marmorierte Küchentheke wirft.

Ich blicke an meinem nassen, sehr durchsichtigen Top hinab und nicke. »Ja, bitte«, sage ich und verschränke verlegen die Arme vor der Brust.

Dixon lächelt. »Bin in einer Minute wieder da. Fühl dich wie zu Hause.« Und mit diesen Worten verschwindet er in der Diele.

Sobald er außer Sichtweite ist, atme ich erst einmal die Luft aus, die ich die ganze Zeit angehalten habe, dann beuge ich mich vor, stütze meine Hände auf den Knien ab und atme fünfmal tief durch. Sobald ich mich wieder relativ ruhig fühle, richte ich mich auf und versuche all das, was geschehen ist, zu verarbeiten.

Der heutige Abend war einer der verrücktesten meines Lebens, und ich habe wirklich schon ein paar irre Sachen erlebt. Es hatte alles damit begonnen, dass wir uns mit Davids Eltern getroffen hatten. Ich war schrecklich nervös, aber sobald ich Dean und Rhonda erst einmal kennengelernt hatte, wurde ich ruhiger. Die Unterhaltung war entgegen meiner Erwartungen alles andere als gezwungen, und ehe ich michs versah, verabschiedeten wir uns auch schon wieder voneinander und versprachen, uns bald wiederzusehen.

Nicht ein einziges Mal hatte ich dabei an Dixon gedacht, und als mich David den ganzen Abend über voller Bewunderung ansah, da wurde mir klar, dass ich ihm gegenüber nicht fair war. Er gab sich wirklich große Mühe, während ich mich kein bisschen anstrengte. Das wollte ich wiedergutmachen und ging deshalb auf sein Angebot ein, bei ihm zu übernachten.

Er war außer sich vor Freude, und seine Begeisterung steckte mich an. Wir fuhren bei mir vorbei, damit ich ein paar Klamotten einpacken konnte, aber Hals über Kopf knutschten wir in meiner Wohnung herum und befanden uns auf dem Weg ins Schlafzimmer. Davids Augen hatten nun einmal eine hypnotische Wirkung auf mich. Außerdem fühlte ich mich ein wenig von Dixon zurückgewiesen, der sich die ganze Woche über nicht gemeldet hatte.

Ich mag David. Wirklich. Er ist geradeheraus und spielt keine Spielchen. Und er ist der perfekte Gentleman mit perfekten Eltern. Also warum bin ich dann ausgeflippt, als es zur Sache ging?

Weil es so leicht ist, mit David zusammen zu sein, und weil in meinem Leben bisher nie etwas leicht gewesen ist. Was passiert mit mir, wenn das alles wirklich zu schön ist, um wahr zu sein, ich zulasse, mich in ihn zu verlieben, und er mich verletzt? Was passiert, wenn er die wahren Gründe für meine Distanziertheit herausfindet und nicht imstande ist, mit der Wahrheit klarzukommen?

Diese Gedanken beschäftigten mich, und mit einem Mal war er dabei, den Reißverschluss meiner Jeans zu öffnen und sein Gesicht dort zu vergraben, wo ich niemals jemanden hinlassen will. Er spürte, wie ich auszurasten begann, und flehte mich an, ihm zu sagen, was los ist. Doch das konnte ich nicht. Ich bin einfach noch nicht bereit dazu. Noch nicht imstande, die schlimmste Nacht meines Lebens erneut zu durchleben.

Aber dann habe ich etwas Dummes getan. Ich habe ihn hinausgeworfen. Und das ohne jede Erklärung. Und da er nun einmal ein anständiger Kerl ist, ist er gegangen.

Nach seiner verständnisvollen Reaktion fühlte ich mich noch schlechter, und ich rief den einzigen Menschen an, von dem ich wusste, dass er mich da wieder herausholen konnte.

Mary.

Sie war im Cherry Pop, also rief ich mir ein Taxi, um mich dort mit ihr zu treffen. Auch wenn ich es mir nicht eingestehen wollte – insgeheim hoffte ich, dort noch einmal Dixon zu begegnen. Doch mein Abend wurde nur noch schlimmer, als er es ohnehin schon war.

Der Klub ist riesig, und es war auch nicht gerade hilfreich, dass halb Manhattan dort war. Mary und ich hatten keine Stelle ausgemacht, wo wir uns treffen wollten, daher ging ich nach oben, in der Hoffnung, sie dort zu finden, erblickte jedoch stattdessen Dixon, der gerade so was wie einen Lap Dance von einem blonden Flittchen geboten bekam und scheinbar nichts dagegen einzuwenden hatte.

Ich konnte gar nicht schnell genug wieder aus dem Laden rauskommen und rannte die Treppe hinunter und direkt in Tim hinein.

Gerade erst hatte ich angefangen, ihm gründlich die Meinung zu sagen, als Dixon wie ein verfluchter Terminator aus dem Nichts auftauchte. Die Erinnerung an die lüsterne Blondine plagte mich, und ich war sauer, dass Dixon da war, um die Lage zu retten, denn vor fünf Minuten noch hatte er ganz offensichtlich keinen Gedanken an mich verschwendet.

Doch ehe ich michs versah, hatten mir Dixons Duft und seine Ritterlichkeit schon wieder den Kopf verdreht, und er brachte mich in Windeseile im Regen fort.

Im Wagen passierte es dann wieder, und ich erzählte ihm Dinge, die ich ihm niemals hatte sagen wollen. Als er mich fragte, ob er mich irgendwo hinfahren sollte, da konnte ich aus naheliegenden Gründen nicht Davids Wohnung nennen. Und Mary wäre vermutlich zu betrunken gewesen und außerdem auf der Jagd, weil sie die Männer seit Neuestem nicht mehr hasste.

Daher machte es durchaus Sinn, mit zu ihm zu fahren und sie von dort anzurufen, anstatt unangekündigt vor ihrer Tür zu stehen, und ich wollte ehrlich gesagt auch mehr Zeit mit ihm verbringen und ihn fragen, warum er sich die ganze Woche über nicht gemeldet hatte. Ich weiß, dass ich kein Recht habe, sauer zu sein, aber wir waren Montagabend kurz davor, uns zu küssen, und dann zeigt er mir die ganze Woche über die kalte Schulter.

Ich verstehe es einfach nicht. Ich verstehe ihn nicht. Und schon gar nicht mich selbst, wo ich doch angeblich mit David zusammen bin – warum also reagiere ich auf diese Weise auf Dixon?

Ich sollte mich von ihm fernhalten, bringe es aber einfach nicht fertig.

»Hier, bitte«, reißt er mich aus meinen Gedanken und reicht mir ein rotes Handtuch und sein Telefon.

»Danke.« Ich befreie mein Haar aus dem lädierten Knoten und rubbele es mit dem Handtuch trocken, wobei meine Aufmerksamkeit insbesondere den klatschnassen Spitzen gilt.

»Kann ich dir etwas zu trinken anbieten? Kaffee? Tee? Wasser?«, fragt er und reibt sich den Nacken.

»Nur ein Wasser, bitte«, antworte ich, da mein beschwipster Körper dringend etwas H_2O benötigt.

»Gern.« Er verschwindet wieder.

Ich bin mir nicht sicher, ob ich es mir vielleicht nur einbilde, aber Dixon kommt mir irgendwie nervös vor. Doch ich beachte es nicht weiter und rufe Mary an, die sich erwartungsgemäß nicht meldet.

Ich könnte auch Sebastian anrufen, allerdings will ich ihn und Mom nicht um zwei Uhr in der Früh aus dem Bett holen.

Dixon kehrt einen Augenblick später mit einem Glas Wasser und einem Beutel Tiefkühlerbsen zurück.

»Hast du sie erreicht?«, erkundigt er sich, und ich bemerke, dass er nun ein dunkelblaues T-Shirt mit V-Ausschnitt trägt.

Ich schüttele den Kopf. »Nein. Sie meldet sich nicht. Ich werde es noch mal versuchen.«

Doch nach zehn erfolglosen Versuchen und zahllosen Kurznachrichten gebe ich auf.

»Ich rufe mir besser ein Taxi«, sage ich seufzend, aber genau in diesem Moment ertönt draußen ein so lauter Donnerschlag, dass ich vor Schreck aufschreie und den Erbsenbeutel zu Boden fallen lasse. »Ich hasse Unwetter«, sage ich mit der Hand auf meinem rasenden Herzen.

»Dann solltest du da jetzt nicht wieder rausgehen«, erklärt Dixon, hebt den Beutel auf und legt ihn auf meine verletzte Hand zurück.

»Also, was schlägst du vor?«, frage ich und blicke zu ihm auf. Es rührt mich, wie er sich um meine Blessuren kümmert.

»Tja … du könntest hierbleiben«, sagt er beiläufig mit einem Schulterzucken und drückt den Beutel fester auf meine Hand.

»Hier?«, keuche ich, und mein Herz beginnt erneut zu rasen.

»Klar. Warum nicht? Ich werde auf dem Sofa schlafen.«

»Nein, das geht doch nicht«, erwidere ich rasch, denn das wäre nicht richtig.

»Was geht nicht? Dass du hier übernachtest?«, fragt er mit gerunzelter Stirn und lässt meine Hand los.

Genau. Schließlich gibt es so viele Gründe, die dagegensprechen. Aber es ist spät, und mir gehen langsam die Ideen aus.

Ich bin an einem Scheideweg angelangt, doch ich möchte Dixon in meinem Leben nicht mehr missen, und auch wenn ich mit David zusammen bin, heißt das ja noch lange nicht, dass Dixon und ich keine Freunde sein können. So etwas gehört eben dazu, wenn man sich weiterentwickelt.

In diesem Sinne stelle ich klar: »Dass du auf dem Sofa schläfst«, denn ich hätte ein furchtbar schlechtes Gewissen, wenn ich ihn aus seinem eigenen Bett werfen würde.

»Das macht mir nichts aus«, antwortet er grinsend und verschränkt die Arme vor seiner breiten Brust.

»Mir aber schon«, entgegne ich trotzig. »Wir sind schließlich erwachsen. Also, wir könnten doch beide in deinem Bett schlafen. Falls es dir nichts ausmacht«, füge ich hinzu. Schließlich möchte ich nicht den Eindruck erwecken, anmaßend zu sein.

»Solange du nicht schnarchst, hätte ich nichts dagegen«, sagt Dixon schmunzelnd.

Ich lache, bin froh, dass er Witze macht. »Nicht, dass ich wüsste«, erwidere ich.

Dixon nickt, und als sein Blick langsam an meinem Körper herabwandert, spüre ich, wie meine Wangen zu glühen beginnen.

»Möchtest du duschen und dir etwas anderes anziehen?«, fragt er, nachdem er sich geräuspert hat.

Ich ziehe am Saum meines feuchten Oberteils und nicke. »Ja, bitte. Tut mir leid, dass ich dir zur Last falle.«

Dixon schüttelt den Kopf, und sein feuchtes Haar richtet sich zu wunderbar widerspenstigen Stacheln auf. »Das tust du ganz und gar nicht.«

20

Das erste Mal

Dixon

Das hier ist eine in jeder Hinsicht schlechte Idee, aber ich vermag trotzdem nicht wegzusehen, als Madison das Badezimmerlicht ausschaltet und den Raum betritt. Mein Einstein-T-Shirt sieht an ihr wie ein Kleid aus, und die Pyjamahose schleift über den Boden, obwohl sie sie aufgekrempelt hat. Sie zieht verlegen an dem weiten Ausschnitt des Oberteils, was nur dazu führt, dass es ihr von der Schulter rutscht und sie es entnervt drangibt.

»Danke, dass du mir deine Klamotten geliehen hast«, sagt sie mit einem leichten Lächeln.

»Keine Ursache.«

Ich werde sie auf gar keinen Fall nur in ihrer Unterwäsche in mein Bett lassen. Dann hätte ich mich mit Sicherheit nicht mehr unter Kontrolle!

Madison kommt zum Bett herübergetappt, schlägt behutsam die schwarze Bettdecke zurück und schlüpft darunter. Ich sitze, an das Kopfende des Betts gelehnt, da und versuche, so zu tun, als lasse es mich völlig kalt, dass sie in meinem Bett liegt, während ich durch mein iPad blättere und mir Gott weiß was anschaue, ohne wirklich etwas davon mitzubekommen.

Sie zieht sich die Decke bis zum Kinn hoch und gibt einen

zufriedenen Seufzer von sich. Sie sieht viel zu verführerisch aus, wie sie so, in die Decke gekuschelt, daliegt, ganz so, als würde sie dort hingehören.

Während ich auf sie hinabschaue, wird mir bewusst, dass sich meine dämliche Regel erledigt hat, da ich es wunderbar finde, sie hier in meiner Wohnung zu haben und obendrein auch noch in meinem Bett. Ich räuspere mich, stelle das Gerät ab und schalte das Licht aus, wodurch mein Schlafzimmer nun beinahe in völliger Dunkelheit daliegt.

Als ich unter die Bettdecke schlüpfe, schießt meine Körpertemperatur in die Höhe, weil ich für gewöhnlich nackt schlafe. Aber da dies höchst unangemessen gewesen wäre, hatte ich mir eine Jogginghose und ein T-Shirt übergezogen. Allerdings dürfte es an ein Wunder grenzen, die Klamotten anzubehalten, denn mein ohnehin schon erhitzter Körper kann keine weitere Wärme gebrauchen.

»Dixon?«, sagt Madison mit fragender Stimme.

»Ja?«

»Danke, dass ich bei dir übernachten darf. Ich bin gern hier. Ich … ich fühle mich hier sicher«, bekennt sie im Flüsterton.

Also, das ist verdammt noch mal das Netteste, was jemals jemand zu mir gesagt hat!

»Und ich freue mich, dass du hier bist. Es macht mich glücklich«, erwidere ich, ohne groß nachzudenken. Aber es stimmt, denn genau das tut es.

»Bist du das denn vorher nicht gewesen?«

Mit dieser simplen Frage trifft sie einen wunden Punkt, und ich gebe ihr darauf eine ehrliche Antwort. »Schon seit langer Zeit nicht mehr, nein.«

Das ist die Wahrheit. Ich mag zwar in sexueller Hinsicht befriedigt gewesen sein, doch ich wusste immer, was für ein egoistisches Arschloch ich war, als ich mit all diesen Frauen geschlafen habe, von denen ich manchmal nicht einmal den Namen kannte und die mir scheißegal waren.

»Ich freue mich, dass ich dich glücklich mache, denn du machst mich auch glücklich«, gesteht sie, und die Anspannung in ihrer Stimme macht deutlich, wie schwer ihr dies gefallen ist.

Ihr zierlicher eingemummelter Körper in meinem riesigen Bett stellt Dinge mit meinem Kopf an, wie ich sie schon lange nicht mehr erlebt habe. Ich glaube, ich bin dabei, mich in Madison zu verlieben. Ihre Unschuld, ihre Reinheit, aber vor allem ihre Ehrlichkeit sind wie ein frischer Wind, und dadurch wird mir erst jetzt bewusst, unter welch einem Sauerstoffmangel ich gelitten habe.

Sie schiebt sich ein wenig näher zu mir herüber, ihr Vanilleduft umhüllt mich wie eine kleine Blase, und mein Körper rückt wie von selbst ein Stückchen auf sie zu, um ihren Duft in mich aufzunehmen.

»Falls ich schnarchen sollte, weck mich, okay?«

Ich quittiere ihre Aufrichtigkeit mit einem kleinen Lachen. »Das tust du bestimmt nicht. Aber falls doch, ersticke ich dich einfach mit meinem Kissen.« Ihr Kichern lässt das Bett erbeben.

»Okay, abgemacht.« Für einen Moment herrscht eine bedeutungsschwangere Stille, ehe sie verlegen offenbart: »Ich habe bisher noch nie neben jemandem geschlafen.«

»Wirklich noch nie?«, frage ich verblüfft.

Will mir diese wunderschöne Frau etwa damit sagen, dass

sie noch Jungfrau ist? Es sei denn, dass sie auf schnelle Nummern steht, was ich mir bei ihr aber nicht vorstellen kann.

»Nein, wirklich noch nie«, bestätigt sie.

Das ist mein Untergang. Ich beuge mich langsam zu ihr hinüber und gebe ihr einen Kuss auf die Stirn, der vielleicht ein bisschen länger dauert, als er eigentlich sollte, aber ich kann einfach nicht anders.

»Nun, dann werde ich mir Mühe geben, damit es ein unvergessliches erstes Mal wird«, sage ich und weiche langsam wieder zurück.

Ich hoffe, dass sie meine Worte jetzt nicht ausflippen lassen werden, da sie auch missverstanden werden könnten. Aber eigentlich möchte ich auch, dass sie diesen Gedanken im Hinterkopf behält. Für einen Moment herrscht Schweigen, und wir liegen einander zugewandt im Dunkeln da, doch ich kann ihren fragenden Blick auf mir spüren, während sie das Gesagte auf sich wirken lässt.

»Gute Nacht, Madison«, sage ich schläfrig, und mir fallen die Augen zu, denn ihre sanften Atemzüge lullen mich in den Schlaf.

»Dixon?«, flüstert sie.

»Ja.«

»Das ist es schon«, bekennt sie.

Ich erwidere nichts darauf, da die einzige Möglichkeit, dies zu tun, wäre, meine Lippen auf die ihren zu pressen. Was ich aus einer Vielzahl von Gründen nicht tun kann, aber vor allem deshalb nicht, weil ich dann nicht in der Lage wäre aufzuhören.

Und das jagt mir wahnsinnig Angst ein.

Als ich aufwache, ist mein ganzer Körper mit einer feinen Schweißschicht überzogen. Und das liegt nicht etwa daran, dass ich unter der Bettdecke langsam geröstet werde. Ich habe das komische Gefühl, draußen vor meiner Wohnungstür etwas gehört zu haben. Madison liegt still neben mir, ihre Atmung ist tief und entspannt, also hat sie offensichtlich nichts mitbekommen.

Ich entscheide mich trotzdem, nachzusehen.

Ich schleiche vorsichtig auf Zehenspitzen los, weil das Mondlicht, das durch die Jalousien scheint, meine einzige Lichtquelle ist. Doch da ich die Wohnung wie meine Westentasche kenne, habe ich keine Probleme, den Weg zur Tür zu finden. Allerdings bin ich daran gewöhnt, dass sich die Dinge an bestimmten Stellen befinden, und Madisons Schuh gehört nicht dazu.

Ich stolpere darüber und greife nach dem Fußende des Bettes, um den Fall aufzuhalten, lande dabei jedoch ziemlich ungraziös auf beiden Knien. Ich schaue erschrocken zu Madison hinüber, aber ich habe sie nicht aufgeweckt. Sie murmelt nur leise etwas und rollt sich auf die Seite. Meine Reaktion, sie schützen zu wollen, geschah intuitiv. So habe ich schon lange nicht mehr empfunden, und es ist eigentlich ganz nett, sich endlich wieder einmal um jemand anderen zu sorgen und nicht nur um sich selbst.

Ich erhebe mich langsam und konzentriere mich auf den Boden, um sicherzustellen, dass nichts mehr im Weg liegt. Glücklicherweise schaffe ich es ohne weitere Verletzungen bis ins Wohnzimmer. Ich bleibe mitten im Raum stehen und drehe den Kopf zur Tür.

Stille.

Ich hätte schwören können, dass ich ein Geräusch gehört hatte, aber falls jemand dort gewesen ist, so scheint er jetzt fort zu sein. Ich entscheide mich, wieder ins Bett zu gehen, und wende mich Richtung Schlafzimmer, als ich plötzlich ein leises Rascheln vernehme, als wenn jemand in einer Handtasche kramt. Wusste ich's doch!

Ich eile, so leise es geht, zur Tür und reiße sie auf. Davor steht Juliet, die in der Tat in ihrer Handtasche herumkramt. Sie weicht zurück und blickt mich verwirrt an, als sie mich in Jogginghose und T-Shirt dort stehen sieht.

»Netter Pyjama«, sagt sie spöttisch.

Sie weiß, dass ich normalerweise nackt schlafe, aber angesichts meiner »Bettfrisur« kann ich schlecht behaupten, dass ich rumgegammelt und ferngesehen habe.

»Was machst du hier?«, frage ich mit leiser Stimme.

Juliet lächelt. »Ich wollte dich ins Bett bringen.« Sie macht einen Schritt nach vorn, offenbar in der Absicht, die Wohnung zu betreten.

Aber das werde ich zu verhindern wissen.

Ich strecke rasch den Arm zum gegenüberliegenden Türpfosten aus und stütze mich mit der Handfläche dort ab, womit ich ihr den Durchgang versperre. Sie sieht mich mit hochgezogenen Augenbrauen an.

»Wen versteckst du denn da drin?«, fragt sie und stellt sich auf die Zehenspitzen, um über meine Schulter zu schauen.

Ich trete nach links, um ihr den Blick zu versperren. »Niemand«, sage ich und gebe mein Bestes, dabei gelassen zu wirken.

»Na, dann lass mich doch rein.« Sie versucht mich zur Seite zu schieben.

Doch ich weiche nicht von der Stelle, denn ich werde auf keinen Fall zulassen, dass sie einen Fuß in meine Wohnung setzt. »Ich bin müde, Juliet. Können wir das nicht verschieben?«, frage ich in der Hoffnung, sie hinhalten zu können.

»Was denn verschieben, Dixon? Ich habe dich die ganze Woche nicht gesehen. Du hast mich beim letzten Mal schon abblitzen lassen. Du bist mir noch was schuldig«, erklärt sie und runzelt dabei herausfordernd die Stirn.

Ich fürchte mich davor, die Frage zu stellen, tue es aber dennoch: »Was denn?«

»Du weißt schon was«, erwidert sie und zieht dabei einen verführerischen Schmollmund. »Du schuldest mir mindestens einen ...« Sie hält den Daumen in die Höhe. »Zwei ...« Sie lässt den Zeigefinger folgen. »Zehn Wahnsinnsorgasmen«, endet sie und hält alle zehn Finger in die Höhe. »Es ist an der Zeit, die Rechnung zu begleichen.«

»Jetzt?«, frage ich und stehe dabei so unbeweglich da, dass sie sich nicht an mir vorbeidrängeln kann.

»Ja. Jetzt.« Sie macht einen Schritt auf mich zu und berührt mit ihren Brüsten beinahe meine Brust.

»Das ist gerade kein guter Zeitpunkt«, entgegne ich und tue so, als müsste ich furchtbar gähnen. »Ich bin total erledigt. Ich glaube nicht, dass ich dir einen einzigen Orgasmus liefern könnte, geschweige denn zehn.«

Das wird sie hoffentlich abschrecken. Wenn ich ihr ihr Vergnügen verweigere, bedeutet das, dass sie keinen Grund mehr hat, hier zu sein. Aber natürlich hat sie eine andere Idee.

»Also schön«, sagt sie und zieht die Schultern zurück.

»Wenn du keine Lust hast, mich zu vögeln, dann kannst du wenigstens zusehen.«

»Wobei zusehen?«, erkundige ich mich und schlucke, das Unvermeidliche vorausahnend.

»Wie ich es mir selbst mache.«

Bevor ich protestieren kann, gleitet ihre Hand an der Vorderseite ihres Rockes hinab, und sie beginnt sich selbst zu befriedigen.

»Juliet«, zische ich und blicke den Flur hinunter, denn ich habe Angst, dass meine Nachbarn eine masturbierende Frau vor meiner Tür sehen könnten.

»Schhhh. Dauert nicht lang«, sagt sie atemlos, schließt die Augen und beißt sich auf die Unterlippe.

Das ist mir scheißegal, meiner Ansicht nach hat diese Zurschaustellung schließlich schon lange genug gedauert. Doch als ich sehe, wie schnell sich ihre Finger unter ihrem Rock bewegen, und dazu ihr leises, hauchiges Stöhnen vernehme, das aus ihrem halb geöffneten Mund dringt, da weiß ich, dass sie fast so weit ist. Und ich weiß auch, dass sie schneller kommen und mich endlich in Ruhe lassen wird, wenn ich dabei nachhelfe.

Der Gedanke widert mich an, da Madison bei dem Ganzen tief und fest in meinem Bett schläft, aber sie ist der Grund, warum ich die Hand ausstrecke und beginne, Juliet im Einklang zu ihrem fordernden Rhythmus hinter dem Ohr zu streicheln.

Ich lasse meine Finger an ihrem Hals hinaufgleiten, greife in ihr Haar, wickele es mir um die Hand und ziehe ihren Kopf mit einem Ruck nach hinten. Sie stößt ein Stöhnen aus und legt eine Hand auf meine Schulter, um sich abzustützen.

Obwohl es mich anwidert, ziehe ich fester, denn desto schneller wird dieser Albtraum zu Ende sein.

»Oh, Babe«, keucht sie, und ihre Finger graben sich in meine Schulter, während ihre Hüften nach vorn rucken.

Es ist ein höchst erotischer Anblick, der sich mir darbietet, doch er törnt mich absolut nicht an. Ich vermag nur noch daran zu denken, dass Madison da drin in meinem Bett liegt und keine Ahnung hat, dass ich hier draußen meiner Fickfreundin dabei helfe, zum Orgasmus zu kommen.

Sie benötigt länger als sonst, und so wie ich Juliet kenne, macht sie das mit Absicht, denn sie will, dass ich noch etwas für sie tue. Ich beuge mich wütend vor, senke meinen Mund auf die Seite ihres Halses und beiße zu, sauge ihr warmes Fleisch in meinen Mund.

Genau das war es, was sie wollte, und sie kommt innerhalb weniger Momente mit einem lauten Wimmern und ringt nach Luft. Ich lasse sie los und wische mir über den Mund. Der Anblick der geröteten Haut an ihrem Hals stößt mich ab.

Wenn sie sich nicht noch immer an mir festhalten würde, hätte ich ihr schon längst die Tür vor der Nase zugeknallt. Aber das hier wird in einem Moment vorüber sein, und das Schlimmste ist vorbei – nun ja, das hoffe ich wenigstens.

Ihre Lider flattern und öffnen sich. Nun, da ihre Lust befriedigt ist, spielt ein zufriedenes, entspanntes Lächeln um ihre Lippen. »Siehst du, das war doch gar nicht so schlimm, oder?«, sagt sie und zieht dabei langsam die Hand unter ihrem Rock weg.

Ehe ich zu antworten vermag, fährt sie mit dem Zeigefinger, der noch vor wenigen Augenblicken in ihr war, über meine Lippen und hinterlässt dabei eine Spur ihrer Erregung. Es lässt sich nicht leugnen, dass sie unglaublich gut riecht, doch ich werde das Gefühl nicht los, sie hinterlässt ihren Duft nur an mir, weil sie weiß, dass ich eine Frau in meiner Wohnung habe.

»Lass mich wissen, wenn die nächste Pyjamaparty steigt«, sagt sie grinsend und bestätigt damit meine Vermutung. »Wenn du mich allerdings jetzt reinbitten würdest, könnte ich mitfeiern.«

Das wird niemals geschehen.

Als sie meine entschlossene Miene sieht, zuckt sie nur mit den Schultern. Offenbar scheint es ihr nichts auszumachen, dass eine andere in meinem Bett schläft. »Gute Nacht, Dr. Mathews. Ich werde mir schon bald holen, was mir noch zusteht.«

Du meine Güte, diese Frau ist wirklich unersättlich. Eine Eigenschaft, die ich einst sehr verlockend fand.

»Gute Nacht, Ms. Harte«, erwidere ich barsch, froh, dass sie mir eine Kusshand zuwirft und auf dem Absatz kehrtmacht.

Ich sehe zu, wie sie in den Aufzug steigt, was aber weniger damit zu tun hat, dass ich ein Gentleman bin, sondern vielmehr dem Wunsch entspringt sicherzugehen, dass sie auch wirklich verschwindet. Ich warte noch einige Sekunden, ehe ich die Tür schließe und zusperre.

Dann lehne ich mich mit dem Rücken gegen das Holz und hole einmal tief Luft, rieche aber dabei sogleich Juliet auf meinen Lippen und wische die Beweise rasch mit dem Handrücken ab. Ich kämpfe gegen den Drang an zu duschen, da ich damit Madison wecken und Fragen aufwerfen würde, die ich nicht beantworten will. Es muss ausreichen, das Gesicht an der Küchenspüle zu waschen. Doch morgen werde ich mich von oben bis unten abschrubben. Zur Sicherheit benutze ich noch etwas Handseife, schäume sie auf und verteile sie über das ganze Gesicht. Ich will keine Spuren von ihr mehr an mir haben.

Als ich schließlich überzeugt bin, »Juliet-frei« zu sein, mache ich mich wieder auf den Weg zum Schlafzimmer und schleiche mich hinein. Glücklicherweise schläft Madison immer noch tief, und ich schlage vorsichtig die Bettdecke zurück und schlüpfe darunter. In dem Moment, als ich ihren einzigartigen Duft wahrnehme, überkommen mich furchtbare Schuldgefühle.

Was ich getan habe, war schrecklich, aber angesichts der Alternative war dies die bessere Wahl, als Juliet im Hausflur zu vögeln. Juliet ist Gift. Und dieses Gift, das einst meine Lieblingsdroge war, führt nun dazu, dass ich mich innerlich taub fühle.

Und das will ich nicht mehr.

21

Unausgesprochen

Dixon

Ich bin froh, dass ich in einem leeren Bett aufwache. Froh deshalb, weil ich eine beachtliche Morgenlatte habe. Ich gebe ein Stöhnen von mir, als ich die Bettdecke hebe, denn ein solcher Ständer verschwindet nie im Leben ohne eine helfende Hand, und meine Hände sind ein schlechter Ersatz für die, die ich gern um meinen Schwanz gespürt hätte.

»Morgen«, ertönt Madisons fröhliche Stimme von der Schlafzimmertür, und ich lasse die Bettdecke rasch wieder fallen.

»Morgen«, erwidere ich und räuspere mich. »Wie hast du geschlafen?«, füge ich hinzu, setze mich dabei auf und drapiere die Decke unauffällig um meine Lendengegend. Ich hoffe, sie hat besser geschlafen als ich.

»Großartig«, sagt sie und betritt das Schlafzimmer, während ich mir mit der Hand durch mein unordentliches Haar fahre. »So gut wie lange nicht mehr«, ergänzt sie und sieht zu, wie ich versuche, etwas Ordnung in das Chaos auf meinem Kopf zu bringen.

»Das freut mich.« Mein Blick fällt auf den Streifen milchig weißer Haut, der zwischen ihrer Jeans und meinem T-Shirt hervorschaut, das sie Daisy-Duke-mäßig vorn geknotet hat.

Ich schaue rasch wieder weg, denn der Anblick ihrer glatten, straffen Haut ist in meiner misslichen Lage nicht gerade hilfreich.

»Aber wir haben ein Problem«, sagt sie mit ernster Stimme, tritt auf das Bett zu und setzt sich auf ihre Seite.

Kann man wohl sagen, denke ich, frage allerdings: »Wieso, was ist denn los?«

»Du hast keinen Kaffee mehr.«

Ich muss unwillkürlich lachen, als ich ihre Leichenbittermiene sehe. Augenscheinlich ist es ihr ernst damit. Dabei macht es mir gar nichts aus, dass sie offensichtlich meine Küchenschränke durchsucht hat. Aber nach dieser Nacht nun ohne Kaffee dazustehen ist schon ziemlich blöd.

»Wie wäre es, wenn ich dir als Dankeschön dafür, dass ich bei dir übernachten durfte, einen ausgebe?«, sagt sie mit einem Lächeln.

Ich nicke, denn ich würde gern noch mehr Zeit mit ihr verbringen, schlage jedoch vor: »Wie wäre es, wenn ich bezahle, weil du ja gerade ohne Geld dastehst.«

Madison grinst. »Ich habe da so meine Tricks.« Meine Pupillen weiten sich, und mein Blick senkt sich auf ihre Brüste.

Als sie es bemerkt, lacht sie. »Das meine ich nicht, du Perversling.«

Ich hebe in gespielter Unschuld die Hände. »Hey, ich bin auch nur ein Mann«, sage ich und sehe, wie ihr ein entzückendes Rot in die Wangen steigt.

Ich beschließe, mich auf das zu konzentrieren, was im Augenblick wichtiger ist, und frage: »Hast du Mary schon angerufen?«

Madison schüttelt den Kopf. »Nein. Ich wollte nicht so unhöflich sein und, ohne zu fragen, dein Telefon benutzen.«

»Und da hast du stattdessen lieber in meinen Schränken herumgekramt?«, stichele ich im Spaß, und sie nickt.

»Dabei ging es ja auch um Leben und Tod«, erklärt sie, als verstehe sich das von selbst.

»Und ist es nicht so wichtig, dafür zu sorgen, dass du wieder in deine Wohnung kommst?«, frage ich interessiert.

Madison blickt verlegen auf ihre Füße hinab und zuckt mit den Schultern. »Was soll ich sagen – dein Bett ist sehr viel bequemer als meins. Ist das eigentlich ein viskoelastisches Kopfkissen?«, fragt sie und hebt dabei endlich wieder den Blick.

Sie ist einfach süß. Ich lache und nicke. »Also, du bist hier jederzeit willkommen«, gestehe ich ihr offen ein, halte aber inne, als mir klar wird, wie das geklungen haben muss.

»Es könnte sein, dass ich Sie beim Wort nehme, Dr. Mathews. Also, mir sind Studien bekannt, die gezeigt haben, dass viskoelastischer Schaumstoff Nacken und Rücken entlastet und der Schlaf dadurch tiefer wird. Also sollte ich allein aus wissenschaftlichen Gründen noch einmal wiederkommen«, argumentiert sie lächelnd.

Ich versuche mir meine Begeisterung nicht anmerken zu lassen. »Genau. Wir sind schließlich beide Gesundheitsexperten, und wenn wir nicht auf unsere Körper achten, wie sollen wir uns da um andere kümmern?«, kontere ich, und Madison nickt.

»Dann ist es also entschieden! Du musst noch eine weitere Nacht bleiben, um zu ermitteln, ob du das Ergebnis dieser Studien tatsächlich bestätigen kannst«, sage ich mit meiner Psychiaterstimme.

Madison kichert. »Genau. Das ist der Preis, den ich für die Gesundheit meiner Wirbelsäule zahlen muss.«

Ach du Scheiße, wie ist das denn jetzt passiert? Wir haben uns gerade beide irgendeinen Blödsinn zusammengefaselt, warum Madison unbedingt eine weitere Nacht in meinem Bett verbringen sollte, und dabei ging es eigentlich gar nicht um mein verdammtes Kissen oder ihre Wirbelsäule. Die Aussicht auf eine weitere Nacht mit ihr hilft mir in meiner gegenwärtigen Situation kein bisschen, aber ich bin gern bereit, dies auf mich zu nehmen, wenn Madison dafür eine weitere Nacht mit mir verbringt. Ich hoffe nur, dass Juliet nicht noch einen Überraschungsbesuch plant.

»Wie wäre es, wenn du Mary anrufst und sie wissen lässt, dass du noch am Leben bist, denn, ehrlich gesagt, sie jagt mir ein bisschen Angst ein«, gestehe ich ihr, und Madison kichert.

»Das ist schon in Ordnung, sie jagt jedem Angst ein.«

Daraufhin steht sie dankenswerterweise auf, und ich lächele. »Ich springe jetzt mal unter die Dusche. Gib mir zwanzig Minuten.«

»Okay. Bis gleich dann«, sagt sie und winkt mir zu, bevor sie geht.

Ich warte ein paar Sekunden, und als die Luft rein ist, schlage ich die Bettdecke zurück, um mich endlich um diesen verdammten Ständer zu kümmern. Ich will gerade aus dem Bett springen, da steckt Madison noch einmal den Kopf zur Tür herein und fragt: »Welche Fernbedienung gehört zum Fernseher? Du hast ja fünf Stück!«

Ich greife hastig nach der Decke, werfe sie mir über den Schoß und antworte mit dem Anschein von Lockerheit: »Die schwarze mit dem silbernen Rand.«

»Okay, danke«, und schon ist sie so schnell verschwunden, wie sie aufgetaucht ist.

Ich hole tief Luft und entschließe mich, es noch einmal zu versuchen, doch genau in dem Moment, in dem ich die Bettdecke wegstrampele und versuche aufzustehen, taucht Madisons Gesicht erneut im Türrahmen auf.

»Äh, welches Telefon soll ich benutzen? Handy oder Festnetz?«

Ich setze mich rasch wieder, kreuze hastig die Beine über meinem Zelt in der Hose, stütze den Ellenbogen auf den Oberschenkel, lege meine Wange in die Handfläche und versuche, dabei total entspannt auszusehen. »Das ist egal«, erwidere ich mit einem gequälten Lächeln und trommele meine Finger gegen die Wange.

Madison sieht mich etwas komisch an, spricht mich jedoch glücklicherweise nicht auf mein seltsames Gebaren an und nickt. »Okay, danke.« Und damit ist ihr Gesicht ein weiteres Mal verschwunden.

Ich warte eine volle Minute nur für den Fall, dass sie noch weitere Fragen haben sollte, doch als ich freie Bahn habe, springe ich auf, sprinte ins Badezimmer und schließe die Tür hinter mir ab. Ich atme erleichtert aus und betrachte mein Spiegelbild. Mein Ständer fleht mich förmlich an, ihn von seinen Qualen zu erlösen. Ich fühle mich furchtbar, das nun tun zu müssen, während Madison im Nebenzimmer ist, aber ich kann einfach nicht anders.

Ich stelle die Dusche an, ziehe mich aus und trete unter einen sehr heißen Wasserstrahl statt unter den so viel gepriesenen kalten. Wer behauptet, eine kalte Dusche sei ein gutes Mittel gegen eine zügellose Libido, der hat sie nicht mehr alle. Ich würde heißes Wasser, Seife, meine Hand und die Vorstellung von Madisons geschmeidigem Körper, der neben mir liegt, jederzeit einer Unterkühlung vorziehen.

Ich schäume etwas Seife auf, packe meinen steinharten Schwanz und beginne den Tanz, den wir schon so viele Male getanzt haben. Doch dieses Mal hat mein Tanzpartner zwei linke Füße, und ich scheine nicht in der Lage zu sein, meinen Rhythmus zu finden. Keine Ahnung wieso. Ich stütze mich mit einer Hand an der Fliesenwand ab, aber auch das bringt nichts. Dabei will ich unbedingt kommen, das steht außer Frage.

Ich streiche fester und ja, es fühlt sich wirklich toll an, als ich allerdings Madison lachen höre, weiß ich, dass sie der Grund ist, warum ich nicht in der Lage bin, durchs Ziel zu gehen – welch eine Ironie, da sie doch der Grund für meinen Steifen ist. Aber es fühlt sich einfach so falsch an, mir hier einen runterzuholen, während sie nur wenige Meter entfernt ist. Was würde sie wohl von mir denken, wenn sie wüsste, dass ich mir hier gerade einen runterhole und mich dabei von ihr inspirieren lasse?

»Was macht diese Frau nur mit mir?«, knurre ich und schlage meine Stirn gegen die Duschwand, als ich meinen Sack loslasse.

Ich gebe auf, wische mir mit einer entkräfteten Hand übers Gesicht, während ich mit der anderen nach der Armatur greife und das Wasser auf kalt stelle.

Mit klappernden Zähnen und zitterndem Körper blicke ich auf meinen halb erschlafften Penis hinunter und knurre: »So, das hast du jetzt davon!«

Wir sind auf der Jagd nach Kaffee, und ich folge Madison, die behauptet hat, alles im Griff zu haben. Ich habe zwar keine Ahnung, was das bedeutet, aber komischerweise vertraue ich ihr. Wenn es allerdings Juliet wäre, würde ich vermuten, dass »Kaffee« ein Codewort für einen Erotikshop ist, doch ich weiß, dass Madison sich niemals so vulgär benehmen würde.

Als ich mir den kleinen *angelo* anschaue, der mit federnden Schritten neben mir hergeht, wird mir bewusst, wie wohl ich mich in Madisons Gegenwart fühle. Ich weiß, dass sie eine Vergangenheit hat, aber haben wir die nicht alle?

Wir bleiben vor einer Starbucks-Filiale stehen, und Madison breitet ihre Arme aus. »Ta-da!«

Ich ziehe die Augenbrauen in die Höhe.

»Ich fürchte, ich kann dir nicht ganz folgen.«

Madison lacht. »Der Kaffee ist serviert, du Dummkopf. Ich kenne den Besitzer, also geht der Kaffee auf mich.«

Jetzt verstehe ich auch, was sie mit ihren »Tricks« meinte. Meine Interpretation hat mir allerdings besser gefallen.

Ich reibe mir den Nacken und frage sie sicherheitshalber: »Äh, du willst also wirklich da reingehen?«

Madison nickt und sieht mich an, als hätte ich den Verstand verloren. »Ja. Die verkaufen doch Kaffee, oder etwa nicht? Also worauf wartest du?« Sie zupft mich am Ärmel, aber ich bleibe wie angewurzelt auf dem Gehweg stehen.

Sie zieht mit einem Ruck an meinem Arm und stolpert dabei fast über ihre eigenen Füße, da ich mich keinen Millimeter bewege. Sie blickt mich über die Schulter hinweg an und zieht beide Augenbrauen in die Höhe. »Ist alles in Ordnung bei dir? Du siehst aus, als wäre dir zum Heulen zumute«, zieht sie mich auf, doch ich höre die Besorgnis aus ihrer Stimme heraus.

»Zum Heulen?«, sage ich verächtlich, vermag gerade noch die Schärfe aus meiner Stimme herauszuhalten. »Ich mag Starbucks eben nicht. Ist mir zu trendy. Und diese albernen Namen für Kaffee sind doch wirklich lächerlich. Was hältst du davon, wenn wir in ein Café ein Stück weiter die Straße hinauf gehen, wo sie richtigen Kaffee und *biscotti* verkaufen?«, frage ich mit einer kleinen Kopfbewegung und hoffe inständig, dass sie zustimmt.

Aber natürlich tut sie das nicht.

»Und was hältst du davon, wenn du mir sagst, was du gegen Starbucks hast?«, erwidert sie und verschränkt die Arme vor der Brust.

»Ich habe ja nicht per se etwas dagegen«, entgegne ich und räuspere mich.

»Also, warum gehen wir dann nicht rein?«, fragt sie und neigt den Kopf zur Seite, während sie auf meine Antwort wartet.

Verdammt! Madison ist nicht nur ausgesprochen hübsch, sondern auch ausgesprochen dickköpfig. Eine weitere Eigenschaft, die ich an ihr schätze. Ihre entschlossene Miene sagt mir, dass sie erst Ruhe geben wird, wenn ich ihr die Wahrheit gesagt habe.

»Ich habe meine Exverlobte in einer Starbucks-Filiale kennengelernt, und vermutlich verbinde ich diesen Laden einfach mit ihr. Und da ich keinen Ring an meinem Finger trage, kannst du dir ja ausmalen, wie die Sache ausgegangen ist«, bekenne ich und komme mir dabei total bescheuert vor.

Madisons Pupillen weiten sich, als sie meine traurige,

jämmerliche Geschichte vernimmt, sie verzichtet allerdings auf die Mitleidstour. »Nun, ich würde mal sagen, das ist Grund genug.«

Ich nicke und stopfe die Hände in meine Jeanstaschen. Ich hasse es, dass Lily mir wieder mal den Tag versaut.

Doch Madison überrascht mich aufs Neue. »Aber du hast ohnehin recht. Starbucks ist schon ein bisschen trendy. Und außerdem«, fügt sie hinzu, »hattest du mich bereits mit den *biscotti* überzeugt. Dann übernimm du mal die Führung.« Sie lächelt mich an und wartet darauf, dass ich mich in Bewegung setze.

Ich stehe sprachlos da und starre diese geheimnisvolle Kreatur vor mir an. Das alles ist doch wirklich zu schön, um wahr zu sein! Mir ist durchaus bewusst, dass sie das nur aus Rücksicht auf mich gesagt hat.

Ich halte ihr die Hand hin. Sie schaut sie einen Herzschlag lang an, doch dann legt sie ihre hinein und lächelt. »In welchen Geschmacksrichtungen gibt es die *biscotti* denn in diesem Café?«

Über ihren so offensichtlichen Ablenkungsversuch muss ich unwillkürlich lachen, bin jedoch froh darüber. Ich rattere die lange Liste der Süßigkeiten herunter, die das Dolci's zu bieten hat, und Madison hört mir aufmerksam zu und gibt in Anbetracht der großen Auswahl ein genüssliches Schmatzen von sich.

Während wir so Hand in Hand an diesem Sonntagmorgen über den Gehweg spazieren, denke ich bei mir, wie selbstverständlich sich das anfühlt. Schade nur, dass Madison zurzeit mit diesem Oberarsch David zusammen ist, denn solange der noch im Rennen ist, kann sich hieraus nichts anderes als

Freundschaft entwickeln. Das gefällt mir zwar nicht, aber Madison ist ein großes Mädchen, und wenn sie es vorzieht, mit einem solchen Affen auszugehen, dann muss ich ihre Entscheidung respektieren.

Als wir am Dolci's ankommen, halte ich Madison automatisch die Tür auf, was ich schon lange für keine Frau mehr getan habe.

»Dixon!«, ertönt eine Stimme hinter dem Tresen.

»Guten Morgen, Concetta«, erwidere ich lächelnd, als die ältere Dame hervorgehumpelt kommt und mich auf beide Wangen küsst.

»*Dove sei stato*?«, fragt sie und schimpft mit mir, weil ich so lange nicht im Café gewesen bin.

»Ich hatte viel zu tun.« Ich wechsle die Sprache, da Madison sonst von der Unterhaltung gar nichts mitbekommen würde.

»Du arbeitest zu viel«, sagt sie mit einem schweren italienischen Akzent. »Sieh dich doch nur an. Du bist zu dünn. Hier, setz dich. Ich werde euch *frittelle di ricotta* und etwas *pane* bringen.«

Ich lache, als sie uns zu einer Nische hinüberführt. »Danke, danke, aber bitte nur Kaffee und *biscotti.*« Ich deute auf die riesige Theke mit Backwaren. »Das hier ist übrigens Madison«, füge ich hinzu, und Madison lächelt.

»Freut mich, Sie kennenzulernen«, sagt die, und zu meiner Überraschung beugt sie sich vor und gibt Concetta links und rechts einen Kuss auf die Wange, bevor sie sich hinsetzt.

Als mich Concetta anerkennend ansieht, weiß ich, was sie denkt.

»Sie sind eine *principessa*«, sagt sie.

Madison kichert und erwidert: »Ich sag einfach mal Danke schön.«

Concetta gibt ein gackerndes Lachen von sich und tätschelt meinen Arm. »*Mi piace il suo*«, sagt sie und bringt damit zum Ausdruck, dass sie mit Madison einverstanden ist, bevor sie zur Kaffeemaschine hinübergeht.

Ich nehme gegenüber von Madison Platz, die sich bewundernd im Laden umsieht.

»Wow!«, sagt sie anerkennend und bekommt kugelrunde Augen, als sie die große Auswahl an Esswaren erblickt.

Als Sohn italienischer Eltern bin ich mit alldem hier groß geworden und hatte ganz vergessen, wie überwältigend diese Esskultur sein kann. Doch als Madison förmlich auf ihrem Sitz zu hüpfen beginnt und in die Hände klatscht, begreife ich, dass sie nicht unbedingt überwältigt, sondern vielmehr überglücklich ist.

»Ist das für uns?«, erkundigt sie sich bei Concetta, die eine riesige Platte mit Naschereien in ihren runzligen Händen trägt.

»*Sì, principessa*«, erwidert sie und stellt die Platte auf unserem Tisch ab.

»Vielen Dank«, sage ich und blicke zu Concetta auf, die ich kenne, seit ich in Manhattan wohne.

»Für dich tue ich doch alles«, antwortet sie, und ich drücke behutsam ihren Arm.

Ein zufriedener Seufzer veranlasst mich dazu, mich Madison zuzuwenden, die sich gemütlich auf ihrem Platz zurückgelehnt hat und vergnügt ein *cannolo* vertilgt.

»Das ist verdammt gut«, sagt sie verträumt und nimmt einen weiteren Bissen.

Als sie sich mit ihrer rosafarbenen Zunge über die Lippen fährt, um eventuelle süße Ricotta-Reste abzulecken, stehe ich kurz davor, meine Selbstbeherrschung zu verlieren.

Ich benötige dringend eine sofortige Ablenkung und frage: »Kann es sein, dass du eine kleine Naschkatze bist?«

Madison hört auf zu kauen und kichert schuldbewusst. Sie schluckt den Bissen in ihrem Mund rasch hinunter und sagt: »Erwischt. Ich esse nicht sehr oft Süßes, und wenn ich es tue, dann versuche ich vermutlich, Versäumtes nachzuholen. Tut mir leid«, setzt sie peinlich berührt hinzu.

»Du musst dich für gar nichts entschuldigen«, betone ich und schiebe die Platte zu ihr hinüber. »Ich finde es gut, dass du kein Problem damit hast, in meiner Gegenwart dein Essen zu genießen.«

Madison lächelt und greift verlegen nach einem *biscotti*.

»Und warum isst du selten Süßes?«, frage ich und stibitze mir ein Obsttörtchen. »Du musst dir doch keine Sorgen um deine Figur machen.«

Madison hört auf zu kauen und wird mit einem Mal leichenblass.

»Das war ein Kompliment«, füge ich vorsichtshalber hinzu und frage mich, was ich da wohl Falsches gesagt haben mag.

Sie nickt, schiebt den Teller aber von sich weg, und ich ziehe verwirrt die Augenbrauen in die Höhe.

»Alles klar bei dir? Habe ich irgendetwas gesagt, womit ich dich verärgert habe? Ich meinte doch nur …«

Sie schneidet mir das Wort ab. »Mir ist schon klar, was du gemeint hast«, sagt sie und senkt ihren Blick. »Ich danke dir dafür, es ist nur –« Sie holt tief Luft, bevor sie fortfährt. »Ich war als Kind ziemlich pummelig und … na ja … also … es gab da …« Ich kann sehen, wie sie dichtmacht und ihre Hände eine Serviette auszuwringen scheinen.

»Hey, hey, ist schon in Ordnung.« Ich greife über den Tisch hinweg und lege meine Hand auf die ihre, ehe sie die Serviette in zwei Stücke reißt.

Ich spüre, wie ihre Hand unter meiner zittert, und drücke sie leicht. »Wenn du irgendwann einmal darüber reden willst, dann bin ich für dich da, okay? Und zwar nicht als Psychiater, sondern einfach als Dixon«, sage ich, denn sie soll wissen, dass ich sie niemals analysieren oder ihr das Gefühl geben will, von beruflichem Interesse für mich zu sein.

»Danke«, sagt sie mit einem kleinen Schniefen und wischt sich eine Träne weg.

Concetta kommt mit unserem Kaffee an den Tisch, und ich lasse Madisons Hand schweren Herzens wieder los.

»*Grazie*«, sage ich und greife in meine Hosentasche nach dem Portemonnaie, um zu bezahlen, doch sie winkt ab.

»*Non insultarmi, bambino*«, sagt sie mit fester Stimme, und ich grinse, denn die Erfahrung hat mich gelehrt, dass man sich besser nicht mit einer Sizilianerin anlegt.

»Ich danke Ihnen. Und falls ich irgendetwas für Sie tun kann, dann wissen Sie ja, wo Sie mich finden«, erwidere ich, und sie nickt.

»Es reicht mir schon, wenn du hin und wieder vorbeikommst und die *principessa* mitbringst«, sagt sie und sieht dabei Madison an, die errötet.

»Abgemacht«, antworte ich, und sie beugt sich vor und küsst mich auf die Wange.

Als sie davonschlurft, um einen anderen Gast zu bedienen, bemerkt Madison: »Ihr scheint euch ja schon eine ganze Weile zu kennen.«

»Oh ja, das tun wir. Seit ich nach Manhattan gezogen bin. Concettas Café war für Hunter, Finch und mich zu Collegezeiten unsere Rettung. Ohne ihre doppelten Espressos wäre ich vermutlich bei der Hälfte meiner Prüfungen eingenickt.«

Madison lacht, während sie Zucker in ihren Kaffee gibt. »Wer sind Hunter und Finch?«

»Meine besten Freunde. Ich kenne sie schon mein ganzes Leben lang, und wir sind zum Studieren gemeinsam nach New York gezogen«, erkläre ich ihr. »Finch hat inzwischen seine Highschool-Liebe geheiratet, und die beiden haben gerade erst eine Tochter bekommen.«

»Und Hunter?«, fragt Madison, die mir aufmerksam zuhört.

»Oh, Hunter ist ein wenig gewöhnungsbedürftig, aber ein toller Kerl«, erwidere ich schmunzelnd und nippe an meinem Kaffee. »Und was ist mit dir?«

»Was soll mit mir sein?«, entgegnet sie rasch, und ich bemerke, dass ihre Hand wieder leicht zittert, als sie ihren Kaffee umrührt.

»Nun, ich weiß von Mary«, sage ich. »Aber was ist mit deiner Familie? Du hast einmal deine Mutter erwähnt und dass ihr euch nahesteht.«

»Ja. Ja, das stimmt«, antwortet sie mit einem leichten Lächeln.

Ich weiß, dass die Familie für sie genau wie bei mir ein heikles Thema ist, vermag mir aber dennoch nicht zu verkneifen, nachzuhaken. »Und du hast auch noch einen Bruder, nicht wahr?«, sage ich und erinnere mich daran, wie sie bei seiner Erwähnung den Halt verloren hatte.

Madison nickt. Ihr angespannter Gesichtsausdruck lässt erahnen, wie unbehaglich sie sich fühlt. So gern ich auch wissen würde, warum sie eben plötzlich dichtgemacht hat, so doch nicht um jeden Preis, und es wäre jammerschade, die schöne Stimmung kaputtzumachen.

»Ich bin ja ein Einzelkind, wie du weißt«, sage ich und sehe, wie sich Madisons Schultern entkrampfen.

»Also gab es für dich all die Jahre nur deine Mom und deinen Dad«, stellt sie fest.

»Und Hunter und Finch«, setze ich mit einem Grinsen hinzu. »Wir wohnten im selben Viertel und gingen auf dieselbe Schule. Mir tun die Lehrer heute noch leid«, sage ich kopfschüttelnd.

Madison lacht leise, und sie kommt mir nun, da sich das Gespräch von ihrer Familie wegbewegt hat, viel entspannter vor.

»Klingt wie bei Mary und mir«, sagt sie vergnügt.

»Ach ja?«, frage ich, erfreut, dass sie diese Information mit mir teilt.

»Ja«, erwidert sie und lächelt dabei in sich hinein, wie man es bei einer schönen Erinnerung tut. »Bevor meine Mom Sebastian geheiratet hat, waren wir bettelarm. Wir haben in einer kleinen Einzimmerwohnung gehaust, und Mary wohnte direkt nebenan. Unsere Mütter waren alleinerziehend und hatten beide zwei Jobs, um über die Runden zu kommen. Wir waren unzertrennlich und sind es immer noch.«

»Also kennt sie deine tiefsten, dunkelsten Geheimnisse?«, sage ich im Scherz.

Madison runzelt die Stirn. Ihr Finger umkreist den Tassenrand. »Nicht alle.«

Ich schenke ihr ein leichtes Lächeln, bedränge sie aber nicht. Sie wird es mir schon erzählen, wenn sie irgendwann dazu bereit ist.

Mein Handy gibt ein Piepsen von sich und ruiniert damit den Augenblick. Ich entschuldige mich bei Madison, als ich es aus meiner Tasche ziehe. Eine SMS von Juliet. Ich hatte nicht damit gerechnet, so schnell wieder von ihr zu hören, da sie gestern Nacht bekommen hatte, was sie von mir wollte.

Ich bin scharf auf dich. Hast du heute Abend Zeit?

Madison muss wohl mein langes Gesicht gesehen haben, als ich Juliets Nachricht lese, denn sie fragt: »Alles in Ordnung?«

Ich schiebe mein Handy wieder in die Tasche, nicke und räuspere mich. »Alles bestens.«

Und genau wie ich drängt auch sie nicht weiter, nimmt einen Schluck von ihrem Kaffee und schenkt mir ein beruhigendes Lächeln. Madison und ich, wir haben beide unsere Geheimnisse, und ab und zu sollten diese besser unausgesprochen bleiben.

22

In eine Richtung

Dixon

Nachdem ich Madison vor dem Apartment-Komplex abgesetzt habe, mache ich mich auf ins Fitnessstudio, denn ich benötige ein Ventil für all meine aufgestaute sexuelle Energie und muss mich auspowern. Außerdem kann etwas Bewegung nach all dem Süßkram nicht schaden. Ich habe Hunter eine SMS geschickt, und der hatte auch Bock auf eine kleine Übungseinheit – und natürlich auf die Gelegenheit, mit seinen Erlebnissen der letzten Nacht zu prahlen.

Nachdem er mit seinen überaus anschaulichen Schilderungen endlich fertig ist (und sich die Bilder vermutlich auf ewig in meinen Hippocampus eingebrannt haben), erkundigt er sich freundlicherweise auch einmal danach, wie es bei mir gelaufen ist.

»Und, wie war dein Abend?«, fragt er, während er auf dem Laufband neben mir joggt.

»Super«, entgegne ich etwas atemlos.

»Ach ja? Wie war Marisa?«

Ich könnte versuchen, mir etwas aus den Fingern zu saugen, sehe dazu aber keine Veranlassung.

»Keine Ahnung«, keuche ich.

»Keine Ahnung? Was soll das denn heißen?«, fragt er verwirrt.

Als ich nicht antworte und mich stattdessen auf das Laufen konzentriere, knurrt er: »Sag bloß, du hast einen Rückzieher gemacht!«

»Besser, als mir Filzläuse einzufangen«, erwidere ich.

»Es gab einmal eine Zeit in unserem Leben, da war das cool, Dix«, kontert Hunter.

»Was, bitte schön, soll an einer Geschlechtskrankheit cool sein, Hunt?«, gebe ich zurück und streiche mir das verschwitzte Haar aus der Stirn.

»Du bist echt so was von langweilig geworden. Früher, als du noch keine Spaßbremse warst, hättest du einfach ein paar Pillen eingeworfen oder was draufgepinselt und nicht rumgestöhnt.«

»Du bist wirklich abartig, mein Freund«, sage ich lachend. »Und nur zu deiner Info: Ich hatte ein besseres Angebot.«

»Warte mal! Was soll das heißen?«, fragt er, denn damit habe ich natürlich seine Neugierde geweckt.

»Wieso benutzt du nicht deine lebhafte Fantasie und findest es selbst heraus?«, entgegne ich süffisant und konzentriere mich darauf, meinen Zwei-Meilen-Lauf zu beenden.

Doch in der einen Minute laufe ich, und in der nächsten falle ich fast auf die Fresse.

»Was soll der Scheiß?«, schnauze ich Hunter an, der den Nothaltknopf gedrückt hat.

»Jetzt erzähl schon, Mathews«, fordert er mich auf, als ich vom Band steige und versuche, wieder zu Atem zu kommen.

»Da gibt's nicht viel zu erzählen«, sage ich, während ich langsam auf und ab gehe, damit mein Körper runterschaltet. »Ich bin mit Madison nach Hause gegangen anstatt mit diesem blonden Dummchen.«

»Madison!«, ruft Hunter ungläubig und haut auf den Nothaltknopf an seinem eigenen Gerät. »Sieh einer an! Aber hat die nicht einen Freund?«

»Ja«, erwidere ich und strecke dabei meine Arme über den Kopf.

»Du bist und bleibst ein Aufreißer!«, schreit er aufgeregt und klopft mir auf die Schulter.

»So ist das nicht«, stelle ich klar.

»Und ob das so ist«, widerspricht mir Hunter. »Los, erzähl, wie war's denn? Ich weiß doch, dass du total auf sie stehst. Hat sie deine Erwartungen erfüllt oder sogar übertroffen?«, fragt er und reibt sich die Hände.

»So ist es wirklich nicht«, sage ich und gehe zum Trinkwasserbrunnen hinüber.

»Willst du mir damit etwa sagen, dass ihr bloß eine Pyjamaparty gefeiert habt?«, witzelt er, mir dicht auf den Fersen.

»So in der Art«, sage ich schulterzuckend und schmunzele, als ich den entrüsteten Ausdruck auf seinem Gesicht sehe.

»Meine Fresse, was habt ihr denn gemacht? Euch gegenseitig die Haare geflochten und darüber gestritten, wer süßer ist – Niall oder Harry?«

»Ich habe keine Ahnung, von wem du da sprichst«, erwidere ich, weiche von dem Wasserstrahl zurück und ziehe dabei die Augenbrauen in die Höhe.

»Noch nie was von One Direction gehört? Egal. Vergiss es. Und versuch nicht andauernd, das Thema zu wechseln.«

»Das tue ich doch gar nicht«, antworte ich, wische mir mit dem Handrücken über den Mund und richte mich auf. »Und im Übrigen wäre es gar kein Thema, wenn du es nicht zu einem gemacht hättest. Madison und ich sind befreundet und ja, ich fühle mich zu ihr hingezogen, aber sie hat einen festen Freund, und ich würde ihr die Sache mit ihm nie versauen, weil sie nämlich seit Ewigkeiten das erste Mädel ist, an dem mir etwas liegt«, sage ich eingeschnappt, und Hunter grinst.

»Oh ja, ihr habt einander die Haare geflochten«, sagt er, und ich versetze seinem Arm einen kleinen Faustschlag.

Auf dem Weg zum Umkleideraum schweigt Hunter, was niemals ein gutes Zeichen ist.

»Spuck's schon aus«, sage ich seufzend, da ich weiß, dass er explodieren wird, wenn er das, was in seinem Kopf herumspukt, nicht laut ausspricht.

»Ich bin bloß –« Er verstummt, scheint mit seinem Latein am Ende. »Du willst mir also weismachen, dass du ein megageiles, hinreißendes Mädel in deiner Wohnung, in deinem Bett hattest und nichts mit der Kleinen angestellt hast?«

»Du hast es erfasst«, entgegne ich, nehme auf der Bank Platz und löse meine Schnürsenkel.

»Nicht mal ein Blowjob?«

»Nein.«

»Handbetrieb?«

»Nein.«

»Petting?«

»Nein.«

»Knutschen?«

»Nein.«

»Habt ihr wenigstens ein bisschen gekuschelt?«

»Nein.«

»Gab's schmutziges Bettgeflüster?«

»Nein.«

»Habt ihr gefüßelt?«

»Nein.«

»Hast du ein bisschen genauer nachgeschaut, während sie schlief?«

»Nein!«

»Vorgetäuschte Sexsomnie?«

»Verdammt, du bist wirklich krank«, sage ich und verziehe angewidert das Gesicht, als ich nach meiner Sporttasche greife.

»Man könnte glatt meinen, dass du noch Jungfrau bist«, konstatiert er, und diese Bemerkung erinnert mich an Madisons Bekenntnis.

»Wo wir gerade von Jungfrauen sprechen«, sage ich mit süffisantem Tonfall, und Hunter verschluckt beinahe seine Zunge.

»Was? Nie im Leben!«, ruft er kopfschüttelnd, will mir nicht glauben.

»Doch«, beteuere ich mit einem Nicken. »Sie hat es auf ziemlich unmissverständliche Weise angedeutet, dass sie das noch ist.«

»Also, jetzt bin ich echt sprachlos. Mir fehlen einfach die Worte, um auszudrücken, wie ich mich gerade fühle«, erklärt Hunter, der allem Anschein nach total geschockt auf der Bank in sich zusammensackt.

»Gut. Bleib so«, erwidere ich, ziehe den Reißverschluss an meinem Kapuzenpullover in die Höhe und schultere meine Tasche. »Bis später dann.«

»Warte, wo brennt's denn?«, erkundigt er sich und steht auf.

»Außer in deiner Hose?«, entgegne ich scherzhaft und spiele damit auf seine Nacht mit Mandy und die möglichen Krankheiten an, die er sich dabei bei ihr geholt haben könnte.

»Sehr witzig. Wie alt bist du eigentlich? Zwölf?« Er versetzt mir einen Boxhieb gegen den Arm. »Aber mal im Ernst, warum die Eile?«

Ich hatte es versäumt, ihm gegenüber zu erwähnen, dass Madison zu einer weiteren »Pyjamaparty« bei mir übernachten würde – genauso wie ich vernachlässigt hatte, auf das kleine, nicht unwesentliche Detail hinzuweisen, dass möglicherweise Juliet unangekündigt vor meiner Tür auftauchen würde, und das vermutlich nackt. Ich hatte auf ihre SMS nicht reagiert, weil ich wirklich nicht wusste, was ich ihr antworten sollte.

»Oh Mann, du bist echt ein Masochist«, sagt Hunter kopfschüttelnd, da er offenbar imstande ist, in meinem Gesicht zu lesen. »Du lässt eine Tussi, die dich nicht ranlassen will, weil sie eine verdammte Jungfrau ist und einen Freund hat, in deinem Bett schlafen … und das nicht zum ersten Mal. Also, meiner Ansicht nach bist du derjenige, der hier einen Seelenklempner nötig hat.«

Das kann ich nicht bestreiten.

»Und was ist mit dem Flittchen?«, fragt er, und ich entschließe mich, den Teil auszulassen, wo Juliet vor meiner Tür masturbiert hat.

»Ich bin mir ziemlich sicher, dass sich die Sache erledigt hat«, erwidere ich ungerührt, denn das entspricht der Wahrheit.

»Und was jetzt?«

»Keine Ahnung. Ich lasse einfach alles auf mich zukommen«, antworte ich und werfe einen Blick auf meine Armbanduhr. »Ich muss los.«

»Dix?«, sagt Hunter, als ich mich zum Gehen wende.

»Ja?«

»Lass mich dir noch einen Spruch mit auf den Weg geben, der zu meinem Lebensmotto geworden ist«, verkündet er mit ernster Stimme, und ich wappne mich sogleich gegen das, was kommen wird, da Hunter wegen seiner dämlichen Sprüche gefürchtet ist.

»Dann lass mal hören«, sage ich und bedeute ihm, mir sein Evangelium zu verkünden.

»Warum die ganze Kuh kaufen, wenn man die Milch umsonst kriegen kann?«, entgegnet er feierlich. »Du wirst mir eines Tages noch dafür danken«, fügt er mit einem Nicken hinzu.

Ich vermag mir nur mit Mühe und Not ein Lachen zu verkneifen, zeige ihm den Stinkefinger und sage: »Ganz toll, Konfuzius!«

Madison wollte gegen sieben zu mir kommen, und obwohl sie mir gesagt hatte, dass sie bei sich essen würde, hatte ich auf dem Nachhauseweg im Supermarkt noch ein paar Sachen besorgt – hauptsächlich Süßes.

Ich habe geduscht, aufgeräumt, einiges an Papierkram erledigt und will es mir gerade gemütlich machen, um mir die Nachrichten anzusehen, als es leise an der Tür klopft. Ein Blick auf meine Armbanduhr sagt mir, dass wir erst halb sieben haben. Das ist ein wenig zu früh für Madison, und ich frage mich, wer es wohl sein mag.

Ich drücke die Mute-Taste auf der Fernbedienung und gehe zur Wohnungstür. In dem Moment, als ich sie öffne, sagt mir mein Gehirn, sie lieber gleich wieder zu schließen, denn Juliet steht vor mir, und sie sieht gefährlich gut aus in ihrem rosafarbenem Seidenkleid, das leicht als Dessous durchgehen könnte.

»Juliet? Ich bin gerade beschäftigt«, sage ich und benutze meinen Arm wieder einmal als Sperre, indem ich meine Hand gegen den Türrahmen stütze. Das scheint in letzter Zeit zur Gewohnheit zu werden.

»Das ist aber keine nette Art, Hallo zu sagen.« Ihre sinnlichen Lippen verziehen sich zu einem kleinen Schmollmund.

»Hallo«, erwidere ich mit sarkastischem Unterton, und Juliet scheint endlich mitzukriegen, wie genervt ich bin, dass sie schon wieder unangemeldet hier auftaucht.

Sie kneift die Augen zu einem Schlitz zusammen und fragt: »Freust du dich denn nicht, mich zu sehen?«

Ehrlich gesagt, nein, das tue ich nicht, und sie muss es mir wohl angesehen haben.

»Habe ich irgendetwas falsch gemacht, Dixon?«, fragt sie, und ich reibe mir den Nacken, weil ich diese Unterhaltung eigentlich gerade überhaupt nicht führen will.

Aber da sie nun schon einmal hier ist, kann ich uns auch gleich beide aus diesem Dilemma befreien.

»Bitte komm doch herein.« Ich weiche zurück, damit sie eintreten kann.

Sie schaut mich misstrauisch an, nickt allerdings und schlendert in die Wohnung.

»Hör zu, Juliet, das mit uns, das war … interessant, aber ich glaube, es ist das Beste, wenn wir uns nicht mehr treffen.«

Ich lehne mich gegen die Tür und verschränke die Arme vor der Brust. Meine Körpersprache signalisiert, dass es mir ernst ist mit dem, was ich gesagt habe, und ich lasse ihr einen Moment Zeit, um es zu verdauen.

»Das kann ja wohl nicht dein Ernst sein«, sagt sie mit spöttischer Stimme, scheinbar verblüfft.

Offenbar scheint es für sie nur schwer vorstellbar zu sein, dass ich jemanden wie sie nicht mehr will, und diese Arroganz ist abtörnend. Ich frage mich, wie ich ihr Selbstbewusstsein nur jemals anziehend finden konnte.

»Doch«, entgegne ich mit Nachdruck, und Juliet wirkt, als hätte ich ihr damit eine Ohrfeige verpasst.

»Also, ich weiß wirklich nicht, was ich sagen soll«, erklärt sie sichtlich fassungslos.

»Es gibt auch nichts zu sagen. Wir wussten beide, was das hier war. Lass uns also nichts künstlich herbeireden«, sage ich, und so hart das auch klingen mag, es entspricht der Wahrheit – auch wenn ich dies lange Zeit nicht einsehen wollte.

»Ich –« Juliets Stimme gerät ins Stocken, und ihre Finger spielen nervös mit der Goldkette um ihren Hals. »Ich mag dich, Dixon. Und ich weiß, dass du mich auch magst«, sagt sie in einem verführerischen Tonfall und tritt auf mich zu.

Ich kann nirgendwohin ausweichen, bleibe aber standhaft.

»Juliet, der Sex hat mir gefallen. Genauso wie die Tatsache, dass ich mit dir die Kontrolle verlieren und der Mann sein konnte, von dem ich glaubte, dass ich dieser Mann auch sein wollte. Aber komischerweise hat mir das Zusammensein mit dir gezeigt, dass dieser Kerl ein totaler Idiot gewesen ist.«

»Das meinst du doch nicht ernst«, sagt sie und schüttelt dabei energisch den Kopf.

»Doch, das tue ich«, entgegne ich bestimmt. »Tut mir leid, dass ich es dir nicht schon früher gesagt habe, aber ganz ehrlich, ich dachte nicht, dass es dich interessiert.«

»Wie konntest du nur glauben, dass mir das egal ist?«, ruft sie. »Ich vögele jetzt schließlich schon seit drei Monaten mit dir!«

Ich seufze, denn genau darauf läuft es hinaus: Sex.

»Wusstest du, dass ich einmal verlobt war?«, frage ich und sehe, wie geschockt sie auf diese Neuigkeit reagiert.

»Nein, das wusste ich nicht«, gesteht sie und hat Mühe, die Fassung zu bewahren.

»Wusstest du, dass ich ein riesiger Fan der Yankees bin, seit mich mein Vater als ich acht war zum ersten Mal zu einem Spiel mitgenommen hat?«

Sie senkt den Blick und schüttelt den Kopf.

»Beantwortet das deine Frage?«, erkundige ich mich. »Aber, um fair zu sein – es gibt eine Menge Dinge, die ich eigentlich über *dich* wissen sollte, es aber nicht tue. Und zwar, weil ich dich nie danach gefragt habe. Und das nur, weil –«

»Es dich nicht interessiert hat«, beendet sie den Satz für mich, denn nun sprechen wir auf Augenhöhe.

»Juliet –«, sage ich, doch sie schneidet mir das Wort ab.

»Geschenkt, Dixon! Ich hab's kapiert. Geh jetzt bloß nicht auf Schmusekurs und erspar dir deine aufmunternden Worte. Mir geht's gut. Es hat Spaß gemacht, aber nun ist es vorbei. Alles klar«, faucht sie, strafft die Schultern und schaut mir fest in die Augen. »Leb wohl. War nett, dich gekannt zu haben.« Sie stürmt vorwärts, wirft den Kopf zurück und gibt mir damit zu verstehen, aus dem Weg zu gehen.

Ich könnte versuchen, die Sache irgendwie wieder geradezubiegen, aber was sollte das bringen? Ich habe nicht vor, sie wiederzusehen, und es ist ja nicht so, als hätte ich jemals wirklich etwas für sie empfunden. Und mit diesem Gedanken trete ich zur Seite, und sie reißt die Tür auf und knallt sie hinter sich zu.

Nun, das war ein bisschen theatralisch, doch ich hatte nichts anderes von ihr erwartet.

Ich atme einmal tief aus und gehe in die Küche, denn ich brauche nach Wirbelsturm Juliet jetzt dringend einen Scotch.

Ich bin nicht traurig, dass es so gekommen ist – ehrlich gesagt bin ich erleichtert. Das macht mich vermutlich zu einem herzlosen Arschloch, aber wenn ich das Ganze auch nur noch eine Sekunde länger hinausgezögert hätte, dann hätte es mich zu einem herzlosen Riesenarschloch gemacht. Ich schütte den Drink hinunter, und gerade, als ich mir ein zweites Glas eingieße, klopft es wieder an meiner Wohnungstür.

Ich fluche in mich hinein und stürze den Scotch hinunter, da ich ihn vermutlich benötigen werde. Als es ein weiteres Mal klopft, gebe ich ein Stöhnen von mir, denn wenn Juliet wieder vor meiner Tür stehen sollte, werde ich sie ihr vor der Nase zuknallen. Madison wird jede Minute hier sein, und ich will unbedingt vermeiden, dass Juliet halb nackt in meiner Wohnung steht, wenn sie eintrifft.

»Was ist?«, blaffe ich, als ich die Tür aufreiße.

»Du mich auch«, sagt Hunter, der gelangweilt im Türrahmen lehnt und auf seine Armbanduhr schaut. »Wieso hat das so lange gedauert? Solltest du die Kekse für deine Pyjamaparty nicht schon längst gebacken haben, oder hörst du gerade so laut Michael Bolton, um dich einzustimmen?«, sagt er, stößt sich vom Türrahmen ab und drängt sich an mir vorbei.

»Hallo, Hunter. Bitte komm doch rein«, witzele ich und schließe die Tür hinter ihm. »Was machst du hier?«, frage ich und folge ihm in meine Küche, wo er sich ein Bier aus dem Kühlschrank nimmt.

»Mir war langweilig«, erwidert er schulterzuckend. »All meine Freunde sind angeblich beschäftigt, da dachte ich, was soll's, nerve ich eben meinen besten Freund.«

»Das ist wirklich eine rührende Geschichte«, sage ich, »aber Madison wird jede Minute hier sein. Also, wie wäre es, wenn du lieber Finch auf den Wecker gehst?«

»Ich denke nicht dran«, sagt er und nimmt einen Schluck Bier. »Hier wird es mit Sicherheit sehr viel lustiger werden als drüben bei den Millers. Und außerdem möchte ich die kleine Madison gern mal kennenlernen.«

Als ich die Augen verdrehe, schnappt Hunter übertrieben nach Luft. »Was denn? Schämst du dich etwa für mich?« Er beißt in seine Fingerknöchel und tut so, als würde er weinen.

Ich ignoriere seinen melodramatischen Auftritt und setzte ihm weiter zu. »Hunt, das ist mein Ernst. Du musst hier verschwinden.«

»Wieso?«

»Weil du recht hast. Ich schäme mich tierisch für dich«, antworte ich grinsend.

Das bringt mir nur ein spöttisches Lachen von ihm ein, aber er nimmt mir die Bemerkung nicht übel, sondern lässt sich auf der Küchenplatte nieder und trinkt vergnügt von seinem Bierchen. Mir ist klar, dass ich ihn mit irgendetwas bestechen muss, damit er verschwindet, und ich zerbreche mir den Kopf, womit ich ihn ködern könnte.

»*Debbie Does Dallas*«, schmettere ich, in der Hoffnung, ihn mit diesem Porno-Klassiker loszuwerden.

Hunter wird sogleich zu dem Esel, der der vorgehaltenen Karotte hinterhertrabt, verharrt mitten im Schlucken und senkt grinsend die Flasche.

»Ich will die Blu-ray Special Edition und einen ganzen Stapel von Jenna, der Königin des Pornos, bitte schön«, sagt er wie aus der Pistole geschossen und wedelt mit seinem Bier in meine Richtung.

»Abgemacht. Aber dann kratzt du auch sofort die Kurve, verstanden?«

»Großes Pfadfinderehrenwort« sagt er, hält allerdings statt der drei Finger zur Bekräftigung nur den Stinkefinger in die Höhe, doch das reicht mir. Ich renne ins Schlafzimmer in der Hoffnung, alles schnellstens zu finden, denn ich habe mir den Kram schon lange nicht mehr angeguckt – ein Vorteil, wenn man eine Frau wie Juliet bei Bedarf immer zur Verfügung hat, aber, ehrlich gesagt, inzwischen würde ich die Pornos vorziehen.

Ich durchwühle meinen Schrank, doch *Debbie Does Dallas* kann ich ums Verrecken nicht finden. Ich greife mir ein paar andere DVDs, blicke zur Uhr hinüber und stelle fest, dass wir zehn vor sieben haben. Madison wird jeden Augenblick hier sein, was bedeutet, dass Hunter in ein paar Sekunden verschwunden sein muss. Das hier muss reichen – und machen wir uns doch nichts vor, eigentlich genügt ja einfach irgendein Streifen – Hauptsache Porno.

»Ich kann *Debbie* nicht finden. Wie wär's mit *Nackte Haut und schwarzes Leder* und *Tagebuch einer Domina*?«, frage ich, marschiere blindlings in die Küche und halte die DVDs dabei in die Höhe, damit ich die Titel lesen kann. »Hunt?«, frage ich, als er nicht antwortet.

Ich bin so abgelenkt von den prallen, nackten Brüsten, die mir entgegenstarren, dass ich den Blick erst hebe, als ich ein Räuspern vernehme. In dem Moment, wo ich sehe, wer da vor mir steht, schmeiße ich die DVDs sofort über meine Schulter in den Flur zurück, denn Madison schaut mich total verlegen an, während sich Hunter, der neben ihr steht, köstlich amüsiert.

»Madison … Hey. Hallo«, sage ich, versuche mir nichts anmerken zu lassen und werfe dem grinsenden Hunter einen vernichtenden Blick zu. »Du bist früh dran.«

Sie nickt mit glühenden Wangen. »Hey, ähm, ja. Tut mir leid, wenn ich störe …«, sagt sie und fummelt dabei am Schulterriemen ihres Rucksacks herum.

Hunter hustet, um sein Lachen zu überspielen, während ich ihn weiterhin wütend anstarre.

»Du störst nicht. Hunter wollte nur gerade seine Sachen abholen, die er bei mir untergestellt hatte, weil, äh, seine Wohnung renoviert wurde. Der Kram gehört mir überhaupt nicht. Ich käme nie auf die Idee, mir so was anzusehen«, was zugegebenermaßen eine ziemlich lahme Erklärung ist. Hunter hustet lauter.

Madison nickt, geht aber glücklicherweise nicht näher auf

meine offensichtliche Lüge ein und rennt auch nicht schreiend zur Tür hinaus, weil sie Angst hat, die Nacht in der Wohnung eines Porno-Freaks zu verbringen.

»Komm, ich nehme dir mal den Rucksack ab«, biete ich ihr an und strecke die Hand aus, damit ich ihn ihr von den Schultern nehmen kann.

»Danke«, sagt sie, und in dem Moment, wo meine Finger über ihre Haut hinwegstreichen, beginnt mein Körper vor freudiger Erregung zu summen, denn ich bin wahnsinnig glücklich darüber, dass sie die Nacht hier verbringt.

»Das ist übrigens Hunter«, sage ich und nicke mit dem Kinn zu meinem Freund hinüber, der sich köstlich zu amüsieren scheint.

»Oh, *der* Hunter?«, wiederholt sie mit einem Zwinkern, das nur ich sehen kann.

»Der einzig Wahre«, erwidert Hunter und schüttelt ihr die Hand. »Aber egal, was er dir auch über mich erzählt haben mag, ich kann dir versichern, dass alles gelogen ist.«

Madison betrachtet ihn mit hochgezogenen Augenbrauen von oben bis unten und antwortet im Scherz: »Da bin ich mir nicht so sicher. Ich glaube eher, dass er untertrieben hat.«

»Ach ja?«, entgegnet Hunter.

»Oh ja«, bestätigt sie mit einem spitzbübischen Grinsen.

Hunter scheint voll und ganz mit ihr beschäftigt zu sein, und ich schüttele nur den Kopf und lasse die beiden in Ruhe, denn ich habe das Gefühl, dass Madison sehr gut allein mit meinem Freund zurechtkommt.

Ich trete in den Flur, sammele rasch die pornografischen Beweise ein und lasse sie in einer Schublade im Schlafzimmer verschwinden. Ich setze Madisons Rucksack auf dem Bett ab und hole kurz Luft, da mir die letzten zwanzig Minuten ein wenig zugesetzt haben. Der Abend ist nicht ganz nach Plan gelaufen. Erst taucht Juliet unangemeldet hier auf, und jetzt glaubt Madison auch noch, dass ich irgend so ein kranker Typ bin, der Pornos sammelt. Ich kann nur hoffen, dass es von jetzt an besser wird.

Als ich ihr Lachen aus der Küche höre, nehme ich mich rasch zusammen und gehe wieder dorthin zurück, denn wer weiß, was Hunter so unbeaufsichtigt alles von sich gibt.

»Habe ich was verpasst?«, frage ich betont beiläufig.

Hunter wirft mir einen mit Stolz erfüllten Blick zu, während Madison immer noch kichert.

»Madison und ich haben etwas gemeinsam«, sagt er mit einem selbstgefälligen Grinsen, und ich sehe sie fragend an, um mir seine Behauptung bestätigen zu lassen.

Sie nickt. Eine Hand bedeckt dabei ihren lachenden Mund.

»Na, da bin ich ja mal neugierig«, sage ich, öffne den Kühlschrank und nehme drei Bier heraus.

Eins davon reiche ich Madison, die es lächelnd entgegennimmt, und Hunter greift nach dem anderen. Doch ich schlage seine Hand weg und schüttele den Kopf. »Ich habe das Gefühl, dass ich es noch brauchen werde«, stelle ich klar, und Hunter scheint meine Bemerkung abzuwägen, bevor er zustimmend nickt. »Also, was in aller Welt könntest *du* … « ich deute mit meiner Flasche in Hunters Richtung, »mit Madison gemeinsam haben? Also ganz ehrlich, das –«

Doch Madison fällt mir ins Wort, um mich aufzuklären. »Wir haben beide einen Spitznamen für den anderen«, sagt sie vergnügt und nimmt einen Schluck von ihrem Bier.

»Ach ja?«, erwidere ich. Mir schwant Fürchterliches.

»Ja. Er hat mich aus Versehen Pfläumchen genannt.« In dem Moment, als ihr die Worte über die Lippen kommen, spüre ich, wie mir das Blut aus dem Gesicht weicht und ich mir vorstelle, wie ich Hunter die Arme abreiße und ihn damit verdresche.

Doch ich bewahre die Fassung und ziehe die Augenbrauen in die Höhe. »Wie kommt er denn nur auf so was?«, frage ich arglos und werfe ihm einen finsteren Blick zu, den er mit einem Lachen quittiert.

»Offenbar hat ihn die Farbe meines T-Shirts an seinen Lieblingskuchen erinnert.«

Ich blicke auf ihr Oberteil hinab, werfe bei der Gelegenheit gleich einen bewundernden Blick auf ihren beeindruckenden Vorbau und stelle fest, dass es in der Tat pflaumenblau ist.

»Ja, Hunter hat wirklich ein gutes Auge für Farben«, erwidere ich mit einem sarkastischen Unterton, doch ich sollte eigentlich dankbar sein, dass er nicht den wahren Grund hinter ihrem Spitznamen erwähnt hat.

»Stimmt. Aber ich habe auch diesen Tick, Leuten komische Spitznamen zu verpassen. Das mache ich schon, seit ich noch klein war, seit ich Mary ›Lämmchen‹ getauft habe.«

Ich nicke, denn ich erinnere mich, dass sie dies während unseres SMS-Marathons erwähnt hat. Wir haben alle so unsere kleinen Marotten, und diese hier ist zufällig Madisons.

Ich traue mich eigentlich gar nicht zu fragen, was ihr für Hunter eingefallen ist, aber ich beiße in den sauren Apfel. »Lass mich raten. Bei Hunter ist dir gleich ›Nervsocke‹ eingefallen, stimmt's?«

Madison lacht schallend. »Nein«, kichert sie. »Ich nenne ihn ›Debbie‹.« Fast hätte ich mein Bier wieder ausgespuckt.

Hunter gibt ein gackerndes Lachen von sich und zuckt mit den Schultern. »Hey, mir gefällt's. Debbie find ich cool.«

»Klar tust du das«, antworten Madison und ich wie aus einem Munde, was Hunter losprusten lässt.

»Dix, die Kleine ist klasse. Können wir sie bitte behalten?«, sagt er und verschränkt seine Finger zu betenden Händen, die er flehentlich in die Höhe reckt, während Madison in sein Lachen einstimmt.

Ich kann einfach nicht glauben, dass wir hier in meiner Küche mit Madison über Pornos reden – wenn auch in verschlüsselter Form. Aber ich hätte es besser wissen sollen, als diesen kleinen *diavolo* zu unterschätzen!

23

Es liegt nicht an dir, sondern an mir

Dixon

Als Madison auf die Toilette verschwindet, stürzt Hunter auf mich zu und bohrt mir seinen Zeigefinger in die Brust.

»Wenn du die Kleine nicht flachlegst, dann tu ich's!« Ich schlage seine Hand weg und weiche seinem Piksfinger aus, bevor er erneut sein Ziel findet.

»Okay, meinetwegen, *Debbie*«, erwidere ich und verdrehe die Augen.

»Hey, nur Maddy darf mich so nennen. Ich glaube, sie steht auf mich«, sagt er feixend und grinst mich an.

Ich muss unwillkürlich lachen, denn ich glaube eher, dass es andersherum ist und Hunter derjenige ist, der auf Madison steht.

Nach ein paar Folgen *Dexter* und einem Dutzend Bierchen schaute Hunter Madison mit verklärtem Blick an. Aber ich muss zugeben, dass es mir auch so ging.

Durch das Bier schien sie lockerer zu werden, und je weiter der Abend voranschritt, desto mehr ließ ihre Wachsamkeit nach, und sie kam mir total entspannt vor und schien sich wohlzufühlen. Sie lachte sogar über Hunters alberne Witzchen, was ein Beweis dafür ist, *wie* entspannt sie war.

Jetzt ist es Mitternacht, und angesichts von Madisons häufigem Gähnen und ihren schweren Lidern vermute ich, dass sie ein bisschen betrunken und müde ist; was ein Segen wäre, da ich hoffe, dass sie, sobald ihr hübscher Kopf auf dem Kissen liegt, auf der Stelle einschlafen wird. Wenn sie in meiner Nähe ist, traue ich mir schlicht und einfach nicht, und nachdem ich sie so relaxt erlebt habe und sie sich so gut mit Hunter versteht, da mag ich sie nur noch mehr, was für uns beide gefährlich ist.

»Dix, ich werde dir das jetzt nur ein einziges Mal sagen: Du bist verrückt, wenn du die wieder ziehen lässt. Ich bin echt eifersüchtig, denn ich hätte auch gern eine Madison«, sagt er, und dieses Mal scherzt er nicht.

Ich weiche verblüfft zurück, denn es kommt selten vor, Hunter mal mit einem ernsten Gesicht zu erleben.

»Danke für den guten Rat. Aber ich habe sie ja gar nicht, also kann ich sie eigentlich auch nicht ziehen lassen. Denn sie hat einen Freund, schon vergessen?«, flüstere ich, weil ich nicht möchte, dass Madison unser Gespräch mitbekommt.

»Ach, Blödsinn! Ist dir nicht aufgefallen, dass sie diesen Dario nicht ein einziges Mal erwähnt hat?«

»David«, verbessere ich ihn grinsend.

»Wie auch immer«, sagt er verächtlich. »Ich sehe doch, wie sie dich anschaut. Sie ist scharf auf dich, Alter.«

»Ist sie nicht«, widerspreche ich ihm, hoffe aber insgeheim ein bisschen, dass er damit irgendwie recht hat.

Im Laufe des Abends schien Madison immer näher und näher an mich heranzurücken, bis wir schließlich so nah saßen, dass sie sich ganz beiläufig bei mir anlehnte, als sie ihre nackten Füße aufs Sofa zog.

»Jetzt sei kein Idiot«, schimpft er und schüttelt den Kopf. »Du bist doch ein kluger Mann. Du weißt, dass sie anders ist. Also hör auf, dir was vorzumachen.«

»Also gut.« Ich seufze und hebe die Hände, um ihn zum Verstummen zu bringen. »Was soll ich deiner Ansicht nach tun? Ich kann sie ja nicht zwingen, diesen Affen abzuschießen. Und außerdem ist es schon so lange her, seit ich, na ja, eine Frau umworben habe. Ich wüsste gar nicht, wie ich das anfangen sollte«, gestehe ich.

Hunter versetzt mir urplötzlich einen Schlag auf den Hinterkopf, der mir ein Ächzen entlockt. »Wofür war das denn?«, frage ich und reibe mir den Schädel.

»Eine Frau *umwerben*? Echt jetzt? In welchem Jahrhundert lebst du eigentlich? Wenn du ihr so einen Scheiß erzählst, dann wird die einzige Frau, die du *umwirbst*, meine Oma sein«, sagt Hunter und verzieht angewidert das Gesicht.

»Komm endlich auf den Punkt – falls es den überhaupt gibt«, sage ich und reibe mir immer noch den Schädel.

»Madison ist nicht irgendein Mädel. Sie wird dich zur Rede stellen, wenn du irgendeinen Scheiß mit ihr versuchst. Ich habe keine Ahnung, was du gerade tust, aber es scheint offenbar zu funktionieren. Sie ist hier, richtig?«, sagt er fragend und wartet auf meine Antwort.

Ich nicke, denn damit hat er ausnahmsweise mal recht.

»Versau das hier bloß nicht, Kumpel, denn die Kleine ist was Besonderes. Könnte sein, dass ich mich ein bisschen in sie verguckt habe«, gesteht er, wackelt mit den Augenbrauen, und ich spüre, wie mich ein unerwartetes Gefühl der Eifersucht überkommt.

»Ooh, diesen Gesichtsausdruck habe ich schon sehr, sehr lange nicht mehr zu sehen bekommen. Steht dir aber gut.«

»Wovon redest du denn da? Was für ein Gesichtsausdruck?«, frage ich. Bin ich wirklich so leicht zu durchschauen?

»Dieser Ausdruck, der mir sagt, dass es tatsächlich doch noch etwas gibt, auf das du nicht scheißt. Du bist gar nicht so ein Aufreißer, Dixon. Tief in dir drin bist du ein großer, verschmuster Teddybär, dem ein sadistisches kleines Miststück die ganze Füllung herausgerissen hat. Aber langsam setzt du dich Stück für Stück wieder zusammen und wartest nur auf die richtige Frau, die dich in den Arm nimmt und wieder heil macht. Und damit meine ich nicht nur gewisse Teile deiner Anatomie.« Seine Hand schießt vor, und er kitzelt meinen Bauch. »Na, wer ist hier ein großer Schmusebär? Du bist das. Ja, du«, gurrt er, und ich boxe ihn ins Gehänge.

Er gibt ein Keuchen von sich, bevor er rot anläuft, und ich lache. »Jetzt sind wir wieder quitt, du Idiot. Und das war wirklich die schlimmste Analogie, die ich je gehört habe. Bitte verzichte in Zukunft darauf, mich jemals wieder in irgendeiner Form aufmuntern zu wollen.«

»Ich nehme alles zurück«, stößt er hervor und hält dabei seine Kronjuwelen fest. »Du bist ein gemeingefährlicher Teddybär.«

»Habe ich was verpasst?«, fragt Madison und zieht die Augenbrauen in die Höhe, als sie Hunter vornübergebeugt mit seinen Eiern in der Hand dastehen sieht.

»Nein, gar nichts«, erwidere ich lässig und wedele mit der Hand. Madison lacht und nimmt neben mir Platz.

Als sie sich arglos nach vorn beugt, um nach ihrem Bier

zu greifen, sehe ich, wie sich Hunters Pupillen weiten. Er hat gerade einen flüchtigen Blick auf das erhaschen können, was sie unter ihrem eng anliegenden Oberteil versteckt hat, und offenbar gefällt ihm, was er gesehen hat. Er beißt sich nickend in die Knöchel, um seine wortlose Anerkennung zum Ausdruck zu bringen, und ich verdrehe die Augen zur Decke.

»Ich sollte mich mal langsam auf den Weg machen«, sagt er und steht mit einem übertriebenen Gähnen auf, dem man ansieht, dass die Müdigkeit nur vorgetäuscht ist.

»Oh«, entfährt es Madison. Sogleich streckt sie den Rücken, und ihre selbstsichere Gelassenheit schwindet sichtlich dahin.

Ich habe keine Ahnung, wieso, doch ihre Reaktion hat mich darauf aufmerksam gemacht, dass Hunter eigentlich nicht mehr fahren sollte. »Du kannst ruhig hier pennen. Du bist nicht mehr in der Verfassung zu fahren«, sage ich mit Blick auf all die leeren Bierflaschen, die den Couchtisch zieren.

»Du bist zwar ein klasse Typ, Dix, aber ich werde nicht mit dir schlafen«, erklärt er kopfschüttelnd.

Ich lache im Aufstehen über den Schwachsinn, den er von sich gibt. »Du kannst dich aufs Sofa legen, du Pappnase. Oder ins Arbeitszimmer.«

»Danke für das Angebot, aber du weißt doch, dass ich nicht zu denen gehöre, die sich aufdrängen«, erwidert er grinsend und tut den Vorschlag mit einer Handbewegung ab.

»Oh nein, so was würde dir nicht im Traum einfallen«, sage ich spöttisch.

»Leck mich!«

»Das hättest du wohl gern«, entgegne ich wie aus der Pistole geschossen, und unser übliches Geplänkel bringt Madison zum Schmunzeln.

»Hat mich sehr gefreut, dich kennenzulernen, Pfläumchen«, sagt Hunter, greift nach ihrer Hand und drückt ihr einen Kuss auf den Handrücken.

»Die Freude war ganz meinerseits«, erwidert sie, und dabei steigt ihr die Röte in die Wangen.

»Wir sprechen uns dann morgen, Doc«, sagt er und schlägt mir auf die Schulter.

»Ich bring dich noch zur Tür«, antworte ich, und wir machen uns gemeinsam auf den Weg.

»Ich hoffe, wir sehen uns bald wieder, Pfläumchen«, ruft Hunter über seine Schulter hinweg, während ich ihn praktisch zur Tür hinausschubse.

»Gute Nacht, Hunter«, sage ich.

»Versau das hier nicht«, flüstert er und ist schon verschwunden, ehe ich antworten kann.

Ich hole tief Luft, bevor ich die Tür schließe, und als ich mich umdrehe, sehe ich, dass Madison den Tisch abräumt.

»Hey, lass nur. Das mach ich morgen früh.«

Aber sie besteht darauf und trägt einen Armvoll leere Flaschen in die Küche. »Ist schon okay. Dauert nur eine Minute«, sagt sie mit einem leichten Lächeln.

Sie macht mit einem Mal einen unglaublich nervösen Eindruck, und ich habe so ein Gefühl, es hängt damit zusammen, dass wir allein sind. Ich sammele den Rest der leeren Flaschen ein und folge ihr in die Küche, wo sie damit beschäftigt ist, energisch die Küchenplatten abzuwischen. Ich trete wortlos um sie herum und befördere die Flaschen in die Recyclingtonne, lasse sie lieber noch eine Weile gewähren, bevor ich sie anspreche, denn sie scheint gerade in Gedanken versunken zu sein.

Doch als sie anschließend beginnt, die leeren Chipsschüsseln auszuwaschen, ist mir klar, dass sie noch eine ganze Weile hier verbringen wird. Ich beschließe, sie allein weitermachen zu lassen, denn dieser Drang, sich zu beschäftigen, hilft ihr, wenigstens für einen Moment der Wirklichkeit zu entfliehen – ein Verhalten, das ich nur allzu gut von meiner verstorbenen Mutter kenne.

Ich verziehe mich leise und verschwinde in mein vom Schlafzimmer aus zu erreichendes Bad, um mich bettfertig zu machen. Nachdem ich mir die Zähne mit Zahnseide gereinigt und sie anschließend geputzt habe, schlüpfe ich in eine Jogginghose und klatsche mir ein paar Spritzer Aramis ins Gesicht, weil Madison vorhin hatte verlauten lassen, dass sie den Duft mag. Als ich das Licht im Badezimmer ausschalte und das Schlafzimmer betrete, vernehme ich, wie jemand hörbar die Luft einzieht. Ich schaue auf und erblicke Madisons Rücken.

»Madison?«, frage ich verwirrt. »Ist alles in Ordnung?«

Es dauert eine Sekunde, ehe sie antwortet. »Ähm, ja. Ich … ähm … ich benehme mich albern, tut mir leid.« Sie dreht sich herum, und die Nachttischlampe beleuchtet ihre geröteten Wangen.

Ich sehe, wie ihr Blick scheu über meine nackte Brust huscht, und mit einem Mal begreife ich ihr Verhalten: Sie ist schüchtern. Ich war zu sehr damit beschäftigt gewesen, mich zu fragen, was wohl ihren Stimmungswandel ausgelöst haben könnte, dass ich vergessen hatte, ein T-Shirt überzuziehen. Aber in Anbetracht der Tatsache, dass ich sonst nackt schlafe, kann sie froh sein, dass ich daran gedacht habe, eine Hose anzuziehen!

»Hübsches Tattoo«, sagt sie.

»Danke«, erwidere ich und reibe mit der Hand darüber hinweg.

»*Niemals sind wir ungeschützter gegen das Leiden, als wenn wir lieben*«, sagt sie den Kopf zur Seite geneigt, um die kursive Schrift zu lesen. »Das ist wunderschön.«

»Du meinst wohl jämmerlich«, korrigiere ich sie, und Madison zieht verwirrt die Augenbrauen in die Höhe.

Doch eine Sekunde später klappt ihr Mund auf, und sie scheint begriffen zu haben, was ich damit andeuten wollte. »Du hast dir das wegen deiner Exverlobten stechen lassen?«, fragt sie, und ich nicke.

»Siehst du, jämmerlich.«

Ich wende mich zur Kommode um und öffne eine Schublade, in der Absicht, mir ein T-Shirt herauszunehmen, doch Madison nähert sich mir rasch und legt mir mit festem Griff die Hand auf den Arm. Ich blicke darauf hinab, rechne damit, dass sie sie wieder wegziehen wird, aber das tut sie nicht. Sie lockert zwar ihren Griff, lässt allerdings nicht los. Sie macht einen Schritt auf mich zu, während ich zurückweiche.

»Erzähl mir, was passiert ist«, drängt sie mich mit sanfter Stimme, doch ich befreie mich aus ihrem Griff.

»Nein«, erwidere ich barscher als beabsichtigt und habe sogleich ein schlechtes Gewissen, als Madison den Blick mit einem verletzten Ausdruck in den Augen senkt. »Ich will dich nicht mit den erbärmlichen Details meiner verkorksten Beziehung langweilen, denn es gibt nicht viel zu erzählen. Ich habe mich in eine Frau verliebt, von der ich glaubte, dass sie meine Liebe erwidert. Ich habe ihr einen Heiratsantrag gemacht und ihr zuliebe dieses Apartment gekauft«, sage ich und öffne die Arme. »Und als Dank dafür hat sie mit meinem besten Freund gevögelt, ist schwanger geworden und hat ihn geheiratet. Und sie leben glücklich miteinander bis ans Ende ihrer Tage«, setze ich mit bitterer Stimme hinzu.

Verdammt, wo kam das denn plötzlich her? Ich dachte, ich wäre über Lily hinweg, doch offenbar bin ich das immer noch nicht. Vermutlich werde ich mich nie mit ihrem Treuebruch abfinden können.

Aber ein Blick auf Madison, die sich die Hand auf den Mund gepresst hat und deren ehrliche Augen sich mit Tränen füllen, sagt mir, dass sie der Grund für meinen Gefühlsausbruch ist. Jetzt, wo sie vor mir steht, ich erlebt habe, dass sie einen Draht zu meinen Freunden hat, es mir vorkommt, als gehöre sie hierher, da weiß ich, dass ich mehr will.

Ich habe schon lange nicht mehr so empfunden, aber natürlich ist ausgerechnet das Mädel, zu dem ich mich hingezogen fühle und das nicht nur allein eine äußere Schönheit besitzt, für mich unerreichbar, weil es mit diesem Idioten zusammen ist. Doch ich kann nicht umhin, daran zu denken, was Hunter gesagt hat. Er hat recht, Madison hat ihn den ganzen Abend über kein einziges Mal erwähnt, und sie ist hier, um in meinem Bett zu schlafen und nicht etwa in seinem.

Mir fallen ihre Worte der letzten Nacht wieder ein und der

Grund, warum sie hier ist: weil sie hier sein will. Sie fühlt sich bei mir sicher, und für jemanden, der fast die ganze Zeit in Furcht zu leben scheint, macht es Sinn, sich zu einem Ort hingezogen zu fühlen, der einem ein Gefühl von Sicherheit vermittelt.

Ich habe keine Ahnung, wovor sie sich fürchtet, aber ich werde mein Bestes versuchen, um sicherzustellen, dass sie niemals wieder Angst haben muss. Ob ich das nun tue, weil sie mich zu ihrem Freundeskreis zählt oder weil ich vielleicht mehr für sie bin, das spielt keine Rolle. Ich nehme, was immer ich kriegen kann, denn ich bin ihr total verfallen.

»Ich geh mal auf eine Zigarette raus«, sage ich, greife nach der Packung auf der Kommode und öffne die Balkontür.

Ich stecke mir eine Marlboro zwischen die Lippen, zünde sie an und genieße diesen ersten, dringend nötigen Zug. Ich stütze meine Ellenbogen auf das Geländer und betrachte neidisch die Welt da unten, in der alles für jeden so leicht zu sein scheint, während ich bis zum Hals in der Scheiße stecke.

Wieso nur war ich so dumm, mich für den Sex und gegen Madison zu entscheiden, denn das ist es, was ich getan habe? Ich hätte sie haben können, doch stattdessen habe ich mich für den leichten Weg entschieden, weil Sex weit nicht so kompliziert ist wie … Gefühle. Aber nun spüre ich, wie meine Entschlossenheit zunehmend ins Wanken gerät, wenn ich in der Nähe dieser außergewöhnlichen Frau bin.

»Dixon?«, ertönt Madisons leise Stimme hinter mir.

Ich nehme einen letzten Zug, drücke den Zigarettenstummel aus und wedele die nikotinerfüllte Luft fort. »Hey«, erwidere ich, drehe mich aber nicht um, sondern starre weiter auf die Welt, die sich unter mir dreht.

»Tut mir leid, dass du dich jetzt so aufgeregt hast. Das war nicht meine Absicht. Ich hätte nicht fragen sollen. Ich weiß selbst, wie schwer es ist, über so einschneidende Erfahrungen zu reden«, bekennt sie, und ich nicke, drehe mich jedoch immer noch nicht um.

»Welche Lehre hast du denn daraus gezogen, dass dir der Mensch, den du geliebt und dem du bedingungslos vertraut hast, das Herz gebrochen hat?«, fragt sie, doch ihrem Tonfall entnehme ich, dass sie keine Antwort erwartet, dass dies noch nicht alles ist, und so bleibe ich stumm.

»Welche Lehre hast du daraus gezogen, dass sie dich auf unbeschreibliche Art und Weise hintergangen hat?«

Ihr bleibt der Atem weg, und als sie ein ersticktes Schluchzen von sich gibt, hält sie sich die Hand vor den Mund in dem vergeblichen Versuch, keine Verletzlichkeit zu zeigen.

»Das Einzige, was du gelernt hast, ist, dass das Leben scheiße ist.« Eine einzelne Träne kullert ihr über die Wange und verrät mir, dass wir nicht mehr länger über mich reden, sondern über sie.

Mein Bedürfnis, sie zu trösten, ist übermächtig, und ich vermag es nicht zu unterdrücken. »Hey, ist schon okay.« Ich reibe sanft ihren Arm und sehe, wie weitere Tränen fallen.

Jetzt, wo sie begonnen hat zu weinen, scheint sie nicht mehr aufhören zu können. Aber das ist in Ordnung – sie kann sich ruhig bei mir ausheulen, ich habe allerdings nicht die Absicht, mich auch nur einen Zentimeter zu bewegen.

»Lass es raus«, sage ich und trete entgegen meiner Absicht doch auf sie zu, um sie in die Arme zu nehmen.

Sie lässt es bereitwillig geschehen, schmiegt sich an mich, und ihr schmaler Körper wird von lautlosen Schluchzern geschüttelt.

Ihre kleinen Finger graben sich in meine Schultern, während sie in meine Brust weint. Ich habe keine Ahnung, wie lange wir so dastehen und sie sich an mich klammert, als wäre ich ihr Rettungsanker, aber das ist mir egal. Sie kann sich an mir festhalten, so lange sie will, denn jeder Schluchzer scheint ihren Schmerz zu lindern.

Nach einer Weile lässt das Schluchzen nach und verwandelt sich langsam in leises Schniefen und dann in schweres Atmen. Ich habe keine Ahnung, was das hier ausgelöst hat, doch es könnte ihr ungewöhnliches Verhalten von vorhin erklären.

»T-tut mir leid«, stammelt sie mit zittriger Stimme.

»Warum um alles in der Welt entschuldigst du dich denn?«, frage ich, die Arme immer noch um sie geschlungen.

»Weil ich mich wie eine deiner Patientinnen aufführe«, erwidert sie in einem Versuch, die Stimmung aufzuheitern.

»Das ist schon okay. Du bekommst die VIP-Behandlung.«

Sie rückt etwas von mir ab und blickt verwirrt zu mir auf.

»Ich nehme meine Patientinnen für gewöhnlich nicht in den Arm«, erkläre ich, versäume es aber zu erwähnen, dass ich keine Skrupel habe, mit ihnen zu schlafen.

»Oh«, sagt sie schuldbewusst und will zurückweichen.

Doch ich halte sie weiter fest, erlaube ihr nicht, sich auch nur einen Zentimeter von mir wegzubewegen. »Aber glücklicherweise bist du nicht meine Patientin«, sage ich und wische ihre Tränen mit meinem Daumen weg.

»Ich danke dir, Dixon. Das ist das erste Mal seit langer Zeit, dass ich geweint habe.«

»Und wie hat es sich angefühlt?«

»Gut«, erwidert sie mit einem traurigen Lächeln.

»Tja, also falls du die hier mal wieder benötigen solltest«, ich tätschele meine rechte Schulter, »dann gehört sie dir.«

Das sollte ein Witz sein, aber Madisons Pupillen weiten sich, und es scheint ihr gerade erst klar geworden zu sein, dass sie sich an meine nackte Brust presst, denn sie tritt rasch aus meiner Umarmung heraus und errötet, als sie meinen Körper betrachtet. Ihr Blick verharrt auf meinem Bauch, und als er kurz tiefer wandert, da reagiert mein aufmerksamer Körper sogleich, und es regt sich etwas unterhalb der Gürtellinie. Ein Blick von ihr reicht aus, um mir einen Halbsteifen zu bescheren.

Doch ich drehe mich nicht etwa weg, sondern bleibe so stehen. Sie soll ruhig wissen, dass sie dies ausgelöst hat.

Madison macht einen Schritt auf mich zu, streckt die Hand aus und berührt mit zitternden Fingern die Vertiefung zwischen meinen Schlüsselbeinen. In dem Moment, in dem ich ihre Finger auf meiner Haut spüre, gebe ich ein lustvolles Zischen von mir. Ihre Bewegungen sind so langsam und verhalten. Mit den Fingerspitzen gleitet sie an meinem Oberkörper hinunter und verharrt knapp über meinem Herzen. Mein Blick weicht keine Sekunde von ihr. Ich habe noch nie etwas so Erotisches erlebt, denn ich vermute, dass sie zum ersten Mal den Körper eines Mannes erforscht, und ich bin ein williges Versuchsobjekt.

Mit tastenden Fingern bewegt sie sich über meine Brust, umkreist mit einer federleichten Berührung ihres Zeigefingers meine Brustwarze, und ich vermag gerade noch ein Stöhnen zu unterdrücken. Meine Erregung steigert sich, als ich sehe, wie sie sich auf die Lippe beißt und ihre kleinen Zähne das rubinrote Fleisch vor und zurück rollen.

Aber ich sage immer noch kein Wort.

Sie bewegt sich zur anderen Brustwarze hinüber, und als sie mit ihrem Daumen darüber hinwegfährt, da steht mein Schwanz mit einem Mal wie eine Eins. Ihr Blick fällt auf das Zelt in meiner Jogginghose, und anstelle von Furcht sehe ich Verlangen in ihren Augen. Ich wäre fast gekommen, und dieser Anblick wäre es wert gewesen.

Sosehr ich mich auch danach sehne, sie zu berühren, so gebe ich diesem Verlangen dennoch nicht nach, bewege mich nicht von der Stelle und überlasse ihr die Führung. Mit ängstlicher Erwartung gleiten ihre zarten Finger über meine Mitte hinunter und biegen zu meinen Rippen ab, wo sie das Tattoo nachzeichnen. Eine einzelne Berührung hat sich noch niemals derart intim angefühlt, und ich summe leise, habe das Gefühl zu explodieren.

»Ich finde nicht, dass das jämmerlich ist. Ich finde, es zeugt davon, was du getan hast, um das alles durchzustehen und weitermachen zu können.« Sie streicht ihr langes Haar zu einer Seite, beugt sich vor und gibt mir einen Kuss auf die eintätowierten Worte.

Ihre Lippen sind wie eine Spritze Adrenalin für meinen ausgehungerten Körper, und ich zittere unter ihrer sanften Berührung. Sie gibt mir einen weiteren Kuss und dann noch einen und noch einen entlang der Zeilen, bis ihre Lippen an meiner Taille angelangt sind. Ihre Hände liegen um meine Hüften, und sie steht so gebückt, dass der Anblick Bilder in meiner Vorstellung heraufbeschwört, wie sie ihre Lippen um meinen wachsenden Schwanz legt und mich erlöst. Aber ich werde nicht zulassen, dass sie sich auf diesen kalten, harten Boden kniet, um mich zu befriedigen, denn das Einzige, woran ich zu denken vermag, ist, wie sie durch meine Hand zum Höhepunkt kommt.

»Sieh mich an«, sage ich mit einer heiseren Stimme voller Verlangen.

Madison richtet sich langsam auf, und wir stehen einander gegenüber, und unsere Brustkörbe heben und senken sich in Erwartung dessen, was kommen wird. Madison überrascht mich allerdings, als sie den ersten Schritt tut, sich auf mich zubewegt, mir eine Hand auf mein rasendes Herz legt und langsam den Mund zu meinem hinaufhebt, sodass sich unser beider Atem zu einem einzigen vermischt.

Doch bevor dies geschieht, muss ich sichergehen, dass sie das hier auch wirklich will und sich nicht bloß in einem Moment verliert.

»Wenn du mich küsst«, konstatiere ich mit rauer Stimme, und unsere Blicke verfangen sich ineinander, »dann kannst du das nicht mehr zurücknehmen.«

»Ich will es auch gar nicht zurücknehmen«, flüstert sie, und ihr warmer Atem streichelt meine Wangen, und ihre Augen sind dunkel vor Verlangen.

»Gut«, knurre ich, ehe ich ihren Mund mit einem leidenschaftlichen Verlangen in Besitz nehme.

Wir lassen es nicht langsam angehen. Es ist ein wilder, ungestümer Kuss, ein Wettstreit, um zu ermitteln, wer den anderen zuerst zu verzehren vermag.

Ich lege eine Hand um Madisons Taille, greife mit der

anderen in ihr Haar und ziehe ihren Kopf zurück, um ihren Mund zu dominieren. Sie keucht und stöhnt, und ihr geschmeidiger Körper windet sich an meinem, und dabei reibt sie auf köstliche Weise über meinen Schwanz. Sie legt mir beide Arme um den Hals, zieht meinen Mund auf den ihren herab, und mein Hunger beherrscht mein Handeln, als ich sie rückwärts ins Zimmer zurückführe, ohne dass meine Lippen dabei jemals die ihren verlassen.

Sie fügt sich willig, und in dem Moment, als ihre Kniekehlen den Rand der Matratze berühren, fällt sie nach hinten und zieht mich mit sich. Mein großer Körper lässt ihre winzige Gestalt zwergenhaft erscheinen, und ich versuche mich auf die Ellenbogen zu stützen, um nicht mit meinem ganzen Gewicht auf ihr zu liegen. Sie schlingt ihre kräftigen Beine um mich und zieht mich auf sich herunter.

Ich kann nicht genug von ihr bekommen, doch sie erwidert jeden meiner leidenschaftlichen, ungestümen Küsse mit einer noch größeren Wildheit. Ihre Zunge duelliert sich mit der meinen, und ihr Verlangen ist an sich schon ein Aphrodisiakum. Es dauert nicht lange, und ich zerre an ihrem T-Shirt, muss ihre nackte Haut unbedingt an meiner spüren.

Es gelingt mir, es ihr über den Kopf zu ziehen, ohne meinen Mund länger als zwei Sekunden von dem ihren zu lösen, und dann liege ich wieder auf ihr und küsse sie, als würde ich ohne ihre Lippen sterben. Sie kreuzt die Beine unter mir, und ich weiß, dass sie sich nach Erleichterung, nach Erlösung sehnt, und ich habe vor, sie ihr zu verschaffen.

Auch wenn es mir schwerfällt, lasse ich von ihrem Mund

ab, und sie schöpft den dringend benötigten Atem, wobei sich ihr Brustkorb so rasch hebt und senkt, dass ihre üppigen, prallen Brüste beinahe aus ihrem schwarzen Spitzen-BH hüpfen. Bei dem Anblick fährt ein Ruck durch meinen Schwanz. Madison stößt ein Keuchen aus, und ihre Pupillen weiten sich, da ich mich gegen ihre Mitte presse.

»Ist das okay für dich?«, frage ich atemlos, weil mein vor Lust vernebeltes Hirn für einen kurzen Moment imstande ist, klar zu denken.

»Ja«, stößt sie hervor und beißt sich auf die Lippe. »Mach weiter.«

Mehr braucht es nicht, und ich küsse ihren Mundwinkel, um mich dann an ihrem lang gestreckten Hals hinabzuarbeiten, den sie nach hinten beugt und mir damit freien Zugang zu ihrer köstlich duftenden Haut verschafft. Ich küsse ihren rasenden Puls und kann einfach nicht anders: Ich muss ihr Fleisch in meinen Mund saugen und meine Spuren auf ihr hinterlassen, denn alle Welt soll wissen, dass ich für diesen roten Fleck der Leidenschaft verantwortlich bin.

Sie stöhnt und keucht, und diese Laute sorgen dafür, dass mein Schwanz ein Loch in meine Hose boxt und fordert, rausgelassen zu werden, um mitzumachen. Ich höre auf zu saugen und setze meinen Weg fort, küsse sie tiefer und tiefer, bis ich zwischen ihren schwellenden Brüsten angelangt bin. Ich weiche zurück, nehme mir einen Moment, um ihre Schönheit zu würdigen, denn es sind wirklich die geilsten Titten, die ich jemals gesehen habe.

»Die sind einfach umwerfend«, sage ich, umschließe erst einen prallen Hügel und dann den anderen.

Madison stöhnt und bäumt sich unter meiner Berührung auf. Meine Hand vermag kaum ihre perfekten Ruhekissen zu bedecken.

Ihre aufgerichteten Nippel zeichnen sich unter dem durchsichtigen Material ihres schwarzen Spitzen-BHs ab, und mir läuft das Wasser im Mund zusammen. Als ich eine Schale hinunterziehe, springt die Brust heraus, und ich gebe ein tiefes Knurren von mir, da ich bislang noch niemals zuvor in den Genuss eines solchen Anblicks gelangt war.

»Ach du Scheiße«, seufze ich anerkennend. »Ich wusste, dass sie unglaublich sind.« Ich greife nach vorn und zupfe sanft an ihrem Nippel, was sie erzittern lässt. »Aber so perfekte Titten wie die hier sollten verboten sein.« Ich beuge mich vor und nehme den Nippel in den Mund.

Sie stößt einen Schrei aus, windet sich unter mir und spornt mich an weiterzumachen, als sie ihre Finger in meinem Haar vergräbt.

»Oh mein Gott«, wimmert sie und wirft den Kopf von einer Seite zur anderen.

»Gefällt dir das, *angelo*?«, frage ich, ohne von ihr abzulassen, und sie gibt anstelle einer Antwort ein Stöhnen von sich.

Es kommt mir wie ein Tittenbuffet vor, als ich meine Hand unter ihre schwere Brust lege und sie in meinen Mund sauge. Zum Teufel mit denen, die behaupten, eine Handvoll sei mehr als genug, denn im Moment schwimme ich in Titten, und ich will mehr.

Ich zerre die andere Schale hinunter und streiche mit meinem Daumen über den Nippel, während ich den anderen mit meiner Zunge bearbeite.

»Oh, Scheiße«, stößt sie hervor, und ihre Finger reißen an

meinem Haar, und ihre Hüften heben sich meinem mächtigen Ständer entgegen – eine Bewegung, die mich wahnsinnig macht.

Ich sauge und lecke weiterhin an ihrer Brust, lasse dabei meine Hand zwischen uns hinunterwandern, denn ich will spüren, wie sich ihre Muskeln um meine Finger krampfen, wenn sie kommt und meinen Namen schreit. Ich öffne den Knopf ihrer Hose, und in dem Moment, in dem ich dies tue, spüre ich, wie ihr Körper unter mir erstarrt. Aber mein Gehirn und mein Körper sind zwei getrennte Einheiten, und ich mache weiter, weil mein Verlangen jede meiner Bewegungen antreibt.

Ich ziehe den Reißverschluss hinunter und versuche ungeduldig meine Hand hineinzuschieben, als ihre Worte mich innehalten lassen und ich meine Hand augenblicklich wieder herausziehe, als hätte ich mich verbrannt.

»Nein. Nein. Nein. Nein«, wiederholt Madison immer wieder mit halblauter, kehliger Stimme. Sie hat die Augen fest geschlossen und bewegt ihren Kopf von einer Seite zur anderen.

»Madison«, sage ich bestürzt und weiche zurück.

Sie scheint in eine Art Trance gefallen zu sein, und ich lasse sogleich von ihr ab, knie mich neben sie und rüttele sanft an ihrer Schulter, da ich die Sorge habe, dass sie in einer schlimmen Erinnerung feststeckt – einer Erinnerung, die durch meine gierigen Hände wieder an die Oberfläche gekommen ist.

»Madison«, sage ich wieder, lauter dieses Mal, und rüttele ihre Schulter etwas fester, da ich befürchte, sie könne einen Schock erleiden.

»Fass mich nicht an!«, schreit sie mit kreidebleichem Gesicht.

Ich ziehe meine Hände weg und setze mich auf die Fersen. Sie scheint sich zu beruhigen, als ich sie nicht mehr berühre, aber ihr angstvolles Jammern sagt mir, dass sie immer noch in der Vergangenheit verloren ist.

»Madison, ich bin's, Dixon. Du bist in Sicherheit, *angelo*. Niemand wird dir etwas tun. Ich bin hier ... schhhh, ich bin ja hier.«

Meine Worte zeigen die gewünschte Wirkung, und ihr Weinen verwandelt sich in ein Wimmern. Ich warte ab und erlaube ihr, aus diesem Albtraum hervorzukriechen, denn dies hier sind ihre Dämonen, und sie muss bereit sein, ihnen allein gegenüberzutreten.

Ihre Lider öffnen sich langsam. Ihre Augen sind rot vom Weinen, und sie blickt sich hektisch im Zimmer um, nimmt ihre Umgebung wahr. Sie beruhigt sich, als sie sieht, wo sie ist, hatte offensichtlich geglaubt, woanders zu sein.

»Madison?«, frage ich vorsichtig, hebe die Hände zum Zeichen, dass ich es nicht böse meine. »Geht's dir gut? Was war denn da gerade los?«

Als sie meine Stimme vernimmt, sieht sie mich erschrocken an, und ihr Blick senkt sich auf ihre nackte Brust. Eine leuchtende Röte schießt in ihre eben noch bleichen Wangen, und sie versucht, ihre Blöße mit den Händen zu bedecken.

»Oh Gott, was habe ich getan?«, flüstert sie, und ihre Augen füllen sich wieder mit Tränen.

Sie springt auf, schlüpft in den BH, streift sich das T-Shirt über und blickt sich dabei auf der Suche nach ihrem Rucksack hektisch im Zimmer um. »Tut mir leid, ich muss los«, sagt sie gehetzt, ohne mich dabei anzusehen.

»Madison, rede mit mir«, fordere ich, springe vom Bett und greife nach ihrem Arm.

Doch in dem Moment, als ich sie berühre, schreckt sie so heftig zurück, dass sie sich den Ellenbogen an der Kommode stößt, was sie aber nicht davon abhält, wie eine Wilde auf die Tür zuzustürmen.

»Lass mich bitte einfach in Ruhe«, ruft sie mir zu und stürzt ins Wohnzimmer.

Aber das werde ich nicht tun. Ich muss wissen, was geschehen ist, denn das da eben war schon ziemlich starker Tobak, und ich will den Grund dafür erfahren.

»Nein. Lass uns darüber sprechen. Erzähl mir, was passiert ist. Erzähl mir, was dir zugestoßen ist«, sage ich, und Madison sieht mich an, als hätte ich ihr eine Ohrfeige verpasst.

»Nein! Das kann ich nicht«, schreit sie und rennt Richtung Wohnungstür.

Doch ich bin ihr dicht auf den Fersen. Sie ist fast an der Tür angekommen und nur noch Sekunden davon entfernt, aus meinem Leben zu verschwinden, als ich mit flehentlicher Stimme sage: »Bitte! Ich würde nie über dich richten. Du kannst mit mir reden. Du *musst* mit jemandem über das reden, was hier gerade geschehen ist.«

Sie wirbelt so schnell herum, dass mir beinahe ihr Haar ins Gesicht peitscht. »Damit du mich analysieren kannst? Oder versuchen, mich wieder in Ordnung zu bringen? Nein, danke. Ich bin nun mal verkorkst, und wir könnten noch so viel reden, das lässt sich nicht wieder in Ordnung bringen.«

»Das weißt du doch gar nicht. Vertrau mir einfach«, dränge ich sie und trete einen Schritt auf sie zu.

»Nein«, blafft sie und senkt den Blick. »Ich kann nicht. Wir werden uns nicht mehr sehen, Dixon. Tut mir leid, ich hätte es nie so weit kommen lassen dürfen.«

Ihre Worte sind wie ein Schlag in die Magengrube, und mir bleibt für einen Moment die Luft weg, aber ich versuche mein Bestes, ruhig und verständnisvoll zu reagieren. »Ich war doch eben selbst dabei«, sage ich, weil ihre Worte einfach keinen Sinn ergeben, »und als du meine Küsse erwidert hast, da kam es mir nicht so vor, als würdest du es bereuen.«

»Es war ein Fehler«, widerspricht sie in einem schrillen Ton, der mich zusammenzucken lässt.

Mir ist klar, dass sie Angst hat und vermutlich durcheinander ist, aber ich werde auf keinen Fall zulassen, dass sie das, was da gerade in meinem Schlafzimmer passiert ist, herunterspielt.

»Wir wissen doch beide, dass das nicht stimmt«, kontere ich hitzig mit einem kleinen Schmunzeln.

»Ich … ich habe einen Freund«, erklärt sie kläglich, offenbar bereit, nach jedem Strohhalm zu greifen, aber ich sehe rot.

Wie kann sie es wagen, diesen David hier mit reinzuziehen, denn es ist schlicht und einfach feige, ihn als Entschuldigung vorzuschieben, um sich dahinter zu verstecken.

»Tja, es waren aber nicht die Hände deines Freundes, von denen du dich vor fünf Minuten noch allzu bereitwillig hast anfassen lassen, oder?«, entgegne ich mit schärferem Ton.

»Du Mistkerl«, faucht sie mit zusammengekniffenen Augen. »Das hier hätte nie passieren dürfen.«

»So ein Pech auch, es ist aber passiert. Also musst du jetzt wohl oder übel die Konsequenzen tragen.«

»Nein, ich nehme es zurück«, erwidert sie verbissen, und ihre schwachsinnige Weigerung macht mich nur noch wütender.

»Ich habe dir doch gesagt«, erkläre ich, trete dabei auf sie zu und platziere meine Hände links und rechts von ihr auf der Wohnungstür in ihrem Rücken, »dass du es nicht zurücknehmen kannst.«

»Es war ein F-Fehler«, stammelt sie. Ihre grünen Augen blicken ängstlich drein, und ihr Rücken presst sich noch fester gegen die Tür.

»Du bezeichnest das, was wir da eben getan haben, also als Fehler?«, frage ich, und sie nickt wenig überzeugend.

»Das mit uns, das würde niemals funktionieren. Es hat Spaß gemacht, aber wir sind einfach zu verschieden. Wir wollen unterschiedliche Dinge«, sagt sie, und ihre Worte sind wie Messer, und sie schneiden tief, denn sie ähneln denen, die Lily mir zum Abschied gesagt hat.

»Spaß? Das war mehr als nur Spaß, und das weißt du genau. Werd erwachsen und rede auch wie eine Erwachsene mit mir«, sage ich. Das ist vielleicht etwas heftig, doch ich muss sie dazu bringen, ehrlich zu sein und mir zu sagen, was wirklich los ist.

Aber sie ist so ein verdammter Dickkopf. »Du hältst mich also für ein Kind?«, fragt sie, und ich sehe ihr an, dass ich sie damit verletzt habe.

»Du benimmst dich zumindest wie eins«, antworte ich. Ich verstehe sie einfach nicht. Das hier ist nicht die Madison, die ich kenne. Aber vielleicht ist die Frau, die ich zu kennen geglaubt hatte, nie die echte Madison gewesen.

»Nun, dieses *Kind* will jetzt gehen.« Ihre letzten Worte sind mein Untergang. »Wie schon gesagt, das hier war ein Fehler.«

Ich öffne den Mund, um zu protestieren, schließe ihn allerdings rasch wieder, als sie grausamerweise hinzufügt: »*Du* bist ein Fehler.«

Ich benötige einen Moment, um zu verarbeiten, was sie gerade gesagt hat, und obwohl ich weiß, dass sie lügt, weigere ich mich, diese Unterhaltung fortzusetzen, wenn sie mir nicht auf halbem Weg entgegenkommt. »Das ist Schwachsinn, und das weißt du genau. Der einzige Fehler hier ist, dich gehen zu lassen.«

Ich drücke mich von der Tür ab und trete zurück. Ich atme schwer, weil ich so stinksauer bin.

Wenn sie unbedingt gehen will, dann werde ich sie nicht aufhalten, aber wenn sie erst mal weg ist, ist sie weg. Ich habe nicht vor, ihr eine zweite Chance zu geben, denn das ist nicht mein Ding. Und schon gar nicht, wenn sie mich für einen Fehler hält.

»Leb wohl, Madison«, sage ich und kehre ihr den Rücken zu, weil ich es nicht ertragen könnte zuzusehen, wie sie ihn mir zukehrt.

»Dixon«, sagt sie seufzend, doch ich drehe mich nicht wieder um. Ich lasse meinen Blick durch die Wohnung schweifen und frage mich, wann das Ding den Bach runtergegangen ist.

»Mach dir deswegen keinen Kopf. Es liegt nicht an dir, sondern an mir.«

»Geh einfach«, sage ich. Bin nicht an ihren Entschuldigungen interessiert. Habe keinen Bock, um jemanden zu kämpfen, der gar nicht will, dass man um ihn kämpft.

»Tut mir leid, dass ich dich verletzt habe.« Und mit diesen Worten schließt sie die Tür hinter sich und allem, was hätte sein können, aber nun niemals sein wird.

DRITTER TEIL

Ein Monat später

24

Alles auf null

Dixon

Ihr Kopf bewegt sich auf und ab.

Einmal. Zweimal. Atmen.

Einmal. Zweimal. Würgen.

So gern ich mir auch einen blasen lasse, aber das hier ist jetzt schon das vierte Mal in dieser Woche, ohne dass ich auch nur den leisesten Schimmer habe, wer diejenige ist, die da unten saugt und leckt.

Ich hasse den Kerl, der mir aus dem verschmierten Badezimmerspiegel entgegenblickt.

Den Kerl, der endlich nach langer Zeit eine Frau gefunden hatte, die er wirklich mochte, und sie gehen ließ, weil sie seine verdammten Gefühle verletzt hatte. Was für ein Schlappschwanz! Aber genau da liegt das Problem. Mein gerade nicht so schlapper Schwanz hat mir überhaupt erst die ganzen Probleme eingebrockt, und jetzt bin ich wieder dabei, eine Tussi nach der anderen zu vögeln und mich einen Dreck um das Wer, Wann oder Warum zu scheren.

Als ich komme, ergieße ich mich ziemlich gelangweilt in ihren Mund, und die brünette Zufallsbekanntschaft zu meinen Füßen lässt sich nicht einen einzigen Tropfen davon entgehen. Mein Orgasmus fühlt sich ebenso bedeutungslos und hohl an wie der vom heutigen Morgen. Doch ein Mann muss nun einmal tun, was ein Mann tun muss, und ich bin eben erst zufrieden, wenn ich alle Frauen in Manhattan durchhabe, bloß weil ich die eine nicht kriegen kann, die ich will.

Die Tussi, deren Namen ich bereits vergessen habe, wischt sich die rot angepinselten Lippen ab und blickt unter ihren falschen Wimpern hervor zu mir auf. »Jetzt bin ich an der Reihe«, schnurrt sie, steht auf, stützt sich auf dem Waschbecken ab, stellt sich breitbeinig hin und streckt ihren Po nach hinten.

Ihr kurzer Rock schiebt sich in die Höhe, und ich sehe, dass sie keine Unterwäsche trägt. Ihre rasierte Muschi ist glitschig und glänzend, und die meisten Männer wären wahrscheinlich in einer Sekunde auf den Knien, um dieses Möchtegern-Model zu befriedigen, aber ich schiebe nur meinen Schwanz in die Hose und ziehe den Reißverschluss hoch.

»Vielleicht beim nächsten Mal, Süße«, sage ich, was natürlich nach Strich und Faden gelogen ist.

»Was?«, stößt sie keuchend hervor, kann nicht glauben, dass ich sie hängen lasse. »Du willst dich nicht revanchieren?«

Als ich, gelangweilt von ihrem melodramatischen Getue, lediglich mit den Schultern zucke, schreit sie: »Du Schwein!«

»Tja, das passiert, wenn man einem Fremden in einer öffentlichen Toilette einen bläst«, erkläre ich und zupfe meine Manschettenknöpfe zurecht.

»Du hast mir gesagt, ich sei schön!«, ruft sie, und ihre Augen füllen sich mit Tränen.

»Das bist du ja auch.« Ich strecke die Hand aus und ziehe ihr den Rock herunter, da mir ihre Muschi einen Stinkeblick zuwirft. »Aber mit Schönheit allein kommt man nicht weit.«

»Hä?«, erwidert sie und rümpft die Nase.

»Wenn du älter bist, wirst du verstehen, wie wichtig die inneren Werte sind. Mit alldem hier –« ich deute mit der Hand auf ihre gestylte Aufmachung – »schaffst du es vielleicht, von Arschlöchern wie mir aufs Kreuz gelegt zu werden, aber nicht auf die feine Art.« Ich schließe die Badezimmertür auf und meide die bösen Blicke der zornigen weiblichen Gäste, die dringend auf die Toilette müssen.

Als ich am Tisch ankomme, reicht Finch und Hunter ein einziger Blick, und sie verdrehen die Augen.

»Schon wieder?«, fragt Finch mit hochgezogenen Augenbrauen.

Ich zucke lässig mit den Schultern und klaue mir Hunters Bier. »Was soll ich sagen?«

»Dass du ein dreckiger Hurenbock bist«, tönt Hunter entrüstet. »Und das kannst du behalten«, fügt er hinzu und deutet auf sein Bier. »Wer weiß, wo dein Mund gewesen ist.«

»Ich hab gerade nicht zugehört«, entgegne ich und zeige ihm den Stinkefinger.

»Dix, wir machen uns Sorgen«, sagt Finch, und ich muss unwillkürlich an seine Worte denken, die er vor ein paar Monaten zu mir gesagt hatte.

In derselben Bar. Zum selben Thema. An einem Freitagabend. Nur dass es sich dieses Mal viel schlimmer anfühlt.

»Dazu gibt es keinen Grund«, entgegne ich. »Es geht mir gut. Das Leben ist toll. Ich mache mich morgen auf den Weg nach Boston, und ich werde diese ganzen hohen Tiere vom Hocker reißen und mir einen Namen machen.«

»Na, das tust du hier ja jetzt schon.«

Natürlich ist Hunter sauer auf mich, weil ich nicht Manns genug bin, um Madison anzurufen. Er fand sie wirklich sympathisch, und obwohl ich ihm bereits hundertmal erklärt habe, dass die Sache schon zu Ende war, bevor sie überhaupt richtig begonnen hatte, will er es einfach nicht wahrhaben.

»Ruf sie doch an«, sagt er zum mindestens zwanzigsten Mal in dieser Stunde.

»Wieso rufst *du* sie nicht an?«, schlage ich vor, bedauere es aber sogleich, als sich seine Miene aufhellt. »Das war ein Scherz! Du wirst sie nicht anrufen. Und sie auch nicht bei der Arbeit aufsuchen. Du unterlässt jegliche Form der Kommunikation, verstanden?«

Als mich Hunter ignoriert, wiederhole ich: »Verstanden?«

»Ja, laut und deutlich«, erwidert er unglücklich. »Ich wünschte nur –«, doch ich stoppe ihn sogleich, indem ich den Zeigefinger hebe.

»Diese Unterhaltung ist beendet.«

Hunter stößt ein Schnauben aus und verschränkt seine Arme vor der Brust, doch ich weigere mich nachzugeben.

Ich hatte anfangs mit dem Gedanken gespielt, Madison anzurufen, aber als, ein paar Tage nachdem sie mich sitzen gelassen hatte, von ihrer Seite immer noch Funkstille herrschte, da begriff ich, wie beredt dieses Schweigen war und dass wir miteinander fertig waren.

Ich bin Frauen und ihre Spielchen so leid! Was das angeht, habe ich in meinem Leben wirklich schon genug mitgemacht. Also bin ich zu der Erkenntnis gelangt, dass es besser ist, mich wieder dem zu widmen, womit ich mich auskenne und worin ich gut bin: arbeiten, schlafen und Sex.

Arbeiten ist leicht. Schlafen ist leicht. Sex ist leicht. Es ist nur der Kram dazwischen, der einem dabei in die Quere kommt.

»Freust du dich auf Boston?«, fragt Finch, der versucht, das Thema zu wechseln, und ich nicke.

»Ist gut, mal für eine Weile von hier wegzukommen«, antworte ich, da ich mir ein paar Tage freigenommen habe, um etwas auszuspannen.

Glücklicherweise reise ich allein, weil ich seit der Nacht, als ich Juliet erklärt hatte, dass das mit uns vorbei ist, nichts mehr von ihr gehört habe – wenn man einmal von dem Spitzentanga absieht, den sie mir in die Praxis geschickt hatte.

Es wird mir guttun, aus New York rauszukommen, denn genau wie die Stadt schlafe auch ich niemals.

25

Schlechte Angewohnheit

Dixon

Ich treffe am frühen Morgen in Boston ein.

Sobald ich auf meinem luxuriösen Zimmer bin, schließe ich die Vorhänge, schalte alles aus, womit man mich erreichen könnte, und betrinke mich bis zur Besinnungslosigkeit mit den beiden Flaschen Scotch, die ich auf der Fahrt hierher gekauft habe, denn ich bin einfach zu erschöpft, um mich dem harschen Tageslicht zu stellen.

Als ich irgendwann aus meinem Vollrausch erwache, weil ich auf die Toilette muss, habe ich keine Ahnung, welcher Tag heute ist oder wie spät es ist. Aber das ist mir, ehrlich gesagt, auch scheißegal. Ich habe keine Pläne, und die Preisverleihung findet erst Samstagabend statt, womit mir also noch sechs freie Tage bleiben … glaube ich zumindest. Das macht mir klar, dass ich mich zusammenreißen und den Tatsachen ins Auge sehen sollte, denn ich habe lange genug Winterschlaf gehalten.

Ich dusche, mache mir allerdings nicht die Mühe, mich zu rasieren. Dann ziehe ich mir eine Jeans und ein altes T-Shirt über und bin bereit, der Welt gegenüberzutreten. Als Erstes schmeiße ich meinen Laptop an und gebe ein Stöhnen von mir, als ich sehe, dass über dreihundert Mails darauf warten, von mir gelesen zu werden. Aber die können warten. Wenn irgendetwas Wichtiges darunter sein sollte, so hatte sich Susanna ohnehin bereits darum gekümmert.

Ich schaue nach, wie meine Aktien stehen und die Yankees gespielt haben, und dann klappe ich den Laptop wieder zu, denn das reicht für einen Tag.

Ich schalte mein Handy ein und sehe, dass wir Montagabend haben. Ich kann nicht glauben, dass ich das ganze Wochenende verschlafen habe. Aber wozu hätte ich wach bleiben sollen?

Der SMS-Ton meines Handys ertönt. Als ich sehe, wer die Absenderin ist, falle ich beinahe aus meinem Sessel.

Hast du mich vermisst? ;) Die Nachricht verspottet mich mit ihrem zwinkernden Emoticon. Dazu fällt mir jetzt wirklich nichts mehr ein. Warum zum Teufel simst mir Juliet?

Ich war davon ausgegangen, dass sie mich inzwischen vergessen hatte und schon längst mit einem anderen rummachte. Doch angesichts dieser SMS frage ich mich, ob ich mich möglicherweise getäuscht habe.

Ich habe dich vermisst. Alles an dir.

Es fällt mir nicht schwer zu erraten, welchen Teil sie wohl am meisten vermisst hat.

Ich beschließe zu antworten, weil ich befürchte, dass sie sonst einfach weitere Nachrichten schicken wird, als sei nichts geschehen.

Hallo, Juliet. Was willst du?

Nicht gerade die netteste Art und Weise, eine Frau zu begrüßen, mit der man geschlafen hat, aber ich bin nicht in Stimmung für Förmlichkeiten.

Ich wüsste nur gern, um wie viel Uhr ich für die Preisverleihung runterkommen soll.

Ich lese die Nachricht zweimal, denn ich traue meinen Augen nicht.

Ist sie etwa verrückt geworden? Als sie mir eine weitere SMS schickt, weiß ich, dass die Antwort »ja« lautet.

Ich kann es nicht erwarten, dir mein Kleid zu zeigen … und was ich darunter trage.

Bin ich etwa in der Twilight Zone gelandet? Warum nur scheint sie zu glauben, dass ich noch mit ihrem Kommen rechne? Ich dachte, mein »War nett, aber das war's mit uns beiden« wäre deutlich genug gewesen. Aber ganz offensichtlich hatte sie es nur für ein Vorspiel gehalten.

Es ist wohl an der Zeit, die Sache richtigzustellen.

Tut mir leid, da scheint ein Missverständnis vorzuliegen, dabei dachte ich, ich hätte mich klar ausgedrückt. Das mit uns ist vorbei. Daher wäre es nicht angebracht, wenn du bei einer Veranstaltung auftauchst, die mir sehr wichtig ist. Sorry, falls das nicht so bei dir angekommen sein sollte.

Netter vermag ich es nicht ausdrücken, dass sie sich verpissen soll. Ich habe weder die Zeit noch die Geduld, mich damit abzugeben, und es beleidigt mich, dass sie zu glauben scheint, sie brauche mir nach all dieser Zeit nur eine SMS zu schreiben und schon würde ich sie mit meinem Schwanz in der Hand willkommen heißen.

Als ich nach ein paar Minuten immer noch keine Antwort von ihr erhalten habe, bin ich mir nicht sicher, ob ich Grund zum Feiern habe oder mich verstecken sollte. Mein knurrender Magen macht mir allerdings bewusst, dass ich nicht mehr länger den Waschlappen spielen und endlich essen gehen sollte. Ich schicke eine kurze SMS an Hunter, Finch und Susanna, um sie wissen zu lassen, dass ich noch am Leben bin. Dann greife ich mir das Portemonnaie und den Zimmerschlüssel und mache mich auf die Suche nach etwas zu essen. Mein Handy lasse ich dabei absichtlich im Zimmer liegen.

Sobald die Strahlen des blendenden Sonnenuntergangs auf meine lichtempfindliche Netzhaut treffen, entschließe ich mich, lieber im Hotelrestaurant zu Abend zu essen – sooo bereit bin ich dann doch noch nicht, der Welt gegenüberzutreten! Außerdem habe ich den Verdacht, dass ich immer noch ein bisschen betrunken sein könnte – nach zwei Flaschen Scotch an einem einzigen Wochenende soll so was schon mal vorkommen.

Nach einem Blick auf die Speisekarte entschließe ich mich, richtig zuzuschlagen, um das Versäumte nachzuholen, denn ich habe einen Bärenhunger. Als ich bestellt habe, blättere ich durch mein iPad und beschließe, mir Notizen für den wissenschaftlichen Aufsatz zu machen, an dem ich gerade schreibe. Endlich habe ich einmal die Zeit, mich auf meine Forschung zu konzentrieren, und ich habe vor, jede Sekunde davon zu nutzen, weil ich mich unter Kollegen befinden werde, die meine Ergebnisse zu schätzen wissen.

Da ich derartig in die aktuelle Ausgabe des *Medical Journal* vertieft bin, merke ich erst, dass jemand neben mir steht, als ich ein Räuspern vernehme. Ich blicke auf und schaue in die blauen Augen der Kellnerin, die meine Bestellung aufgenommen hatte und nun neben meinem Tisch steht.

»Kann ich Ihnen noch ein Bier bringen?«, fragt sie, obwohl mein Glas noch voll ist.

»Im Augenblick nicht, danke«, erwidere ich und bemerke, dass sie auf mein iPad hinabblickt.

»Sind Sie wegen diesem Ärzte-Dingsda hier?«, sprudelt es aus ihr hervor, und sie zeigt dabei über ihren Kopf in die Richtung des Ballsaals, wo die Veranstaltung stattfinden wird.

»Ja, das bin ich.«

»Das ist ja cool«, sagt sie und streicht sich eine blonde Haarlocke hinters Ohr. »Sind Sie Arzt?«

»Psychiater«, entgegne ich, nehme die Brille ab und greife nach dem Bier.

»Ooh, dann können Sie ja die Gedanken der Leute lesen, nicht wahr?«

Ich bin mir nicht ganz sicher, ob sie das ernst meint oder nicht, also schmunzele ich, um sie nicht zu kränken.

»Das ist eins meiner zahlreichen Talente.«

»Das glaube ich gern«, sagt sie, und ihre Stimme senkt sich, während ihr Blick an meinem Körper hinabwandert. »Welche anderen Talente haben Sie denn noch, *Doktor*?«

Gott, das hier ist wirklich zu leicht. Man sollte doch eigentlich meinen, dass mich Frauen angesichts dessen, was passiert ist, abschrecken würden. Doch das ist nicht der Fall.

Ich krümme meinen Zeigefinger und fordere sie damit auf, näher zu kommen. Sie beugt sich zu mir hinunter und hält die Hand ans Ohr, als ich ihr bedeute, dass es ein Geheimnis ist.

»Es ist wahrscheinlich besser, wenn ich es dir zeige«, sage ich, die Stimme erfüllt von leeren Versprechen.

Sie kichert und weicht etwas zurück, ist aber immer noch

nahe genug, dass ich sehen kann, wie sich ihre Pupillen vor Verlangen weiten. »Zeig's mir nach meiner Schicht, okay? Ich könnte um zehn kommen.«

»Oh, du wirst um zehn kommen, Süße«, sage ich mit einem überzeugten Nicken. »Dafür werde ich sorgen.«

Ihre Wangen erglühen, und ihr Mund öffnet sich, und ja, ich fühle mich wie ein dreckiger alter Mann, denn vermutlich ist sie gerade mal einundzwanzig, aber hey, *sie* hat *mich* angemacht, nicht umgekehrt. Sie greift in ihre Schürzentasche, zieht einen Notizblock daraus hervor und schreibt rasch etwas auf.

»Hier, Süßer.« Sie schiebt mir ihre Telefonnummer über den Tisch zu. »Vergiss nicht anzurufen. Ich warte auf dich.«

Ich greife danach, doch sie hält mich davon ab, indem sie ihre Hand auf meine legt. »Und übrigens«, sagt sie, »du wirst um fünf nach zehn kommen.« Sie zwinkert mir zu, ehe sie davongeht und mir einen Blick auf ihren knackigen Hintern gewährt.

Ich schaue ihr nach, bis sie aus meinem Blickfeld verschwindet, falte den Zettel mit ihrer Telefonnummer und stecke ihn mir in die Tasche. Ich sollte mich eigentlich besser von Frauen fernhalten, da ich vor fünf Minuten noch die Absicht hatte, meine gesamte Freizeit der Forschung zu widmen. Aber Arbeit allein macht ja auch nicht glücklich.

Ich zucke innerlich zusammen, als mir diese Redewendung in den Sinn kommt, weil sie mich an Madison erinnert. Allerdings erinnern mich eine Menge Dinge an sie. Dieser letzte Monat ist nicht leicht gewesen für mich, und ich bin Manns genug zuzugeben, dass ich hin und wieder an sie denke. Ich frage mich, wie es ihr wohl geht, was sie so tut, mit *wem* sie es tut, aber viel wichtiger noch: ob sie auch nur halb so oft an mich denkt wie ich an sie.

Ich stoße einen frustrierten Atemzug aus und sage mir, dass ich meinen Gedanken jetzt das letzte Mal erlaube, wieder einmal auf diese Weise abzuschweifen, da wir keinen Kontakt mehr haben und dies ein sicheres Zeichen dafür ist, dass sie mich längst vergessen hat. Also höchste Zeit, dass ich sie ebenfalls vergesse!

»Dixon?«, sagt eine fragende Stimme, und als ich aufblicke, schaue ich in das freundliche, vom Wetter gegerbte Gesicht meines alten Collegeprofessors, Dr. Wellington.

»Dr. Wellington?«, sage ich und vermag dabei die Überraschung in meiner Stimme nicht zu unterdrücken. »Was machen Sie denn hier?«, frage ich und stehe auf, um ihm die Hand zu schütteln.

»Oh, ich bin der Gastredner bei der Preisverleihung, was wirklich Nonsens ist. Keine Ahnung, warum sie glauben, ich alter Kauz hätte irgendetwas zu sagen, was für Sie junges Gemüse von Interesse sein könnte«, erwidert er bescheiden, und ich lache.

»Verkaufen Sie sich mal nicht unter Wert! Sie haben mir schließlich alles beigebracht, was ich weiß. Ohne Sie hätte ich bereits im ersten Semester aufgegeben!«

Dr. Wellingtons Kichern geht rasch in einen kleinen Hustenanfall über, bei dem er sich auf die Brust klopft. »Ich danke Ihnen. Ich fasse das als Kompliment auf, da Sie sich, wie mir zu Ohren gekommen ist, als Psychiater wirklich gut machen, Dr. Mathews.«

»Aber nur dank Ihnen. Möchten Sie nicht Platz nehmen?«, erkundige ich mich und deute auf die Nische, in der ich sitze.

»Sehr freundlich, aber ich bin in Begleitung hier.«

»Oh, Sie Casanova«, sage ich mit einem scherzhaften Zwinkern.

Dr. Wellington kichert erneut und schüttelt den Kopf, wobei sein schütteres graues Haar in Bewegung gerät. »So ist das nicht. Ich bin alt genug, um ihr Großvater zu sein. Sie ist eine meiner Studentinnen.«

»Mir war nicht bewusst, dass Sie immer noch unterrichten«, sage ich.

»Nur noch stundenweise und auch nur noch den Grundkurs in Psychologie«, erwidert er. »Diese besagte Studentin zeigt großes Potenzial, und die Fakultät hat mich geben, sie und eine weitere vielversprechende Studentin hierher mitzunehmen. Ich glaube, sie wollen bloß, dass ich bei all den hohen Tieren mit ihnen angebe. Sie wissen ja, wie gern sich die Columbia mit ihren Studenten brüstet, wenn sie eine Begabung wittern.«

Ich nicke zustimmend. Die Hochschulen prahlten nur zu gern damit, dass sie jemanden ausgebildet hatten, wenn derjenige sich auf der Erfolgsspur befand, denn das rechtfertigte ihre astronomisch hohen Studiengebühren.

»Sie erinnert mich in gewisser Weise an Sie«, sagt er mit einem neckischen Funkeln in den Augen.

»Wieso? Ist sie genauso eine Nervensäge?«, kontere ich, und Dr. Wellington grinst.

»Ja, das auch. Tja, ich muss jetzt leider los. Eine schöne Frau sollte man nicht warten lassen.«

»Wem sagen Sie das«, erwidere ich, denn ich weiß, was er meint. »Ich habe mich sehr gefreut, Sie wiederzusehen, Dr. Wellington.«

»Bitte nennen Sie mich doch Max. Diese Förmlichkeiten sind etwas fürs Klassenzimmer und selbst dort völlig unnötig.«

Ich schmunzele, freue mich, dass er nichts von seiner Bescheidenheit eingebüßt hat. »Ich werde Ihrer Rede bei der Verleihung mit großem Interesse lauschen.«

»Oh, vielen Dank, Dixon. Sollte ich Sie dabei zu Tode langweilen, zögern Sie aber bitte nicht, ein Brötchen nach mir zu werfen.«

»Diese Gefahr besteht bei Ihnen nicht, aber ich tue Ihnen gern den Gefallen.«

»Bleiben Sie die ganze Woche?«

»Ja. Ich musste mal raus aus New York«, gestehe ich. »Und außerdem arbeite ich an einem Aufsatz über die Verbindung von Neurobiologie und Suchterkrankungen, wobei ich mein Augenmerk auf die Frage richte, inwieweit wir in dieser Hinsicht genetisch vorprogrammiert oder aber von der Umwelt geprägt sind. Ich benötige die Auszeit, um ihn zu beenden.«

»Das klingt interessant. Ich bin gespannt, zu welchen Ergebnissen Sie gelangen«, sagt Max, bei dem gleich wieder der Wissenschaftler durchkommt. »Hätten Sie Interesse daran, sich morgen beim Frühstück darüber zu unterhalten? Gegen halb neun?«

»Sehr gern. Ich würde mich freuen.«

Es wäre großartig, mich mit jemandem wie Max auszutauschen. Sein Sachverstand und seine Erfahrung könnten mir Wege aufzeigen, die ich bislang noch nicht in ausreichender Weise beschritten hatte. Der Gedanke, im nächsten Jahr als möglicher Kandidat für den begehrten Preis hier zu erscheinen, kam mit einem Mal gar nicht mehr so weit hergeholt vor.

»Wunderbar. Wenn es Ihnen nichts ausmacht, werde ich Alex und Madison dazubitten. Ich bin mir sicher, dass sie Ihre Forschung faszinierend finden werden.«

In dem Moment, als ihm ihr Name über die Lippen kommt, schicke ich ein Stoßgebet zum Himmel, dass es eine andere und nicht etwa meine Madison ist, denn falls sie es doch sein sollte, hat sie zweifellos mitbekommen, wie ich vor zehn Minuten die Kellnerin angemacht habe.

»Wäre Ihnen das recht?«, erkundigt er sich, als ich nicht auf seinen Vorschlag reagiere.

»Ja, ja, natürlich. Ich habe nichts dagegen«, erwidere ich und blicke mich unauffällig im Raum um.

»Großartig. Dann sehen wir uns morgen gegen halb neun«, sagt er und klopft mir auf die Schulter. »Ich wünsche Ihnen einen schönen Abend.« Er zwinkert, als ausgerechnet in dem Moment die allzu gefällige Kellnerin mit meinem Essen auftaucht.

Sobald er mir den Rücken zugekehrt hat, schaue ich mich hektisch im Raum um, und als mein Blick auf ein vertrautes Paar atemberaubend grüner Augen fällt, die mich ansehen, da weiß ich nicht, ob ich vor Erleichterung weinen soll oder einfach nur so.

Das hier wird doch langsam lächerlich. Manche würden unsere zufälligen Treffen als Schicksal bezeichnen, als glücklichen Zufall, der zwei Menschen zusammenbringt. Doch ich nenne es einen Fluch, schließlich erinnert es mich jedes Mal, wenn ich sie sehe, daran, was ich verloren habe.

Sie sieht noch genauso aus, wie ich sie in Erinnerung

habe, nur noch tausendmal besser. Sie bietet einen berauschenden Anblick in ihrem tief ausgeschnittenen fließenden Kleid, das ihre unglaubliche Figur zur Geltung bringt. Es ist mir egal, dass ich sie anstarre, denn selbst wenn ich hätte wegschauen wollen, hätte ich es nicht gekonnt. Ich bin immer noch fasziniert von ihr, auch wenn die Tatsache, dass sie schreiend vor mir Reißaus genommen hat, nicht gerade dafür spricht, dass dies auf Gegenseitigkeit beruht.

»Doktor?«, sagt die Kellnerin fragend und reißt mich damit aus meiner Benommenheit.

Madison zieht die Augenbrauen in die Höhe, und ich weiß, dass ich aufgeflogen bin. Sie hat offenbar gesehen, wie ich mit der Blondine geflirtet habe, und ich wünsche mir plötzlich, ich hätte mich an mein ursprüngliches Vorhaben gehalten, mich nur auf meine Arbeit zu konzentrieren.

»Vielen Dank«, sage ich mit einem gequälten Lächeln und nehme wieder in der Nische Platz.

Die Kellnerin stellt mein Essen auf den Tisch und beugt sich dabei so tief hinunter, dass ihr locker sitzendes T-Shirt mir einen Blick auf ihr wirklich beeindruckendes Dekolleté gewährt. Aber es sind nicht diese Brüste, die ich will. Denn die sitzen ein paar Meter entfernt und lassen mich nicht aus den Augen.

»Ich freue mich auf heute Abend«, sagt sie und legt die Rechnung auf den Tisch.

Auch wenn Madison die Worte nicht hören kann, winde ich mich auf meinem Platz, komme mir vor wie das letzte Arschloch, weil ich die Blondine zunächst ermutigt hatte.

»Äh, also, was das angeht«, sage ich seufzend. »Daraus wird nichts.«

»Was?«, erwidert sie überrascht von meiner Offenheit.

Ich könnte lügen, aber wozu?

»Tut mir wirklich leid. Ich hätte das hier erst gar nicht annehmen sollen«, sage ich, greife in meine Tasche und hole den Zettel mit ihrer Telefonnummer daraus hervor. »Hier«, sage ich und halte ihn ihr hin.

Sie scheint zu glauben, dass es sich um irgendein Spiel handelt, und sagt: »Behalt ihn. Vielleicht überlegst du es dir ja doch noch mal.«

Ich schüttele den Kopf. »Werd ich nicht.« Um es ihr zu beweisen, zerreiße ich den Zettel und werfe die Fetzen auf den Tisch.

Mir ist klar, dass dies nicht die feine Art ist, aber es ist meiner Ansicht nach am besten, Dinge unverblümt auszusprechen, und der offen stehende Mund der Kellnerin sagt mir, dass sie mich verstanden hat – und das laut und deutlich.

»Tja, dein Pech«, sagt sie pampig und marschiert beleidigt davon.

Ich blicke seufzend auf mein Essen hinab und schiebe es weg, da mir plötzlich der Appetit vergangen ist. Das Einzige, wonach es mich verlangt, sitzt ein paar Meter von mir entfernt, und ich habe keine Ahnung, was ich tun soll. Ich hebe den Blick und sehe, dass Madison nicht mehr länger an ihrem Tisch sitzt. Ich weiß nicht, warum ich gerade auf Gratissex ohne jede Verpflichtung verzichtet habe, wo ich doch im ganzen letzten Monat keine Gelegenheit dazu ausgelassen hatte. Aber Madison hier zu sehen hat mir klargemacht, dass das wie eine schlechte Angewohnheit ist, die ich endlich ablegen sollte.

26

Frühstück mit einem Fremden

Madison

Mein Wiedersehen mit Dixon war eine einzige Katastrophe – genau wie ich es vorhergesagt hatte.

Mein Herz schlug schneller, als er das Restaurant betrat. Er wirkte so locker und unbefangen, machte sich den Raum gleich mit seinem Selbstbewusstsein und seinem sicheren Auftreten zu eigen. Doch mein Herz begann aus einem ganz anderen Grund zu rasen, und dieser Grund war die blonde Kellnerin, die ihn sofort bemerkte, als er zur Tür hereinkam. Eine Eifersucht überkam mich, wie ich sie noch niemals empfunden hatte, und ich musste mich rasch entschuldigen, um auf der Toilette einmal kurz durchzuatmen, bevor ich etwas tat, was ich später bedauern könnte – zum Beispiel ihr die Augen auszukratzen.

Als ich an den Tisch zurückkehrte, sah ich, wie er mit ihr flirtete und es mit einem breiten Grinsen quittierte, als sie ihm ihre Telefonnummer gab. Aber wieso machte mir das etwas aus? *Ich* war doch diejenige, die sich wie eine Verrückte aufgeführt hatte und vor ihm weggerannt war, obwohl er nichts falsch gemacht hatte. *Ich* war diejenige, die ihm gesagt hatte, dass ich ihn niemals wiedersehen wollte, ohne ihm eine Erklärung für meinen plötzlichen Sinneswandel zu liefern. Und *ich* war diejenige, die ihm gesagt hatte, dass das mit ihm ein Fehler gewesen war, womit ich natürlich gelogen hatte.

Ich konnte ihm einfach nicht sagen, warum ich so ausgerastet war. Das ist nicht gerade etwas, das ich mit anderen Menschen teilen will, aber etwas in mir will es Dixon anvertrauen, und das jagt mir die größte Angst ein. Seine liebevollen, zärtlichen Berührungen hatten mir gezeigt, dass ich möglicherweise doch eine zweite Chance habe, ein normales Leben zu führen.

Aber dann habe ich alles vermasselt.

Als ich an dem Abend von Dixon wegging, wusste ich, ich musste David sagen, dass es aus war mit uns. Es war unfair, ihn so hinzuhalten, und mir war klar, dass er mich deswegen vermutlich hassen würde, allerdings war das immer noch besser, als ihn weiter zu verletzen.

Also habe ich meine Aufmerksamkeit in den vergangenen vier Wochen auf mein Studium gerichtet, anstatt darüber nachzugrübeln, wie ich die Sache mit Dixon vergeigt hatte. Ich weiß, dass er mir keine zweite Chance geben wird, und ehrlich gesagt muss ich ohnehin erst einmal mit meinen eignen Dämonen fertigwerden, bevor ich jemals eine intime Beziehung mit irgendjemandem eingehen kann.

Aber nachdem ich mit Dixon erlebt habe, wie es sein könnte, möchte ich die Erfahrung mit keinem anderen als mit ihm machen. Die Art und Weise, wie er mich berührt hat, war so anders als alles, was ich jemals empfunden hatte. Ich habe ein neues Gefühl der Freiheit in meiner körperlichen Befreiung mit Dixon gefunden, doch mit meinem Ausraster habe ich das alles wieder kaputtgemacht.

Ich habe schlicht und einfach Angst. Und ich habe lieber

Angst und stoße Dixon weg, als verletzt zu werden, denn bei jemandem wie ihm würde dies mit Sicherheit in Tränen, Kummer und Schmerz enden. Daher ist es für alle Beteiligten besser, wenn ich mich von ihm fernhalte.

Meine Angst, mich zu öffnen, veranlasst mich, vor dem Hotelspiegel zu stehen und zu versuchen, ein begeistertes Gesicht für mein Frühstücksdate mit Dixon aufzusetzen, aber das funktioniert erwartungsgemäß schlecht. Als Dr. Wellington vorschlug, mit Dixon zu frühstücken, konnte ich schlecht Nein sagen. Ich fühlte mich ja schließlich geehrt, dass mein Prof mich überhaupt gebeten hatte, an dieser renommierten Veranstaltung teilzunehmen.

Ich werde es schon irgendwie durchstehen. Mich auf das Fachliche beschränken und so tun, als ob Dixon noch niemals zuvor meinen Körper mit seinem zärtlichen Mund und seinen kundigen Händen entflammt hätte. Sein kleiner Flirt mit Barbie hat mir die Sehnsucht nach der Vergangenheit ausgetrieben, denn ganz offensichtlich sehnt *er* sich nach gar nichts zurück, sondern lebt sein Leben weiter und blickt nach vorn. Genau das sollte ich auch tun.

»Alles in Ordnung?«, fragt Dr. Wellington, während ich nervös an der Serviette auf meinem Schoß herumspiele.

»Oh, ja. Alles klar«, erwidere ich und begegne seinem besorgten Blick mit einem schlechten Gewissen. »Mir ist nur ein bisschen übel.«

»Oje, warum haben Sie das nicht schon eher gesagt? Möchten Sie wieder nach oben gehen?«, fragt er netterweise, doch ich schüttele den Kopf, da ich entschlossen bin, dieses Frühstück durchzustehen und mir selbst und Dixon zu beweisen, dass ich mein Leben ebenfalls weiterlebe und nach vorn blicke.

Aber diese Behauptung ist null und nichtig, als meine Nase den herrlichsten, berauschendsten Duft wahrnimmt, den man sich nur vorstellen kann. Ich weiß sogleich, wer ihn verströmt. Es ist der Besitzer der tiefen, rauchigen Stimme, die mir eine Gänsehaut über den ganzen Körper jagt.

»Guten Morgen«, sagt Dixon an den ganzen Tisch gewandt, während ich mich beinahe an meinem eigenen Atem verschlucke.

Ich gebe ein Hüsteln von mir in der Hoffnung, meinen kleinen Erstickungsanfall damit zu beenden, bevor ich dem heißesten Mann des Planeten gegenübertrete. Glücklicherweise ist es so, und ich hebe den Blick, um dem seinen zu begegnen, doch in dem Moment, als ich dies tue, verschlucke ich mich beinahe ein weiteres Mal.

»Guten Morgen, Dixon«, sagt Dr. Wellington, der gar nicht bemerkt, dass es mir den Atem verschlagen hat.

»Max«, erwidert er und nickt, aber seine Augen weichen nicht eine Sekunde von den meinen.

»Das hier sind Madison und Alex«, stellt uns Dr. Wellington vor, der keine Ahnung hat, dass ich Dr. Mathews bereits näher kenne.

Doch ich weiß, wer Dr. Mathews außer mir noch näher kennt: die kleine Schlampe von gestern Abend.

Mit diesem Bild vor Augen strecke ich Dixon die Hand hin. »Freut mich, Sie kennenzulernen, Dr. Mathews.«

Er ergreift sie freudig, und ich ermahne meinen Körper, damit aufzuhören, vor Begeisterung Purzelbäume zu schlagen, als sich unsere Hände berühren.

»Ganz meinerseits«, entgegnet er grinsend, und ich versuche, nicht auf sein kariertes Hemd zu starren, das seinen durchtrainierten Oberkörper ganz wunderbar zur Geltung bringt.

Dann wendet er den Blick Alex, der russischen Schönheit zu meiner Rechten, zu. »Aber hallo, Alex«, sagt er, ergreift ihre ausgestreckte Hand, dreht sie aber, um ihr einen Kuss auf den Handrücken zu geben.

Zweifellos kann der ganze Tisch hören, wie bei dem Anblick meine Zähne knirschen, doch ich greife ruhig nach meinem Wasserglas und ermahne mich, dass es nur ein einziges Frühstück ist und er dann wieder verschwunden sein wird.

Als Dixon neben mir Platz nimmt, versuche ich nicht auf seine langen Finger zu starren, die nach der Speisekarte greifen, aber mit einem Mal sehe ich diese Finger vor mir, wie sie sich um meine Brüste legen und mit meinen Brustwarzen spielen, und prompt rutscht mir das Glas aus der Hand, das ich gerade zum Mund führe, und das Wasser ergießt sich vorn über mein weißes Sommerkleid.

»Scheiße!«, fluche ich leise, greife nach meiner Serviette und versuche mein Kleid damit abzutupfen.

»Oh, Madison, alles in Ordnung bei Ihnen?«, erkundigt sich Dr. Wellington mit besorgter Stimme. »Lassen Sie mich den Kellner rufen.«

Meine Wangen stehen in Flammen, das Ganze ist mir schrecklich peinlich, und ich muss unbedingt für einen Moment Dixons Argusaugen entkommen, denn ich spüre, wie er mich anstarrt. »Nicht nötig, Dr. Wellington. Ich schaffe das schon allein.« Ich stoße meinen Stuhl nach hinten und hocke mich auf den Boden, um mein Glas unter dem Tisch hervorzufischen, das Gott sei Dank nicht zerbrochen ist.

Eigentlich ist es nicht nötig, dass ich hier unten bin, aber das gibt mir die Chance, kurz durchzuatmen, bevor ich wieder auftauchen und mich Dixons Selbstgefälligkeit stellen muss.

»Haben Sie vor, den ganzen Morgen da unten zu verbringen?«, fragt der, und als ich aufschaue, blicke ich in seine himmelblauen Augen, die auf mich herabstarren, da er sich über meinen Stuhl gelehnt hat und jede meiner Bewegungen beobachtet.

Ich verkneife mir einen Kraftausdruck, weil mir sein süffisantes Lächeln jetzt schon reicht, fange mich rasch wieder und nehme meinen Platz ein, ohne ihm mein Glas ins Gesicht zu schleudern. Meine Wangen glühen immer noch, und ich bin ein wenig atemlos, aber abgesehen davon vermag ich wieder klar zu denken.

»Ich bitte um Entschuldigung«, sage ich hauptsächlich an Dr. Wellington gerichtet, der meine Worte mit einer Handbewegung abtut.

Glücklicherweise erscheint unser Kellner, um die Bestellungen aufzunehmen, und ohne groß nachzudenken, entscheide ich mich für Waffeln und eine Portion Arme Ritter.

»Da hat wohl heute Morgen jemand Lust auf Süßes«, bemerkt Dixon spitz.

Ich drehe mich ihm zu, begegne seinem herausfordernden Blick und nicke. »Ja, denn das Abendessen gestern hat so einen bitteren Nachgeschmack bei mir hinterlassen, dass ich etwas Süßes brauche, um ihn wieder loszuwerden.«

Dixon erbleicht. Er weiß ganz genau, dass ich auf seine Verabredung mit dieser Blondine anspiele, und mein Selbstvertrauen wächst, als er sich mit der Hand durchs Haar fährt und ihm mit einem Mal ziemlich unbehaglich zumute zu sein scheint.

Dr. Wellington sind die kleinen Anfeindungen nicht entgangen, und er versucht, das Thema zu wechseln. »Nun, Dixon, wir sind schon sehr gespannt auf die Ergebnisse Ihrer Forschungen. Hätten Sie Lust, uns einzuweihen?«

Dixons Blick ruht noch für einen kurzen Moment auf mir, bevor er sich Dr. Wellington zuwendet. Er wirkt nun wieder gelassen und gefasst. »Wie Sie wissen, ist eine Suchterkrankung eine sehr komplexe Angelegenheit.«

Ich spüre, wie meine Wangen wieder heißer werden.

»In der Tat«, erwidert Dr. Wellington nickend. »Die Menschen verlieren sich selbst und das, was sie einmal waren, durch die Macht der Sucht. Aber die entscheidende Frage lautet: Warum werden die einen von etwas abhängig, während die anderen es lediglich zu genießen vermögen? Also, ich liebe beispielsweise Zuckerwatte, aber ich verspüre nicht den Drang, sie täglich zu essen, oder verliere die Kontrolle, wenn ich meinen Konsum einschränke. Also, was ist der Trigger?«

»Verlangen«, antwortet Dixon, während ich unruhig auf meinem Stuhl hin und her rutsche.

»Was soll damit sein?«, fragt Dr. Wellington, und ich gebe innerlich ein Stöhnen von mir, da ich so ein Gefühl habe, dass mir das Ende dieser Unterhaltung nicht gefallen wird.

»Nun, die meisten Menschen werden abhängig, weil es sie nach diesem Hochgefühl verlangt, das durch einen Rausch entsteht, egal ob dieser künstlichen oder natürlichen Ursprungs ist. Ist dies ein klassischer Fall von genetischer Vorprogrammierung oder Prägung durch die Umwelt? Oder ist es mehr? Ich bin der Ansicht, dass es sehr viel simpler ist. Uns alle verlangt nach Vergnügen und Genuss. Wir wollen uns gut fühlen, und das löst eine neurobiologische Reaktion aus, die das Gehirn darauf aufmerksam macht, dass sich bestimmte Dinge einfach gut anfühlen, so wie essen, rauchen, Drogen zu konsumieren oder Sex mit irgendwelchen Fremden zu haben«, erklärt Dixon und senkt die Stimme, als er den letzten Punkt hinzufügt.

Ich finde seine Gedanken absolut faszinierend, vergesse für einen Augenblick, dass ich in ihn verknallt bin, und lausche seinen wirklich genialen Thesen.

»Folglich werden wir süchtig nach diesem ›Rausch‹«, sagt er und hebt die Hände, um Anführungsstriche in die Luft zu malen. »Und nach der Belohnung, die uns dieser Rausch liefert.«

»Sie haben absolut recht«, bestätigt Dr. Wellington, und seine Augen funkeln vor Begeisterung.

»Ich möchte dabei allerdings deutlich machen, dass ich zwar beispielsweise Drogenmissbrauch als Erkrankung anerkenne, meiner Ansicht nach aber simplere Süchte ausgelöst werden durch pure Basisemotionen. Es ist die Belohnung, nach der wir süchtig werden.«

Ich bin so beeindruckt von Dixons Klugheit, bin so versunken in seine Worte und die Art und Weise, wie er seine Hände benutzt, um sie zu unterstreichen, dass ich im ersten Moment überrascht bin, als er sich mit einem verschmitzten Blick mir zuwendet.

»Madison, Sie scheinen mir ja eine recht unkomplizierte junge Frau zu sein«, sagt er mit einem ironischen Unterton, und ich kneife die Augen zusammen und starre ihn wütend an, da dies ganz offensichtlich als Seitenhieb zu verstehen ist. Doch ich bleibe ruhig und warte darauf, dass er zum Ende kommt. »Gibt es etwas, wonach *Sie* süchtig sind?«, fragt er mit hochgezogenen Augenbrauen.

Ich verstehe zwar nicht, was er sich davon verspricht, mich hier in Verlegenheit zu bringen, doch ich werde den Teufel tun und Schwäche zeigen.

Als ich lediglich mit den Schultern zucke, scheint ihn dies zu verärgern, und er setzt mir weiter zu: »Ach, jetzt kommen Sie schon, es muss doch etwas geben, von dem Sie wissen, dass es schlecht für Sie ist, aber die Belohnung, die Stimuli, die Sie durch diese eine schlechte Handlung erzielen, sämtliche Konsequenzen aufwiegen, sodass Sie es immer wieder tun.«

Es herrscht Schweigen am Tisch. Alle warten auf meine Antwort. Doch als Dixon in einem herablassenden Tonfall sagt: »Na ja, vielleicht sind Sie ja doch komplizierter, als ich dachte«, da verliere ich die Fassung und lasse ihn wissen, unter welcher Sucht ich leide.

»Ich verliebe mich immer wieder in die falschen Männer, wenn Sie's unbedingt wissen wollen, Dr. Mathews«, fauche ich. »Aber eins können Sie mir glauben: Die Belohnung ist all den Kummer nicht wert.«

Für den Bruchteil einer Sekunde nimmt sein Gesicht einen weicheren Ausdruck an, doch dann erscheint wieder diese Maske der Grausamkeit und Gefühllosigkeit, und ich erkenne ihn nicht wieder.

»Bitte entschuldigen Sie mich«, sage ich den Tränen nahe. Ich stürze auf den Ausgang zu, halte es in seiner Gegenwart nicht länger aus.

Sobald ich in den leeren Aufzug stürme, entweicht mir ein Schluchzen, und ich presse mir die Hand auf den Mund, um meine Tränen zu dämpfen. Wie hatte er nur so gemein sein können? Natürlich waren wir nicht gerade im besten Einvernehmen auseinandergegangen, aber sein Verhalten war einfach nur grausam gewesen. Ich würde ihn niemals absichtlich vor anderen in Verlegenheit bringen oder mit meinen Fachkollegen flirten. Sein Auftreten heute hatte mir klargemacht, dass ich ihm total egal war. Vielleicht war das schon immer so gewesen.

Ich trockne mir die Augen, trete niedergeschlagen aus dem Aufzug und lasse den Kopf hängen. In meinem Zimmer angekommen, schlüpfe ich aus meinen Schuhen und dem feuchten Kleid, hänge das »BITTE NICHT STÖREN«-Schild an die Türklinke und krieche ins Bett. Ich hoffe nur, dass ich nicht träumen werde, denn nun sind mir die Träume von Dr. Mathews nicht mehr länger willkommen.

27

Rache

Dixon

Ich bin ein Arschloch.

Was ich heute Morgen beim Frühstück getan habe, war zugegebenermaßen ziemlich unorthodox, aber eine schlechte Angewohnheit abzulegen ist nun einmal nicht leicht. Und halbherzige Versuche, mich von Madison zu befreien, helfen dabei nicht, denn die Art und Weise, wie sie mich angesehen hat, sagt mir, dass sie es auch gespürt hat. Zwischen uns war da wieder diese unsichtbare Spannung, und wenn Madison wirklich aus meinem Leben verschwinden soll, dann muss sie diejenige sein, die geht, weil ich vermutlich nicht imstande sein werde, alle Verbindungen zu ihr abzubrechen.

Als sie aus meiner Wohnung verschwunden ist, hat sie mir sehr deutlich gemacht, dass ich sie in Ruhe lassen soll. Doch ich muss dauernd an das denken, was sie heute früh gesagt hat, nämlich, dass sie sich immer in die falschen Männer verliebt. Also hat sie damit ungewollt zugegeben, dass sie sich in mich verliebt hat.

Aber wenn das der Fall ist, warum ist sie dann in meiner Wohnung so ausgerastet? Und viel wichtiger noch, warum hat sie sich von mir ferngehalten? Ich habe keine Ahnung, ob sie immer noch mit diesem Vollidioten zusammen ist, immerhin wäre das ein guter Grund, aber das hat sie ja nicht davon abgehalten, meine Küsse zu erwidern. Deshalb bin ich mir sicher, dass es etwas in Madisons Vergangenheit gibt, das sie belastet und das sie noch nicht überwunden hat. Und traurigerweise vermag nur sie allein diese Dämonen zu bekämpfen.

Ich kann sie nicht dazu zwingen, mir ihre Geheimnisse anzuvertrauen oder mit mir zusammen zu sein. Ich weiß, dass Madison sich zurückziehen wird, wenn ich sie zu sehr bedränge – also, was soll ich tun?

Ich hasse dieses Gefühl. Normalerweise suche ich mir in Krisenzeiten einen warmen Körper, um ein Ventil für meine Ruhelosigkeit zu finden, doch das will ich dieses Mal nicht.

Ich klappe stöhnend meinen Laptop zu und entschließe mich, ins Fitnessstudio zu gehen. Es ist jetzt halb elf Uhr abends, und die einzige Chance, heute Nacht noch ein Auge zuzutun, ist, bis zur Erschöpfung zu laufen.

Aber egal wie weit ich auch laufe, ich weiß, dass mir Madison immer zwei Schritte voraus sein wird.

Es ist Freitagabend, und der größte Teil der Gäste der Preisverleihung, die morgen Abend stattfinden wird, ist bereits eingetroffen. Ich habe die ganze Woche über die Gesellschaft anderer gemieden, mich mehr oder weniger in meinem Zimmer verbarrikadiert, und es war, ehrlich gesagt, einmal eine nette Abwechslung, mich mit Büchern statt Busen zu beschäftigen.

Doch leider muss ich mein Eremitendasein unterbrechen, weil alle Teilnehmer bereits am heutigen Abend zu einer Dinnerparty eingeladen sind, und es wäre unklug von mir, diesem Event fernzubleiben.

Es ist ein Essen im festlichen Rahmen, und daher habe ich mich in Schale geworfen und meinen Nadelstreifenfrack angezogen, trage aber eine Weste darunter, weil es entsetzlich heiß ist und ich die Jacke ausziehen will, denn ich habe nicht vor, in meinen Champagner zu schwitzen. Auf dem Weg zum Aufzug begegnet mir mein Bekannter, Chad Turner, Vorstandsmitglied der Gesellschaft für Psychiatrie und Verhaltenswissenschaften, der sich in Begleitung einer Frau befindet – vermutlich seine neueste Eroberung, da mich der riesige Klunker an ihrer Hand mit seinem nagelneuen Funkeln blendet und sie außerdem gute vierzig Jahre jünger ist als er.

»Dixon«, sagt Chad erfreut und streckt mir die Hand hin. »Schön, Sie zu sehen. Sind Sie gerade angekommen?«

»Nein, ich bin schon seit ein paar Tagen hier«, erwidere ich, drücke auf den Knopf, um den Aufzug zu rufen, und ignoriere dabei die lüsternen Blicke der Brünetten an Chads Seite. »Ich musste mal raus aus der Stadt.«

»Ja, New York kann sehr anstrengend sein. Haben Sie Ihren Aufenthalt denn bisher genossen?«, erkundigt er sich, als der Aufzug an unserem Stockwerk hält.

Beim Hineintreten stellt sich seine Begleiterin absichtlich dicht neben mich, und ich rücke von ihr ab. »Ja, es war großartig, auch wenn ich noch nicht viel Gelegenheit hatte, mir die Sehenswürdigkeiten anzuschauen. Ich habe an meinem Aufsatz gearbeitet.«

»Ach ja? Weitere Forschungen zur Neurobiologie und Suchterkrankungen?«, fragt er, und ich nicke. »Mir gefällt, was Sie uns bisher vorgelegt haben. Ihr Ansatz ist genial. Basieren Ihre Forschungen auf Büchern, oder steckt auch ein bisschen eigene Erfahrung darin?«, will er mit einem Grinsen wissen und sieht dabei zu, wie die Stockwerke über seinem Kopf vorüberziehen.

»Ein bisschen von beidem«, entgegne ich und rücke etwas weiter nach hinten, da sich die Brünette nicht entmutigen lässt und mir wieder auf die Pelle rückt.

»Ich würde sehr gern mehr darüber hören. Hätten Sie morgen Zeit für eine Runde Golf?«, fragt er.

»Klar, sehr gern«, antworte ich und stürme praktisch aus dem Auszug hinaus, sobald sich die Türen öffnen. »Treffen wir uns gegen halb zehn in der Lobby?«

Er legt seinen Arm um die schmale Taille seiner Tussi und sagt stolz: »Ja, perfekt. Rebecca liebt Golf, stimmt's, mein Engel?«

»Und wie. Ich kann's kaum erwarten, Sie auf dem Grün wiederzusehen«, erwidert sie. Das kann nicht ihr Ernst sein.

»Wenn Sie mich jetzt entschuldigen würden«, sagt Chad. »Ich will mit dieser kleinen Schönheit vor meinen neidischen Kollegen angeben.«

Sie kichert und zwinkert mir kokett über ihre Schulter zu, als wir den Ballsaal betreten und ich geradewegs auf die Bar zusteuere. Nach diesem ätzenden Erlebnis brauche ich einen Scotch, um mich zu beruhigen.

Die Barkeeperin schenkt mir ein leichtes Lächeln, als sie mir freundlicherweise gleich einen doppelten über den Tresen zuschiebt.

Ich nehme das Glas und entschließe mich, mich ins Getümmel zu stürzen, denn ich habe schon ein halbes Dutzend Leute gesehen, mit denen ich mich unterhalten will. Darum geht es schließlich bei solchen Veranstaltungen. Die eigene Wichtigkeit oder die eigenen Leistungen zu betonen, mit den Millionen von Dollar, die der eine oder andere macht, zu prahlen oder aber, wie in meinem Fall, zu versuchen, nach oben zu kommen und dabei meine Intelligenz und weniger mein Portemonnaie einzusetzen.

Ich habe mir einen Namen gemacht, und darauf bin ich stolz, aber im Gegensatz zur Mehrheit der hier Anwesenden habe ich dies erreicht, weil ich hart gearbeitet habe und immer auf dem Laufenden geblieben bin, was die neuesten Theorien und Forschungen angeht. Und ich bin fest entschlossen, diesen Preis im nächsten Jahr zu gewinnen.

Zwei Stunden später habe ich meine Runde gemacht und mit jedem gesprochen, mit dem ich sprechen wollte. Die meisten hatten mich auf meine Thesen angesprochen, die nicht unstrittig waren, doch als ich sämtliche Tatsachen darlegte, schien der überwiegende Teil meine Herangehensweise zu verstehen.

Viele Gesichter kannte ich, und die wenigen, bei denen dies nicht der Fall war, stellte ich sicher, dass ich sie kennenlernte. Ich habe heute Abend ein paar neue Verbündete gewonnen, und diejenigen, die ich schon auf meiner Seite hatte, sangen ein Loblied auf mich. Ich mag vielleicht in meinem Privatleben ein Versager sein, aber in puncto Karriere starte ich gerade durch.

Ich mache mich auf den Weg zur Bar, wo dieselbe Barkeeperin von vorhin sogleich lächelnd nach dem Scotch greift, als sie mich erblickt.

»Ich hätte auch gern einen«, sagt eine Stimme zu meiner Linken.

Als ich mich umdrehe, erblicke ich Chads Frau oder Geliebte oder was auch immer sie sein mochte, mit einem unheilvollen Lächeln auf den rubinroten Lippen. »Wir wurden uns noch nicht offiziell vorgestellt«, sagt sie und hält mir die Hand hin, was ihre Armreifen zum Klimpern bringt. »Ich bin Rebecca.«

Ich ergreife ihre Hand und schüttele sie leicht. »Freut mich, Sie kennenzulernen, Rebecca. Ich bin Dixon«, erwidere ich und lasse ihre Hand los, da ich Angst habe, sie könnte sie in den Ausschnitt ihres violetten Kleides verschwinden lassen.

»Sie wissen nicht zufällig, wie man es hier anstellt, Spaß zu haben, oder?«, fragt sie und fährt mit ihrem Zeigefinger über den Rand des Glases, das die Barkeeperin vor ihr auf dem Tresen abgesetzt hat.

Ich versuche ruhig zu bleiben und lächele. »Haben Sie sich schon mal umgesehen?«, erkundige ich mich und lasse meinen Zeigefinger einmal kurz wirbeln. »Ein Raum voller Ärzte ist nicht gerade ein Vergnügen.«

Sie grinst und entblößt dabei ihre perfekten weißen Zähne. »Was hältst du davon, wenn wir zwei uns allein vergnügen würden?«, schlägt sie vor, taucht eine Fingerspitze in ihren Scotch und befeuchtet ihre Unterlippe damit.

Du lieber Himmel, bei dieser Femme fatale gibt's offenbar kein Vorspiel. Sie hat innerhalb von einer Minute zum entscheidenden Schlag ausgeholt. Ich bin beeindruckt. Was für ein Jammer, dass sie tabu ist.

»Vielen Dank für das sehr verlockende Angebot«, erwidere ich und greife nach meinem Glas. »Aber ich muss leider ablehnen.«

»Wie bitte?«, entgegnet sie ungläubig. »Nur um keine

Missverständnisse aufkommen zu lassen, das war ein Angebot, dir das Hirn rauszuvögeln. Und das gratis.«

Gratis. Ist sie etwa eine Nutte? Chad würde doch nie eine Prostituierte zu einer solchen Veranstaltung mitbringen!

Ich nicke gelassen. »Das ist mir schon klar. Aber ich glaube nicht, dass Ihr Ehemann es zu schätzen wüsste, wenn ich seine Frau bumse.«

Sie stößt einen verächtlichen Laut aus, lehnt sich zu mir herüber und schnurrt mir ins Ohr. »Er ist nicht mein Ehemann ... noch nicht. Und außerdem wird der alte Furzer spätestens um elf tief und fest schlafen. Ich brauche einen richtigen Mann, um meine Bedürfnisse zu befriedigen, keinen Viagra-einwerfenden Opa.«

Nun, Rebecca ist keine, die die Dinge beschönigt. Offenbar ist sie nur des Geldes wegen mit Chad zusammen, der stinkreich ist. Und außerdem ein gebildeter, hochintelligenter Mann, aber das beweist, dass selbst die klügsten Männer sich im Garten der verbotenen Lüste verlaufen können.

Da fühle ich mich doch gleich viel besser!

»Wie wär's, wenn ich dir bloß einen blase?«, schlägt sie vor, ganz so, als würden wir über Sport reden.

»Auch da passe ich«, teile ich ihr mit und trete von ihr weg.

»Bist du etwa schwul?«, fragt sie, die Hand in die Hüfte gestemmt. Offensichtlich kann sie es nicht fassen, dass ihr ein heterosexueller Mann einen Korb geben könnte.

Ich schüttele mit einem selbstgefälligen Lächeln den Kopf. »Nein, hundert Prozent hetero, Süße. Ich habe nur keine Lust, mit dir zu vögeln. Ich habe mich viel zu lange mit Frauen wie dir abgegeben und bin gerade auf Entzug.«

»Also, ich habe gehört, dass du für alles offen bist«, sagt sie und blickt verärgert drein.

Ihre Bemerkung veranlasst mich, wieder näher auf sie zuzutreten, da ich nicht möchte, dass andere diese Unterhaltung mitbekommen.

»Wie bitte? Wer hat so was behauptet?«, frage ich geschockt.

Rebecca blickt sich im Raum um, versucht offensichtlich die Übeltäterin ausfindig zu machen. »Sie«, sagt sie schließlich und zeigt über meine Schulter.

Ich kann einfach nicht anders und drehe mich rasch um, auch wenn mich das verzweifelt wirken lässt. In dem Moment, als ich sehe, wen sie meint, verfluche ich mich, dass ich nicht schon früher darauf gekommen bin.

»Sie hat gesagt, dass du gern vögelst und dass du es auf die harte Tour magst«, spricht Rebecca mir ins Ohr, und ich zucke innerlich zusammen, als ich die Worte vernehme. Irgendwann einmal würde mir mein Vorleben zum Verhängnis werden, das war mir immer klar.

»Wenn Sie mich bitte entschuldigen würden«, sage ich mit lauter Stimme, denn meine Augen bohren sich in Juliets, die mir von der anderen Seite des Raumes mit einem selbstgefälligen Lächeln zuwinkt und an ihrem Champagner nippt.

»Ich bin aber als Zweite dran«, sagt Rebecca und hängt sich an meinen Arm, als ich zu entkommen versuche.

Ich befreie mich so unauffällig wie möglich aus ihren Fängen, da ich eine Szene vermeiden möchte. Doch langsam reißt mir jetzt der Geduldsfaden. »Es gibt weder eine Erste noch eine Zweite«, herrsche ich sie an. »Ich habe keine

Ahnung, was Juliet Ihnen gesagt hat, aber ich kann Ihnen versichern, dass es lauter Lügen gewesen sind.«

»Juliet? Sie hat mir gesagt, ihr Name sei Sarah«, sagt Rebecca und sieht Juliet mit zusammengekniffenen Augen an. Die hat ihr vermutlich einen falschen Namen genannt, in der Hoffnung, in ihrer Rolle als Übeltäterin, die mir gerade den Abend versaut hat, unerkannt zu bleiben.

»Sehen Sie. Wenn sie Sie schon bei ihrem Namen angelogen hat, dann können Sie sich sicher sein, dass sie es auch sonst mit der Wahrheit nicht so genau nimmt«, sage ich, warte aber gar nicht mehr ihre Reaktion ab, sondern bahne mir so höflich wie möglich einen Weg durch die Menge und stürme in Rekordzeit auf Juliet zu.

»Dr. Mathews«, säuselt sie, und ihre Lippen verziehen sich zu einem verschlagenen Lächeln.

»Kann ich Sie kurz sprechen?«, knurre ich leise und packe sie am Oberarm.

Glücklicherweise sträubt sie sich nicht, als ich sie mehr oder weniger nach draußen auf den Balkon zerre. Ein paar Raucher stehen dort herum und paffen, doch die meisten von ihnen sind zu betrunken oder zu sehr in eine Unterhaltung vertieft, um zu bemerken, wie ich sie anschnauze und dabei kurz davor stehe, sie über das Geländer zu werfen.

»Was zum Teufel machst du hier?«, frage ich mit feindseliger Stimme, als ich meinen eisernen Griff um ihren Arm löse.

»Ich bin hier, weil du mich dazu eingeladen hast«, erwidert sie und streicht ihr goldfarbenes Kleid glatt.

»Nun, die Einladung wurde zurückgenommen, also verschwinde«, presse ich zwischen meinen zusammengebissenen Zähnen hervor.

»Was ist denn los, Babe?« fragt sie doch tatsächlich, legt eine Hand um meinen Nacken und versucht, mich an sich zu ziehen.

Ich bleibe allerdings standhaft und weiche zurück, denn sie hat ganz offenbar den Verstand verloren. »Juliet, ich habe keine Ahnung, was du für ein Spielchen treibst, aber du musst sofort von hier verschwinden. Das sind meine Arbeitskollegen. Du solltest nicht hier sein, und du solltest vor allem keine bösen Gerüchte verbreiten.«

»Gerüchte?«, sagt Juliet herausfordernd und streicht sich die Haare zurück. »Damit unterstellst du mir ja, dass die Geschichte nicht stimmt. Aber wir wissen doch beide, was du so getrieben hast. Ich glaube, dass das, was ich deiner kleinen Verehrerin geflüstert habe, vielmehr den Tatsachen entsprach.«

Ich zähle im Stillen bis fünf und frage spöttisch: »Was willst du?«

Juliet lacht, aber bei dem Klang, der mir einst ein Lächeln entlockte, würde ich jetzt am liebsten kotzen.

»Ich will, dass die Dinge wieder so sind, wie sie einmal waren. Ich bitte dich nicht darum, dich zu binden, Dixon, ich möchte nur, dass wir da weitermachen, wo wir aufgehört haben«, erklärt sie, tritt auf mich zu und legt ihre Hand um meine Eier. »Ich vermisse dich. Niemand sonst bringt es fertig, mir einen solchen Orgasmus zu verschaffen wie du.«

»Schhh, hör auf«, schimpfe ich, löse mich aus ihrem Griff, trete zurück und blicke nach links und rechts, um sicherzugehen, dass niemand etwas mitbekommen hat.

Juliet grinst, und mir ist klar, dass sie durchaus die Macht besitzt, mich kleinzukriegen. Aber angesichts dessen, was sie da vorschlägt, würde ich es lieber riskieren, als der Perversling entlarvt zu werden, der ich nun einmal bin, als mich zum Gefangenen dieser intriganten Fotze zu machen.

»Nein«, sage ich mit fester Stimme.

»Wieso denn nicht? Hast du dich etwa verlobt, seit wir uns das letzte Mal gesehen haben?«

Ich nehme ihre Bemerkung zum Anlass, ihr eine ehrliche Antwort zu geben. »Es ist in der Tat so, dass ich jemanden kennengelernt habe«, gestehe ich, und Juliet erbleicht.

»Wer ist sie? Die Kleine, mit der du deine Pyjamaparty gefeiert hast?«

»Jemand, den du niemals kennenlernen wirst«, sage ich und genieße es, mit anzusehen, wie sie vor Wut schäumt.

»Ich wusste es«, sagt sie mit finsterem Blick, und die Winkel ihres rot geschminkten Mundes senken sich. »Wie heißt sie? Ich will wissen, wer mich geschlagen hat!«

»Madison«, erwidere ich, ohne nachzudenken. Wenn es doch nur wahr wäre!

Als sich Juliets Augen zu Schlitzen verziehen, bin ich versucht, eine schützende Hand vor mein bestes Stück zu halten, da ich fürchte, dass sie ihre Wut an meinen Klunkern auslassen wird.

»Tja, dann wünsche ich dir viel Glück. All die Madisons, die ich kenne, sind nämlich stinklangweilig«, sagt sie bissig. »Vielleicht werde ich einen Termin ausmachen, um dich zu sehen. Dann können wir in Erinnerungen schwelgen.«

»Das wirst du schön bleiben lassen.«

Was ist, wenn Madison vorhat, heute Abend gemeinsam mit Max an der Veranstaltung teilzunehmen? Wenn sie mich mit Juliet sehen würde, wüsste sie gleich, dass da was läuft. Ich will nie wieder in Juliets Begleitung gesehen werden.

»Ich muss völlig irre gewesen sein, mit jemandem wie dir zu schlafen«, erkläre ich, beuge mich dabei angriffslustig vor, und Juliet weicht gekränkt zurück. »Ich hätte die Dinge gern freundschaftlich geregelt oder zumindest in einer zivilisierten Art und Weise, aber dass du hier auftauchst, ist einfach unmöglich.«

Zum zweiten Mal erkenne ich eine menschliche Regung in Juliets Gesicht und beabsichtige, dies in jeder Hinsicht auszunutzen.

»Du warst nur ein Fick, Juliet – einer, den ich aufrichtig bedauere. Also, wenn du auch nur ein bisschen Stolz besitzt, dann verschwindest du erhobenen Hauptes und lässt mich verdammt noch mal in Ruhe. Du wirst mich weder anrufen noch mir Nachrichten schicken oder ungebeten bei mir auftauchen, kapiert? Wir beide sind fertig miteinander.«

Von ihrem selbstbewussten Auftreten ist nicht mehr viel übrig. Sie droht die Fassung zu verlieren. »Du wirst schon wieder angekrochen kommen«, sagt sie wutentbrannt. »Und wenn du das tust, dann wirst du um eine zweite Chance betteln!«

»Nein, das werde ich ganz bestimmt nicht«, erwidere ich gelassen und schüttele den Kopf. »Leb wohl, Juliet. Ich hoffe inständig, dass sich unsere Wege nie wieder kreuzen werden.«

Ausnahmsweise einmal ist Juliet Harte sprachlos, und diesen Anblick werde ich niemals vergessen.

28

Vielleicht in einem anderen Leben

Dixon

Golf ist eigentlich nicht mein Ding, und ich finde, es gibt bessere Möglichkeiten, einen Samstagmorgen zu verbringen, aber es ist nun einmal meine einzige Chance, um mit Chad zu reden. Und wenn es unbedingt notwendig ist, einen kleinen Ball in ein Loch zu schlagen, um mich mit ihm anzufreunden, dann werde ich das eben tun.

Jetzt muss es mir nur noch gelingen, mich von diesem männermordenden Vamp, Rebecca, fernzuhalten und die schnellste Runde Golf aller Zeiten zu spielen.

Leider geht mein Plan in die Hose, da sie sich entscheidet mitzuspielen, was die achtzehn Löcher in eine beängstigende Aufgabe verwandelt.

Glücklicherweise ist sie nun aufs Zimmer gegangen, um sich für das Mittagessen umzuziehen – und vorher noch schnell den Caddy zu vögeln –, wodurch ich endlich mit Chad allein bin. Wir hatten bislang noch nicht die Gelegenheit, über Politik und Berufliches zu reden, und nun, da der Piranha weg ist, ist der Weg dafür frei.

Wir sitzen im Klubrestaurant inmitten reicher Snobs, die zu viel Geld und zu viel Zeit zur Verfügung haben. Wenn da nicht meine Neugierde und der Scotch wären, hätte ich es mir oben auf meinem Zimmer vorm Fernseher gemütlich gemacht, um Sport zu schauen.

»Also, Dixon, ich habe über Ihre Forschungsarbeit nachgedacht.«

Ich nicke beiläufig und nehme einen Bissen von meinem Klub-Sandwich.

»Wenn Sie damit fertig sind, würde ich sie gern in Ihrem Namen dem Vorstand vorstellen und versuchen, die Mitglieder dazu zu bewegen, Sie zu unterstützen. Eine solche Rückendeckung würde Ihnen viele Türen öffnen. Sie müssen sich ja nicht nur aufs Praktizieren beschränken, Sie könnten beispielsweise auch unterrichten. Das macht sich gut im Lebenslauf«, sagt er zwinkernd. »Ich weiß, dass Sie sehr hart gearbeitet haben, um dahin zu kommen, wo Sie heute sind, aber so etwas wie das verwandelt Sie innerhalb weniger Monate von einem Amateur in einen Profi. Im nächsten Jahr«, setzt er hinzu, lehnt sich dabei vor und legt die Hände trichterförmig um den Mund, »werden Sie Ihren Namen als Preisträger ausrufen.«

Chad ist wirklich ein Teufel, doch ich will unbedingt dabei sein.

»Vielen Dank, Chad. Ihr Vertrauen ehrt mich. Ich hoffe, ich mache Ihnen keine Schande, aber ich wäre ein Narr, wenn ich ablehnen würde. Nochmals vielen Dank«, sage ich und habe Mühe, gelassen zu bleiben.

Chad tut meine Worte mit einer Handbewegung ab. »Danken Sie sich selbst, Dr. Mathews. Sie haben es ganz allein bis hierher geschafft. Sie können stolz auf sich sein.«

Ich lächele, denn diese Worte aus seinem Mund zu hören,

bedeutet mir sehr viel. »Aber dennoch weiß ich Ihre Unterstützung zu schätzen. Falls ich mich jemals revanchieren kann, lassen Sie es mich bitte wissen.«

»Ich werde Sie beim Wort nehmen«, sagt er schmunzelnd und nimmt einen Schluck von seinem Wasser.

Leider wird unsere angenehme Unterhaltung durch Rebecca unterbrochen. »Habt ihr mich vermisst, Jungs?«, fragt sie. Ich versuche mir nichts anmerken zu lassen und nicke nur.

»Aber natürlich«, sagt Chad mit schmeichelnder Stimme.

»Dein Handy hat ständig geklingelt, während ich oben war, Mausebär«, sagt sie. »Ich hab's extra nicht mit runtergebracht, weil ich dachte, dass ihr zwei euch eine Menge zu erzählen habt.«

»Hat es das?«, sagt Chad und kratzt sich das Kinn. »Wer das wohl sein könnte? All meine Kollegen sind entweder hier oder wissen, dass ich an diesem Wochenende verhindert bin.«

»Vielleicht deine Exfrau«, sagt Rebecca mit einem höhnischen Grinsen und zieht herausfordernd die Augenbrauen in die Höhe.

»Ach, komm schon, Engelchen«, sagt er, aber Rebecca ignoriert ihn, öffnet ihre Puderdose und zieht sich mit einem Blick auf den Spiegel darin die Lippen nach.

Chad seufzt und blickt mich Hilfe suchend an, doch ich zucke nur mit den Schultern, weil er das allein regeln muss.

»Dann sehe ich wohl besser mal nach, wer das war«, sagt er nach einem kurzen Moment. »Bin in ein paar Minuten wieder zurück.« Bevor ich ihn anflehen kann, mich mitzunehmen, ist er auch schon weg und lässt mich mit dieser Goldgräberin allein.

Sobald er verschwunden ist, rückt sie mir schon wieder auf die Pelle und lässt ihren Fingernagel an meinem Arm herabgleiten. »Also …«

»Also«, plappere ich ihr nach und ziehe meinen Arm weg, da wir von Kollegen umgeben sind.

Doch sie lässt sich von meiner Abfuhr nicht im Mindesten entmutigen. »Haben Sie einmal über mein Angebot nachgedacht, Dr. Mathews?«, fragt sie.

»Da gibt es nichts nachzudenken. Die Antwort ist nein und wird es auch immer bleiben.«

Als sie einen Versuch unternimmt, mein Bein unter dem Tisch zu berühren, packe ich ihr Handgelenk und stoße ihre Hand weg. »Hören Sie damit auf, Rebecca. Ich bin nicht interessiert. Sie sind mit Chad verlobt, den ich sehr schätze, und Ihr Verhalten ist einfach unmöglich.«

»Wenn du mich nicht vögelst, werde ich Chad sagen, dass du mich angebaggert hast«, eröffnet sie mir unvermittelt, und ich weiche zurück und sehe sie fassungslos an.

»Das kann ja wohl nicht Ihr Ernst sein«, sage ich kopfschüttelnd, doch eigentlich war mir klar gewesen, dass sie diese Taktik früher oder später anwenden würde.

»Und ob das mein Ernst ist«, bekräftigt sie, und ihre Pupillen weiten sich dabei. »Alles, was ich will, ist eine einzige Nacht, und dann lasse ich dich in Ruhe. Falls du nicht dazu bereit bist, wird Chad dir möglicherweise nicht mehr unter die Arme greifen wollen.«

»Das ist Erpressung«, flüstere ich wütend.

»Nein, das ist lediglich meine Art, das zu kriegen, was ich will. Und ich will dich.« Sie umfasst sicherheitshalber meine Nüsse, falls ich nicht begriffen haben sollte, was sie damit meint. »Sarah hat mir alles von dir erzählt, und ich will einmal davon kosten.«

Ich kann das unmöglich tun. Das ist einfach falsch. Ich mag ja schon einige schreckliche Dinge getan haben, und »Sarah« war dabei sicherlich die Krönung, aber das hier wäre ganz oben in der Kategorie »scheußlich, grässlich und verabscheuungswürdig«.

Ich wische ihre Hand weg und fauche: »Geht es bitte etwas diskreter?« Als mir das Paar, das neben uns sitzt, schräge Blicke zuwirft, schenke ich ihnen ein Lächeln.

»Ich kriege immer, was ich will, und ich will, dass du mich vögelst.«

»Hat's der Caddy etwa nicht gebracht?«, zische ich, denn langsam geht mir die Geduld aus.

Rebecca scheint verblüfft, dass ich ihren kleinen Flirt bemerkt hatte, aber ich habe schließlich genug mit Typen wie ihr zu tun gehabt – scheiße, ich war selbst einer von ihnen!

Und jetzt sitze ich in der Klemme, doch ich werde mich auf keinen Fall von ihr erpressen lassen. »Die Antwort lautet immer noch nein.«

»Sorry, aber da hast du kein Mitspracherecht. Fick mich, oder du kannst deine Karriere vergessen. So einfach ist das«, erwidert sie und blickt gelangweilt auf ihre Fingernägel.

»Selbst wenn ich das tun würde, wäre meine Karriere am Ende, denn die Welt ist nun mal klein, und meine Taten werden mich einholen«, erwidere ich in der Hoffnung, damit an ihre Vernunft appellieren zu können – sofern überhaupt vorhanden. »Ich bin so oder so am Arsch.«

»Sag mal, bist du ein Priester?«, fährt sie mich an. »Du

hast die Möglichkeit, mich ohne jede weitere Verpflichtung zu vögeln, und du sagst Nein? Sparst du dich etwa für jemanden auf?«, sagt sie halb im Scherz. Es gefällt mir gar nicht, dass sie damit verdammt richtigliegt.

Bevor ich antworten kann, schlingt mir jemand die Arme um den Hals und drückt mir einen Kuss auf die Wange. »Baby, ich habe dich schrecklich vermisst.«

Ich drehe mich so rasch um, dass ich beinahe mit dem Kopf der Person zusammenstoße, die neben mir steht. Doch sie scheint damit gerechnet zu haben, denn sie tritt gerade noch rechtzeitig einen Schritt zurück.

»Madison?«, presse ich hervor und sehe sie mit offenem Mund an. Ich habe keine Ahnung, was hier vor sich geht.

Sie erkennt, wie verwirrt ich bin, und lächelt. »Tut mir leid, dass ich so spät dran bin, der Verkehr war furchtbar.« Sie zieht sich einen Stuhl heran und setzt sich neben mich.

»Ist schon okay«, erwidere ich, spiele mit, obwohl ich immer noch vor einem Rätsel stehe. »Ich bin ja froh, dass du hier bist.«

»Ich auch«, entgegnet sie, beugt sich vor, packt den Kragen meines Poloshirts und drückt ihren Mund auf den meinen.

Ich erstarre, weiß nicht so recht, was ich tun soll, doch als ich spüre, wie sich Madisons Zunge zwischen meine Lippen zu drängen versucht, da öffne ich meinen Mund weit und gebe nur zu gern nach. Wir küssen uns leidenschaftlich, und schon bald bin ich derjenige, der ihren Nacken umfasst, um ihren Mund näher an meinen zu bringen. Ich habe ihren Geschmack so sehr vermisst, und es kommt mir unglaublich vertraut vor, sie zu küssen.

Der kleine Laut, den sie von sich gibt, als ich an ihrer Unterlippe knabbere, veranlasst mich – wenn auch mit Bedauern – zurückzuweichen. Noch eine weitere Minute dieses Wahnsinns und ich würde alles vom Tisch herunterfegen und sie daraufwerfen.

»Du siehst toll aus«, sage ich, und all meine Sinne laufen auf Hochtouren.

Madison blickt auf ihre kurzen Denim-Shorts, ihr rotes Tanktop und ihre Chucks hinab und lächelt. »Danke. Du aber auch«, antwortet sie leichthin und verzieht dabei das Gesicht angesichts meines spießigen Poloshirts und der beigen Hose.

Ich musste ja auf dem Grün etwas Vorzeigbares tragen und komme mir dabei wie ein Trottel vor.

Ich hatte völlig vergessen, dass Rebecca noch hier ist, bis sie sich räuspert. »Das ist also Ihre Freundin, Dixon?«, faucht sie. Ich sehe Madison an und ziehe dabei die Augenbrauen in die Höhe, denn ich bin mir nicht sicher, ob sie sich mit dieser Lüge wohlfühlt.

Doch Madison antwortet für mich, indem sie sich vorlehnt, der Hexe in die Augen sieht, um »Und ob ich das bin« zu sagen und sich dabei an mich zu kuscheln.

»Und ob sie das ist«, bestätige ich und küsse ihre Wange. Ich habe keine Ahnung, wieso sie hierbei mitspielt, aber ich bin ihr sehr dankbar dafür.

»Na, das erklärt eine Menge«, sagt Rebecca selbstgefällig, sichtlich erfreut, dass meine Freundin der Grund für meine Abfuhr gewesen war und nicht etwa, weil ich sie unattraktiv fand.

Aber mit einem Mal kommt mir ein schrecklicher Gedanke. Was ist, wenn Rebecca Juliet erwähnt? Dann könnte das hier ganz schnell sehr hässlich werden.

Madison füllt zum Glück die Stille. »Danke, dass Sie ihm Gesellschaft geleistet haben.«

»Das Vergnügen war ganz meinerseits«, entgegnet Rebecca mit sarkastischem Unterton und trommelt dabei mit den Fingernägeln auf den Tisch.

»Sie haben eine tolle Haarfarbe. Steht Ihnen wirklich gut«, sagt Madison zu meiner Überraschung, wobei ich mir nicht sicher bin, ob sie es ernst meint oder nicht, denn Rebeccas gesträhntes Haar erinnert an ein Stinktier.

Doch ich nicke nur und halte die Klappe. Die Sprache der Frauen war mir schon immer ein Rätsel.

»Oh, vielen Dank.« Rebecca greift sich mit der Hand in ihre Mähne. »Hab ich mir extra für dieses Wochenende machen lassen. Ich brauchte was Aufheiterndes für die Zeit hier.«

Madison kichert und legt die Hand auf den Mund. »Ich verstehe, was Sie meinen.«

Ich starre die beiden mit offenem Mund an. Ich habe zwar nicht den leisesten Schimmer, was hier vor sich geht, aber die Tatsache, dass Rebecca in den letzten Minuten weder »Vögel mich« noch »Einen blasen« gesagt hat, ist schon ein Fortschritt, daher ziehe ich das, was Madison da tut, lieber nicht in Zweifel.

»Tut mir leid, dass es so lange gedauert hat«, entschuldigt sich Chad, der gerade wieder an den Tisch zurückkehrt und Platz nimmt.

Er wirft einen Blick auf Madison, die sich immer noch an meine Seite schmiegt und lächelt. »Oh, ich wusste ja gar nicht, dass Sie in Begleitung hier sind, Dixon. Ich hatte gehört, sie hätte in der letzten Minute abgesagt.«

Ich erstarre, bin mir nicht sicher, wie Madison damit umgehen wird, dass ich ursprünglich die Frau, für die ich sie abserviert hatte, zu der Veranstaltung mitnehmen wollte, bei der sie sich nun befindet.

Ich blicke zu Rebecca hinüber, die mir ein süffisantes Lächeln zuwirft. Sieht ganz so aus, als sei mein Geheimnis für den Moment sicher.

Doch Madison zögert keine Sekunde und antwortet: »Na, Sie kennen ja uns Frauen. Wir lassen die Männer gern zappeln.« Sie zwinkert Rebecca verschwörerisch zu, die vergnügt nickt.

»Aber es lohnt sich immer, auf uns zu warten.« Rebecca sieht Chad an und schenkt ihm ein verschmitztes Lächeln.

Der schmilzt dahin und sieht sie total verliebt an, während ich Madison einen Kuss auf die Seite ihres Halses gebe und »Danke« flüstere.

Sie nickt leicht und überrascht mich damit, dass sie sich in die Liebkosung hineinlehnt.

»Ich bin Chad, und das hier ist meine wunderschöne Verlobte, Rebecca.«

»Freut mich, Sie beide kennenzulernen«, erwidert Madison. »Du meine Güte, sieh sich einer diesen Ring an! Lassen Sie mal sehen«, fügt sie hinzu, und Rebecca kichert, als sie ihr stolz die Hand hinhält. »Na, der ist ja toll. Wirklich wunderschön, Rebecca. Sie werden eine atemberaubende Braut abgeben.«

Chad und Rebecca strahlen bei Madisons Bemerkung um die Wette, während ich dem Gespräch lausche und es kaum zu glauben vermag, dass die Anspannung verpufft ist und ich nicht mehr länger das Bedürfnis verspüre, eine schützende Hand vor meine Klunker zu halten. Dank Madison ist meine Karriere für den Moment ebenso gerettet wie mein Schwanz.

»Das wird sie mit Sicherheit«, stimmt ihr Chad zu. »Also, wenn Sie uns jetzt entschuldigen würden«, fügt er hinzu, und Rebecca grinst ihn an.

»Bis später«, sagt sie und steht auf. Ich muss bei dem Gedanken daran, dass sie nach oben geht, um diesen alten Sack zu bumsen, gegen den Drang ankämpfen, mich zu übergeben.

»Wir sehen uns dann heute Abend«, sagt Chad und legt seine Hand besitzergreifend um Rebeccas Taille.

»Heute Abend?«, erwidere ich verträumt, verloren in Madisons Vanilleduft.

»Bei der Preisverleihung.«

»Ach ja, richtig«, entgegne ich, schüttele meinen benebelten Kopf und versuche mich zusammenzureißen.

»Was halten Sie davon, wenn wir uns alle in der Lobby treffen? So gegen sieben?«, schlägt er vor.

Madison hat schon genug für mich getan, als sie mich aus Rebeccas Klauen rettete, da kann ich doch wohl unmöglich verlangen, dass sie diese Farce noch bis in die Nacht hinein fortsetzt, oder?

Chad und Rebecca sehen mich erwartungsvoll an, und gerade als ich eine Entschuldigung vorbringen will, warum Madison nicht kommen kann, sagt sie: »Sehr gern. Wir freuen uns schon.«

Ich wende mich ihr mit einem Ruck zu, und sie nickt, während ein leichtes Lächeln um ihre Lippen spielt.

»Ja, wunderbar. Sieben Uhr passt«, sage ich, ohne dass meine Augen von Madisons weichen.

»Hervorragend. Dann bis nachher.« Sie gehen davon. In der Ferne ist noch einmal Rebeccas Kichern zu hören.

In dem Moment, als sie verschwunden sind, lasse ich hörbar den Atem entweichen, den ich so lange angehalten hatte.

Jetzt, wo wir allein sind, scheint Madison ihre Entscheidung zu bedauern, mir zu Hilfe zu kommen. Das kann ich ihr nicht verübeln, denn ich habe mich ihr gegenüber wirklich wie ein Arsch benommen.

Ich habe das Gefühl, dass sie mir gleich einen Einlauf verpassen wird.

»Es tut mir leid, Madison«, sage ich rasch. Und als sie den Mund öffnet, um zu sprechen, da lege ich ihr meinen Zeigefinger auf die Lippen, um sie davon abzuhalten. »Lass mich bitte ausreden.« Sie nickt, und ihre Augen nehmen einen weicheren Ausdruck an, als ich meinen Finger wieder wegnehme. »Wegen neulich – also, da habe ich mich einfach mies benommen. Wie ein Riesenarschloch und, na ja ...«, erkläre ich und reibe mir dabei den Nacken, »das tut mir wirklich leid.«

Aber eigentlich muss ich mich ja nicht nur für neulich entschuldigen.

»Ich bedauere wirklich all das, was ich falsch gemacht habe«, füge ich aufrichtig hinzu. »Ich hätte anrufen und mich erkundigen sollen, ob es dir gut geht, aber ich hatte einfach den Eindruck, dass du mich niemals wiedersehen wolltest. Das hattest du meiner Ansicht nach ziemlich deutlich gemacht.«

Sie senkt den Blick. Offenbar habe ich einen wunden Punkt getroffen, doch sie schweigt weiter.

»Es tut mir unendlich leid, dass ich dich verletzt habe. Ich wollte nicht, dass du dich unwohl fühlst oder ängstlich. Wenn ich diese Nacht ungeschehen machen könnte, würde ich es tun.«

Sie blickt auf, und ihre Augen füllen sich mit Tränen. »Bereust du sie?«, flüstert sie mit zitternder Unterlippe.

»Nein«, erwidere ich rasch, um zu verhindern, dass sie womöglich erneut die Flucht ergreift. »Ich bedauere keinen einzigen Augenblick, den ich mit dir verbracht habe. Ganz besonders nicht diese Nacht«, füge ich hinzu, strecke die Hand aus und lasse meine Knöchel über ihre Wange herabgleiten.

Ich habe keine Ahnung, wo all diese Aufrichtigkeit herkommt, aber ich beschließe, so weiterzumachen, denn es fühlt sich einfach richtig an.

Sie lehnt sich in meine Berührung, und das Alphatier in mir trommelt sich voller Stolz auf die Brust. »Ich weiß, dass du ein paar Leichen im Keller hast, das haben wir doch alle, aber du solltest versuchen, das zu überwinden, was dich quält, und solange du dazu nicht imstande bist, halte ich es für das Beste, wenn wir uns nach diesem Wochenende erst einmal nicht mehr sehen.«

Madison runzelt die Stirn. »Danke, dass du dich entschuldigt hast. Du hast recht, du hast dich wie ein Riesenarschloch benommen. Ich bin eigentlich hergekommen, um dir gründlich die Meinung zu sagen. Du hast dich mir gegenüber wirklich schrecklich verhalten, Dixon«, bestätigt sie, und ich fühle mich nun noch schlimmer, als ich es ohnehin schon tue. »Aber ich habe mich dir gegenüber auch nicht besser verhalten. Ich schulde dir ebenfalls eine Entschuldigung.«

»Nein, du schuldest mir gar nichts«, sage ich und schüttele energisch den Kopf.

»Und ob ich das tue«, beharrt Madison. »Das mit dir war kein Fehler. Es war gemein, so etwas zu sagen. Aber du hast recht. Ich habe eine schreckliche Vergangenheit, die ich hinter mir zu lassen versuche. Es tut mir nur leid, dass ich sie noch nicht überwunden hatte, bevor wir uns kennenlernten. Aber vielleicht können wir ja noch Freunde sein? Also, ich … ich habe dich im letzten Monat wirklich vermisst.«

So verlockend es auch sein mag, sie zu sehen, zu berühren und in ihrer Nähe zu sein, beweist es mir doch einmal mehr, dass ich nicht nur mit ihr befreundet sein kann. Wir waren nie bloß Freunde. Nachdem ich einmal von ihr genascht habe, will ich mehr, und mit ihr befreundet zu sein würde mich in den Wahnsinn treiben.

Das steht mir wohl ins Gesicht geschrieben, denn sie nickt. »Okay, verstehe. Das wird nicht passieren.«

»Tut mir leid, aber wir sind nie bloß Freunde gewesen. Da war immer mehr. Ich will auch noch mehr, aber für mich gilt entweder alles oder nichts. Ich bin diese Spielchen leid«, sage ich und sehe, wie ihr eine einzelne Träne über die Wange läuft. »Ich hätte es dir schon früher sagen sollen, aber ich wusste, ehrlich gesagt, gar nicht, dass ich mehr will, bis du mich hast sitzen lassen. Ich bin genauso verkorkst wie du«, gestehe ich und gebe ein sarkastisches Schnauben von mir.

»Das bezweifle ich«, erwidert sie mit einem Schniefen. »Es war mir ernst mit dem, was ich gesagt habe. Es liegt nicht an dir, sondern an mir.«

Ich kann nicht anders, ich muss ihr einfach die Hand in den Nacken legen und ihre Stirn an die meine ziehen. »In diesem Fall liegt es eben an uns beiden. Vielleicht in einem anderen Leben, *angelo*?«, sage ich, und Madison stößt ein kleines Keuchen aus. Ihr warmer Atem kitzelt meine Wangen.

»Vielleicht«, entgegnet sie halbherzig.

»Ich danke dir, dass du mir heute den Arsch gerettet hast. Ich bin dir was schuldig.« Ich weiche zurück, versuche die Stimmung etwas aufzuheitern.

Madison schnieft mit einem traurigen Lächeln. »Betrachte es als die Bezahlung meiner Schulden. Du hast mir mehr als einmal den Arsch gerettet. Es ist an der Zeit, dass ich mich revanchiere.«

Und das beantwortet meine Frage. Sie ist mir zu Hilfe gekommen, weil sie sich schuldig fühlt wegen dem, was zwischen uns passiert ist. Dabei bin ich derjenige, der all das bedauert, was zwischen uns schiefgelaufen ist.

»Du schuldest mir gar nichts«, sage ich wieder.

»Mag sein, aber ich will das hier für dich tun. Ich habe gesehen, wie unbehaglich du dich gefühlt hast, und ich konnte nicht einfach vorbeigehen, ohne dir zu helfen. Auch wenn du dich bei diesem Frühstück mir gegenüber wie ein Mistkerl benommen hast, vermag ich dich trotzdem nicht zu hassen. Auch wenn ich es versucht habe«, gesteht sie kleinlaut ein. »Das hier ist das Mindeste, was ich tun kann. Es tut mir wirklich leid, Dixon. Ich hätte deine Küsse nicht erwidern sollen. Du hast mich ja gewarnt, dass man sie nicht zurücknehmen kann, und das wollte ich ja auch nicht, aber …«

»Ich verstehe schon«, sage ich, als sie nicht fortfährt. »Vielleicht in einem anderen Leben«, füge ich hinzu, da dies perfekt zu unserer Situation zu passen scheint.

»Vielleicht in einem anderen Leben«, wiederholt sie traurig und nickt. »Also, sehen wir zu, dass wir diesen Abend überstehen. Ich verspreche dir, dass ich an deiner Seite sein und deine Herzdame spielen werde. Und wenn der Abend vorbei ist, dann … heißt es wohl Abschied nehmen, nicht wahr?«, sagt sie mit zittriger Stimme.

»Sehen wir erst einmal zu, dass wir den Abend hinter uns bringen«, antworte ich, denn ich will nicht derjenige sein, der diese Entscheidung trifft.

»Okay.« Sie nickt und trocknet sich die Augen. »Tja, dann suche ich mir jetzt wohl besser etwas zum Anziehen. Ich habe nicht so viele schicke Sachen mitgenommen und muss die Zeit nutzen, um etwas Vorzeigbares aufzutreiben.«

Als sie Anstalten macht aufzustehen, halte ich sie zurück, indem ich meine Hand auf ihren Unterarm lege. Sie blickt auf die Stelle, wo wir uns berühren, und ich weiß, dass auch sie es spürt, wie die Funken sprühen.

Doch ich ignoriere es und sage: »Überlass das bitte mir.« Als Madison irritiert die Stirn runzelt, lächele ich. »Lass mich das für dich erledigen.«

Sie begreift, was ich damit meine, und nickt. »In Ordnung. Ich warte oben. Zimmer 235.«

»Perfekt. Wir treffen uns dann um sieben in der Lobby, okay?«, frage ich und kann es immer noch nicht so recht glauben, dass sie eingewilligt hat, heute Abend meine Herzallerliebste zu spielen.

»Alles klar«, erwidert sie. »Bis sieben dann.«

»Bis sieben«, wiederhole ich und schaue ihr hinterher, als sie davongeht.

29

Mein Mädel

Madison

Nachdem ich in den letzten Tagen erfolglos versucht hatte, Dixon zu hassen, war mir schließlich klar geworden, dass ich ihn zur Rede stellen musste, denn dieses Gefühl in meiner Magengrube machte mich krank. Ich war es leid, ihm nur in Gedanken die Meinung zu sagen, und wollte von Angesicht zu Angesicht mit ihm reden, um endlich über ihn hinwegzukommen.

Es fiel mir leicht, seine »Herzdame« zu spielen, schließlich wäre es nicht nur eine Rolle für mich, wenn ich nicht so verdammt verkorkst wäre.

Sobald ich wieder in New York bin, werde ich mich meinen Dämonen stellen, anstatt vor ihnen davonzulaufen. Ich habe keine Ahnung, ob ich mit einem Mal die nötige Kraft dazu verspüre, weil ich Dixon begegnet bin, doch egal woher sie auch stammen mag, ich bin einfach froh, endlich den Mut zu besitzen, das Richtige zu tun. Meine Furcht schützt immer nur meinen Angreifer, und ich bin es leid, dass er und seinesgleichen im Licht leben, während ich mich mit der Dunkelheit begnügen muss.

Wenn ich es erst einmal geschafft habe, ins Licht hinauszutreten, und Dixon mich dann immer noch haben will, wird unsere Zeit kommen, doch bis dahin muss ich daran arbeiten, dieser stärkere Mensch zu werden, der ich immer sein wollte. Denn sonst wird er recht behalten, und wir können unsere gemeinsame Zeit erst in einem anderen Leben verbringen.

Aber eins nach dem anderen. Jetzt muss ich erst einmal zusehen, dass ich diesen Abend überstehe.

Dixon hatte zwar gesagt, ich solle ihm die Kleiderfrage überlassen, allerdings hatte ich keine Ahnung, was das konkret bedeutete. Doch ich wollte nicht schon wieder mit ihm streiten, denn es scheint uns beiden eine Menge daran zu liegen, das, was zwischen uns falschgelaufen ist, wiedergutzumachen, und Kleinigkeiten für den anderen zu tun scheint ein erster Schritt in diese Richtung zu sein.

Als es um vier Uhr an der Tür klopft, überkommt mich plötzlich eine gewaltige Aufregung, als ich darauf zugehe, um sie zu öffnen. Davor steht ein Hotelportier mit einem schwarzen Kleidersack in der Hand.

»Mit besten Grüßen von Dr. Mathews«, sagt er und reicht ihn mir.

»Vielen Dank.« Ich greife in meine Tasche, um ihm ein Trinkgeld zu geben.

Er vollführt eine abwehrende Handbewegung. »Nein, Miss, das ist schon in Ordnung. Dr. Mathews hat das bereits erledigt. Viel Vergnügen heute Abend.«

Ich nicke, schließe rasch die Tür und öffne gespannt den Kleidersack, um zu sehen, was sich darin befindet. In dem Moment, als ich den Reißverschluss herunterziehe, entfährt mir ein überwältigtes Keuchen, denn mein Blick fällt auf das prachtvollste Kleid, das ich in meinem ganzen Leben gesehen habe.

Es ist ein königsblaues Cocktailkleid aus Seide, und ich hole es vorsichtig aus der Hülle hervor. Der Taillenbereich besteht aus einem durchsichtigen Netz, das mit blauen Pailletten verziert wurde, sodass mein Oberkörper nicht vollkommen entblößt ist. Das Kleid ist lang und figurbetont und wird meine Beine elegant bis zum Boden umspielen. Aber der eigentliche Grund, warum Dixon es ausgesucht hat, war vermutlich der herzförmige, tiefe Ausschnitt.

Als ich das Kleid vorsichtig auf dem Bett drapiere, werfe ich einen Blick auf das Etikett. Da Dixon ein sehr aufmerksamer Beobachter ist, überrascht es mich nicht, dass er die richtige Größe und eine perfekte Passform gewählt hat. Ich hoffe nur, dass es nicht einen Tick zu lang ist. Ich krame im Koffer nach den einzigen Schuhen mit hohen Absätzen, die ich mitgebracht habe. Sie sind schwarz, und ich wollte sie eigentlich zu dem Kleid tragen, das ich für den heutigen Abend vorgesehen hatte. Nicht ideal, aber es geht nun einmal nicht anders.

Als es erneut an der Tür klopft, frage ich mich überrascht, wer das wohl sein könnte, da ich Dr. Wellington davon in Kenntnis gesetzt hatte, dass ich Dixon heute Abend begleiten werde. Nach unserem Benehmen am Frühstückstisch war ihm klar geworden, dass wir beide eine Vorgeschichte hatten, und er hielt es für eine gute Idee, wenn wir über unsere Probleme reden würden.

Als ich öffne, steht derselbe Portier von eben vor mir und überreicht mir eine große Papiertüte. »Hallo, Miss. Noch einmal mit besten Grüßen von Dr. Mathews.«

Ich nehme sie verdutzt entgegen, hatte nicht mit einem weiteren Geschenk gerechnet. Und gewiss nicht mit noch einem so teuren, denn dem Namen auf der Tüte nach zu urteilen, stammte der Inhalt vom selben Designer wie das Kleid.

Als ich mich halbwegs von meiner Überraschung erholt habe, greife ich rasch in meine Tasche nach einem Trinkgeld, doch der Portier wehrt erneut ab. »Dr. Mathews ist ein sehr großzügiger Mann«, sagt er mit einem Lächeln, tippt sich an den Hut und geht davon.

Mir bleibt nur noch, die Tür zu schließen. Ich stelle die Tüte auf den Schreibtisch und werfe einen Blick hinein. Darin befinden sich ein Schuhkarton und eine kleinere rechteckige Schachtel. Ich greife zuerst nach dem Schuhkarton, öffne ihn, ziehe das weiße Seidenpapier zur Seite und erblicke ein Paar wunderschöne silberne Riemchen-Stilettos. Und da der Absatz ziemlich hoch ist, erübrigt sich die Frage, ob das Kleid eventuell zu lang sein könnte. Dieser Mann hat wirklich ein gutes Augenmaß!

Ich hätte beinahe die andere Schachtel vergessen, weil ich von dem Kleid und den Schuhen schon so überwältigt bin, doch als ich sie öffne, muss ich dem Portier zustimmen. Dr. Mathews ist in der Tat ein *sehr* großzügiger Mann. Die kleine silberfarbene Clutch passt perfekt zu den funkelnden silbernen Stilettos, und diese Accessoires werden die Eleganz des Kleides wunderbar unterstreichen.

Nach einem Blick auf die Uhr beschließe ich, zu duschen und mich fertig zu machen. Doch ein erneutes Klopfen an der Tür unterbricht mein Vorhaben, und ich begebe mich ohne jede Ahnung, wer auf der anderen Seite der Schwelle stehen könnte, zur Tür.

»Hallo, Miss«, sagt der Portier mit einem Lächeln. »Das

hier ist auch noch für Sie.« Er reicht mir eine kleine Tüte. »Mit den besten Grüßen –«

»Von Dr. Mathews«, beende ich den Satz für ihn, und er nickt. »Das ist jetzt aber wirklich des Guten zu viel«, erkläre ich verblüfft und spähe in die Tüte hinein.

»Dr. Mathews erwähnte, dass Sie etwas in dieser Richtung sagen würden. Und für den Fall, dass Sie darüber nachdenken sollten, es zurückzugeben, wurde ich angewiesen, Ihnen auszurichten, dass man es nicht umtauschen kann«, sagt der Portier schmunzelnd.

»Ist das denn jetzt auch wirklich alles?«, frage ich und muss dabei unwillkürlich lachen. Ich kann unmöglich noch mehr annehmen. Es ist einfach zu viel.

Der Portier grinst. »Dr. Mathews erwähnte, dass Sie auch dies sagen würden.« Er tippt sich wieder an den Hut, bevor er geht.

»Hey, Sie haben meine Frage nicht beantwortet«, sage ich, aber er geht einfach weiter und ignoriert mich. Wahrscheinlich hat Dr. Mathews auch diese Äußerung von mir vorhergesagt.

Ich schließe die Tür und stelle die Tüte wie zuvor schon die Schuhe auf den Schreibtisch und nehme das blaue Samtkästchen heraus. Ich streiche mit den Fingern über das weiche Material, bevor ich es aufgeregt öffne. Die Scharniere des Kästchens protestieren mit einem kleinen Quietschen. Als ich den Inhalt erblicke, entfährt mir ein Keuchen, und ich bedecke meinen Mund mit einer zittrigen Hand, weil das nun wirklich viel zu viel ist.

Es ist ein Diamantcollier. An der doppelreihigen Kette hängt ein Saphir, der mit kleinen Diamanten eingefasst ist.

Oberhalb des Colliers befinden sich noch zwei kleine Saphir-Ohrstecker, und das alles glitzert im Licht, wie es nur echte Diamanten tun.

Es ist wirklich der schönste Schmuck, den ich jemals gesehen habe, und ich greife rasch zu meinem Smartphone und schicke der Person, der ich eigentlich nie wieder eine Nachricht senden wollte, eine SMS.

Das ist viel zu viel, aber ich danke dir dafür. Es ist einfach umwerfend.

Innerhalb weniger Sekunden erhalte ich eine Antwort.

Nur das Beste für mein Mädel.

Wenn ich das doch nur wäre!

30

Tanz im Regen

Madison

Es ist jetzt zwei Minuten nach sieben, und ich hetze in meinem Zimmer hin und her und versuche ein paar unverzichtbare Dinge in meiner kleinen Clutch unterzubringen. Nachdem ich Lippenstift, Parfüm, Personalausweis, Bargeld und meinen Zimmerschlüssel hineingestopft habe, bin ich bereit zum Gehen. Auf dem Weg zum Aufzug bewege ich mich allerdings in einem verhaltenen Tempo vorwärts, denn die Absätze der Schuhe sind sehr viel höher, als ich es gewohnt bin. Doch es ist die Mühe wert: Ich fühle mich wie Aschenputtel in ihren gläsernen Schuhen.

Nachdem ich den Knopf für die Lobby gedrückt habe, nehme ich mir kurz Zeit, mich in der Spiegelwand hinter mir zu betrachten, um sicherzustellen, dass ich auch gut aussehe. Ich habe mir die Haare gelockt, dann eine Seite zurückgekämmt und sie mit einem strassbesetzten Haarclip befestigt, während mir meine losen Locken über die Schulter fallen. Mein Make-up ist ziemlich dezent, da Kleid und Schmuck schon spektakulär genug sind.

Im Großen und Ganzen gefällt mir, was ich sehe, aber meine geweiteten Pupillen und mein schweres Atmen verraten, wie nervös ich bin.

Als das »Bing« des Aufzugs ertönt und sich die Türen öffnen, trete ich vorsichtig hinaus. Ich habe keine Ahnung, was mich erwartet. Nervös streiche ich das Kleid glatt und versuche meinen rasenden Herzschlag zu beruhigen. Dann nehme ich all meinen Mut zusammen, biege um die Ecke und sehe sogleich meinen Märchenprinzen.

Als sich unsere Blicke begegnen, spüre ich, wie sich die Luft zwischen uns wieder einmal schlagartig auflädt und zu pulsieren beginnt. Doch ich ignoriere es und gebe mir alle Mühe, nicht hinzufallen, als ich auf ihn zugehe. Er sieht verdammt heiß aus in seinem schlichten, aber eleganten Smoking, der ihm wie auf den Leib geschneidert ist, seinen muskulösen Körper und seine beeindruckende Größe betont. Er hat sein widerspenstiges Haar ein wenig gebändigt und es zu einem geordneten Chaos gestylt, was gut zu den leichten Bartstoppeln passt. Seine unglaublich blauen Augen wirken elektrisierend auf mich, während sie an meinem Körper hinabwandern.

»Ich bin mir sicher, dass da viel mehr Stoff an diesem Kleid war, als ich es ausgesucht habe«, sagt er, als ich an seiner Seite angekommen bin und er mich mit einem schelmischen Funkeln in den Augen ansieht.

»Du hast wirklich einen hervorragenden Geschmack«, erwidere ich schmunzelnd, beuge mich vor, um ihm einen Kuss auf die Wange zu geben, und versuche dabei keine Notiz davon zu nehmen, wie gut er riecht.

Dixon schlingt einen Arm um meine Taille und zieht mich näher an sich. »Dürfte ich vorschlagen, dir mein Jackett zu leihen?«

»Wozu denn?«, frage ich und stoße ein leichtes Keuchen aus, als er mit seiner Nase sanft über meine Wange bis zu meinem Hals hinunter fährt.

»Damit ich nicht jedem Mann in diesem Laden die Augen ausstechen muss«, antwortet er neckend, und ich bekomme eine Gänsehaut, als mich sein warmer Atem streift. »Aber abgesehen davon sieht du wunderschön aus. Allerdings siehst du in allem umwerfend aus.«

Ich erröte, als ich seine Komplimente vernehme, drehe mich ihm zu und kuschele mich in seine Umarmung. Dixon stößt ein tiefes Knurren aus, und sein Griff um meine Taille wird fester.

»Da sind sie ja«, sagt eine Stimme, woraufhin ich zurückweiche, peinlich berührt, in einem solch intimen Moment erwischt zu werden.

Dixon allerdings wirkt alles andere als verlegen, als ich seinem hitzigen Blick begegne. Er mustert mich kurz, bevor er Chad antwortet. »Ja, da sind wir.«

»Sie sehen fantastisch aus, Madison«, sagt Chad, und sein Blick verweilt auf meinen Brüsten.

Ich spüre, wie ich rot werde, und wende mich Dixon zu, der mit den Schultern zuckt und mich mit einem amüsierten »Hab ich dir ja gesagt«-Ausdruck auf dem Gesicht ansieht.

»Vielen Dank, Chad«, erwidere ich und offenbare meine Verlegenheit, als ich versuche, möglichst unauffällig meine Arme vor der Brust zu verschränken.

»Rebecca, Sie sehen auch … reizend aus«, sagt Dixon mit einem kurzen Zögern, und ich frage mich, was er wirklich von Rebeccas Aufmachung hält, die eher an Unterwäsche erinnert.

»Danke. Sie aber auch«, schnurrt sie, streckt ihre Hüfte heraus und macht keinen Hehl daraus, dass sie ein Auge auf Dixon geworfen hat.

Ich spüre Eifersucht in mir aufsteigen, lächele aber und halte meine Mordlust in Schach.

»Sollen wir?«, schlägt Chad vor, der gar nicht zu bemerken scheint, dass seine Verlobte meinen »Herzallerliebsten« mit ihren Augen auszieht.

Dixon gehört mir, auch wenn es nur gespielt ist, und ich stelle gerade fest, dass der heutige Abend wesentlich schwerer werden wird, als ich angenommen hatte.

»Ja, lasst uns gehen«, sage ich und hänge mich bei ihm ein.

Als wir uns auf den Weg in den Ballsaal machen, vermag ich nur noch daran zu denken, wie Rebecca Dixon angesehen hat. Ich bin bisher nett zu ihr gewesen, weil ich weiß, wie Frauen von Rebeccas Kaliber ticken. Wenn man ihr ohnehin schon unmöglich großes Ego streichelt und nicht als Bedrohung verstanden wird, dann sind sie gern bereit, sich mit einem anzufreunden, weil sie glauben, die Oberhand zu haben. Aber heute Abend, wo ich mich herausgeputzt habe und von dem Mann zum Platz geleitet werde, den sie begehrt, sieht sie mich als Konkurrenz.

Nun, lasset die Spiele beginnen.

Kurz bevor wir den Ballsaal betreten, beugt sich Dixon zu mir herab und küsst meine Ohrmuschel. »Danke, dass du nicht auch vergessen hast, dir was überzuziehen«, sagt er, und ich lache schallend, was genau das Richtige ist, um meine Nerven zu beruhigen.

»Gern geschehen. Aber daran bist allein du schuld«, erwidere ich, und mir stockt der Atem, als seine Lippen sanft an meinem Hals entlanggleiten. »Ohne dieses Kleid wäre ich nichts Besonderes.«

Dixon weicht mit einem entsetzten Gesichtsausdruck zurück. »Das ist nicht wahr.« Er legt eine Hand auf meine Wange und lächelt. »Du bist sogar etwas ganz Besonderes, das kannst du mir glauben.«

Seine Worte veranlassen mich, meine Wange in seine Hand zu schmiegen. »Ich danke dir«, flüstere ich und hebe den Blick, um ihn anzusehen.

Das hier sollte sich nicht so natürlich anfühlen, aber das tut es, und der Gedanke, dass dies unser letzter gemeinsamer Abend sein wird, tut weh. Dixon hat mich vor die Entscheidung »alles oder nichts« gestellt, und ich bin einfach noch zu labil, vermag ihm erst alles zu geben, wenn ich mich meiner Vergangenheit gestellt habe.

Er muss wohl meine Gedanken gelesen haben, denn er sagt: »Auch wenn du nur diesen einen Abend mir gehörst, werde ich alles dafür tun, dass es der beste Abend unseres Lebens wird.« Für einen Moment begegnen sich unsere Lippen, als er mich auf den Mund küsst, um dann wieder zurückzuweichen.

Er wirkt gelassen, sobald wir den großzügigen Ballsaal betreten, und alle anderen Gedanken werden in den Hintergrund gedrängt, als ich den aufwendig gestalteten Raum in mich aufnehme. Kellner schwirren umher, sorgen dafür, dass die Gläser der Gäste, die bereits Platz genommen haben, gefüllt sind, während andere zu ihren Tischen geführt werden.

Einer der Kellner begrüßt uns freundlich und bringt mithilfe seines iPads in Erfahrung, wo wir sitzen. Glücklicherweise hat mich Dixon noch als seine Begleitung angemeldet, sodass es keine Probleme gibt, aber ich komme nicht umhin, mich zu fragen, wer seine ursprüngliche Begleiterin gewesen sein mag. Vielleicht die Frau, mit der er zusammen war, als wir uns zum ersten Mal begegnet sind? Bei dem Gedanken daran trete ich unruhig von einem Bein aufs andere, und Dixon lässt seine Hand über meinen Rücken hinabgleiten und verharrt oberhalb von meinem Hintern.

»Alles in Ordnung?«, flüstert er, als wir uns auf den Weg zu unserem Tisch machen.

»Alles bestens«, erwidere ich, doch das stimmt ganz und gar nicht, denn fast jede Frau im Raum schaut sich nach ihm um.

Frauen jeden Alters nehmen ihn gerade unter die Lupe, einige diskreter als andere, doch im Großen und Ganzen habe ich es mit einem Raum voller Rebeccas zu tun, gegen die ich mich behaupten muss.

Der Kellner bleibt an einem Tisch ziemlich weit vorn stehen, und als Dixon einen Stuhl für mich zurückzieht, weiß ich, dass mir der Neid des ganzen Raumes sicher ist. Ich ignoriere die finsteren Blicke, nehme Platz und greife mit zittriger Hand nach meinem Wasserglas, während sich Rebecca neben Dixon setzt.

In der Mitte des Tisches stehen einige Weinflaschen, und ich frage mich, ob es wohl unhöflich wäre, wenn ich mich auf sie stürzen und gleich zum Alkohol übergehen würde. Doch als ich mich im Raum umsehe und all die eifersüchtigen Blicke der anwesenden schönen Frauen bemerke, beschließe ich die Etikette zu ignorieren und greife nach einer Flasche Rotwein.

»Warte, ich mach das schon«, bietet mir Dixon an, und seine Finger streifen meinen Arm, greifen über die meinen hinweg und kommen mir zuvor.

Ich ziehe meine Hand zurück. Meine Haut steht in Flammen, aber ich versuche keine große Sache daraus zu machen und lächele.

Als ich mein ganzes Glas in einem Zug leere, spüre ich Dixons Blick auf mir ruhen, doch ich beachte ihn gar nicht und lenke mich damit ab, dass ich mich im Saal umsehe. Ich frage mich, wie es all die mächtigen und wichtigen Leute, die sich hier versammelt haben, wohl geschafft haben, das zu erreichen, was sie erreicht haben. Einige von ihnen haben zweifellos hart dafür gearbeitet, aber bei anderen muss man sich wohl eher fragen, mit wem sie geschlafen haben oder wem sie in den Rücken gefallen sind, um zu so einflussreichen Playern zu werden.

Zwei Paare nehmen an unserem Tisch Platz. Die Damen sind glücklicherweise alt genug, um Dixons Großmütter zu sein, und lächeln höflich, als wir einander vorgestellt werden. Sie machen den Eindruck, als gehörten sie den besseren Kreisen an, und die Männer sind mit Ausnahme von Dixon alle Vorstandsmitglieder der Gesellschaft für Psychiatrie. Doch das könnte sich möglicherweise bald ändern, denn so, wie sie ihre Aufmerksamkeit auf ihn richten, scheinen sie sehr interessiert daran, was er zu sagen hat.

»Also, Dixon, Chad hat mir erzählt, dass Sie da etwas Interessantes für uns zu lesen haben«, sagt Fletcher, der ältere Herr mit grau meliertem Haar.

Dixon lächelt gelassen und greift nach seinem Weinglas. »Das ist wirklich sehr liebenswürdig von Chad. Ich würde mich sehr geehrt fühlen, wenn Sie einmal einen Blick darauf werfen und mir mitteilen würden, was Sie darüber denken.«

»Du wirst staunen«, bekräftigt Chad. »Seine Arbeit ist brillant. Vielleicht ein wenig unorthodox, aber seine Argumentation ist absolut vertretbar.«

Dixon wirkt völlig unbeeindruckt, dass der Tisch ein Loblied auf ihn singt, aber als er eine Hand auf mein Knie legt und leicht zudrückt, weiß ich, dass er innerlich vor Freude jubiliert. Ich sehe ihn an, und als er meinen Blick erwidert, strahlt er über das ganze Gesicht.

Wir haben noch nicht ganz den Hauptgang hinter uns gebracht, und das Lammfleisch droht mir im Hals stecken zu bleiben, denn zum gefühlten hundertsten Mal am heutigen Abend taucht eine Frau am Tisch auf, um mit Dixon zu reden. Das geht nun schon seit anderthalb Stunden so, und bislang habe ich mir wirklich Mühe gegeben, ruhig zu bleiben, aber jetzt reicht es mir.

Entweder ist sich Dixon nicht bewusst, dass sie mit ihm flirten, oder aber er hat Tomaten auf den Augen, doch ich bekomme sehr wohl mit, was vor sich geht. All die unnötigen, viel zu lange dauernden Berührungen sind mir nicht entgangen, und Rebecca kommt mir im Vergleich mit diesen Geiern wie ein Hundewelpe vor.

Dixon hat mich zwar jeder dieser Frauen vorgestellt, dabei aber zu erwähnen versäumt, dass ich seine Freundin bin, was natürlich einen gewissen Interpretationsspielraum hinsichtlich meiner Wenigkeit lässt. Rebecca hat dies sehr wohl bemerkt und beschlossen, dies wäre der richtige Moment, um den Grund dafür anzusprechen.

»Madison, wie lange sind Sie und Dixon eigentlich schon zusammen?«, fragt sie mit einem unschuldigen Augenaufschlag, doch ich bin mir sicher, sie vermutet, dass diese Frage alles andere als harmlos ist. Und damit liegt sie natürlich richtig.

Ich rutsche auf meinem Stuhl hin und her. Mein Blick huscht zu Dixon hinüber, der sein Gespräch mit der aufdringlichen Blondine an seiner Seite unterbricht. Ich beiße mir auf die Lippe. Wir hätten uns besser eine glaubwürdige Geschichte ausdenken sollen, bevor wir auf die Idee kamen, uns als Liebespaar auszugeben.

»Äh …«, sage ich, in der Hoffnung, es so aussehen zu lassen, als rechnete ich im Kopf nach.

Doch Dixon legt beruhigend seine Hand auf meine Hände, die ich in meinem Schoß knete. »Sechs Monate«, erwidert er an Rebecca gewandt.

»Wie haben Sie sich denn kennengelernt?«

Dixon holt kurz Luft, und ein Lächeln gleitet über sein Gesicht. »So ein Affe hat sie bedrängt, da habe ich ihn in die Wüste geschickt.«

»Du meinst, du hast ihn das Fürchten gelehrt«, füge ich hinzu, denn ich erinnere mich noch sehr gut daran, wie eingeschüchtert Tim gewirkt hatte, als er sich plötzlich dem knallharten Dixon gegenübersah.

Alle, bis auf Rebecca, schmunzeln, und Dixon grinst, als er sich der Tischgesellschaft zuwendet. »Was soll ich sagen? Er wollte seine Pfoten nicht von der Frau lassen, die mich verzaubert hatte. Von dem ersten Moment an, als ich sie sah, wusste ich, dass sie etwas Besonderes ist. Ich hätte fast alles getan, um sie kennenzulernen, und als es mir gelang, da bin ich ihrem Zauber immer mehr verfallen.«

Mir bleibt für einen Moment die Luft weg, doch ich versuche nach außen hin gelassen zu bleiben, während Dixon fortfährt.

»Aber es lief nicht alles so glatt. Ich habe wirklich totalen Mist gebaut – typisch Mann eben, wenn Sie verstehen, was ich meine.« Er drückt leicht meine Hand, während der Tisch einmütig lacht. »Ich weiß, dass sie mit ihren eigenen Dämonen fertigwerden muss, aber hier ist sie«, er wendet sich mir zu, und seine Augen leuchten vor Stolz, »sitzt an meiner Seite, unterstützt mich, so wie mich noch nie jemand unterstützt hat. Sie ist mein Engel, denn jede Minute, die ich mit ihr verbringe, ist wirklich ein Geschenk. Ich kann mich glücklich schätzen, dass ich dich getroffen habe, Madison. Du gibst mir die Kraft, ein besserer Mann sein zu wollen«, sagt er, nicht mehr länger an den Tisch gerichtet, sondern an mich.

Mir kommen die Tränen, doch ich beiße mir auf die Innenseite der Wange, um sie zurückzuhalten. »Ich bin hier die Glückliche, Dixon«, flüstere ich. »Und du bist bereits ein besserer Mann. Ich will nur dich und keinen anderen«, füge ich hinzu, und es ist mir ernst damit. »Oh« und »Oho« ertönt es reihum am Tisch.

Dixon lächelt, und er beugt sich vor und wischt mir die Träne weg, die mir über die Wange läuft. »Das ist gut, *angelo*, denn du bist auch die Einzige für mich.«

Wir sind nicht länger mehr in einem Raum voller Menschen. Es gibt nur Dixon und mich. Und als er meinen Blick erwidert, wird mir etwas bewusst, das ich mir lange Zeit nicht eingestehen wollte: Ich bin dabei, mich in ihn zu verlieben. Ich benutze das Wort »Liebe« nicht leichtfertig, aber mit Dixon fühlt es sich wirklich so an. Da war sofort eine

Verbindung zwischen uns, und egal wie sehr ich auch versuche, mich dagegen zu wehren, sie scheint immer nur noch stärker zu werden.

»Sehr verehrte Damen und Herren, ich freue mich, Ihnen heute Abend einen ganz besonderen Mann vorstellen zu dürfen«, verkündet in dem Moment der Moderator des Abends. »Bitte heißen Sie unseren brillanten, genialen und allseits beliebten Dr. Maxwell Wellington willkommen.«

Die Erwähnung von Dr. Wellingtons Namen schreckt Dixon und mich aus unserer Trance und macht uns klar, dass wir in einem Raum voller Menschen sitzen und nicht allein sind.

»Vielen Dank für die nette Vorstellung«, sagt Dr. Wellington, an den Moderator gewandt. »Keine Sorge, ich werde Sie später bezahlen.« Der ganze Saal bricht in Gelächter aus.

Als das verklungen ist, wird Dr. Wellington ernst und setzt seine Brille auf. »Man hat mich gebeten, über meine Erfahrungen zu sprechen und meine Gedanken zur heutigen Psychiatrie mit Ihnen allen, die Sie hier versammelt sind, zu teilen. Ich hatte eigentlich eine Rede vorbereitet, die ich gut einstudiert habe, um Sie von meiner ›Weisheit‹ profitieren zu lassen, in der Hoffnung, dass meine Erkenntnisse auch als solche rüberkommen und nicht etwa als zusammenhangloses Geschwätz.«

Der Raum begann wieder zu kichern, und als Dr. Wellington fortfährt, hat er ihn bereits für sich eingenommen.

»Aber vor einigen Tagen ist etwas geschehen, und dieser Vorfall war wie ein Stich ins Wespennest.«

Ich schlucke, als Dr. Wellington mit einem frechen Grinsen in meine Richtung schaut.

»Sollten Sie sich schnell auf die Zehen getreten fühlen, dann rate ich Ihnen, sich abzuwenden, denn das Thema wird oftmals als kleines Tabu betrachtet.«

Die Leute beginnen miteinander zu flüstern, fragen sich, um welches schockierende Thema es wohl gehen mag.

Dr. Wellington vollführt eine Geste mit seiner runzligen Hand, um den Saal zum Schweigen zu bringen, und sagt lächelnd: »Das Thema, über das ich zu sprechen beabsichtige, heißt … Frauen.«

Zwanzig Minuten später liegt der Saal Dr. Wellington zu Füßen und wartet ungeduldig auf die nächste Pointe. In seiner Rede hat er das Thema Männer und Frauen und die Frage aufgegriffen, warum wir nach so vielen Jahren der Zivilisation offenbar immer noch nicht imstande sind, die andere Hälfte der Gattung Mensch zu verstehen.

»Es ist kein Geheimnis, dass Männer und Frauen sehr verschieden sind. Und ich könnte Sie jetzt mit wissenschaftlichen Details langweilen, warum dies so ist, doch ich würde es vorziehen, Sie stattdessen darum zu bitten, sich die Person anzusehen, die neben Ihnen sitzt.«

Der Saal gehorcht.

»Sehen Sie?«, fragt er, nachdem es wieder still geworden ist. »Egal ob Mann oder Frau, letztendlich sind wir doch alle nur … Menschen.«

Als Dr. Wellington in unsere Richtung schaut, weiß ich ohne jeden Zweifel, dass Dixon und ich ihn zu dieser brillanten Rede inspiriert haben. Und Dixon weiß es auch, denn er wendet sich mir mit einem spitzbübischen Lächeln auf seinem Gesicht zu.

»Also, was ist die Lösung des Rätsels, das wir Beziehungen nennen?«, fragt Dr. Wellington und reibt sich versonnen das Kinn.

Der Saal wartet schweigend ab.

Dr. Wellington lächelt und hebt amüsiert sein zerknittertes Gesicht. »Wer zum Teufel soll das wissen?«, fragt er fröhlich. »Aber nach fünfzig Jahren Ehe habe ich eines gelernt.« Er hält für einen Moment inne, erhöht die Spannung dadurch nur noch. »Im Leben und in der Liebe geht es nicht darum, darauf zu warten, dass das Unwetter vorüberzieht, sondern darum, zu lernen, im Regen zu tanzen. Ich danke Ihnen und wünsche einen schönen Abend.«

Donnernder Applaus erklingt, und sämtliche Zuhörer erheben sich klatschend von ihren Sitzen, während Dr. Wellington die Stufen hinunterschlurft. Er bleibt an unserem Tisch stehen und tätschelt mir die Schulter. »Ich spüre, dass sich ein Unwetter zusammenbraut«, sagt er und zwinkert Dixon zu, der grinst.

Die Band beginnt zu spielen, und jeder nutzt die musikalische Einlage, um auf die Toilette zu gehen oder sich mit anderen Gästen zu unterhalten.

»Ich schleiche mich nur mal kurz für eine Zigarettenpause raus«, flüstert mir Dixon ins Ohr. »Aber erzähl keinem davon. Die Hälfte der Gäste würde einen Herzschlag kriegen, wenn sie es wüssten.«

Ich nicke lachend. Mir gefällt es, dass Dr. Mathews unter seiner schicken Krawatte und seinem eleganten Anzug im Herzen ein Rebell ist.

»Bin gleich wieder da«, verspricht er im Aufstehen und gibt mir einen flüchtigen Kuss auf die Wange.

Sobald er verschwunden ist, nimmt Rebecca seinen Platz ein.

»Ihr zwei seid ja sooooo süß miteinander!«, sagt sie mit sarkastischem Unterton, der deutlich macht, dass sie es ganz und gar nicht so meint.

Aber ich spiele mit. »Danke.«

Eine peinliche Stille entsteht, die ich aber Rebeccas Schikane vorziehe.

»Ich wette, er ist eine Granate im Bett.«

Ich spüre, wie ich rot werde. Bei dieser Unterhaltung kann nichts Gutes rauskommen. »Äh, ja, absolut«, erwidere ich nicht gerade überzeugend und spiele dabei mit dem Anhänger meiner Halskette herum.

»Ich wette, der könnte jede Frau kriegen, so wie der aussieht. Sie haben wirklich Glück, dass er sich für Sie entschieden hat. Sie müssen ja selbst eine Granate im Bett sein«, sagt sie beiläufig und zuckt mit den Augenbrauen.

»So ist das nicht«, erwidere ich – eine wirklich jämmerliche Antwort. »Bei uns stimmt zwar die Chemie, aber da ist noch mehr. Etwas, das viel tiefer geht.«

»Oh ja, das kann ich mir bei ihm gut vorstellen«, entgegnet Rebecca, und ich rümpfe die Nase angesichts dieser obszönen Anspielung.

Sie sieht mich einen Moment lang an, und was auch immer sie erblickt haben mag, muss ihr die Wahrheit offenbart haben. »Ach du Scheiße, Sie vögeln ihn gar nicht, stimmt's? Oh mein Gott.« Sie hält sich die Hand vor den Mund in dem Versuch, ihr Lachen zu verstecken.

Ihr Spott über ein für mich so heikles Thema lässt meine Wangen nur noch mehr erglühen, und ich senke beschämt den Kopf. Warum nur muss sich immer alles um Sex drehen?

»Ich sage Ihnen jetzt mal was von Frau zu Frau, Süße. Männer wie der bleiben nicht, wenn du sie nicht ranlässt. Sehen Sie ihn sich doch nur mal an, und dann werfen Sie einen Blick in den Spiegel«, rät sie mir mit grausamer Offenheit. »Ein Mann wie Dixon will vögeln, nicht reden, und wenn du ihm nicht gibst, was er braucht, dann wird er es sich woanders suchen, Herzchen. Sie sehen doch bestimmt, dass es hier jede Menge Frauen gibt, die nur zu gern bereit wären, ihre Männer mit ihm zu betrügen. Mich eingeschlossen. Also, wenn Sie einen Mann wie den halten wollen, dann sollten Sie besser die Beine breit machen.«

»Was wollen Sie damit sagen?«, erwidere ich unsicher. Ich habe das Gefühl, als würden die Wände langsam auf mich zukommen.

»Dass Sie seine Welt auf den Kopf stellen müssen, bevor es eine andere für Sie tut. Diese Unschuldsmasche wird nicht ewig funktionieren.«

Ich stoße ein Keuchen aus, bin fassungslos, dass sie mich so leicht durchschaut.

»Du meine Güte, jetzt gucken Sie doch nicht so empört drein. Die meisten Frauen würden wer weiß was drum geben, an Ihrer Stelle zu sein. Sex ist Macht, und diese Macht sollte besser in Ihren Händen liegen als in seinen. Wenn Sie ihn halten wollen, dann tun Sie besser alles, was nötig ist«, erklärt sie, aber ich höre ihr gar nicht mehr zu.

Ich spüre, wie mir übel wird. Ihre Worte wühlen unerwünschte Erinnerungen auf, Erinnerungen, mit denen ich mich befassen wollte, wenn ich wieder in New York bin.

Doch mit anzuhören, wie Rebecca diese Worte ausspricht, von denen ich weiß, dass sie wahr sind, katapultiert mich zurück in die Vergangenheit, und ich weiß, dass ich mich gleich übergeben werde.

»Entschuldigen Sie mich«, sage ich, springe auf und stürme durch den Saal davon.

Sobald ich die Toiletten erreicht habe, schließe ich mich in einer Kabine ein, kauere mich über die Toilettenschüssel und erbreche mich immer und immer wieder, bis ich nichts mehr im Magen habe. Und selbst dann würge ich weiter an meinen Tränen der Reue und des Bedauerns. Mein lautes Schluchzen hallt in der Schüssel wider, und ich schlage mit der flachen Hand auf die kalten Fliesen unter mir, wünschte, ich wäre nicht so verkorkst und so verwundbar, was meine Vergangenheit angeht.

»Du wirst das tun, Sunny. Wenn du mich liebst, wirst du das tun.«

Das Schwindelgefühl setzt ein, und ich halte mir die Ohren zu, um seine Worte nicht hören zu müssen. Diese Worte, die ich in einer Endlosschleife, die ich nicht zum Verstummen zu bringen vermag, seit dreizehn Jahren höre.

31

Leichen im Keller

Dixon

Ich habe keine Ahnung, wo Madison ist. Ich habe das ganze Hotel nach ihr abgesucht, aber sie ist spurlos verschwunden. Ich habe versucht, sie auf ihrem Handy zu erreichen, doch da meldet sich immer nur die Mailbox. Die Rezeptionistin hat auf meine Bitte hin im Zimmer nachsehen lassen, aber auch dort ist sie nicht.

Als ich an den Tisch zurückkehrte, war sie fort. Rebecca sagte, sie sei auf die Toilette gegangen und würde bestimmt bald zurück sein. Doch nachdem sie nach zwanzig Minuten immer noch nicht wieder da war, wusste ich, dass etwas nicht stimmt.

Während ich nun den Flur entlanghaste, sehe ich eine kleine Menschentraube vor einer geschlossenen Tür stehen. Die Gesichter der Leute wirken verwirrt und besorgt, und das Herz klopft mir bis zum Hals, als ich auf sie zueile.

»Was ist denn hier los?«, frage ich eine ältere Dame in einem limettenfarbenen Hosenanzug.

»Da ist jemand drin«, erwidert sie und zeigt auf die Tür, in der sich laut dem darauf befindlichen Schild die Wäschekammer befindet. »Eine junge Frau ist hineingerannt und hat sich eingeschlossen. Wir haben versucht, das Personal darauf aufmerksam zu machen, aber im Augenblick scheinen alle damit beschäftigt zu sein, sich um die Gäste zu kümmern, die sich normal benehmen«, fügt sie von oben herab hinzu.

Natürlich ist das Personal beschäftigt – es hat alle Hände voll zu tun, sich um meine betrunkenen, »normalen« Kollegen zu kümmern.

»Würden Sie mich bitte durchlassen?«, sage ich und dränge mich durch die neugierigen Zuschauer.

Als ich an der Tür ankomme, gehe ich in die Hocke und lege mein Ohr daran, weil ich sonst wegen des Gemurmels der Menschen hinter mir nicht viel höre. Während ich lausche, vernehme ich erst ein leichtes Schniefen und dann einige gedämpfte Worte, und ich bin mir absolut sicher, dass das da drin Madison ist.

»Madison? Bist du das?«, frage ich und versuche, meiner Stimme einen beruhigenden Klang zu verleihen.

Als ich keine Antwort erhalte, versuche ich es weiter. »Madison, hier ist Dixon. Kannst du mich hören? Antworte mir doch!«

Immer noch nichts.

»Soll ich den Sicherheitsdienst rufen?«, fragt einer der Schaulustigen.

Ich halte eine Hand in die Höhe und schüttele den Kopf. »Nein, ich kriege das schon hin. Geben Sie mir bitte einen Moment.«

Die meisten kommen meiner Bitte nach, manche treten sogar einen Schritt zurück, lungern aber weiter in der Nähe herum. Das muss reichen.

»Ich bin's, *angelo*. Wenn du mich hören kannst, dann gib mir bitte ein Zeichen, dass es dir gut geht. Ich bin direkt vor der Tür. Du musst nicht herauskommen. Ich will nur wissen, ob du in Ordnung bist.«

Die Zuschauer verstummen, hören zu, wie ich sie durch die Tür hindurch zu überzeugen versuche.

Ich presse mein Ohr an das Holz und lausche aufmerksam, vermag aber nichts zu hören. Ich muss es weiter versuchen, möchte die Tür ungern mit Gewalt öffnen. Ich könnte natürlich die Rezeption informieren, aber ich will Madison eigentlich die Peinlichkeit ersparen, dass das ganze Hotelpersonal erfährt, wer sich da in der Wäschekammer eingeschlossen hat.

In meinem Kopf rattert es, als ich herauszufinden versuche, warum sie sich in einem so beengten, geschlossenen Raum verbarrikadiert hat. Nur ein Grund fällt mir ein.

Sie hat Angst.

Irgendetwas muss in den Minuten, als ich fort gewesen bin, geschehen sein, und ich finde es furchtbar, dass ich nicht da war, um sie zu beschützen. Aber jetzt bin ich hier, und ich werde alles in meiner Macht Stehende tun, damit sie sich wieder sicher fühlt.

Ich denke zurück an meine Kindheit, versuche mich daran zu erinnern, was mir geholfen hat, wenn ich Angst hatte, und mit einem Mal weiß ich wieder, was die Ungeheuer verscheucht hat, und ich beginne zu singen.

Farfallina
Bella e bianca
Vola vola
Mai si stanca
Gira qua

E gira la
Poi si resta sopra un fiore
E poi sie resta sopra un fiore.

Das war das Kinderlied, das mir meine Mutter immer vorgesungen hatte, als ich noch klein war, und damit schaffte sie es jedes Mal, die Albträume zum Verschwinden zu bringen. Ich hoffe, dass dies bei Madison auch gelingen wird. Gerade als ich die zweite Strophe anstimmen will, höre ich, wie das Schloss aufschnappt, und die Zuschauer um mich herum ziehen hörbar die Luft ein.

»Bitte drängen Sie sich nicht um die Tür. Die Person dort drinnen bedeutet mir sehr viel, und wenn ich hineingehe, dann möchte ich nicht, dass sie das Gefühl hat, Teil einer Freakshow zu sein«, sage ich, in der Hoffnung, dass sie den Wink verstehen und sich endlich verziehen.

Ich warte allerdings nicht ab, um zu sehen, was sie tun, sondern öffne langsam die Tür und spähe in den finsteren Raum hinein. Meine Augen benötigen einen Moment, um sich an die Dunkelheit zu gewöhnen, doch als sie es tun, bricht mir der Anblick, der sich mir darbietet, das Herz: Madison sitzt an die Wand gedrückt da, hat die Knie an die Brust gezogen, den Kopf tief darübergesenkt, ihre Füße sind nackt, sie summt leise vor sich hin und schaukelt dabei vor und zurück.

»Madison?«, flüstere ich und schiebe die Tür ein Stückchen weiter auf.

Aber sie summt weiter, das Gesicht von mir abgewandt.

Die einzige Möglichkeit, sie aus diesem fast schon katatonischen Zustand zu befreien, besteht darin, sie zu berühren, und so krieche ich langsam in den kleinen Raum hinein und schließe die Tür hinter mir. Da ich nichts sehe, dient mir Madisons Summen als Orientierungshilfe.

»Madison, ich bin's, Dixon. Ich werde dir nicht wehtun. Ich will dir nur helfen. Ich komme zu dir rüber, okay?«

Sie antwortet nicht, aber ihr Summen wird leiser, verstummt schließlich ganz.

Ich krieche langsam auf sie zu, rede dabei die ganze Zeit mit beruhigender Stimme auf sie ein. »Es wird alles gut. Ich bin ja hier und werde nicht zulassen, dass dir jemand wehtut.«

Ich strecke die Hand aus und lege sie sanft auf ihr Bein. Ihre Haut ist eiskalt, und in dem Moment, in dem ich sie berühre, versucht sie sogleich von mir wegzukommen, doch sie kann nirgendwohin, da hinter ihr die Wand ist.

Ich weiche zurück und hebe die Hände, um ihr zu signalisieren, dass sie nichts zu befürchten hat. »Du bist in Sicherheit, Madison. Wir müssen hier nicht weg. Ich bleibe bei dir, bis du bereit bist, diesen Raum zu verlassen. Egal, wie lange es dauert. Ich bleibe bei dir. Ich verspreche dir, dass ich dich nicht allein lassen werde.«

Ich mache es mir bequemer und strecke meine Beine vor mir aus. Der helle Streifen unter der Tür ist die einzige Lichtquelle, aber sie reicht aus, um das Häufchen Elend dort an der Wand zu sehen, Zeuge zu werden, wie Madison sich zusammenkauert, sich vor der realen Welt abschottet.

Es versteht sich von selbst, dass dieser wunderschönen Frau etwas Schreckliches widerfahren sein muss, und ich vermute, dass es sich dabei um einen abscheulichen, entsetzlichen Verrat der allerschlimmsten Sorte handelt. Ich knirsche mit den Zähnen bei dem Gedanken daran, denn es gibt nur eine Handvoll Dinge, die einen solchen Zusammenbruch wie diesen hervorzurufen vermögen.

»Oh, *angelo*, was haben sie dir nur angetan?«, flüstere ich, fahre mir mit der Hand über das Gesicht und sinke niedergeschlagen in mich zusammen.

»D-Dixon?«, stottert Madison mit leiser, heiserer Stimme.

»Ich bin hier«, erwidere ich und setze mich rasch wieder auf.

»Es tut mir leid«, ruft sie. »Ich habe keine Ahnung, wie ich hierhergekommen bin. Das Letzte, woran ich mich erinnere, ist, dass ich auf der Toilette gewesen bin, und ab da habe ich einen totalen Filmriss. Es tut mir wirklich schrecklich leid.«

»Schhh, du musst dich für gar nichts entschuldigen. Ich komme jetzt zu dir rüber, okay?«

»Okay.«

Ich krieche langsam in ihre Richtung, strecke eine Hand aus, bis ich Madisons Knie berühre, und seufze erleichtert, weil sich ihre Haut ein bisschen wärmer anfühlt. »Ich lege nur einen Arm unter deine Knie und den anderen um deinen Rücken«, sage ich vorsorglich, damit sie mir nicht ausflippt.

»Ich kann laufen«, flüstert sie, aber ich bezweifele es.

»Ist schon in Ordnung. Lass mich doch heute Abend mal dein Ritter in schillernder Rüstung sein«, entgegne ich, froh, dass sie wieder halbwegs zusammenhängend reden kann.

»Das bist du doch schon.« Zu meiner Überraschung streichelt sie mir mit der Hand über die Wange.

Dadurch entfacht sie ein Feuer in meinem Herzen, aber

damit werde ich mich später befassen, denn im Augenblick will ich sie nur von hier wegbringen. Ich hebe sie in die Höhe, und sie wehrt sich nicht, lässt sich gegen mich sinken, legt ihren Kopf an meine Brust und schlingt mir die Arme um den Hals. Ich stehe langsam auf, greife noch einmal nach, um auf Nummer sicher zu gehen, und mache einen ersten Schritt Richtung Freiheit.

Es gelingt mir, den Türgriff beim ersten Versuch zu erwischen, ohne dass mir Madison wegrutscht. Ich öffne die Tür langsam und schaue blinzelnd in das helle Licht. Aber meine Augen gewöhnen sich rasch daran, und ich sehe, dass immer noch ein paar Leute draußen herumstehen und gaffen. Wenigstens sind sie vernünftig genug, mir aus dem Weg zu gehen. Madison kriecht förmlich in mich hinein, drückt ihr Gesicht in meinen Hals, um es vor den neugierigen Blicken zu schützen.

Ich drängele mich hindurch, ohne mich groß darum zu scheren, wen ich dabei anrempele, und gelange im Eiltempo zum Aufzug.

Ich trete hinein, drücke die Etage, auf der sich mein Zimmer befindet, und die Kabine setzt sich zu nerviger Dudelmusik und Madisons sanftem Atmen nach oben in Bewegung.

Als ich uns in der Spiegelwand der Kabine betrachte, bricht es mir das Herz, Madison so schwach und schutzbedürftig zu sehen.

Sobald sich die Türen in meinem Stockwerk öffnen, trete ich auch schon hinaus und trage sie, als würde ich meinen wertvollsten Besitz in dieser Welt in den Armen halten. Ihr Griff um meinen Nacken wird fester, sie kuschelt sich an meinen Hals und gibt einen zufriedenen Laut von sich. Ich stapfe den mit Teppichboden ausgelegten Flur entlang zu meinem Zimmer, und sobald wir darin angekommen sind, knipse ich die Nachttischlampe an und verfrachte Madison ins Bett.

Kaum spürt sie das weiche Laken unter sich, gibt sie einen Seufzer von sich, lässt meinen Hals los und kuschelt sich ins Kissen. Sie trägt immer noch ihr Kleid, aber nach dem, was heute Abend geschehen ist, werde ich sie keinesfalls ausziehen, daher decke ich sie nur behutsam zu. Sie ist innerhalb von wenigen Sekunden eingeschlafen.

Ich stehe da und betrachte sie. Es tut mir in der Seele weh, sie so gebrochen zu sehen. Die sonst so strahlende, selbstbewusste Frau wirkt wie ein verängstigtes Kind.

Als ich mir sicher bin, dass sie tief und fest schläft, lege ich die Krawatte ab und ziehe Jackett und Schuhe aus. Dann lasse ich mich erschöpft auf dem Boden neben dem Bett nieder und lehne mich gegen den Nachttisch.

Hier werde ich bleiben und mein Versprechen einlösen, sie zu beschützen, bis sie sich wieder sicher fühlt.

32

Für mich bist du perfekt

Dixon

Als ich wach werde, tut mir alles weh, weil ich auf dem Boden geschlafen habe. Ich habe keine Ahnung, wann ich eingepennt bin, aber ich weiß noch, dass Madison ganz ruhig wirkte, als mich der Schlaf übermannte.

Ein Blick auf meine Uhr sagt mir, dass es kurz nach sechs ist, doch als ich zum Bett hinübersehe, bemerke ich, dass es leer ist, und ich springe auf und versuche mein benebeltes Hirn in Gang zu bringen, während ich mich hektisch im Zimmer nach ihr umsehe.

Ich will gerade zur Tür hinausstürzen, da höre ich die Toilettenspülung. Madison tritt in meinem Yankee-T-Shirt aus dem Badezimmer und schaltet das Licht darin aus. Als sie mich erblickt, schenkt sie mir ein leichtes Lächeln. Ich muss komplett gestört wirken, wie ich so mitten im Zimmer dastehe.

»Ich musste mal aufs Klo«, erklärt sie, zieht am Saum meines Shirts und fügt hinzu: »Ich hoffe, du hast nichts dagegen, dass ich es mir ausgeborgt habe.«

»Ganz und gar nicht.«

Sie lächelt wieder schüchtern, geht zum Bett hinüber und schlüpft unter die Decke, während ich dastehe und sie wie ein Idiot anstarre.

»Bin gleich wieder da«, sage ich rasch, gehe ins Bad und schließe die Tür hinter mir.

Ich stütze mich mit den Händen am Waschbecken ab und drehe den Wasserhahn auf, tue so, als gebe es tatsächlich einen Grund, dass ich hier drinnen bin, auch wenn ich einfach nur mal eine Minute benötige, um mich zu sammeln. Ich gehe die Geschehnisse der letzten Nacht noch einmal durch. Ich weiß, dass ich zumindest versuchen sollte, Madison über das, was passiert ist, zum Reden zu bringen – auch wenn sie sich dabei unbehaglich fühlt. In Anbetracht ihrer Reaktion auf das, was auch immer diese Episode ausgelöst haben mag, darf man wohl getrost davon ausgehen, dass sie noch nie in Therapie gewesen ist, um mit ihren Schrankmonstern fertigzuwerden – zumal sie sich in einer Schrankkammer versteckt hat, um ihnen zu entkommen.

Nachdem ich mir die Zähne geputzt und das Gesicht gewaschen habe, war ich lange genug im Bad und schließe die Tür leise hinter mir, als ich es wieder verlasse.

Madison sitzt mit dem Rücken ans Kopfende des Bettes gelehnt da und scheint auf mich zu warten. Als sich unsere Blicke begegnen, schaut sie rasch weg, beißt sich dabei auf die Lippe. Ich gebe ihr etwas Zeit, um sich zu sammeln, und suche in meinem Schrank nach einem T-Shirt und einer Jogginghose. Ich ziehe mein Hemd aus, streife mir rasch das T-Shirt über und gebe mir Mühe, in meine Hose zu schlüpfen, ohne mich vor ihr zu entblößen.

Sobald ich angezogen bin, gehe ich zum Bett hinüber und verharre am Fußende. Ich bleibe stumm, warte darauf, dass sie als Erste spricht.

»Es tut mir leid, Dixon«, sagt sie, nachdem ungefähr eine

Minute vergangen ist. »Es tut mir so leid, dass ich dich blamiert habe …«

Ich bedeute ihr mit einer Handbewegung zu schweigen. »Du musst dich für gar nichts entschuldigen. Und du hast mich nicht blamiert. Ich habe mir solche Sorgen um dich gemacht«, bekenne ich, während sie den Blick senkt. »Was ist passiert?«, frage ich, ohne Anstalten zu machen, mich von der Stelle zu rühren.

Madison zuckt mit den Schultern und zupft an einem losen Faden der Bettdecke.

»Habe ich etwas falsch gemacht?«, erkundige ich mich, in der Hoffnung, irgendwann die richtige Frage zu stellen, die uns weiterbringt.

»Nein!«, ruft sie und sieht mich an. »Nein, du hast nichts falsch gemacht.«

»Also, was ist passiert?«, frage ich flehentlich.

Madison stößt einen Seufzer aus, bevor sie es mir gesteht. »Ich habe mich mit Rebecca unterhalten, und irgendetwas, das sie gesagt hat, hat mich … aus der Fassung gebracht«, sagt sie, aber mir ist klar, dass das Gespräch mit Rebecca nur der Trigger zu einem tief verwurzelten Problem gewesen ist.

»Du weißt schon, dass nichts, was aus dem Mund dieser Frau kommt, glaubwürdig ist, oder?«, frage ich und verschränke die Arme vor der Brust. Ich halte die Luft an und schicke ein Stoßgebet zum Himmel, dass sie nichts über Juliet ausgeplaudert hat.

»Ja, das ist mir schon klar«, erwidert sie nickend. »Aber es hat einige schlechte Erinnerungen geweckt«, bekennt sie schließlich. »Offenbar habe ich mich noch nicht genug mit ihnen befasst. Aber gestern Abend«, fährt sie fort und blickt mir dabei in die Augen, »dieser Zusammenbruch, die Tränen, der fast schon katatonische Zustand … also das ist schon lange nicht mehr vorgekommen.«

»Also ist es schon mal passiert?«, hake ich behutsam nach, bleibe aber weiterhin am Fußende des Bettes stehen. Ihr Ausraster in meiner Wohnung war so ganz anders im Vergleich zu dem hier.

»Ja.« Ihre Mundwinkel senken sich.

»Möchtest du darüber reden?«

Madison schüttelt energisch den Kopf.

Ich wusste, dass sie so reagieren würde, aber nun, da ich das Thema angesprochen hatte, vermag ich es nicht einfach auf sich beruhen zu lassen. »Ich verspreche, dass ich dich nicht analysieren werde. Ich will nur helfen. Du musst über das, was auch immer dir zugestoßen ist, reden, Madison. Es frisst dich auf, zerstört dein Leben.«

»Ich kann nicht«, stößt sie hervor, zieht die Knie an, schafft dadurch einen Schutzwall.

»Doch, das kannst du«, entgegne ich. »Ich weiß, dass du es kannst. Denn die Madison, die ich kenne, ist eine Kämpferin, die lässt sich nicht unterkriegen, und es ist an der Zeit, dass du deine Angst loslässt.«

Madisons Unterlippe zittert, und sie schnieft die Tränen weg. »Ich … ich kann dir nicht alles sagen. Ich bin einfach noch nicht so weit. Aber ich will zumindest versuchen, darüber zu reden. Ich will ehrlich zu dir sein, denn du hast recht, meine Vergangenheit droht wirklich mein Leben zu zerstören.«

»Das ist schon in Ordnung. Sprich einfach über das, worüber du zu sprechen vermagst. Das ist ein erster Schritt.

Und der ist immer der schwerste«, sage ich mit einem leichten Lächeln.

Madison holt tief Luft und nickt. »Mein Dad hat uns verlassen, als ich fünf Jahre alt war. Mit einem Mal gab es nur noch meine Mutter, meinen Bruder Dylan und mich. Mein Vater ist der Ernährer der Familie gewesen, und als er fortging, musste sich meine Mutter zwei Jobs zu suchen, um meinen Bruder und mich durchzubringen. Sie war kaum noch zu Hause, aber daran traf sie natürlich keine Schuld. Sie hat ihr Bestes versucht. Mein Bruder war neun und hat sich sozusagen als Herr des Hauses gefühlt. Wenn meine Mutter arbeiten war, hat Dylan auf mich aufgepasst. Ich habe zu ihm aufgesehen. Er ist mein Held gewesen.«

Der Gebrauch der Vergangenheitsform macht mir deutlich, dass sie Gefühle schildert, die sie nicht mehr länger empfindet. Doch ich schweige, lasse sie fortfahren.

»Im Gegensatz zu all meinen Freundinnen hat bei mir die Pubertät schon sehr früh eingesetzt. Mit zehn hatte ich bereits Brüste wie die Mädchen in der neunten Klasse. Ich habe wohl vergessen, dass mein Bruder ein Vierzehnjähriger war, dessen Hormone sich in Aufruhr befanden. Ebenso wie bei seinen gleichaltrigen Freunden«, fügt sie hinzu. »Ich war Dylan gegenüber nie schüchtern und habe mir nie etwas dabei gedacht, nach dem Duschen nur mit einem Handtuch bekleidet durch die Wohnung zu laufen. Wieso sollte ich auch? Das hatte ich schließlich immer schon getan. Ich war naiv.

Eines Abends waren Dylans Freunde bei uns zu Hause, und sie veranstalteten ein ziemliches Spektakel in seinem Zimmer. Also habe ich sie heimlich beobachtet und dabei erwischt, wie sie sich eine vollbusige Blondine in einem schmutzigen Heft ansahen. Ich verstand nicht, weshalb sie so begeistert waren, aber ich wusste, dass Dylan sauer sein würde, wenn er mich beim Spionieren erwischte. Ich ging rasch in mein Zimmer und machte mich fertig fürs Bett, und genau in dem Moment kam Dylan, um mich zuzudecken.«

Sie verstummt, senkt den Blick, und ich weiß, dass mir das, was nun kommt, das Herz zerreißen wird.

»Ich trug mein Disney-Prinzessinnen-Nachthemd, das ich über alles liebte, auch wenn es mir inzwischen eigentlich schon viel zu klein geworden war. Doch das war mir egal, denn ich fühlte mich darin wie eine Prinzessin und stellte mir vor, wie mich eines Tages mein Märchenprinz finden und mein Herz im Sturm erobern würde. Dylan deckte mich zu, und ich weiß noch, dass ein Ausdruck von … Erregung über sein Gesicht huschte, als er dabei aus Versehen meine Brüste streifte«, flüstert sie. »Ich habe mir nichts dabei gedacht, aber als es am nächsten Abend wieder geschah und am Abend darauf auch, da wusste ich, dass … dass etwas nicht stimmte … dass es falsch von ihm war, mich so zu berühren.«

Ich balle die Hände an meinen Seiten zu Fäusten und zähle im Stillen bis fünf, um nicht zu explodieren, doch Madison ist verloren in der Vergangenheit und fährt fort, ihre schmutzige Geschichte zu erzählen.

»Diese … Sache ging drei Jahre so weiter und ich … ich fand es so schrecklich. Habe es gehasst. Es fing immer auf die gleiche Weise an. Er schaltete das Licht aus, als ob die Dunkelheit seine Sünden verbergen würde. Aber das tat sie nicht. Ich hätte es meiner Mutter erzählen sollen, aber ich … oh Gott«, ruft sie und schlägt die Hände vors Gesicht.

Ich vermag keine Sekunde länger mehr einfach nur dazustehen, eile an ihre Seite und schließe sie in meine Arme. Sie lässt es bereitwillig zu, weint in meine Halsbeuge, und ihr eiskalter Körper zittert in meiner Umarmung.

Ich will nicht tröstend auf sie einreden und ihr sagen, dass alles wieder gut wird, denn ich weiß, dass ihre Geschichte gerade erst begonnen hat. Ich erlaube ihr zu weinen und dränge sie nicht, fortzufahren, weil mir klar ist, dass sie dieses Geständnis heute wirklich eine sehr große Überwindung gekostet hat. Aber sie entzieht sich meiner Umarmung und wischt sich die Tränen aus den Augen.

»Da ist noch mehr«, sagt sie mit zitternder Unterlippe.

»Du musst es mir nicht erzählen, wenn du es nicht willst«, erwidere ich und streiche ihr einige feuchte Haarsträhnen aus dem Gesicht.

»Ich weiß. Aber ich will es ja«, erklärt sie betrübt, und ich nicke.

Sie holt wieder tief Luft und fährt fort. »Ich habe meinen Körper gehasst und ihm die Schuld an Dylans Verhalten gegeben. Die dickeren Mädchen in der Schule wurden gehänselt und verspottet, und kein Junge konnte sie leiden, also dachte ich, wenn ich wie sie wäre, dann würde Dylan vielleicht aufhören, mich zu mögen. Ich nahm fast sieben Kilo zu, stopfte mich mit fettem Essen und Süßigkeiten voll, bis es nicht mehr ging.«

In dem Moment, in dem die Rede auf Süßigkeiten kommt, begreife ich, warum Madison so eine Naschkatze ist. Sie hat das Essen als Abwehrmechanismus gegen ihren inzestuösen Bruder benutzt. Aber ich habe das Gefühl, dass das nur eine kurzfristige Lösung gewesen ist.

»Es hat eine Weile funktioniert. Dylan kam mir irgendwie verwirrt vor, und die spätabendlichen Besuche hörten auf. Ich dachte, alles würde wieder gut werden. Meine Mutter hatte inzwischen einen wunderbaren Mann kennengelernt und sich mit ihm verlobt. Sie musste nicht mehr so viel arbeiten, denn Sebastian war stinkreich und wollte für uns sorgen. Wir zogen einige Monate später zu ihm, und er liebte uns wie seine eigenen Kinder. Ich sah ihn als meinen Retter an. Seit er auf der Bildfläche erschienen war, ließ mich Dylan in Ruhe.

Doch das änderte sich alles wieder an Dylans achtzehntem Geburtstag. Wir schmissen eine Party für ihn in Sebastians Haus. Es war ein toller Abend, und die Dinge begannen sich langsam wieder zu normalisieren. Nach der Party ging ich ins Bett, ohne meine Tür abzuschließen. Nicht, dass es eine Rolle gespielt hätte, denn Dylan fand immer einen Weg, um hereinzukommen. Aber an jenem Abend fühlte ich mich sicher und lehnte die Tür nur an. Ich war ja so bescheuert!«

Wir sitzen nebeneinander, und ich vermag mich nicht zu bremsen, strecke die Hand aus und streichele ihre Wange. »Rede ruhig weiter. Aber nur, wenn du es auch willst.«

Madison schmiegt ihr Gesicht in meine Hand und nickt.

»Ich war gerade erst eingeschlafen, wurde aber wieder wach, als ich spürte, wie sich eine Hand auf meinen Mund presste. Ich versuchte zu schreien, aber ich war eingeklemmt unter dem schweren Körper meines betrunkenen Bruders. Ich versuchte gegen ihn anzukämpfen, aber er war zu stark, und nach einer Weile gab ich auf«, flüstert sie, und eine Träne läuft ihr über die Wange. »Ich hätte mich heftiger wehren sollen, aber ich hatte solche Angst, und ich war es einfach leid, ständig gegen ihn ankämpfen zu müssen. Ich wollte nur, dass er mich in Ruhe lässt. Aber diese Nacht war anders. Er war grob und wollte … mehr. Seine Worte verfolgen mich bis heute«, gesteht sie mit zitteriger Stimme. »Alles, was er zu mir sagte, war: ›Du wirst das tun, Sunny. Wenn du mich liebst, wirst du das tun.‹ Er nannte mich immer Sunny, weil ich angeblich sein Sonnenschein war. Welch eine Ironie, wo ich doch immer das Gefühl hatte, dass es dunkel wurde, wenn er in meiner Nähe war.«

Ich will mir gar nicht vorstellen, was sie mit »das« meint. Ich kämpfe gegen den Drang an, sie in meine Arme zu schließen und einfach nur festzuhalten, aber stattdessen lasse ich sie ihre Geschichte beenden, denn ich bin mir sicher, dass sie sie noch niemals jemandem erzählt hat.

»Ich … ich wollte nicht … aber er … er hat mich vergewaltigt … es hat so wehgetan. Ich hätte mich heftiger wehren sollen«, wiederholt sie, außerstande weiterzuerzählen.

»Es tut mir so leid, Madison«, sage ich und reibe über ihren Arm. »Das ist nicht deine Schuld. Dein *Bruder* ist hier der Schuldige«, stoße ich hervor, unfähig, das Wort auszusprechen, ohne die Zähne zusammenzubeißen.

»Es *ist* meine Schuld. Ich hätte ihn nicht ermutigen sollen. Ich hätte es meiner Mutter sagen sollen. Ich hätte eine Menge Dinge tun sollen«, schluchzt sie und wischt sich die Tränen aus den Augen.

»Du warst doch noch ein Kind«, wende ich ein, würde jetzt nichts lieber tun, als sie zu trösten, gestehe ihr jedoch den Freiraum zu, den sie benötigt.

»Du verstehst das nicht. Ich hätte es meiner Mutter sagen

sollen, denn in jener Nacht hat uns jemand gesehen«, flüstert sie, und ich weiche fassungslos zurück.

»Jemand hat dich gesehen und …?«, erwidere ich, schaffe es aber nicht, die Worte »und hat dir nicht geholfen« laut auszusprechen.

»Ja«, antwortet sie, und ihre Augen füllen sich erneut mit Tränen.

»Wer denn?«, frage ich, und obwohl ich mich bemühe, nach außen gelassen zu wirken, koche ich in Wahrheit innerlich.

Madison schüttelt nur den Kopf und schließt niedergeschlagen die Augen. »Es war jemand, der mich hätte retten müssen, weil derjenige die ganze Zeit wusste, was er da tat. Diese Person hat zugesehen, wie er mir meine Unschuld nahm. Sie hat gehört, wie ich um Hilfe gerufen habe. Aber anstatt mir zu helfen, schloss sie die Tür. Und am nächsten Tag hat sie so getan, als habe sie nichts mitbekommen.«

Das kann ich einfach nicht so auf sich beruhen lassen. Ich muss wissen, wer das gewesen ist, damit ich diese beiden miesen Schweine finden und sie abmurksen kann. »Sag's mir«, dränge ich sie, packe ihre Arme, beschwöre sie, es mir zu verraten.

In dem Augenblick, in dem ich sie berühre, erstarrt ihr Körper, und sie gibt vor panischer Angst einen Schrei von sich. »Bitte lass mich los«, presst sie hervor. Die Furcht scheint ihr die Kehle zuzuschnüren.

Ich lasse sofort von ihr ab, bemerke erst jetzt, wie fest der Griff war, mit dem ich sie gehalten hatte, und sie knallt in ihrer Hast, von mir wegzukommen, mit dem Rücken gegen das Kopfende des Betts.

»Es tut mir leid, Madison«, sage ich reumütig und recke die Hände in die Höhe. »Ich würde dir niemals wehtun. Ich bin bloß so …«

»Was denn? Angewidert? Schockiert? Hältst du mich vielleicht für krank?«, herrscht sie mich mit geröteten Wangen an.

»Wie bitte?«, frage ich entgeistert. »Nein! Wie kannst du so was nur denken?«

»Weil ich selbst so über mich denke!«, erwidert sie wütend.

Ihr Schmerz ist der Wut gewichen.

»Nichts hiervon ist deine Schuld«, sage ich wieder, doch sie schneidet mir aufgebracht das Wort ab.

»Hör damit auf! Natürlich ist es meine Schuld. Ich hätte schreien sollen. Ich hätte Nein sagen sollen. Ich hätte es meiner Mutter sagen sollen. Aber das konnte ich einfach nicht. Nachdem uns mein Vater verlassen hatte, war sie eine gebrochene Frau. Ich konnte ihr einfach nicht sagen, dass ihr Sohn mich –«, sagt sie mit einem angewiderten Blick und lässt den Rest unausgesprochen. »Sie hat so hart gearbeitet, alles geopfert, um uns durchzubringen, und als sie Sebastian getroffen hat, da hörte es ja auf. Aber ich hätte es ihr trotzdem sagen sollen.«

Madison schlägt die Hände vors Gesicht, und es ist unschwer zu erkennen, dass sie sich am Rande des Abgrunds bewegt.

»Ich widere mich selbst an, so dreckig und ekelerregend wie ich bin.« Sie beginnt sich zu kratzen, als versuche sie ihren Schmerz abzuschaben.

»Das bist du nicht«, beharre ich und presse eine Handfläche auf ihre Hände, als ihre Haut unter ihren strafenden Fingernägeln zu bluten beginnt.

»Doch, das bin ich!«, brüllt sie und schüttelt meine Hand ab. »Wie kannst du mich überhaupt ansehen? Ich bin doch einfach nur erbärmlich!«

Dieser Selbsthass erfüllt mich mit einer solchen Bestürzung, dass ich dem Bedürfnis nachgebe, ihr etwas zu gestehen: »Wenn ich dich anschaue, dann erblicke ich dieselbe Madison wie damals, als wir uns zum ersten Mal begegnet sind, nämlich eine liebenswerte, verletzliche junge Frau, die ich einfach kennenlernen musste. Aber jetzt, wo ich die echte Madison kenne, ist mir klar, dass du alles andere als verletzlich bist. Du bist eine starke Frau, die sich nicht unterkriegen lässt.«

»Ich –«, setzt sie an, doch ich schneide ihr das Wort ab.

»Seit wir uns das erste Mal begegnet sind, muss ich immer an dich denken. Und ich bin dabei, mich in dich zu verlieben«, schließe ich, außerstande, meine Gefühle zurückzuhalten.

Madison klappt die Kinnlade herunter, und auch mir bleibt der Mund offen stehen, da ich nicht damit gerechnet hatte, dass mir dieser letzte Teil herausrutschen würde. Aber wem versuchte ich denn etwas vorzumachen? Sie war mir schon bei unserer ersten Begegnung unter die Haut gegangen, und seither hatte es keine Frau mehr mit ihr aufnehmen können.

Es kommt mir so vor, als sei die Episode mit Juliet in grauer Vorzeit gewesen, und ich habe nicht vor, sie jemals fortzusetzen, denn das hier, das ist real. Es mag die ungeschminkte, harte Realität sein, aber ich bin bereit, mich ihr zu stellen, schließlich betrifft sie Madison, die Frau, an der mir unendlich viel liegt.

»Du bist was?«, erwidert sie mit ungläubigem Gesicht.

»Du hast mich schon verstanden«, entgegne ich und rutsche vorsichtig näher. »Ich bin völlig hin und weg von dir.«

»Aber mir haftet ein großer Makel an, Dixon. Und der hat seine Spuren hinterlassen«, sagt sie und schüttelt misstrauisch den Kopf.

»In meinen Augen bist du perfekt«, antworte ich im Flüsterton, und ich bin mir noch niemals einer Sache sicherer gewesen.

Madison entfährt ein kleines, überwältigtes Keuchen, doch ich verharre, rühre mich nicht, denn so aufgewühlt wie ich bin, würde ich sonst meine Lippen auf die ihren pressen.

»Dixon, ich …«, sagt sie und sieht mich mit ihren wunderschönen grünen Augen an. »Ich …«, sagt sie wieder, ohne die fehlenden Stellen zu ergänzen.

Stattdessen nähert sich ihr Gesicht dem meinen. Ihr Kuss ist sanft und zurückhaltend, aber in dem Moment, in dem ich ihre warmen Lippen auf den meinen spüre, verliere ich die Kontrolle, und nichts anderes zählt mehr, als diese Frau mit meinem letzten Atemzug zu verschlingen.

Ich küsse sie mit einem tiefen, verzweifelten Verlangen und komme mir dabei wie ein unerfahrener Schuljunge vor, als sich meine Zunge zwischen ihren Lippen hindurchdrängt, ich alles an ihr kosten will. Sie erwidert meinen Kuss mit einer stürmischen Leidenschaft, schlingt ihre Arme um meinen Hals und zieht mich so nah an sich, dass nicht einmal ein Lufthauch zwischen uns gepasst hätte. Aber das gefällt mir. Ich finde es gut, dass sie so ungehemmt ist – insbesondere nach der letzten Nacht.

Bei dem Gedanken daran lasse ich von ihr ab, schließlich hat sie mir gerade ihre tiefsten, dunkelsten Geheimnisse gestanden, und ich betatsche sie wie ein testosterongesteuerter Teenager. Doch in dem Moment, als ich von ihr ablasse, zerrt sie an meinem Haar und presst mein Gesicht gegen das ihre, will mich nicht loslassen.

»Bring mich dazu, es zu vergessen«, keucht sie atemlos an meinen Lippen und weicht zurück. »Ich will, dass es *dein* Mund ist, an den ich mich erinnere, *dein* Körper, *deine* Hände und nicht seine.«

Wie kann ich ihr eine solche Bitte abschlagen? Aber wie weit kann ich gehen, ohne dass sie ausflippt? Wird sie ihre Entscheidung möglicherweise bereuen, wenn wir es getan haben?

Sie muss mir meine Befürchtungen angesehen haben, denn sie greift nach meiner Hand und legt sie auf ihre Brust, die sich bebend hebt und senkt. »Fass mich an. Schaff neue Erinnerungen. Welche, bei denen ich keine Angst habe.«

Die Reste meiner Entschlossenheit schwinden bei so viel Aufrichtigkeit dahin, und ich nicke, verspüre das Bedürfnis, ihr den Schmerz zu nehmen.

Ich verschwende keine Zeit, senke meinen Mund auf den ihren, will, dass sie sich an *meine* Küsse erinnert und nicht an die eines anderen. Sie erwidert meinen Kuss mit einer solchen Heftigkeit, dass mein Schwanz trotz aller Versuche, meine Hormone im Zaum zu halten, interessiert den Kopf hebt. Ich will nicht, dass sie durchdreht, aber meine sich andeutende Erektion wird dies höchstwahrscheinlich verursachen. Doch sie überrascht mich, indem sie zwischen uns greift und sanft, wenn auch schüchtern über die Wölbung in meiner Hose streicht. Ich vermag nicht zu verbergen, wie sehr es mir gefällt, dass sie mich anfasst, versuche aber ein Stöhnen zu unterdrücken, doch ihre neugierigen Finger fühlen sich so gut an, dass ein leises Knurren zwischen meinen geöffneten Lippen entweicht.

»Ist das okay so?«, fragt sie unsicher.

»Mehr als nur okay«, erwidere ich atemlos. »Es fühlt sich unglaublich an. *Du* bist unglaublich.«

Meine Worte scheinen sie anzuspornen, und sie schlingt ihre Finger um meinen Schwanz und streicht durch den Stoff meiner Sporthose sachte an ihm auf und ab. So gut sich das auch anfühlt, ich will hier der Gebende sein, nicht der Empfänger, also bedecke ich ihre Hand zärtlich mit der meinen, um sie dazu zu bringen, innezuhalten.

»Was hast du denn?«, fragt sie, und ihre Pupillen weiten sich vor Verwirrung.

»Leg dich auf den Rücken«, befehle ich ihr mit sanfter Stimme und küsse ihre Nasenspitze.

»W-Warum?«

»Weil ich dich lecken will«, entgegne ich, worauf Madisons Wangen einen kräftigen Pinkton annehmen, »und ich möchte es dir dabei so bequem wie nur eben möglich machen.«

Sie zögert einen Moment, streckt sich dann aber langsam auf dem Bett aus. Ihr dunkles Haar bildet einen Kontrast zu dem Weiß der seidenen Laken. Ich nehme ihren Anblick in mich auf, will nichts überstürzen, doch als ich sie so daliegen sehe, das Gesicht gerötet, die Haare wild, die Brust wogend und die nackten Beine so perfekt, da stürze ich mich auf sie und nehme ihren Mund mit dem meinen in Besitz.

Es fühlt sich einfach perfekt und richtig an, so mit ihr zusammen zu sein, und jede andere Erinnerung verblasst im Vergleich zu dem, was hier gerade zwischen uns geschieht. Ihr Körper gibt sich willig meiner Berührung hin, und ich lasse meine Hand zwischen uns hinunterwandern, muss ihre nackte Haut spüren. Ich streife ihre aufgerichtete Brustwarze, und Madison stöhnt in meinen Mund. Ich gleite tiefer und verfluche mein T-Shirt, weil es so lang ist und ich eine Ewigkeit brauche, bis ich endlich zu ihrer Haut vordringe. Doch als der Moment gekommen ist, spielt alles andere keine Rolle mehr.

Die Muskeln in ihren weichen Schenkeln zittern unter meiner Berührung, und so gern ich auch diesen Augenblick genießen würde, so vermag es mich nicht davon abzuhalten, mit meinen Fingern langsam über ihren spitzenbedeckten Schritt zu reiben. Sie gibt einen zischenden Laut von sich und spreizt ihre Beine zu meiner Überraschung weiter, damit ich sie intensiver streicheln kann. Sie ist feucht zwischen den Beinen, was mir offenbart, dass sie ebenso angetörnt ist wie ich, und als ich fortfahre, sie durch den Stoff ihres Spitzentangas zu reiben, weiß ich, dass sie nicht mehr weit davon entfernt ist zu kommen.

Als ich für einen Moment von ihren Lippen ablasse, schnappt sie nach Luft, denn unsere langen, leidenschaftlichen Küsse haben ihr den Atem genommen. Sie blickt mich mit unsicheren Augen an, aber ich lasse ihr gar nicht genug Zeit, ihre Entscheidung noch einmal zu überdenken, sondern schiebe meine Hand in ihren Tanga und umschließe ihre feuchte, heiße Muschi. Wir stöhnen beide bei der Berührung, und Madison hebt die Hüften – eine stillschweigende Einladung fortzufahren. Unsere Blicke sind immer noch ineinander versunken, als ich langsam einen Finger in sie hineinschiebe und durch den engen Eingang in ihre warme Höhle vordringe. Da er so unglaublich eng ist, weiß ich, dass vor mir noch kein Mann hier eingedrungen ist. Der Gedanke macht mich krank, denn er bestätigt mir, was ich ohnehin bereits vermutet hatte: Madison ist in der Tat noch Jungfrau, aber ihr Bruder hatte sie auf die schlimmstmögliche Weise genötigt und erniedrigt. Doch ich schiebe diese abscheulichen Gedanken beiseite, werde es nicht zulassen, dass dieser Scheißkerl uns das hier verdirbt.

»Dixon«, stöhnt sie, wirft den Kopf zurück und kneift die Augen zu.

Ich beginne meinen Finger in einem langsamen Tempo vorsichtig in ihr zu bewegen, da ich ihr nicht wehtun will. Doch als sie sich aufbäumt und ihre Beine weiter spreizt, weiß ich, dass langsam und vorsichtig nicht mehr genügt. Wimmernde Laute entfahren ihren geöffneten Lippen, als ich einen zweiten Finger in sie einführe und sie weit dehne. Mein tiefes Eindringen ist ein Schock für sie, doch sie hält mich nicht davon ab weiterzumachen. Sie beginnt mit den Hüften zu kreisen, bis sie den richtigen Rhythmus gefunden hat, während ich sie hungrig fingere, ihre Nässe das einzige Gleitmittel ist, das ich benötige.

Ihre Klitoris ist geschwollen und lädt mich ein, mit meinem Daumen darüber hinwegzustreichen, was Madison einen Schrei entlockt, und sie hebt ihre Hüften ruckartig in die Höhe.

»Gefällt dir das?«, frage ich mit heiserer Stimme, und meine Finger bewegen sich schneller und tiefer in ihr.

»Ja«, keucht sie, und ihre gierigen Muskeln halten mich fest, wollen mich nicht loslassen. »Hör nicht auf.«

»Keine Sorge, das werde ich nicht. Lass dich einfach gehen«, ermuntere ich sie behutsam, schiebe meine Finger dabei tiefer in sie hinein und umkreise ihre Klitoris sanft mit meinem Daumen.

Das macht sie wild, und sie bäumt sich auf und ihre Hüften pumpen heftig, um sich dem Tempo meiner erbarmungslosen Finger anzupassen.

»Lass dich fallen, *angelo*, lass dich fallen«, wiederhole ich. Ich kann spüren, dass sie kurz vor dem Orgasmus ist.

Ihr erregter Körper reagiert unverzüglich auf meinen Befehl, und sie stößt einen lauten Schrei aus, denn sie kommt so heftig, dass ihr ganzer Körper von Kopf bis Fuß zittert. Dieser Anblick ist das Heißeste, was ich jemals gesehen habe. Aber ich gestehe ihr nur einen kurzen Moment zu, um ihre Befriedigung zu genießen, rutsche an ihr hinab, packe den dünnen Spitzentanga und reiße ihn ihr vom Körper. Bevor sie zu protestieren vermag, lecke ich einmal mit qualvoller Langsamkeit ihre klitschnasse Muschi. Sie schreit erschrocken auf, doch ich beabsichtige fortzufahren, bis sie ein weiteres Mal kommt, und dieses Mal auf meiner Zunge.

Ich vergrabe mein Gesicht tiefer zwischen ihren Schenkeln und genieße den berauschenden Duft ihrer Erregung. Ich habe noch nie etwas Lieblicheres gerochen oder geschmeckt, und als sie versucht, von mir wegzurutschen, weil sie sich ihrer Blöße schämt, da packe ich einen ihrer

Schenkel, werfe mir den anderen über die Schulter und hefte meinen Mund auf ihre prächtige Muschi.

Sie gibt ein zustimmendes Stöhnen von sich, ihr Körper entspannt sich, erschlafft bei meinem sanften Saugen und Lecken. Sie spreizt ihr Bein weiter ab, und ihre rosigen Schamlippen glänzen vor Verlangen. Ich lecke den Eingang zu ihrer Lusthöhle, fahre mit der Zunge daran hinauf und herab, und Madison stößt einen Schrei aus, als ich mit der Zunge in sie eindringe und sie in ihr herumwirbeln lasse, während sie sich windet.

»Oh … Gott«, keucht sie.

Ihre Lust spornt mich an, und ich tauche tiefer in sie hinein, sauge, lecke, beiße und huldige ihr, bis Madison völlig ungeniert mein Gesicht vögelt, ihr Körper unter jedem meiner fordernden Stöße erzittert. Sie ist völlig entblößt, doch das reicht mir noch nicht, und ich schiebe einen Finger in sie hinein, weite sie, damit ich vollen Zugang zu ihrer glühenden Muschi erhalte.

Sie gibt kurze, wimmernde Laute von sich, die lauter werden, als ich sie immer wieder mit meiner Zunge und meinem Finger aufspieße, und als sie fast unmerklich die Hüften hebt, mir damit bedeutet, sie endlich zu erlösen und sie zum Orgasmus zu bringen, da nehme ich ihre Rosette in den Mund und sauge fest daran. Sie wirft sich schreiend hin und her, und ihr zweiter Orgasmus fegt wie ein Waldbrand durch sie hindurch, und ihr Fleisch verbrennt meinen Mund und meine Zunge.

Ich stoße ein Knurren aus, als ich schmecke, wie sie kommt, lecke ihren Saft auf, kann gar nicht genug davon bekommen. Sie windet sich und stöhnt, und ich lecke sie langsamer – wenn auch mit großem Bedauern –, damit sie von ihrem orgasmischen Rausch herunterkommt, was sie auch mit einem befriedigten Seufzen tut.

Ich weiche zurück, sehe zu, wie sie einen Moment benötigt, um wieder zu Atem zu kommen. Ihr Anblick lässt meinen Schwanz vor Verlangen pochen. Aber hier geht es nun einmal nur um Madison, nicht um mich, und mit anzusehen, wie ich sie dazu gebracht habe, die Selbstkontrolle zu verlieren, war antörnender, als selbst Sex zu haben. Ich habe noch nie jemanden so sehr befriedigen wollen wie sie, und nachdem ich sie nun geschmeckt habe, bin ich süchtig nach ihr.

Madisons Lider öffnen sich flatternd, und ihr Blick ist verhangen und von Lust erfüllt.

»Hallo«, sage ich und kann mir ein Lächeln nicht verkneifen, als ich an ihrem Körper hinaufkrieche.

»Hallo«, entgegnet sie mit heiserer, belegter Stimme.

Ich lege mich neben sie, will sie nicht bedrängen, da ich mir nicht sicher bin, wie sie auf das, was zwischen uns passiert ist, reagieren wird. Doch zu meiner Überraschung packt sie mich am Kragen, zieht mich zu sich herüber und presst ihre Lippen auf die meinen. Ich erwidere den Kuss mit Begeisterung, doch als ich meine Zunge in ihren Mund gleiten lasse, weicht sie zurück und hält sich die Hand vor den Mund.

»Was ist denn los?«, frage ich verwirrt.

Sie erwidert mit geröteten Wangen: »Ich … ich kann mich … an dir schmecken«, bringt sie schließlich heraus, und das Rot ihrer Wangen vertieft sich.

»Ein wundervoller Geschmack, nicht wahr?«, entgegne ich grinsend. »Ich habe keine Ahnung, wie ich ohne überleben soll. Einmal gekostet und schon bin ich süchtig danach.«

Madison senkt den Blick, und ich frage mich, was ihr wohl durch den hübschen Kopf gehen mag und uns die Stimmung verderben könnte.

»Was ist denn?«

»Ich … ich will doch gar nicht, dass du ohne überleben musst«, gesteht sie und schlägt die Hände vors Gesicht.

Ich ziehe sie ihr schmunzelnd weg. »Ich doch auch nicht. Ich bin mir ziemlich sicher, dass ich ohne zugrunde gehen würde.«

Ich versuche die Stimmung wieder aufzuhellen, weil das zuvor zwischen uns Geschehene wirklich wunderschön gewesen ist.

»Und was jetzt?«, fragt sie nervös, dreht sich auf die Seite und stützt den Kopf in die Handfläche.

»Darauf gibt es meiner Ansicht nach nur eine Antwort.«

»Und die lautet?«, fragt sie wie aus der Pistole geschossen, und ihr Brustkorb beginnt sich rasch zu heben.

»Du erlaubst mir, dass ich das von jetzt an jeden Tag tue«, antworte ich, denn meiner Ansicht nach bringt es nichts, um den heißen Brei herumzureden.

Madison grinst. »Ich glaube, damit kann ich leben.«

»Ach ja?«, sage ich und streiche ihr eine Strähne aus der Stirn.

»Ja«, bekräftigt sie. »Oh, und noch was. Das ist jetzt vermutlich nicht der beste Zeitpunkt, um es dir zu sagen, aber ich habe mit David Schluss gemacht.«

Sein Name ist für mich wie ein Tritt in die Eier, deshalb presse ich erst einmal reflexartig die Zähne aufeinander.

Doch in diesem Zusammenhang benutzt, entlockt er mir ein freudiges Lächeln. »Das ist gut, denn wenn du dich nicht von ihm getrennt hättest, dann hätte ich das für dich erledigt. Und ihn bei der Gelegenheit auch gleich vermöbelt«, füge ich hinzu, woraufhin Madison in übertriebener Manier die Augen verdreht.

»Damit ist es also offiziell? Wir zwei sind zusammen?«

Ich nicke.

Sie scheint sehr genau abzuwägen, was sie als Nächstes sagt. »Können wir es bitte langsam angehen lassen? Heute war immerhin das erste Mal, dass ich mich jemandem emotional geöffnet habe. Und gewissermaßen auch in anderer Hinsicht«, fügt sie errötend hinzu.

»Du gibst das Tempo vor. Und ich werde dich Schritt für Schritt begleiten und für dich da sein. Versprochen.«

»Ich bin ziemlich verkorkst, Dixon.«

»Das bin ich auch«, gestehe ich ein. Ich vermag die Vergangenheit nicht auszulöschen, aber ich kann zumindest versuchen, Wiedergutmachung dafür zu leisten, dass ich durch sämtliche Betten gehüpft und ein so schlechter Sohn gewesen bin.

»Es ist gut möglich, dass ich dich wegstoße, wenn es heftig wird, da kann ich dir nichts versprechen, aber ich werde mein Bestes versuchen. Ich will wirklich, dass das mit uns funktioniert.«

»Das will ich auch«, erwidere ich, denn ich habe noch niemals etwas mehr gewollt.

»In diesem Fall erteile ich dir die Erlaubnis, mich wieder zur Vernunft zu bringen, sollte ich mich wie ein Psycho aufführen.«

»Vielen Dank, aber das ist wirklich nicht nötig. Ich glaube an dich. An uns«, beteuere ich.

»An uns«, wiederholt sie mit einem Lächeln. »Das klingt gut.«

»Finde ich auch«, stimme ich ihr zu und verspüre das Pochen meiner anhaltenden Erektion, als Madison erneut errötet und mit heiserer Stimme fragt: »Und was jetzt?«

Ich rolle mich auf sie und grinse, als sie erschrocken Luft holt, wofür wohl meine Erektion verantwortlich ist.

»Jetzt werde ich dich küssen«, verkünde ich, und sie stößt ein leichtes Keuchen aus, als ich mit meiner Zungenspitze ihre Ohrmuschel erkunde. »Ich verrate dir nur nicht, wo«, füge ich hinzu, bevor ich ihren Mund in Besitz nehme mit der Absicht, meine Lippen nie wieder von den ihren zu lösen.

VIERTER TEIL

Ein Monat später …

33

Willkommen in der Familie

Dixon

»Und wie fühlen Sie sich dabei?«, frage ich Ms. Stark. Zugleich werfe ich einen verstohlenen Blick auf die Uhr und jubiliere innerlich, weil die Sitzung fast beendet ist.

»Als ob …« Sie verstummt für einen Moment. Fährt sich mit der Zunge über die Lippe. »Als ob ich die Kontrolle hätte.«

»Und genießen Sie das?«, erkundige ich mich, notiere mir etwas in ihrer Akte. Ihre haselnussbraunen Augen beobachten jede meiner Bewegungen.

»Oh ja. Weil es nicht so oft vorkommt, dass man dieses Gefühl hat, wenn der eigene Mann größenwahnsinnig ist. Ich nehme, was ich kriegen kann, und im Augenblick ist Pedro, der Poolboy, nur allzu bereit, meine Bedürfnisse zu befriedigen«, erwidert sie, und ihr Blick senkt sich auf meinen Schritt.

Ich strecke den Rücken und nicke. »Haben Sie Ihren Mann einmal auf seine Versuche, alles kontrollieren zu wollen, angesprochen?«, frage ich, und der lüsterne Blick, den sie mir zuwirft, gefällt mir gar nicht.

»Was sollte das bringen? Er hat sich in den zwölf Jahren unserer Ehe nicht geändert. Ich habe erst jetzt eingesehen, dass mein Mann ein Kontrollfreak ist und sich das auch nicht mehr ändern wird, selbst wenn ich mir den Mund fusselig rede«, erklärt sie, stellt ihre übereinandergeschlagenen Beine nebeneinander auf den Boden und lehnt sich nach vorn. »Und was ist mit Ihnen, Dr. Mathews? Gibt es jemand Besonderen in Ihrem Leben?«

Ich räuspere mich, lehne mich in meinem Sessel zurück und lächele. »Ms. Stark, wir sind nicht hier, um über mich zu reden, sondern über Sie.«

»Ich würde aber viel lieber über *Sie* reden«, erwidert sie. »Ich komme nun immerhin schon einige Monate zu Ihnen und weiß gar nichts über Sie.«

»Ich bin Ihr Therapeut. Mehr müssen Sie gar nicht wissen«, entgegne ich unverblümt.

»Aber –«, setzt sie an, doch ich falle ihr ins Wort.

»Ihre Zeit ist um. Wenn Sie einen weiteren Termin wünschen, dann wenden Sie sich bitte auf dem Weg nach draußen an Ms. Vale.«

Das ist nicht gerade höflich, aber darauf pfeif ich, ehrlich gesagt. Sie ist die dritte Frau in dieser Woche, die mich anbaggert, und auch wenn ich dieses Verhalten in der Vergangenheit durchaus ermutigt habe, so kotzt es mich inzwischen nur noch an. Glücklicherweise kommt die Botschaft bei ihr an, und sie verschwindet, ohne ein weiteres Wort zu verlieren.

»Hallo, Dr. Mathews«, ertönt ein paar Augenblicke später Madisons Stimme, als sie den Kopf zur Tür hereinsteckt.

Bei ihrem Anblick kommt mir mein beschissener Morgen wie ein schlechter Traum vor. Ich springe aus meinem Ledersessel und begrüße sie mit hungrigen Lippen, während ich die Tür hinter ihr schließe, um sie dann gegen das Holz zu pressen und ihren Mund zu verschlingen. Mein Körper summt vor Vergnügen, als sie meine Zeichen der Zuneigung ebenso leidenschaftlich erwidert.

Madison und ich haben es langsam angehen lassen, aber ich bin dankbar, dass sich überhaupt etwas bewegt. Nach unserer Rückkehr aus Boston haben wir keine Dates mehr mit anderen gehabt, was von meiner Seite aus völlig in Ordnung geht, denn ich will nur sie und keine andere.

Es hatte mich einiges an Überzeugungsarbeit gekostet, sie dazu zu bewegen, sich in Therapie zu begeben, und auch wenn es eigentlich noch zu früh ist, ein Urteil darüber abzugeben, so macht sie meiner Ansicht nach schon jetzt große Fortschritte. Es war mir ernst mit dem, was ich gesagt habe: Ich glaube an sie, und ich glaube an uns, und auch wenn sich noch weitere Hindernisse uns in den Weg stellen werden, bin ich bereit, sie zu überwinden.

Madison weicht atemlos zurück, und ich gebe ein tiefes Stöhnen von mir. Alles in mir will diese Frau, aber ich werde sie nicht drängen. Denn auch wenn Madison beträchtliche Fortschritte gemacht hat, so ist sie, was den körperlichen Aspekt angeht, immer noch in der Vergangenheit gefangen – einer Vergangenheit, in der ihr beschissener Bruder sie auf unaussprechliche Art und Weise geschändet hat. Bei dem Gedanken daran, was er ihr angetan hat, presse ich die Zähne aufeinander, doch als der Mann an ihrer Seite muss ich mein Temperament zügeln, um sie zu unterstützen.

»Ich bin nur vorbeigekommen, um Hallo zu sagen«, erklärt sie, und ihr wunderschönes Lächeln erhellt den ganzen Raum.

»Hallo«, erwidere ich und streiche mit leicht geöffneten Lippen über ihren Hals. Ihr Geruch macht mich verrückt.

Sie kichert und schmiegt sich in meine Arme. »Um wie viel Uhr ist dein nächster Termin?«

»Welcher Termin? Ich habe keine Ahnung, wovon du sprichst«, entgegne ich im Scherz und sauge an ihrem Hals.

Sie zieht hörbar den Atem ein. »Dixon!«

Ich seufze und lasse schmollend von ihr ab. »Also schön, du hast gewonnen. Für den Moment«, füge ich zwinkernd hinzu.

Sie lacht ein weiteres Mal, und ich lächele, freue mich, wie unbeschwert sie geworden ist. »Bleibt es bei heute Abend?«, erkundigt sie sich nervös, und ich muss mich erneut beherrschen, denn bei dem Gedanken an das, was uns in ein paar Stunden erwartet, beginne ich wieder innerlich zu kochen.

»Um nichts in der Welt würde ich das verpassen wollen.«

Heute Abend steigt die Verlobungsfeier ihrer Stiefschwester und ihres Bruders, diesem Schwein. Und außerdem werde ich ihre Mutter Rachel und ihren Stiefvater Sebastian kennenlernen. Wie schon erwähnt, gehen wir die Sache langsam an, aber das hier ist ein großer Schritt für Madison, und ich werde mir alle Mühe geben, keine Szene zu machen, wenn ich zum ersten Mal ihrem Bruder begegne. Seit sie mich dazu eingeladen hat, lässt mich die Vorstellung nicht mehr los, wie ich ihm Arme und Beine ausreiße und ihn damit zu Tode prügele, doch ich werde alles in meiner Macht Stehende tun, um ruhig zu bleiben, schließlich kann ich mir ansatzweise vorstellen, wie Madison sich fühlen muss.

Sie hat nicht viel über ihre Stiefschwester erzählt, aber aus dem wenigen folgere ich, dass sie ihr keine Träne nachweinen würde, wenn sie eine unheilbare Krankheit bekommen oder morgen tot umfallen würde.

Ich muss stark sein für Madison, denn ich weiß nicht, wie sie reagieren wird, wenn sie Dylan wieder begegnet. Sie hat ihren Bruder über ein Jahr lang nicht gesehen, also wird dieser Abend ihre mentale und physische Stärke auf die Probe stellen. Von meiner ganz zu schweigen.

Ich weiß, dass sie Fortschritte gemacht hat, aber mit dem fertigzuwerden, was ihr dieser Dreckskerl angetan hat, wird ein ständiger Kampf für sie bleiben. Ich kann ihr nur meine bedingungslose Liebe und Unterstützung geben und ihr deutlich machen, dass sich das, was ich für sie empfinde, durch nichts und niemanden jemals ändern wird.

»Danke«, sagt sie und zieht nervös an ihrer Lippe. »Ich glaube nicht, dass ich es ohne dich schaffen würde.«

»Doch, das würdest du«, antworte ich und streiche mit meinem Daumen über ihre Wange. »Du kannst alles schaffen, wenn du es nur willst.«

»Alles?«

Ich nicke. »Alles. Sieh doch nur mal, wie du dir mich geangelt hast!« Ich lache, als sie mir einen spielerischen Klaps auf die Schulter versetzt.

»Ich glaube, das beruhte auf Gegenseitigkeit«, erwidert sie, und ihre Grübchen kommen zum Vorschein, als sie lächelt.

»Das kann man wohl sagen«, entgegne ich und senke die Stimme, als ich mich an unseren ersten Kuss erinnere.

»Dixon«, sagt sie, und die Röte schießt ihr in die Wangen.

»Madison«, kontere ich ausgelassen, schlinge meine Arme um ihre Taille und ziehe sie an mich. »Ich hole dich um sieben ab, okay?«

»Das hört sich gut an«, antwortet sie und hält für einen

Moment den Atem an, als ich mich vorbeuge und sie auf die Wange küsse.

»Okay, dann sehen wir uns gegen sieben«, sage ich und weiche schweren Herzens zurück, denn eigentlich möchte ich sie niemals wieder gehen lassen.

»Ich kann es kaum erwarten«, flüstert sie. »Bis nachher.«

Sie gibt mir einen flüchtigen Kuss auf den Mund, und mir bleibt nichts anderes mehr als der Blick auf ihren perfekten Hintern, der mit ihr mein Büro verlässt. Ich frage mich, wie ein solcher Mistkerl wie ich nur bei einer so unglaublichen Frau wie ihr landen konnte.

»Sollen wir die Feier nicht doch lieber ausfallen lassen und stattdessen zu mir gehen?«, frage ich, während ich Madisons nackten Hals mit meinen Lippen liebkose und uns der Aufzug in den zweiundzwanzigsten Stock hinaufträgt.

»Würd ich ja … gern«, erwidert sie atemlos, als ich an ihrem Schlüsselbein knabbere. »Aber ich habe meiner Mutter schon gesagt, dass wir kommen, und sie –« sie kichert, als ich meine Zunge in ihr Ohr gleiten lasse – »will dich unbedingt kennenlernen.« Ich seufze an ihrem Hals. »Wir bleiben höchstens eine Stunde. Versprochen«, fügt sie hinzu.

»Wenn's unbedingt sein muss«, entgegne ich und weiche zurück, wobei mein Blick auf ihre umwerfenden Brüste fällt, die in dem zauberhaften trägerlosen roten Kleid, das sie für den heutigen Abend gewählt hat, in schwindelerregende Höhen gedrückt werden.

»Ja, es muss sein. Wenn du mich allerdings weiter so ansiehst, dann werden wir es vermutlich nicht so bald aus diesem Aufzug herausschaffen«, sagt sie, und ihre verführerisch geschminkten Augen wandern an meinem eleganten Armani-Anzug hinab.

Gerade als ich über sie herfallen will, gibt der Aufzug ein »Ding« von sich zum Zeichen, dass wir unser Stockwerk erreicht haben. Ich spüre, wie Madison erstarrt, und es bricht mir das Herz, wenn ich daran denke, was sie gerade durchmacht. Meine tapfere Kleine tut ihren ersten Schritt in die Freiheit, und ich werde sie dabei begleiten.

»Bereit?«, frage ich, greife nach ihrer Hand und verschränke meine Finger mit ihren.

»So bereit ich nur sein kann«, erwiderte sie, drückt meine Hand und wirft mir ein nervöses Lächeln zu.

»Ich werde dir nicht von der Seite weichen«, verspreche ich ihr.

»Danke«, entgegnet sie, und gemeinsam tun wir den Schritt ins Unbekannte.

Das Foyer des Ballsaals, in dem die Verlobungsfeier stattfinden soll, ist ziemlich beeindruckend. Die ganze Veranstaltung dürfte Sebastian ein kleines Vermögen kosten, aber aus dem, was Madison mir bisher über seine Tochter Beth anvertraut hat, gibt die sich wohl immer nur mit dem Allerbesten zufrieden. Ehrlich gesagt, klingt sie wie eine verwöhnte kleine Zicke, aber ich habe Wichtigeres zu tun, als darüber nachzudenken – wie zum Beispiel, mir Madisons Scheißbruder vorzunehmen.

»Alles okay?«, flüstert Madison, als wir auf den Eingang zugehen.

»Ging mir nie besser«, lüge ich durch meine zusammengepressten Zähne hindurch.

»Dürfte ich dann bitte meine Hand zurückhaben?«

Ich bemerke erst jetzt, dass ich ihre Finger in meiner Hand zusammenquetsche, und lockere sogleich meinen Griff. »Tut mir leid, *angelo*«, sage ich, hebe ihre Hand an meinen Mund und küsse sie sanft. »Ich glaube, ich nehme mein Versprechen, dir nicht von der Seite zu weichen, allzu wörtlich«, füge ich hinzu, worauf sie schallend lacht.

»Madison?«

Wir drehen uns beide um, und ich erblicke eine überaus attraktive Frau in einem marineblauen Abendkleid, die mit schnellen Schritten auf uns zukommt. Ihre grünen Augen, das herzförmige Gesicht und ihr sanftes Lächeln verraten mir, wen ich vor mir habe: Das hier ist ohne jeden Zweifel Madisons Mutter.

»Hallo, Mom«, sagt Madison, lässt meine Hand los und eilt auf sie zu.

Ich sehe zu, wie sich die beiden liebevoll umarmen, und stelle zu meiner Beruhigung fest, dass Madisons Freude über das Wiedersehen erwidert wird.

»Du siehst sehr hübsch aus, mein Schatz«, sagt ihre Mutter, löst sich aus der Umarmung und hält ihre Tochter auf Armeslänge entfernt. »Ich habe dich so vermisst.«

»Es war doch nur ein Monat, Mom«, antwortet Madison verlegen.

»Das ist eine lange Zeit, wenn man sich nicht sieht.« Ihre Mutter streicht ihr liebevoll über den Arm. »Ist das da etwa dein Freund?«, fragt sie und wackelt mit den Augenbrauen. »Ich kann es gar nicht erwarten, den Mann kennenzulernen, der –«

Doch Madison dreht sich rasch um und schneidet ihrer Mutter das Wort ab.

»Ja, Mom, das ist Dixon. Dixon, das ist meine Mom, Rachel«, sagt sie, als ich mich nähere.

»Freut mich, Sie kennenzulernen, Rachel«, sage ich, trete auf sie zu und küsse sie auf beide Wangen.

»Gleichfalls«, sagt sie, und eine Hand flattert zu ihrem Herzen hoch. »Du meine Güte, du hast mir gar nicht gesagt, dass er so sexy ist, mein Schatz«, fügt sie hinzu und sieht Madison an.

»Mom!«, ruft die, und ihre Wangen beginnen zu glühen, während ich in mich hineinlache.

»Was denn?«, sagt ihre Mutter betont arglos.

»Lass uns reingehen, bevor du mich noch weiter blamierst«, entgegnet Madison augenzwinkernd.

»Tun Mütter das nicht immer?«, lautet die Antwort, und sie gibt ihrer Tochter einen Kuss auf die Wange.

Madison verdreht die Augen, während ihre Mutter mir ein leichtes Lächeln schenkt. »Seid brav, ihr zwei. Tut nichts, was ich nicht auch tun würde.«

»Okay, wir sollten jetzt gehen, bevor meine Mutter etwas wirklich Peinliches von sich gibt. Ach, verflixt, dafür ist es schon zu spät, nicht wahr?«, sagt Madison neckend, hakt sich bei mir unter und führt mich in den Ballsaal, während Rachel zurückbleibt, um sich mit den anderen Gästen zu unterhalten.

Ich winke ihr im Weggehen zu, und sie erwidert die Geste fröhlich.

Sobald wir drinnen sind, zieht mich Madison zur Theke hinüber. »Bestell dir, was immer du willst. Der Alkohol wird hoffentlich die Erinnerung an die Begegnung mit meiner Mutter wegbrennen.«

»Ach, komm schon, so schlimm ist sie doch gar nicht«, entgegne ich grinsend.

Madison runzelt die Stirn, was mich zum Lachen bringt. Ich bestelle einen Scotch für mich und ein Wasser für sie, und dann ist es Zeit, sich unter die gut hundert Gäste zu mischen. Madison stellt mich Mitgliedern und Freunden der Familie vor, entfernten Verwandten, Nachbarn und ihrem ehemaligen Kinderarzt, aber von den Ehrengästen bekomme ich nichts zu sehen. Ich bin mir nicht sicher, ob sie sie absichtlich meidet, doch als ich mich auf dieser aufwendig in Szene gesetzten Feier umsehe, stelle ich fest, dass auch andere Gäste schulterzuckend nach ihnen Ausschau halten.

»Da ist sie ja!«, ertönt mit einem Mal eine tiefe Männerstimme, und als ich mich umdrehe, erblicke ich einen vornehmen älteren Herrn, der auf uns zukommt.

»Sebastian«, sagt Madison strahlend.

Sie hat mir alles über Sebastian erzählt, der für sie mehr wie ein Vater ist als ihr leiblicher Vater. Ich mag ihn auf Anhieb, da ich in seinen grauen Augen nichts anderes als Liebe erblicke, als er Madison ansieht.

»Hallo, mein Spatz«, sagt er vergnügt, und sie umarmt ihn innig.

Ich halte mich zunächst einmal zurück, lasse ihr ein bisschen Zeit für das Wiedersehen mit ihm.

»Wir haben dich vermisst«, sagt Sebastian und streicht ihr über den Rücken.

»Tut mir leid, dass wir uns eine Weile nicht gesehen haben, aber ich hatte wirklich viel zu tun«, erwidert Madison in seine Schulter hinein, und ich hasse den Grund, weshalb sie sie so lange nicht besucht hat.

»Schon gut, du bist ja jetzt hier. Und du siehst wunderschön aus«, sagt er, tritt zurück, und dabei landet sein Blick auf mir.

»Ah, und das ist wohl der Herr Doktor, von dem deine Mutter so schwärmt, nicht wahr?«, sagt er mit fragender Stimme, und Madison nickt.

»Ja«, entgegnet sie mit einem nervösen Grinsen. »Sebastian, das ist Dixon Mathews.«

Sebastian lächelt und streckt mir die Hand hin, die ich nur zu gern ergreife.

»Es ist mir ein Vergnügen, Sie kennenzulernen, Sebastian. Ich habe schon viel von Ihnen gehört«, sage ich, beeindruckt von seinem kräftigen Händedruck.

»Das Vergnügen ist ganz meinerseits, Dr. Mathews.«

»Bitte«, winke ich ab, »nennen Sie mich doch Dixon.«

»Nun, Dixon, ich hoffe, dass wir uns bald einmal bei uns zum Abendessen sehen werden. Jeder, der unsere Maddy so zum Lächeln bringt, ist in unserem Haus immer willkommen.«

»Vielen Dank. Sehr gern«, antworte ich, während Madison sich bei mir unterhakt.

»Ausgezeichnet. Dann stimm du dich doch mit deiner Mutter ab, und ich werde es die anderen wissen lassen«, sagt Sebastian an Madison gewandt, woraufhin ich spüre, wie sie sich neben mir verkrampft. »Wenn ihr mich jetzt bitte entschuldigen würdet«, sagt er und winkt jemandem zu. »Reserviere einen Tanz für deinen alten Herrn«, fügt er hinzu und geht davon, um Madisons Nachbarn die Hand zu schütteln.

Sobald er gegangen ist, lässt sie sich gegen mich sacken,

und ich lege meine Arme um sie. »Alles okay?«, frage ich und drücke ihr einen Kuss auf den Scheitel.

»Nein«, sagt sie in meine Brust. »Es war albern von mir zu glauben, dass ich einen Abend lang normal sein könnte.«

»Schhhh«, erwidere ich, löse meine Arme und halte sie ein Stück von mir weg. »Du bist perfekt, so wie du bist, vergiss das bloß nicht.«

Ihr Mund verzieht sich zu einem Lächeln, das ihre Augen nicht erreicht, was mir Sorgen bereitet, da ich nicht sicher bin, wie sie reagieren wird, wenn sie dem Grund ihrer Selbstzweifel von Angesicht zu Angesicht gegenübersteht.

»Willst du gehen?«, frage ich, aber Madison schüttelt den Kopf.

»Das können wir nicht machen. Ich will Mom und Sebastian nicht vor den Kopf stoßen. Ich kriege das schon hin.«

»Ein Wort von dir und wir verschwinden«, entgegne ich und lasse meinen Fingerknöchel an ihrer Wange hinabgleiten.

»Danke, dass du bei mir bist«, sagt sie und schmiegt sich wieder an mich.

»Es gibt keinen Ort auf dieser Welt, wo ich lieber wäre.«

»Sieh an, sieh an, die verrückte Maddy hat mal einen abgekriegt«, ertönt es im Singsang zu meiner Linken.

Ich drehe mich rasch um, und die Person, der die Stimme gehört, ist mir auf Anhieb unsympathisch, da diese vor Sarkasmus nur so trieft. Ich erblicke eine zierliche Brünette in einem schwarzen Kleid, das ihr zwei Nummern zu klein ist, aber es scheint ihr völlig egal zu sein, dass man sehen kann, ob sie einen Slip trägt.

»Hallo, Mona«, sagt Madison mit bebender Stimme, während ich das Flittchen vor mir wütend anstarre.

»Wer bist du denn?«, fragt Mona und lässt dabei keinen Zweifel aufkommen, dass sie mich abcheckt.

»Ich bin Madisons Freund«, erwidere ich mit scharfer Stimme. »Und mit wem habe ich das zweifelhafte Vergnügen?«

»Ich bin Juliets beste Freundin«, antwortet sie und schürzt ihre angemalten Lippen.

»Wer zum Teufel ist Juliet?«, herrsche ich sie an, weil dieser Name fürchterliche Erinnerungen weckt, die ich lieber hätte ruhen lassen.

Mona lacht und hält sich in gespieltem Entsetzen die Hand vor den Mund. »Also die Story vom ›Freund‹ wäre sehr viel überzeugender, wenn du auch den Namen der zukünftigen Braut wissen würdest. Wie viel verlangst du pro Stunde?«, sagt sie und schüttet sich über diese unangemessene Bemerkung vor Lachen aus.

Ich kann mir vorstellen, wie schrecklich sich Madison dabei fühlen muss, und ich würde dieser blöden Tussi raten, sich zu verziehen, wenn ich nur ein Wort herausbekommen würde. Doch ich spüre, wie mich eine Welle der Furcht erfasst. Allerdings muss es jede Menge Juliets geben, die in New York leben, versuche ich mich zu beruhigen. Das ist nur ein Zufall.

»Hattest du nicht gesagt, dass deine Stiefschwester Beth heißt?«, frage ich Madison rasch, ignoriere Monas Kichern.

»Äh, den Namen habe ich ihr gegeben«, antwortet sie und zieht dabei nervös an ihrem Diamantohrring. »Du kennst ja diesen dummen Tick von mir, den Leuten Spitznamen zu verpassen«, fügt sie hinzu, versucht dem Ganzen eine leichtere Note zu geben.

»Also heißt sie in Wahrheit Juliet?«, erkundige ich mich mit Nachdruck, und dabei ist mir ganz und gar nicht zum Lachen zumute.

»Ja«, sagt Madison verwirrt.

Das kann nur ein Zufall sein, das kann nur ein Zufall sein, sage ich mir immer und immer wieder, denn so viel Pech kann ich doch gar nicht haben! Im Ernst, wie stehen die Chancen, dass so was passiert? Es muss purer Zufall sein, dass Juliet in derselben Apartmentanlage wohnt wie Madison. Genauso wie es purer Zufall sein muss, dass Madisons Stiefschwester Juliet ein verwöhntes kleines Miststück ist.

Aber um auf Nummer sicher zu gehen, frage ich: »Wie lautet Sebastians Nachname?«

Madison verzieht verwirrt das Gesicht, setzt aber an, mir zu antworten, doch genau in dem Augenblick wird das Licht im Raum gedämpft, und der Moderator verkündet endlich die Ankunft der Ehrengäste.

»Meine Damen und Herren, hier ist der Moment, auf den wir alle gewartet haben. Applaus für das Brautpaar!«

Klatschen und Pfeifen ertönt, aber Madison und ich sind immer noch abgelenkt, da sie mein plötzliches Interesse an ihrer Stiefschwester nicht nachvollziehen kann. Ich gebe mir dennoch alle Mühe zu lächeln und will mich gerade umdrehen, um einen Blick auf das glückliche Paar zu werfen, das seinen großen Auftritt hat, als mir Madison ins Ohr flüstert: »Er heißt Harte.« Und meine Welt bricht zusammen.

34

Mit dem Feind geschlafen

Dixon

Während ich zusehe, wie Juliet Harte von ihrem Verlobten, Dylan Roberts, in den Saal geführt wird, werden mir zwei Dinge klar: Erstens, dass ich auf grausame Weise von der Vergangenheit eingeholt werde, und zweitens, dass ich mit dem Feind geschlafen habe.

Ich habe in dem Moment mit einer Vielzahl von Emotionen zu kämpfen, aber mir bleibt nichts anders übrig, als so zu tun, als hätte ich keine Ahnung, wer Juliet ist und was sich hinter Dylans Lächeln für ein Mensch verbirgt. Ich spüre Madisons forschenden Blick auf mir ruhen, doch als der Mistkerl, der ich nun einmal bin, setze ich mein Pokerface auf und lasse mir nichts anmerken.

»Kennst du sie?«, fragt sie mit lauter Stimme, um sich über die Menge Gehör zu verschaffen.

Der Augenblick der Wahrheit ist gekommen. Ich könnte Madison antworten, dass Juliet die Frau ist, die ich ihr vorgezogen habe. Dass das, was ich mit dieser Frau hatte, oberflächlich und bedeutungslos gewesen ist und uns im Gegensatz zu dem, was wir beide füreinander empfinden, nichts anderes verband als der Sex. Die Wahrheit würde mich hoffentlich von all meinen Sünden freisprechen, denn Madison ist diejenige, mit der ich zusammen sein will. Das mit Juliet war ein Fehler. Und für diesen Fehler muss ich nun teuer bezahlen.

Oder aber ich könnte einfach lügen.

»Nein«, antworte ich kopfschüttelnd. »Ich habe sie noch nie im Leben gesehen.«

Madison kneift die Augen zusammen, und für einen Moment glaube ich, dass sie mich ertappt hat. Doch als sie dann lächelt und sagt: »Hätte ich auch nicht vermutet, denn ich weiß, dass du ein guter Menschenkenner bist«, weiß ich, dass ich noch einmal davongekommen bin.

Aber wieso fühle ich mich dann so beschissen?

Doch bevor ich meine Moral infrage stellen kann, betreten Juliet und Dylan die Bühne. Dylan nimmt das Mikrofon in Empfang, und Madisons zierliche Gestalt beginnt neben mir zu zittern. Ich lege den Arm um sie und ziehe sie an mich.

Dann schaue ich widerwillig zu, wie Juliet mit Dylan herumschmust. »Hallo, zusammen«, sagt Madisons Bruder und wendet sich mit einem unbekümmerten Lächeln an den Saal. »Ich möchte mich – auch im Namen meiner wunderschönen Verlobten – bei jedem Einzelnen von euch dafür bedanken, dass ihr heute hergekommen seid, um mit uns unsere Verlobung zu feiern«, sagt er, und die Gästeschar beginnt zu klatschen und zu jubeln. »Aber es gibt heute Abend noch einen weiteren Anlass, um zu feiern«, setzt er mit lauterer Stimme hinzu.

Madison hört nicht auf zu zittern, und ich ziehe sie noch näher an meine Seite, will sie niemals wieder loslassen.

»Ich werde es meiner zukünftigen Frau überlassen, die gute Nachricht zu überbringen«, schließt Dylan und reicht das Mikrofon an Juliet weiter.

Die strahlt. Ich habe sie noch nie so glücklich gesehen. Sie hat mich nie so angelächelt, wie sie Dylan anlächelt. Auch wenn es mir eigentlich völlig egal ist, so führt es mir doch vor Augen, dass auch sie mich nur benutzt hat, genau wie ich es mit ihr getan habe. Ich komme mir mit einem Mal durch und durch schmutzig vor, und meine Abscheulichkeit besudelt die Unschuld des Mädchens an meiner Seite.

Juliet ergreift vergnügt das Mikrofon, sonnt sich im Rampenlicht und genießt die Aufmerksamkeit, die ihr zuteilwird. Ihr Blick wandert über die Gästeschar hinweg, und gerade als ich glaubte, es könne nicht schlimmer kommen, bleibt er an mir hängen. Ich verziehe keine Miene, weigere mich, etwas preiszugeben, denn ich weiß, dass ihr das hier zu wichtig ist und sie nicht zulassen wird, dass sich etwas ihrem Traum vom Glück in den Weg stellt.

Und sie beweist wieder einmal, dass sie die geborene Schauspielerin ist. »Ich bin schwanger!«, verkündet sie, den Blick fest auf mein Gesicht gerichtet.

Ein Raunen geht durch die Menge, was die Tatsache überdeckt, dass ich nach Luft schnappe, als Juliet ihre Spitzenstola zur Seite zieht und einen kleinen Babybauch enthüllt. Angesichts seiner Größe schätze ich, dass sie ungefähr im dritten Monat sein dürfte. Was bedeutet, sie ist zu einer Zeit schwanger geworden, als ich sie gevögelt habe.

Juliet lässt mich die ganze Zeit über nicht aus den Augen, und als die bittere Wahrheit bei mir ankommt, wandern ihre Brauen mit einem süffisanten Grinsen in die Höhe.

»Das ist doch krank«, faucht Madison und windet sich aus meinem Arm.

Ich gerate in Panik, befürchte, dass sie den Blickwechsel

zwischen Juliet und mir bemerkt hat. »Lass uns gehen«, sage ich, fasse sie an der Hand und schlängele mich mit ihr im Schlepptau durch die Gästeschar zum Ausgang.

Sie wehrt sich glücklicherweise nicht, und es scheint, als wolle sie dieses geisttötende Spektakel ebenso dringend verlassen wie ich. Sobald wir an der Tür angelangt sind, überkommt mich ein Gefühl der Erleichterung – das Einzige, was jetzt zählt, ist, dieser giftigen Atmosphäre zu entkommen.

Als ich Madison ins Foyer hinausgezerrt habe, verlangsamt sie ihr Tempo und stemmt sich schließlich gegen ein weiteres Fortkommen. »Warte!«, sagt sie und schnappt nach Luft. »Ich brauche einen Moment.«

Den haben wir aber nicht, verdammt noch mal! So wie ich Juliet kenne, wird sie jede Sekunde hier sein, um mir unter die Nase zu reiben, was für einen Mist ich gebaut habe.

»Du kannst dich im Wagen ausruhen«, wende ich ein und versuche, sie behutsam Richtung Aufzug zu ziehen.

Als sie mich mit großen Augen verwirrt ansieht, füge ich erklärend hinzu: »Es ist schlimm, dich so zu sehen, Madison. So aufgewühlt wie du bist.« Und ich deute mit dem Kinn auf ihre zitternden Hände.

Sie stutzt, nickt dann. »Du hast recht. Ich werde nur eben meiner Mutter Bescheid sagen, dann gehen wir.«

Gerade als ich dies verhindern will, läuft es mir kalt den Rücken hinunter, und der Grund dafür kann nur die Frau sein, die zu viel weiß.

»Wollt ihr etwa schon gehen?«, erklingt Juliets säuselnde Stimme hinter uns, und ich schließe die Augen, verfluche den Tag, an dem sie meine Praxis betreten hat.

Madison stößt einen Seufzer aus, und ich öffne die Augen

wieder, drehe mich um, bereit, mich all dem Mist zu stellen, mit dem mich dieses Flittchen bewerfen wird.

»Ja«, erwidert Madison, und ich bin stolz darauf, wie mutig sie auftritt.

»Willst du mir deinen Begleiter denn nicht vorstellen?«, fragt Juliet, und ihre Lippen verziehen sich zu einem hinterhältigen Lächeln.

Madison blickt zu mir auf, und ich nicke, versuche ihr Mut einzuflößen, denn den wird sie brauchen. »Das ist Dixon. Mein F-Freund«, sagt sie, und Juliet zieht die Augenbrauen in die Höhe.

Jede Wette überlegt sie nun, wie lange wir wohl schon zusammen sind und ob Madison der Grund dafür ist, dass ich unsere kleine Affäre beendet habe. Die Frage ist nur, wird sie Madison davon erzählen?

Juliet neigt den Kopf zur Seite, mustert mich abschätzend, und mir wird klar, dass mein Schicksal in ihren Händen liegt. Eine schreckliche Vorstellung, dass es diese Schlampe in der Hand hat, mir das Beste kaputtzumachen, was mir jemals im Leben widerfahren ist.

»Dein Freund?«, fragt sie, und ich appelliere im Stillen an ihr Mitgefühl, von dem sie hoffentlich irgendwo noch einen Rest besitzt, damit sie mir nicht die Chance auf mein Glück verdirbt.

»Ja«, erwidert Madison und hakt sich bei mir unter.

»Aber er …«, hebt Juliet an, lässt den Satz jedoch in der Luft hängen, während ich den Atem anhalte.

Madison und ich warten darauf, dass sie fortfährt, und gerade als ich schon glaube, dass sie es nicht tun wird, sagt sie: »… scheint mir ein bisschen zu alt für dich zu sein.«

Madison gibt einen spöttischen Laut von sich, während ich die angehaltene Luft entweichen lasse. Wenn sie auf meinem Alter herumhacken will, dann hat sie meinen Segen!

»Er ist perfekt«, entgegnet Madison mit Nachdruck.

Sie liegt damit so falsch, dass es nicht einmal mehr komisch ist. Auch wenn es mich rührt, dass sie das Bedürfnis verspürt, meine Ehre zu verteidigen, so weiß ich doch, dass diese Unterhaltung enden muss, bevor Juliet preisgibt, dass ich in Wahrheit alles andere als perfekt bin.

»Sollen wir dann?«, frage ich Madison, denn ich will diesen Albtraum endlich beenden.

Glücklicherweise lautet ihre Antwort »sehr gern«, und ihr Blick weicht dabei nicht einen Moment von Juliet.

»Ach, Dixon«, sagt die, als wir uns abwenden.

»Ja?«, erwidere ich, ohne mich umzudrehen. Ich muss all meine Beherrschung aufbringen, um ruhig zu bleiben.

»Dürfte ich mal kurz mit dir sprechen?«, fragt sie, und Madison wirbelt zu ihr herum.

»Wieso denn?«, fragt sie wütend. »Du hast kein Recht darauf, mit ihm zu reden.«

»Ist schon gut, Madison«, sage ich rasch, drehe mich dabei langsam um und begegne dem Blick des Teufels.

»Unter vier Augen«, fügt Juliet mit einem Grinsen hinzu und verschränkt die Arme vor der Brust.

»Kommt nicht infrage!«, faucht Madison und stürmt vorwärts, doch ich bekomme ihren Arm zu fassen und halte sie fest. »Dixon?«, sagt sie nur, und da ist ein entsetzter Ausdruck auf ihrem Gesicht, als sie mich über ihre Schulter ansieht.

»Ist schon gut. Was auch immer sie zu sagen hat, wird

nichts daran ändern, was ich für dich empfinde. Geh schon mal nach unten und warte auf mich, okay? Es wird nicht lange dauern. Versprochen«, versichere ich ihr. »Du vertraust mir doch, oder?«

»Natürlich tue ich das«, flüstert sie, und diese Aufrichtigkeit berührt mich auf eine Weise, die ich niemals für möglich gehalten hätte.

Der Gedanke, Madison zu verlieren, reißt ein riesiges, klaffendes Loch in meine Brust. Juliet hat nun die Macht, über mein Schicksal zu entscheiden, und ich kann nur hoffen, dass sie Gnade walten lässt, wenn sie ihre Entscheidung trifft.

»Ich warte dann unten auf dich«, erklärt Madison unglücklich mit zitternder Unterlippe.

»*Angelo*«, sage ich, als sie sich abwendet.

Sie fährt zu mir herum, und ich sehe diesen hoffnungsvollen Ausdruck in ihren Augen, der mir sagt, dass sie glaubt, ich hätte es mir anders überlegt. Ich wünschte, ich hätte diese Möglichkeit, doch so ist es nun einmal nicht. Mir sind die Hände gebunden, und Juliet besitzt den Schlüssel zu meinen Fesseln.

Madison wartet darauf, dass ich etwas sage, doch ich kann nicht. Mir fehlen die Worte, um auszudrücken, wie leid es mir tut. Also lasse ich Taten sprechen. Mit zwei Schritten bin ich bei ihr, schlinge meine Arme um sie und senke meinen hungrigen Mund auf den ihren. Sie erwidert meinen Kuss mit dem gleichen Überschwang, denn uns beiden ist daran gelegen, Juliet etwas zu beweisen. Sie mag am längeren Hebel sitzen, aber das, was Madison und ich haben, ist echt, und es braucht schon mehr als ein verschmähtes Luder wie sie, um das kaputtzumachen.

Ich bin derjenige, der den Kuss beendet, und Madison protestiert, zieht einen bezaubernden Schmollmund.

»Das ist nur ein kleiner Vorgeschmack auf das, was dich erwartet«, flüstere ich und küsse ihre Nasenspitze. »Bis gleich.«

Madison nickt. Da liegt Besorgnis in ihrem Blick, doch sie wendet sich um und lässt mich mit Luzifer in High Heels zurück.

»Was willst du?«, zische ich, sobald Madison den Aufzug betreten hat.

»Na, na, na, mäßige deinen Tonfall. Immerhin gehöre ich zur Familie«, erwidert Juliet sarkastisch.

»Aber Gott sei Dank nicht zu meiner«, entgegne ich spöttisch, denn diese Frau hat nicht den leisesten Schimmer, was Familienbande bedeuten.

»Wie auch immer. Ich habe ohnehin keine Zeit zum Plaudern«, sagt sie leise und winkt – scheinbar völlig unberührt von dieser beschissenen Situation – kurz einem älteren Paar zu, das an uns vorbeigeht.

»Dann komm endlich zur Sache«, fahre ich sie an und lockere meine Krawatte.

»Ooh, du warst schon immer so fordernd«, sagt sie mit einem gefährlichen Lächeln auf den sündigen Lippen. »Ich bin mir sicher, dass du es nicht vergessen hast. Oder soll ich dein Gedächtnis auffrischen?«

Sie fährt mit einem Fingernagel an meiner Schulter hinab, und ich schlage ihre Hand weg, ohne mich darum zu scheren, ob uns jemand sieht. »Fass mich nicht an! Wenn du reden willst, dann rede. Ich bin mit meiner Geduld am Ende.«

»Sei lieber nett zu mir, Dixon. Immerhin verbindet uns

ein Geheimnis, das nur wir beide kennen.« Sie umfasst ihren Bauch.

»Dieses Baby ist nicht von mir«, flüstere ich angewidert.

»Woher willst du das wissen? Muss ich dir erst noch in Erinnerung rufen, auf wie viele unterschiedliche versaute Weisen du mich ohne Gummi gevögelt hast?«, flüstert sie und tritt dabei auf mich zu, während ich einen Schritt zurückweiche. »Wenn du beim letzten Mal, als wir uns gesehen haben, nicht so gemein zu mir gewesen wärst, dann wäre das hier vermutlich nicht so unangenehm. Ich fasse es nicht, dass du deine Pyjamaparty ausgerechnet mit ihr gefeiert hast. Das ist echt traurig.«

»Was willst du?«, wiederhole ich. Mir steht nicht der Sinn nach Spielchen.

»Ich werde das mit uns niemandem erzählen«, sagt sie überraschenderweise.

»Wo ist der Haken dabei?«, frage ich, wohlwissend, dass Juliet niemals etwas tut, woraus sie keinen Nutzen ziehen kann.

»Kein Haken. Aber es könnte sein, dass ich dich gelegentlich um einen kleinen Gefallen bitten werde.«

»Was für eine Art von Gefallen?«, frage ich. Ich presse die Zähne aufeinander, denn ich bin mir nicht sicher, worauf das Ganze hinausläuft.

»Ich habe dich wirklich gemocht, Dixon, und das, was wir getan haben, hat Spaß gemacht ...«

»Oh nein, keine Chance! Ohne mich!«, fauche ich entrüstet. »Ich werde dich nie wieder anfassen. Du kannst mich erpressen so viel du willst, aber ich werde Madison niemals betrügen, verstanden?«

»Das werden wir ja noch sehen«, zwitschert Juliet. Angesichts ihres Selbstvertrauens, das ich einst so anziehend fand, dreht sich mir der Magen um.

»Warum tust du das?«, frage ich und trete einen Schritt vor. »Du wirst heiraten, verdammt noch mal! Vögel deinen Mann und lass mich in Ruhe!«

»Ich liebe Dylan, das tue ich wirklich, aber er liebt eine andere. Das hat er immer schon getan, und das muss sich ändern«, gesteht sie, und mir bleibt vor Schreck der Mund offen stehen.

Er *liebt* sie?

»Du bist doch krank«, sage ich verächtlich. Der Gedanke, dass ich meinen Schwanz in diese Frau hineingesteckt habe, widert mich an.

»Oh, ich weiß, Dr. Mathews. Erinnern Sie sich noch daran, wo wir uns kennengelernt haben? Ich habe dich um Hilfe gebeten, Dixon, und du hast mich auf jede nur erdenkliche Art und Weise gevögelt. Und es hat mir gefallen.«

Ich senke den Blick, ekele mich vor mir selbst, weil ich mit dieser kranken, perversen Frau verkehrt habe.

»Was wir getan haben, war einvernehmlich. Wieso versuchst du, mehr daraus zu machen, als es gewesen ist? Es war nur Sex, Juliet. Mehr nicht.«

»Du hast recht, und ich hätte die Sache auch auf sich beruhen lassen, aber dann musstest du mir ja diese wehleidige kleine Schlampe vorziehen. Das hat wehgetan, Dixon. Ich bin es leid, immer nur den Kürzeren zu ziehen. Nie bin ich gut genug für irgendjemanden, und ich habe die Nase voll davon, ewig nur die zweite Geige zu spielen. Ganz besonders, wenn es um *sie* geht«, faucht sie wütend.

Ich erinnere mich wieder an die Unterhaltung, die wir vor Monaten in meiner Praxis geführt hatten. Bevor wir damit begannen, uns für eine Weile die Seele aus dem Leib zu vögeln. Juliet hatte mir anvertraut, dass sie niemals gut genug für jemanden war, und nun wusste ich, dass es sich bei diesem Jemand um Dylan handelte.

Ihre selbstgefällige, blasierte Stimme reißt mich aus meinen Gedanken. »Ich mache dir ein Angebot. Ich werde meinen Verlobten von deiner kleinen Freundin fernhalten, und du sorgst dafür, dass sie sich von ihm fernhält. Und schon sind alle glücklich und zufrieden.«

»Was redest du denn da?«, knurre ich. Ich wusste doch von Madison, dass sie Dylan schon ein ganzes Jahr nicht mehr gesehen hatte, also was sollte das Ganze?

»Ach, hast du es denn noch nicht gehört? Dylan wird bei mir einziehen«, erklärt sie, und ich habe das Gefühl, mich gleich übergeben zu müssen.

Wenn dieser Wichser im selben Apartment-Komplex wie Madison wohnt, wird das all ihre Fortschritte zunichtemachen. Die Tatsache, dass er ihr jederzeit über den Weg laufen könnte, wird ihr ohne jeden Zweifel eine Höllenangst einjagen. Ganz zu schweigen von der Furcht, dass er in ihr Schlafzimmer eindringen könnte, wie er es getan hatte, als sie noch Kinder waren. All diese Erinnerungen werden wieder aufleben, und das wird sie niemals überstehen.

Juliet scheint zu bemerken, wie meine Entschlossenheit ins Wanken gerät, und grinst. »Alles, was du tun musst, ist, mir zur Verfügung zu stehen, wenn mir danach ist, dann können wir weiter auf glückliche Familie machen.«

»Wieso tust du das?«, frage ich, obwohl ich es bereits

weiß. Denn der Grund, warum sie überhaupt gekommen ist, um mit mir zu reden, steht außer Zweifel: Hier geht es um Kontrolle und Macht.

Und entsprechend fällt auch ihre Antwort aus: »Weil ich's kann. Ich habe dir ja prophezeit, dass du noch mal angekrochen kommst und um eine zweite Chance betteln wirst.«

Mein Gesicht verzerrt sich vor Wut, und sie lacht.

»Du hast doch nicht wirklich geglaubt, dass du mich so leicht loswerden würdest, oder? Von jetzt an wirst du nach meiner Pfeife tanzen. Du gehörst mir«, verkündet sie, streckt unauffällig die Hand aus und packt mich an den Eiern.

»Das ist Erpressung«, keuche ich.

»Tja, dumm gelaufen. Das hast du nun davon.«

»Ich werde Madison alles erzählen«, drohe ich ihr, denn ich tanze nach niemandes Pfeife.

Ich werde Madison schützen, koste es, was es wolle. Meinetwegen kann sie zu mir ziehen.

»Nur zu«, sagt Juliet mit einem gleichgültigen Schulterzucken. »Ich bin mir sicher, dass es die Ärztekammer interessieren würde, dass Sie eine Patientin gevögelt haben, Dr. Mathews.«

Ich spüre, wie mir das Blut aus dem Gesicht weicht, und Juliet setzt noch eins drauf. »Und vermutlich war ich nicht die Einzige. Na, warst du ein schlimmer Junge? Was würde unser Tugendlämmchen Maddy wohl zu solch unmoralischem Verhalten sagen?«

Juliet hat mich wirklich im wahrsten Sinne des Wortes an den Eiern, und es gibt keinen Ausweg für mich. Selbst wenn ich Madison die Wahrheit gestehe, wird das Juliet nicht davon abhalten, mich bei der Ärztekammer zu verpfeifen. Als verschmähte Frau ist sie auf Rache aus, und es ist mein eigenes Tun, das mich in diese missliche Lage gebracht hat.

»Also schön«, knurre ich wütend und trete einen Schritt zurück, obwohl meine Klunker protestieren. »Du hast gewonnen.«

Juliet stößt ein leichtes überraschtes Keuchen aus, da sie nicht damit gerechnet hat, dass ich mir noch mehr Schmerz zufügen würde, aber der körperliche Schmerz verblasst im Vergleich zu dem, was diese Abmachung meiner Seele antut. »Aber um eins klarzustellen: Ich gehöre dir nicht. Und du hast keine Ahnung, worauf du dich da gerade eingelassen hast, Süße«, sage ich und nähere mein höhnisch grinsendes Gesicht drohend dem ihren. Es ist mir vollkommen egal, wer dabei zusieht. »Also zieh dich warm an, denn du kannst dich auf was gefasst machen.«

Juliet erbleicht, was mir bedeutet, dass der Hass, den ich für sie empfinde, aus jeder Pore meines Körpers strömt. Aber ich werde tun, was auch immer nötig ist, um Madison zu schützen, auch wenn es bedeutet, dass ich meine Seele für ihre Freiheit verkaufen muss.

»Bis bald!«, knurre ich, nur wenige Zentimeter von ihrem Gesicht entfernt, und sie weicht zurück.

Ich grinse, schließlich hat sie keine Ahnung, mit wem sie sich da angelegt hat.

Sie fängt sich rasch wieder, als das ältere Paar zurückkommt und uns misstrauisch betrachtet. »Ich werde mich bei dir melden«, flüstert sie.

»Ich kann's kaum erwarten«, erwidere ich sarkastisch.

»Also, wenn du auch nur ein bisschen Stolz besitzt, dann

verschwindest du erhobenen Hauptes«, sagt sie gerissen und wiederholt damit meine Abschiedsworte an sie.

»Fick dich.«

»Oh, das habe ich vor«, entgegnet sie hochmütig.

Sie zwinkert mir über die Schulter hinweg zu, bevor sie in aller Ruhe davonschlendert, als hätte sie mich nicht gerade durch Erpressung zu ihrem Schoßhündchen gemacht.

Ich muss hier raus, denn ich stehe kurz davor, auszurasten, und ehe ich noch irgendetwas Unüberlegtes tue, muss ich erst mal nachdenken. Ich stürme auf das Treppenhaus zu, will das Brennen meiner Muskeln spüren, wenn ich die zweiundzwanzig Stockwerke nach unten laufe, um mich zu versichern, dass ich immer noch ein Mensch bin.

Worauf habe ich mich da nur gerade eingelassen?

Ich habe meine Seele an den Teufel verkauft und weiß nicht, was ich jetzt tun soll. Auf keinen Fall werde ich das machen, was Juliet sich in den Kopf gesetzt hat. Das kann ich einfach nicht. Ich bringe es nicht fertig, sie auf diese Weise anzufassen, wie sie es von mir erwartet, weil ich mich inzwischen geändert habe. Madison hat diese Änderung bei mir bewirkt, und ich habe mich noch niemals zuvor so lebendig gefühlt. Doch habe ich überhaupt eine Wahl?

Juliet hat die Macht, mein ganzes Leben, ob beruflich oder privat, zu zerstören. Selbst wenn ihre Anschuldigungen auf taube Ohren stoßen sollten, wird sie damit Zweifel säen, und wenn das geschieht, ist mein Ruf ruiniert. Die Welt, in der wir leben, verzeiht nicht so schnell – ganz besonders dann nicht, wenn man unter reichen, voreingenommenen Arschlöchern lebt.

Im vierzehnten Stock wird mir klar, dass ich geliefert bin.

Meine schmutzige Vergangenheit hat mich eingeholt, und diese ganze Scheiße habe ich mir selbst eingebrockt. Ich könnte natürlich Lily oder den Tod meiner Mutter dafür verantwortlich machen, dass ich mich wie ein echter Aufreißer benommen habe, wie mich Hunter völlig zu Recht betitelt hat, aber das wäre nichts weiter als eine faule Ausrede. Ich habe diese Dinge getan, weil ich Spaß daran hatte. Wenn ich die Rollen tauschen und mich zum Richter aufspielen könnte, würde mein Urteil »der Sünde verfallen« lauten.

Mein Körper ist in Schweiß gebadet und ich zittere vor Wut, als ich die Tür mit der Schulter aufstoße und mein Blick auf der Suche nach Madison durch die Eingangshalle irrt. Sobald ich sie sehe, wird mir bang ums Herz, denn sie lehnt weinend an der Wand.

Hat es sich Juliet etwa anders überlegt und ihr erzählt, was für ein Dreckschwein ich in Wahrheit bin?

»Madison?«, rufe ich ängstlich und haste auf sie zu.

Sie fährt herum, und ich halte den Atem an, bin mir nicht sicher, was ich in ihren Augen lesen werde. Doch als ich darin nur Erleichterung und Freude erblicke, atme ich erleichtert aus.

»Dixon«, ruft sie und eilt mir entgegen. »Hast du die Treppe genommen?«, fragt sie schniefend, als sie sieht, wie verschwitzt ich bin.

»Äh, ja. Der Aufzug brauchte so lang, und ich wollte, so schnell es geht, wieder bei dir sein. Wieso weinst du, *angelo*?«, frage ich und wische ihr eine Träne weg.

Sie senkt den Kopf, und ich lege meinen Zeigefinger unter ihr Kinn und hebe es an. »Was ist denn los?«

»Ich … ich dachte, du hättest es dir anders überlegt.«

»Das mit uns?«, erkundige ich mich erschrocken.

»Ja«, antwortet sie, und eine Träne kullert ihr über die Wange.

»Wie kommst du denn nur darauf?«, sage ich mit sanfter, leiser Stimme und wische auch diese Träne weg.

»Wegen Beth«, bekennt sie mit traurigem Ton. »Diese Frau ist Gift, Dixon. Alles, was sie anfasst, geht vor die Hunde.«

»Keine Sorge«, beruhige ich sie und ziehe sie in meine Arme. »Mich kriegt sie nicht.« Und es ist mir bitterernst damit.

»Worüber wollte sie denn mit dir reden?«, fragt sie, die Stimme gedämpft an meiner Brust.

»Nichts Wichtiges. Das Einzige, was zählt, bist du. Das war kein leichter Abend für dich, ich werde dich jetzt nach Hause bringen«, sage ich, denn ich will nur noch weg hier – so weit weg von Juliet wie nur möglich.

»Kann ich nicht bei dir übernachten?«, fragt sie zaghaft.

Normalerweise wäre ich überglücklich, dass sie ein solches Vertrauen in mich hat, aber im Augenblick kommt es mir so vor, als würde ich es nicht verdienen. Doch wie könnte ich Nein sagen? »Natürlich«, antworte ich. »Nichts lieber als das.« Während ich sie weiter in meinen Armen halte, kann ich mir allerdings eine Frage nicht verkneifen: »Wie bist du eigentlich auf den Namen Beth gekommen?«

Madison schnieft und schlingt ihre Arme fester um meine Taille. »Na, eigentlich glaubt sie ja, dass ihre Mutter sie in Anlehnung an Shakespeares »Julia« Juliet genannt hat, weil sie angeblich schon als Baby so hübsch gewesen ist und einmal die Herzen der Männer im Sturm erobern würde. Aber mich erinnert sie eher an Lady Macbeth, denn die ist ja auch ehrgeizig und böse und versucht andere zu manipulieren. Außerdem steckt sie mit den Hexen unter einer Decke. Deshalb ist sie für mich ›Beth‹.«

»Den Namen hast du gut gewählt«, sage ich und kann mir die Verachtung in meiner Stimme nicht verkneifen, woraufhin Madison von mir abrückt und neugierig zu mir aufblickt. Doch ich gehe nicht näher darauf ein, sondern frage sie stattdessen: »Und welchen Spitznamen hast du für mich parat?«

Sie denkt einen Moment lang nach und lächelt. »Du bist einfach Dixon.«

»Wirklich? Ich bekomme keinen besonderen Namen?«, frage ich mit einem übertriebenen Stirnrunzeln.

Madison legt mir eine Hand auf die Wange und sagt mit einer solchen Aufrichtigkeit in der Stimme, dass es mir das Herz zerreißt: »Du bist doch schon ein ganz besonderer Mensch für mich, da brauchst du nicht auch noch einen besonderen Namen.«

FÜNFTER TEIL

35

Triff Entscheidungen mit Bedacht!

Dixon

Im Leben hast du die Wahl, Gutes oder Böses zu tun. Wie du dich entscheidest, hat Auswirkungen auf deine ganze Zukunft.

Hätte ich mich mit dem Wissen, das ich heute besitze, wohl damals anders entschieden?

Ich blicke auf den schlafenden Engel neben mir hinab, und meine Antwort lautet ja. Ich hätte so vieles anders gemacht. Aber im Nachhinein ist man immer schlauer. Niemand besitzt eine Kristallkugel, die in dem Moment, in dem man eine Entscheidung trifft, vorherzusagen vermag, ob es die richtige ist. Du musst eben mit den Konsequenzen leben und mit dem Leben klarkommen, das du dir ausgesucht hast.

Also triff Entscheidungen mit Bedacht, denn wenn du dich erst einmal entschieden hast, gibt es kein Zurück mehr.

Ich bin das beste Beispiel dafür, denn die Konsequenz meiner Entscheidungen ist, dass ich keine andere Wahl mehr habe: Ich werde zur Sünde getrieben.

Livin'

Nachwort der Autorin

Danke, *thank you*, *merci*, *toda*, *grazie*, *obrigado*, *salamat po* und *arigatou!* Egal in welcher Sprache, ich möchte mich bei allen bedanken, die *Addicted to Sin* gelesen haben.

Ich kann mich wahrlich glücklich schätzen, dass ich so unglaubliche Leser wie dich habe, die mich und meine Figuren in ihr Herz schließen. Es gibt so viel Tolles an meiner Autorentätigkeit, und eine meiner Lieblingsbeschäftigungen dabei ist, deine Meinung als Leser zu erfahren. Mich interessiert, an welcher Stelle du gelacht oder geweint hast, in Verzückung geraten bist und – nicht zu vergessen – beinahe das Buch hättest fallen lassen und WIE KONNTE ER NUR? geschrien hast. Wenn du Spaß mit Dixon und dem ganzen sündigen Haufen hattest, dann würde ich es wirklich gern von dir hören. Wie heißt es doch so schön? Wer teilt, nimmt Anteil. Daher fände ich es klasse, wenn du dir ein paar Minuten Zeit nehmen und mir eine kleine Kritik hinterlassen würdest. Und unter uns gesagt, fände Dr. Mathews das auch prima ;)

Wenn du auf dem Laufenden bleiben willst, was meine Neuerscheinungen und den neuesten Tratsch angeht, klick auf folgenden Link und melde dich an, um meinen Newsletter zu erhalten:

www.bookouture.com/monica-james

Nochmals vielen Dank, dass du mein Buch gelesen hast. Bald schon wird übrigens der zweite Band *Driven to Sin* erscheinen, also halte Augen und Ohren auf!

Wenn du allerdings glaubst, dass Dixon schon im ersten Band ein wunderbar böser Junge gewesen ist, dann solltest du dich besser anschnallen, denn wir haben bislang erst an der Oberfläche gekratzt, Leute! Um es mit den Worten von Dr. Mathews zu sagen: »Aber wer will schon gut sein, wenn es sich so toll anfühlt, böse zu sein?«

Liebe Grüße
Monica James x

Twitter @monicajames81
Facebook authormonicajames
monicajamesbooks.blogspot.co.uk

Danksagungen

Eigentlich hatte ich geglaubt, dieser Teil meiner Autorentätigkeit würde mit der Zeit und etwas Übung leichter werden, doch da hatte ich mich leider getäuscht.

Danke Bookouture, dass ihr mir einen Vertrauensvorschuss gegeben und von Beginn an an mich geglaubt habt! Insbesondere Claire Bord, einer der geduldigsten, liebenswertesten Menschen, der mir je begegnet ist, und ein Profi durch und durch.

Meiner großartigen, umwerfenden Agentin, Madeleine Milburn. Maddy, du bist ein echter Superstar! Von dem Moment an, als wir in Kontakt getreten sind, wusste ich, dass du die Richtige bist und dich für *Addicted to Sin* einsetzen würdest. Ich weiß noch, wie du mir versprochen hast, es von den Dächern zu schreien. Und das hast du getan. Und noch so einiges mehr. Du bist wirklich einsame Klasse. Jemanden wie dich findet man sobald nicht wieder. Ich hoffe, wir werden zusammen eine lange und erfolgreiche Karriere haben. Ich kann es gar nicht erwarten, dir endlich einmal leibhaftig zu begegnen und dich zu umarmen.

Den umwerfenden Mitarbeitern der Madeleine Milburn Literary, TV & Film Agency, insbesondere Cara Lee Simpson. Cara, ich weiß wirklich zu schätzen, was du alles für mich getan hast! Du hast keine meiner Fragen unbeantwortet gelassen, und ich danke dir, dass du so geduldig mit mir gewesen bist und einen so großen Anteil an meiner Arbeit genommen hast. Dein Zuspruch hat mir über so manchen kleinen Ausraster hinweggeholfen. Ohne dich hätte ich es nicht geschafft!

Toni Rakestraw, die immer für mich da ist, wenn ich wieder mal mit meinem Latein am Ende bin. Toni, ich kann dir gar nicht oft genug sagen, wie sehr ich deine Courage bewundere. Du hast mich zu der Autorin geformt, die ich heute bin. Meine Bücher würden ohne dich nur aus Worten bestehen.

Der umwerfenden Kim Nash. Ich habe dich zum Fressen gern! Jedes Mal, wenn wir chatten, wünschte ich, ich könnte deinen Humor in Flaschen abfüllen! Ich kann einfach nicht aufhören zu lachen! Vielen Dank auch für die Make-up-Tipps!

Jay McLean – du wirst immer meine Lieblingsschlampe bleiben! Danke für all die Chats. Und deinen Rat. Ich liebe deine offene, ehrliche, ungekünstelte Art. Was du siehst, ist, was du kriegst, das könnte dein Motto sein – und was ich bei dir sehe, gefällt mir sehr!

Kendall Ryan, der mir mit Rat und Tat zur Seite gestanden hat, bevor ich mein Baby auf die Welt losgelassen habe. Dafür werde ich dir immer dankbar sein.

Meinen Autorenkollegen: Lisa Edward, Tina Gephart, Beverly

Preston, Beth Michele, Nina Levine, Steve Genis, Kylie Scott, Carmen Jenner, Kathy-Jo Reinhart, Christina Lauren, Whitney G, Kirsty E. Moseley, Natasha Preston und Jacinta Maree, Heidi McLaughlin, Rachel Brookes, Justine Elvira, Ilsa Madden-Mills, CJ Roberts – danke für eure Inspiration, eure Chats und eure Freundschaft.

Ein besonderer Dank an Lisa Edward und Melissa Stewart-Allum, dass sie sich die Zeit genommen haben, *Addicted to Sin* zu lesen. Ich weiß das Feedback zu schätzen.

Ariana McWilliams – wenn du nicht gewesen wärest, wäre ich heute noch damit beschäftigt, mein Cover-Reveal von *I Surrender* zu organisieren. Vielen Dank für alles, Süße! Ich freue mich wahnsinnig, dass wir uns endlich einmal kennengelernt haben. Du und Scott, ihr seid die nettesten Menschen, die ich kenne, und ich kann es kaum abwarten, euch nächsten April wiederzusehen! Let the bromance continue!

All den tollen Bloggern! Es gibt so viele von euch, die mir dabei geholfen haben, Dixon auf dem ganzen Erdball bekannt zu machen. Dafür kann ich euch gar nicht genug danken! Ihr seid meine Helden!

Bethany MacNicholl und den Mädels von *Talkbooks* – Mindy, Lynne und Angela – ihr seid wirklich zum Verlieben!

Ein ganz besonderer Dank an Lisa Pantano Kane von *Three Chicks and Their Books*. Ich bin mir sicher, dass du mich schon bald einmal auf Cat Island besuchen wirst!

Ein besonders inniges Dankeschön an Annie Gabor und Lexy, Jamie und Jocelyn, die Mädels von *All Is Read* – Lexy, du darfst mich jederzeit auf diese unheimliche Art und Weise anstarren. Und Annie, bitte entführ mich! Ich esse auch nicht viel!

Meiner wundervollen Familie, Mum, Papa, Fran, Matt, Samantha, Amelia, Gayle, Peter, Luke, Leah und Shirley. Ich bin so unendlich froh, dass es euch gibt.

Papa und Mum – ihr inspiriert mich. Ich liebe euch so sehr.

Gayle und Peter – danke für all eure Unterstützung. Ich bin froh, euch als Schwiegereltern zu haben. Und vielen Dank auch für die Zitronen-Baiser-Torte!

Meinem wunderbaren Mann, Dani. Du bist mein Rockstar. Ich bin so stolz auf dich.

Fran, meiner Hilfe. Beim nächsten Mal schaffen wir es bestimmt rauszukriegen, wie man das Banner aufhängt. Ran ans Buffet!

Samantha und Amelia – euer Lächeln erhellt die Welt. Tante Monica liebt euch ganz doll.

Louise Mercer – ich kenne dich mein halbes Leben lang. Du bist wie eine Schwester für mich, und ich liebe dich so sehr. Lass uns zusammen Cat Island erobern!

Gemma Cawley – meine Lieblings-PLL, Teufelskletterin, Kitty-Socken-Trägerin, Zac-Efron- und Harry-Potter-Fan mit Schwäche für Kokosnussmilch und rotes Lakritz, Tanzpartnerin bei Panic! at the Disco und Busenfreundin: Ich habe dich zum Fressen gern.

Nicole Smith und Stacey Kingston – ohne eure heilenden Hände wäre ich eine gebrochene alte Frau mit schrecklicher Haltung und würde meine Schultern als Ohrringe tragen.

Ein ganz besonderer Dank an: Karli Roderick, Yvonne McBroom, Vicki Ballanytne, Jane Ashton, Jaz Menta, Amy, Lauren, Sandy Borrero, Vilma Gonzalez, Natasha Giagnacovo Rochon, Bianca Smith, Lynnette Stallone, Romance Writers of Australia, meine Cousinen und Cousins: Michael, Rob, Elisa, Evan, Alex und Francesca und meine Tanten und Onkel.

Meine Samtpfoten – ich hab euch alle lieb! Buckwheat, ich hoffe, du und Gertrude Nummer 5 werdet bis ans Ende eurer Tage glücklich miteinander leben. Dacca, ich werde dich immer vor der großen, bösen Bellie beschützen. Das Gleiche gilt für dich, Mitch. Jag, in Wahrheit bist du ein Wombat. Bellie, du bist der Teufel in Katzengestalt. Und Ninja, danke, dass du auf mich aufpasst.

Sollte ich irgendjemanden vergessen haben, so tut es mir schrecklich leid, es war nicht meine Absicht! Als Wiedergutmachung füge bitte deinen Namen für eine personalisierte Danksagung ein.

Monica James bedankt sich vielmals bei ________________!
Sie schuldet dir einen Kaffee und eine Umarmung.

Alles Liebe M x

Und zu guter Letzt möchte ich mich noch bei DIR bedanken! Vielen Dank, dass du *Addicted to Sin, Band 1* gelesen hast.

Sylvia Day
Crossfire

»Der Sex-Roman des Jahres«
Cosmopolitan

»Ein prickelndes Lesevergnügen – Sie werden wie entfesselt weiterlesen.« *Glamour*

978-3-453-54580-9

Versuchung
978-3-453-54558-8

Offenbarung
978-3-453-54559-5

Erfüllung
978-3-453-54560-1

Hingabe
978-3-453-54578-6

Vollendung
978-3-453-54580-9

Leseproben unter **www.heyne.de**

HEYNE